石門文字禪校注

三

〔宋〕釋惠洪 撰
周裕鍇 校注

上海古籍出版社

卷六

古詩

寄彭景醇奉議[一]

我庵湘山麓，君家湘江尾。共看湘山雲，同飲湘江水[二]。君有負郭田[三]，飽食驕穉世㊀[四]。小兒操(探)井臼㊁[五]，大兒了租稅。我獨生事拙，饘粥每不繼[六]。君如李大夫，時時容乞米[七]。永懷湖山堂[八]，風物自閑美㊂[九]。楞嚴初讀罷[一〇]，篆冷空窗几[一一]。微風拾殘紅，幽鳥妨春睡。蒼苔滿門巷，榆柳陰覆砌。杖策亦窺園[一二]，悠然望層翠。歲時無營爲，祭奠修家禮。自覺去幼安，正復不遠耳[一三]。遥知讀此詩，忻然開笑齒。

【校記】

㈠世：武林本作「子」。

㈡操：原作「探」，誤，今從石倉本、廓門本。

㈢閑：武林本作「間」，誤。

【注釋】

〔一〕宣和五年（一一二三）春作於長沙。彭景醇：名不可考，嘗以奉議郎爲湘陰縣令。本集卷二二先志碑記曰：「政和元年，余爲湘陰令。」又曰：「自余之宦湘陰，餘十年，無日不思縛屋湘尾，分湖山之勝，從父老之游，且將老焉。」碑記乃代彭景醇而作，可略窺其事。

〔二〕「我庵湘山麓」四句：李之儀卜算子詞曰：「我住長江頭，君住長江尾。日日思君不見君，共飲長江水。」惠洪從之儀游，此當化用其句意。鍇按：湘陰縣在湘江下游，故曰湘江尾。

〔三〕負郭田：史記蘇秦列傳：「且使我有雒陽負郭田二頃，吾豈能佩六國相印乎！」司馬貞索隱：「負者，背也，枕也。近城之地，沃潤流澤，最爲膏腴，故曰『負郭』也。」

〔四〕驕穉世：猶言驕狂傲世。莊子列禦寇：「人有見宋王者，錫車十乘，以其十乘，驕穉莊子。」清郭慶藩莊子集釋案曰：「穉亦驕也。管子軍令篇：『工以雕文刻鏤相穉。』尹知章注：『穉，驕也。』王引之經義述聞云：『詩載馳篇「衆穉且狂」，謂既驕且狂也。』」

〔五〕小兒操井臼：後漢書馮衍傳：「衍娶北地任氏女爲妻，悍忌，不得畜媵妾，兒女常自操井臼，老竟逐之，遂埳壈於時。」此借用其語。　操：底本作「探」，誤。廓門注：「筠溪集作『操井臼』。」今據改。

〔六〕饘粥每不繼：柳宗元上廣州趙宗儒尚書陳情啓：「朝夕之急，饘粥難繼。」此用其意。饘粥：稀飯。

〔七〕「君如李大夫」二句：顏魯公文集卷一一與李太保帖：「拙於生事，舉家食粥來已數月。今又罄竭，秖益憂煎。輒恃深情，故令投告，惠及少米，實濟艱勤，仍恕干煩也。真卿狀。」此化用其意。　鍇按：歐陽文忠公集卷一四一集古録跋尾卷八顏魯公法帖：「顏帖爲刑部尚書時乞米於李大夫，云：『拙於生事，舉家食粥來已數月。今又罄乏，實用憂煎。』蓋其貧如此。此本墨蹟在予亡友王子野家。子野出於相家，而清苦甚於寒士，嘗摹帖刻石以遺朋友故人，云：『魯公爲尚書，其貧如此，吾徒安得不思守約？』」文字與顏集略異。

〔八〕湖山堂：彭景醇書堂。先志碑記曰「無日不思縛屋湘尾，分湖山之勝」，其書堂殆以此爲名。本卷有雪霽謁景醇時方捉堤捍水修湖山堂復和前韻，卷一六有三月登江陰景醇湖山堂時江漲而雨未止，可參見。

〔九〕風物自閑美：陶淵明游斜川詩序：「正月五日，天氣澄和，風物閑美。」

〔一〇〕楞嚴：全稱大佛頂如來密因修證了義諸菩薩萬行首楞嚴經，簡稱楞嚴經或首楞嚴經。爲宋代士大夫喜讀佛書之一，蘇軾跋柳閎楞嚴經後：「楞嚴者，房融筆受，其文雅麗，於書生學佛者爲宜。」

〔一〕篆冷：指篆香燒盡。篆香，即盤香。

〔二〕杖策亦窺園：廓門注：「杖策，鄧禹傳字。窺園，董仲舒傳字。」鍇按：後漢書鄧禹傳：「及聞光武安集河北，即杖策北渡，追及於鄴。」漢書董仲舒傳：「下幃講誦，弟子傳以久次相授業，或莫見其面。蓋三年不窺園，其精如此。」顏師古注：「雖有園圃，不窺視之，言專學也。」此反其意而用之。

〔三〕「自覺去幼安」二句：謂自認爲景醇生存狀態接近三國魏高士管寧。此乃稱譽高隱之辭。三國志魏書管寧傳：「管寧字幼安，北海朱虚人也。……天下大亂，聞公孫度令行於海外，遂與原及平原王烈等至于遼東。度虚館以候之。既往見度，乃廬於山谷。時避難者多居郡南，而寧居北，示無遷志……中國少安，客人皆還，唯寧晏然若將終焉。……詔以寧爲太中大夫，固辭不受……寧常著皂帽、布襦袴、布裙，隨時單複，出入閨庭，能自任杖，不須扶持。四時祠祭，輒自力强，改加衣服，著絮巾，故在遼東所有白布單衣，親薦饌饋，跪拜成禮。」

宿湘陰村野大雪寄湖山居士〔一〕

夢回聞打窗，曉起喜覆瓦。江山驚晝永，秀色玄相借〔二〕。升鞍風便旋〔三〕，浩蕩春隨馬。不憂江瘴生，更喜麥連野。湘山宜可老，慶弔同里社〔四〕。乃爾廢（癈）推擠①，眷此多賢者〔五〕。湖山薝蔔林，爲我花連夜〔六〕。想見老居士，擁衲清入畫〔七〕。山陰興未盡〔八〕，玉麈思對把〔九〕。政恐觸機鋒，怒遭握拳打〔一〇〕。遥知和此詩，呵筆意閑暇〔一一〕。妙語鬭清妍，正圍紅粉（紛）寫②〔一二〕。

【校記】

① 廢：原作「癈」，今從四庫本、武林本。參見注〔五〕。

② 粉：原作「紛」，誤，今據四庫本、武林本改。參見注〔一二〕。

【注釋】

〔一〕宣和六年（一一二四）十二月作於湘陰縣。湖山居士：即彭景醇，其書堂爲湖山堂，因號湖山居士。

〔二〕秀色玄相借：謂雪後江山之秀色乃借自於天地之玄陰。文選卷一三謝惠連雪賦：「玄陰凝不昧其潔。」玄陰指冬季極盛之陰氣。

〔三〕便旋：徘徊，迴旋。此形容風勢。蘇軾責授檢校水部員外郎黄州團練副使：「出門便旋風吹面，走馬聯翩雀啅人。」

〔四〕「湘山宜可老」二句：謂此身可終老湖南，與里社之人同爲喜事而慶賀，爲喪事而弔慰。慶弔，語本史記蘇秦列傳：「蘇秦見齊王，俯而慶，仰而弔。齊王曰：『是何慶弔相隨之速也？』」

〔五〕「乃爾廢推擠」二句：謂此地多賢者，已不復受排擠譏呵，故生眷戀之情。廢：停止。底本作「癈」，意爲久病不愈，或謂病廢，文義不妥，今據四庫本改。

〔六〕「湖山薝蔔林」二句：謂大雪滿林，如湖山居士之薝蔔花爲我連夜開放。東坡詩集注卷六章錢二君見和復次韻答之：「薝蔔無香散六花。」趙次公注：「薝蔔，梔子花，與雪花皆六出。」薝蔔喻雪花。參見本集卷一予在龍安木蛇庵除夕微雪及辰未消作詩記之二首注〔一〇〕。

〔七〕「想見老居士」二句：以維摩詰居士喻雪中之湖山居士彭景醇，蓋由其薝蔔林之喻而連及之。維摩詰經卷中觀衆生品：「如人入瞻蔔林，唯嗅瞻蔔，不嗅餘香。」薝蔔本梵語，亦譯作「瞻蔔」，同音而異字。

〔八〕山陰興未盡：世説新語任誕：「王子猷居山陰，夜大雪，眠覺，開室命酌酒，四望皎然。因起仿偟，詠左思招隱詩，忽憶戴安道。時戴在剡，即便夜乘小船就之。經宿方至，造門不前而返。人問其故，王曰：『吾本乘興而行，興盡而返，何必見戴？』」此反其意而用之。

〔九〕玉麈思對把：謂欲與居士對坐清談。玉麈：玉柄麈尾。魏晉名士清談時常執之。參見本集卷一贈許邦基注〔五〕。

〔一〇〕「政恐觸機鋒」二句：戲謂居士談禪如弩箭機鋒般迅捷敏鋭，稍一觸犯，定遭拳打。此戲用臨濟義玄拳打大愚禪師之著名公案，景德傳燈録卷一二鎮州臨濟義玄禪師：「師乃問：『如何是祖師西來的的意？』黄蘗便打。如是三問，三遭打，遂告辭。……來日師辭黄蘗。黄蘗指往大愚，師遂參大愚。愚問曰：『什麼處來？』曰：『黄蘗來。』愚曰：『黄蘗有何言教？』曰：『義玄親問西來的的意，蒙和尚便打。如是三問，三轉被打，不知過在什麼處？』愚曰：『黄蘗恁麼老婆，爲汝得徹困，猶覓過在。』師於是大悟云：『佛法也無多子。』愚乃搊師衣領云：『適來道我不會，而今又道無多子。是多少來？是多少來？』師向愚肋下打一拳。愚托開云：『汝師黄蘗，非干我事。』師却返黄蘗。黄蘗問云：『汝迴太速生。』師云：『只爲老婆心切。』黄蘗云：『遮大愚老漢待見與打一頓。』師云：『説什麼待見？即今便打。』遂鼓黄蘗一掌。黄蘗哈哈大笑。」

〔二〕呵筆：天寒筆凍，口中噓氣使解。參見本集卷一予在龍安木蛇庵除夕微雪及辰未消作詩記之二首注〔一七〕。

〔三〕正團紅粉寫：謂紅粉美女團觀，看其寫詩。宋魏野東觀集卷四上解梁潘學士十韻：「酒席團紅粉，鹽池照碧油。」本集好寫此場景，參見卷一次韻寄吴家兄弟注〔一一〕。又卷一一送秦少逸：「想見醉團紅粉處，雪牋佳句挽銀鉤。」廓門注：「『紛』當作『粉』字。」其説甚是，底本「紛」字誤。

景醇見和甚妙時方閱華嚴經復和戲之〔一〕

夫子和雪詩，放意如注瓦〔二〕。手搏華藏界〔三〕，笑中已見借。高詞師棗柏〔四〕，寧暇數班馬〔五〕？如登妙高峰〔六〕，如游廣莫野〔七〕。怪公個中人，亦入此保社〔八〕。朝來誰扣門？寂音老尊者〔九〕。扶笻坐山堂，詩眼不知夜。不入人間世，誰將作圖畫？但欠維摩女，玉骨無一把。紛紛散奇英，梨花風雨打〔一〇〕。湖山晚多態，應接殆未暇〔一一〕。此詩聊戲公，詩成還自寫。

【注釋】

〔一〕宣和六年十二月作於湘陰縣。此詩乃用前宿湘陰村野大雪寄湖山居士詩韻，當爲同時唱和之作，故繫於此。華嚴經：全稱大方廣佛華嚴經，有三譯本。一爲東晉佛馱跋陀羅譯，六十卷，名六十華嚴，或名晉經，或名舊經。二爲唐實叉難陀譯，八十卷，名八十華嚴，或曰唐經，或名新經。三爲唐般若譯，四十卷，名四十華嚴。惠洪所閱當爲李通玄造論之八十華嚴，參見注〔四〕。

〔二〕放意如注瓦：謂彭景醇唱和雪詩毫無矜持之心，縱情抒寫，如以瓦器作賭注。莊子達生：「以瓦注者巧，以鉤注者憚，以黄金注者殙。其巧一也，而有所矜，則重外也。凡外重者内拙。」成玄英疏：「注，射也。用瓦器賤物而戲賭射者，既心無矜惜，故巧而中也。」廓門注：「以瓦爲注則全無利害輕重之心。」

〔三〕華藏界：即華嚴經卷八所稱華藏世界，爲釋迦如來真身毗盧遮那佛淨土之名。因香水海中生大蓮華，此蓮華中包藏微塵數之世界，故稱。此喻白雪裝點之大千世界，景醇方閱華嚴經，故戲借華藏界以喻之。

〔四〕高詞師棗柏：謂其詞義高妙，乃以唐棗柏大士李通玄爲師。宋高僧傳卷二二李通玄傳略曰：「唐開元中太原東北有李通玄者，言是唐之帝胄，不知何王院之子孫。輕乎軒冕，尚波林泉，舉動之間，不可量度。……放曠自得，靡所拘絆。而該博古今，洞精儒釋，發於辭氣，若鏗巨鐘。而傾心華藏，未始輟懷。每覽諸家疏義繁衍，學者窮年無功進取。開元七年春，賫新華嚴經，曳筇自定襄而至并部盂縣之西南同潁鄉大賢村高山奴家，止於偏房中造論，演暢華嚴，不出户庭，幾于三載。高與鄰里怪而不測。每日食棗十顆，柏葉餅一枚，餘無所須。其後移於南谷馬家古佛堂側，立小土屋，閑處宴息焉。高氏供棗餅亦至。……所造論四十卷，總括八十卷經之文義。次決疑論四卷，綰十會果因之玄要，列五十三位之法門。」嘉泰普燈録卷二四：「李通玄長者，不知何許人，或曰唐宗子，殆文殊、普賢之幻有也。開元七年（一云十七年），隱於太原壽陽方山之土龕。初至，虎爲負經，而神龍化泉，天女給侍，夜則齒光代燭。間食棗柏，因號棗柏大士。嘗以華嚴大教抉微剔奥，論而明之，曲折萬旋，如水赴海，會釋十門，妙盡經旨。總四十卷，目曰華嚴論。」

〔五〕寧暇數班馬：謂與其高詞相較，班馬之文不足稱道。班馬：指班固、司馬遷，以史傳並稱。廓門注：「後漢書：班固，字孟堅，爲漢書。漢書：司馬遷爲史記。」晉書陳壽徐廣等傳論：「丘明既没，班馬迭興。」或指班固、司馬相如，以賦並稱。唐釋皎然杼山集卷一〇四言講古文聯句：「屈宋接武，班馬繼作。」鍇按：此蓋依釋門之立場言之，故尊棗柏而抑班馬。

〔六〕妙高峰：須彌山之别稱。唐李通玄新華嚴經論卷一一：「其山頂上四埵，埵别八天王，各有自部衆。中頂帝釋居，衆寶所莊嚴，以是名妙高，亦名峰山，亦名忉利天。」後秦僧肇注維摩詰經卷一：「肇曰：須彌山，天帝釋所住金剛山也。秦言妙高。處大海之中，水上方高三百三十六萬里。如來處四部之中，威相超絶，光蔽大衆，猶金山之顯溟海也。」

〔七〕廣莫野：莊子逍遥遊：「今子有大樹，患其無用，何不樹之於無何有之鄉，廣莫之野。」成玄英疏：「無何有，猶無有也。莫，無也。謂寬曠無人之處，不問何物，悉皆無有，故曰無何有之鄉也。」

〔八〕亦入此保社：景德傳燈録卷一二魏府興化存獎禪師：「師謂克賓維那曰：『汝不久當爲唱道之師。』克賓曰：『不入者保社。』師曰：『會了不入？不會不入？』克賓云：『總不與麽。』師便打。」廓門注：「保社，謂保伍同社。」鄉村民間結社，因依保而立，故稱。此代指禪林之門派。

〔九〕寂音老尊者：惠洪自稱。

〔一〇〕「但欠維摩女」四句：謂景醇與維摩詰居士相較，只少室中散花之天女，而其清瘦不減病維摩，堂中奇英紛飛，亦不減維摩丈室。維摩詰經卷中觀衆生品：「時維摩詰室有一天女，見諸大人聞所説法，便現其身，即以天華散諸菩薩、大弟子上。華至諸菩薩，即皆墮落；至大弟子，便著不墮。一切弟子神力去華，不能令去。」玉骨無一把：形容極清瘦之體態。李商隱偶成轉韻七十二句贈四同舍：「玉骨瘦來無一把。」此借用其語。梨花：喻雪花。岑參白雪歌送武判官歸京：「忽如一夜春風來，千樹萬樹梨花開。」

〔一一〕應接殆未暇：言美景令人目不暇接。語本世説新語言語：「王子敬曰：『從山陰道上行，山川自相映發，使人應接不暇。若秋冬之際，尤難爲懷。』」

雪霽謁景醇時方埿堤捍水修湖山堂復和前韻〔一〕

埿堤蓄南堂，雪霰響新瓦。我踏雪泥至〔二〕，自攜雙不借〔三〕。愛公有俊氣，句法洗凡馬〔四〕。清婉繼彭澤〔五〕，寒陋笑東野〔六〕。願爲西崦鄰，投名入詩社〔七〕。餘年吾事濟〔八〕，過從有公者。何時聞折竹〔九〕，燈火共清夜〔一〇〕。曉堂人未掃，如開輞川畫〔一一〕。平生學牧牛，鼻索嘗自把。而今失所在，寧復事鞭打〔一二〕。吾詩一寄耳，雕琢特未暇。且欣兩俱健，意氣要傾寫〔一三〕。

【校記】

㊀ 埿：武林本作「築」，下同。

【注釋】

〔一〕宣和六年十二月作於湘陰縣。此詩亦用宿湘陰村野大雪寄湖山居士詩韻，當爲稍後而作。　埿：禪籍俗字，用同「築」，搗土使之堅實。五燈會元卷一一臨濟義玄禪師：「將钁頭埿地三下。」惠洪好用此字，如林間録卷下：「役郴州牢城，盛暑負土埿城。」智證傳：「有授以飛昇法者，當埿壇，使烈士抱長劍，立壇隅，屏息達旦。」本集卷一九郤子中贊：「師黃叔度，以埿太平之基。」卷二八生辰四首之三：「輔明主埿太平之基。」

〔二〕踏雪泥：蘇軾和子由澠池懷舊：「人生到處知何似？應是飛鴻踏雪泥。」此借用其語。

〔三〕雙不借：指一雙麻鞋。漢史游急就篇卷二：「裳韋不借爲牧人。」顔師古注：「不借者，小屨也。以麻爲之，其賤易得，人各自有，不須假借，因爲名也。」揚雄輶軒使者絶代語釋别國方言第四：「絲作之者謂之履，麻作之者謂之不借，粗者謂之屨。」漢劉熙釋名釋衣服：「不借，言賤，易有，宜各自蓄之，不假借人也。」

〔四〕句法洗凡馬：喻其句法高妙，不同尋常。杜甫丹青引：「一洗萬古凡馬空。」黃庭堅題韋偃馬：「一洗萬古凡馬空，句法如此今誰工？」此化用其意。

〔五〕清婉繼彭澤：形容其辭句清新美好如陶淵明詩。淵明嘗爲彭澤令，故稱。世説新語賞譽：「襟懷之詠，偏是許之所長。辭寄清婉，有逾平日。」

〔六〕寒陋笑東野：謂其詩足可嘲笑孟郊詩之寒陋。新唐書韓愈傳附孟郊傳：「孟郊者，字東野，湖州武康人。少隱嵩山，性介，少諧合。愈一見爲忘形交。年五十，得進士第，調溧陽尉。縣有投金瀨、平陵城，林薄蒙翳，下有積水。郊間往坐水旁，裴回賦詩，而曹務多廢。令白府，以假尉代之，分其半奉。鄭餘慶爲東都留守，署水陸轉運判官。餘慶鎮興元，奏爲參謀。卒，年六十四。張籍謚曰貞曜先生。郊爲詩有理致，最爲愈所稱，然思苦奇澀。李觀亦論其詩曰『高處在古無上，平處下顧二謝』云。」蘇軾祭柳子玉文：「元輕白俗，郊寒島瘦。」本集卷七次韻見贈：「先生之詩自豪放，寒陋心知鄙東野。」亦此意。

〔七〕投名入詩社：施注蘇詩卷七汪覃秀才久留山中以詩見寄次其韻：「投名入社有新詩。」注：「廬山蓮社雜録：『謝靈運欲投名入社，遠公不許。』」此借用其語。投名，謂投遞名籍。

〔八〕吾事濟：謂我諸事已完成。宋書劉穆之傳：「高祖笑曰：『卿能自屈，吾事濟矣。』」此借用其語。

〔九〕何時聞折竹：白居易夜雪：「夜深知雪重，時聞折竹聲。」杜荀鶴雪：「江湖不見飛禽影，巖谷惟聞折竹聲。」此借用其語以寫雪。

〔一〇〕燈火共清夜：宋王令贈廬山老居訥：「馬昇就其居，燈火共清夜。」此借用其成句。

〔一一〕如開輞川畫：謂所見景物恍然如王維輞川圖中所畫。北宋輞川圖傳本甚多，參見本集卷二至豐家市讀李商老詩次韻注〔五〕。

〔一二〕「平生學牧牛」四句：此戲謂平生調養心性如牧露地白牛，而此日遍地白雪，失白牛之所在。景德傳燈録卷九福州大安禪師：「師即造于百丈，禮而問曰：『學人欲求識佛，何者即是？』百丈曰：『大似騎牛覓牛。』師曰：『識後如何？』百丈曰：『如人騎牛至家。』師曰：『未審始終如何保任？』百丈曰：『如牧牛人執杖視之，不令犯人苗稼。』師自兹領旨，更不馳求。同參祐禪師創居潙山也，師躬耕助道。及祐禪師歸寂，衆請接踵住持。師上堂云：『……安在潙山三十來年，喫潙山飯，屙潙山屎，不學潙山禪。只看一頭水牯牛，若落路入草，便牽出；若犯人苗稼，即鞭撻調伏。既久，可憐生，受人言語。如今變作箇露地白牛，常在面前，終日露迥迥地，趁亦不去也。』」此公案至北宋演化爲禪門頌牧牛圖。故廓門注曰：「以下禪宗十牛圖之意義也。」鍇按：據萬松老人評唱天童覺和尚拈古請益録卷下第六十則南泉水牯：「清居皓昇禪師頌牧牛圖一十二章，太白山普明禪師頌牧牛圖十章，佛國惟白禪師頌牧牛圖八章。昇、明二師等，皆變黑爲白。惟佛印四章，全白復黑。」皓昇爲青原下九世，惟白爲青原下十二世，佛印爲青原下十世，均早於惠洪。又五燈會元卷二〇謂梁山師遠禪師「有十牛圖并頌行於世」。師遠號廓庵，爲南宋臨濟宗楊岐派禪僧，南嶽下十五世，晚於惠洪。

〔一三〕傾寫：同「傾瀉」。世説新語賞譽：「王司州與殷中軍語，歎云：『己之府奥，蚤已傾寫而見。殷陳勢浩汗，衆源未可得測。』」黄庭堅同堯民游靈源廟廖獻臣置酒用馬陵二字賦詩二首之一：「更願少尹賢，置酒意傾寫。」本集卷七初到鹿門上莊見燈禪師遂同宿愛其體物欲託跡以避世戲作此詩：「迎客意傾寫。」

和景醇從周廷秀乞東坡草蟲〔一〕

周髯迂闊亦自笑〔二〕，安樂飢寒奈嘲誚〔三〕。東坡墨戲偶得之〔四〕，保藏更作千金調〔五〕。自言吾富可埒（坪）國㊀〔六〕，癡病已深那可療。坡初畫此適然耳〔七〕，髯以夸人無乃勦〔八〕。彭侯滿腹是精神〔九〕，翰墨行藏兩俱妙〔一〇〕。應嗟玩物非尚德〔一一〕，未欲奪攘投火燎（療）㊁〔一二〕。乞之如易紫香囊〔一三〕，豈弟高風珠自照〔一四〕。此詩醇釅等佳醞，爲君滿引那辭釂〔一五〕。

【校記】

㊀埒：原作「坪」，誤，今據四庫本、武林本改。參見注〔六〕。

㊁燎：原作「療」，誤，今據武林本改。參見注〔一二〕。

【注釋】

〔一〕宣和五年春作於長沙。此爲和彭景醇之作。周廷秀：疑即周稃，參見本卷贈周廷秀注〔二〕。本集或作周庭秀，如卷一三周庭秀愛湘中山水之勝定居十餘年宣和五年夏五月忽思吴中别余於湘上作此送之。又卷二七有跋周廷秀詶唱詩。東坡草蟲：蘇軾雖有雍秀才畫草蟲八物詩，然諸畫史稱其善畫枯木竹石，而未載其畫草蟲之事。此詩可補畫史之闕。

〔二〕周髯：跋周廷秀詶唱詩稱「廷秀一髯男子」。迂闊：迂腐而不切實際。

〔三〕安樂飢寒奈嘲誚：謂其安樂於飢寒狀況，而能經受嘲諷譏誚。奈，通「耐」，忍受。杜甫月詩：「斟酌姮娥寡，天寒奈九秋。」

〔四〕墨戲：指隨興戲作之水墨寫意畫，此指水墨所畫草蟲。語本黄庭堅豫章黄先生文集卷一東坡居士墨戲賦。

〔五〕千金調：千金計算，極言其珍貴。資治通鑑卷一四四齊紀一〇和皇帝中興元年：「敕太官辦樵、米爲百日調而已。」胡三省注：「調，徒釣翻，算度也。」

〔六〕自言吾富可埒國：謂己之財富可與一國之財富相比并。埒，等同，比并。史記平準書：「故吴諸侯也，以即山鑄錢，富埒天子。」鍇按：此寫周廷秀珍愛書畫之癡，宋人中頗有類此癡者，如冷齋夜話卷八彭淵材南歸布橐中墨竹史稿：「淵材喜見鬚眉，曰：『吾富可埒國也，汝可拭目以觀。』乃開橐，有李廷珪墨一丸，文與可墨竹一枝，歐公五代史藁草一巨編，餘無所有。」底本「埒」作「坪」，不辭，當涉形近而誤，今改。

〔七〕坡初畫此適然耳：謂東坡此墨戲乃偶然爲之，初未用心。韓非子顯學：「故有術之君，不隨適然之善，而行必然之道。」蘇軾雪堂記：「蘇子曰：『予之所爲，適然而已，豈有心哉？』」

〔八〕勦：勞累，勞擾。左傳宣公十二年：「無及于鄭而勦民，焉用之？」杜預注：「勦，勞也。」

〔九〕彭侯：彭景醇。侯爲士大夫之尊稱。

〔一〇〕行藏：指處世之行止。參見本集卷四余自太原還匡山道中逢澤上人與至海昏山店有作注〔一六〕。

〔一一〕玩物：沉溺於玩賞所好之器物。書旅獒：「玩人喪德，玩物喪志。」孔傳：「以器物爲戲弄則喪其志。」　尚德：崇尚德行。蘇軾六事廉爲本賦：「各以廉而爲首，蓋尚德以求全。」

〔一二〕燎：底本作「療」，涉形近、音近而誤。廓門注：「『療』當作『燎』。」其説甚是。蓋前有「投火」二字，故此字必作「燎」，乃焚毁玩物之意。下句「紫香囊」之事亦可證。又前有「癡病已深那可療」之句，不當重複押「療」字韻，故今改作「燎」。

〔一三〕乞之如易紫香囊：晉書謝玄傳：「玄少好佩紫羅香囊，安患之，而不欲傷其意，因戲賭取，即焚之，於此遂止。」

〔一四〕豈弟：和樂平易。詩小雅蓼蕭：「既見君子，孔燕豈弟。」毛傳：「豈，樂。弟，易也。」鄭箋：「豈，開在反，本亦作『愷』。」　珠自照：謂其心如夜光明珠，可内自照。參見本集卷四謝忠子出山注〔五〕。

〔一五〕「此詩醇釃等佳醞」二句：喻景醇之好詩如同美酒，進而就斟酒、飲酒更作描寫。此即曲喻之修辭法，參見本集卷一贈歐陽生善相注〔二〇〕。　滿引：猶言引滿，謂滿觴而飲。語本漢書叙傳上「及趙、李諸侍中皆引滿舉白」。參見卷五次韻雪中過武岡注〔一四〕。釂：飲盡杯中酒。禮記曲禮上：「長者舉爲釂，少者不敢飲。」鄭玄注：「盡爵曰釂。」

題萬富樓〔一〕

賢爲萬人英〔二〕，筆力挽萬牛〔三〕。寶帶腰萬丁〔四〕，封及萬户侯〔五〕。彼富一二數，其實富未周。君看清曲江，傑立萬富樓。山川占形勝，佳處横高秋。丈人披白帢〔六〕，凭欄清兩眸。凛然無求姿，一洗驕氣浮〔七〕。郿塢癡肉臠〔八〕，金谷酒色囚〔九〕。名均謂之富，涇渭實異流〔一〇〕。余窮蓄一喙〔一一〕，得飽事事休。貧富若天淵，飽豈有劣優。此詩如橄欖，初嚼欲棄投。終然成可口，味永當見收〔一二〕。

【注釋】

〔一〕作年未詳。　萬富樓：所在地不可考。

〔二〕賢爲萬人英：謂萬人中之英傑。班固白虎通義卷下聖人：「禮别名記曰：五人曰茂，十人曰選，百人曰俊，千人曰英，倍英曰賢，萬人曰傑，萬傑曰聖。」

〔三〕筆力挽萬牛：謂文辭雄壯有力，極言其富有才華。山谷内集詩注卷一秋思寄子由：「挽著滄江無萬牛。」任淵注：「老杜古柏行：『大廈如傾要梁棟，萬牛回首丘山重。』」同書卷五子瞻詩句妙一世乃云效庭堅體次韻道之：「萬牛挽不前，公乃獨力扛。」注：「退之詩：『龍文百斛鼎，筆力可獨扛。』」此化用其意。

〔四〕寶帶腰萬丁：謂腰束萬釘爲飾之寶帶，極言其富貴。隋書楊素傳：「優詔褒揚，賜縑二萬匹，及萬釘寶帶。」黄庭堅次韻子瞻以紅帶寄王宣義：「萬釘圍腰莫愛渠，富貴安能潤黄壚。」參見本集卷五次韻見贈注〔一一〕。

〔五〕封及萬户侯：謂封爲食邑萬户之侯，極言其高爵顯位。戰國策齊策四：「有能得齊王頭者，封萬户侯。」史記李將軍列傳：「惜乎，子不遇時！如令子當高帝時，萬户侯豈足道哉！」

〔六〕丈人：尊稱萬富樓之主人。白帢：白色便帽，與「拔」字不侔。當爲「白袷」，指白色夾衣。參見本集卷二贈王性之注〔一〇〕。

〔七〕一洗驕氣浮：東坡詩集注卷一六子由自南都來陳三日而别：「别來未一年，落盡驕氣浮。」注：「史記：老子謂孔子曰：『去子之驕氣與多欲，態色與淫志。』」此借用其語。

〔八〕郿塢癡肉臠：謂董卓郿塢藏金，不過爲一塊刀下肉臠而已。後漢書董卓傳：「乃結壘於長安城東以自居。又築塢於郿，高厚七丈，號曰『萬歲塢』。積穀爲三十年儲。自云：『事成，雄據天下；不成，守此足以畢老。』……時王允與呂布及僕射士孫瑞謀誅卓。……使瑞自書詔以授布，令騎都尉李肅與布同心勇士十餘人，僞著衛士服於北掖門内以待卓。卓將至，馬驚不行，怪懼欲還。呂布勸令進，遂入門。肅以戟刺之，卓衷甲不入，傷臂墮車，顧大呼曰：『呂布何在？』布曰：『有詔討賊臣。』卓大駡曰：『庸狗敢如是邪！』布應聲持矛刺卓，趣兵斬之。使皇甫嵩攻卓弟旻於郿塢，殺其母妻男女，盡滅其族。乃尸卓於市。天時始熱，卓素充肥，脂流於地。守尸吏然火置卓臍中，光明達曙，如是積日。諸袁門生又聚董氏之尸，焚灰揚之於路。塢中珍藏有金二三萬斤，銀八九萬斤，錦綺繢縠紈素奇玩，積如丘山。」

〔九〕金谷酒色囚：謂石崇金谷宴飲，不過爲一個酒色之囚而已。晉書石崇傳：「財産豐積，室宇宏麗。後房百數，皆曳紈繡，珥金翠。絲竹盡當時之選，庖膳窮水陸之珍。與貴戚王愷、羊琇之徒以奢靡相尚。」世説新語品藻：「謝公云：『金谷中蘇紹最勝。』」劉孝標注引石崇金谷詩叙曰：「余以元康六年，從太僕卿出爲使持節、監青徐諸軍事、征虜將軍。有别廬在河南縣界，金谷澗中，或高或下，有清泉茂林，衆果、竹柏、藥草之屬，莫不畢備。又有水碓、魚池、土窟，其爲娱目歡心之物備矣。時征西大將軍祭酒王詡當還長安，余與衆賢共送往澗中，晝夜游宴，屢遷其坐。或登高臨下，或列坐水濱。時琴瑟笙筑，合載車中，道路並作。及住，令與鼓吹遞奏。遂各賦詩，以叙中懷。或不能者，罰酒三斗。感性命之不永，懼凋落之無期。

故具列時人官號、姓名、年紀，又寫詩箸後。後之好事者，其覽之哉！凡三十人，吴王師、議郎、關中侯、始平武功蘇紹字世嗣，年五十，爲首。」

〔一〇〕「名均謂之富」二句：謂董卓、石崇亦稱富，然皆金銀酒色之富，與萬富樓主「凜然無求姿」之富，趣向不同，涇渭分明。黄庭堅書洞山价禪師新豐吟後：「余舊不喜曹洞言句，常懷涇渭不同流之意。」

〔一一〕余窮蓄一喙：謂只剩一張喫飯之口，餘無所有，極言窮困。柳宗元柳河東集卷三〇與蕭翰林俛書：「嗟乎！余雖家置一喙以自稱道，詬益甚耳。」此借用其語。

〔一二〕「此詩如橄欖」四句：謂讀此詩如食橄欖，初苦澀而後有味。歐陽修水谷夜行寄子美聖俞：「近詩尤古硬，咀嚼苦難嘬。初如食橄欖，真味久愈在。」黄庭堅次韻子由績溪病起被召寄王定國：「端如嘗橄欖，苦過味方永。」此化用其意。參見卷二送覺海大師還廬陵省親注〔二一〕。

湘西飛來湖〔一〕

武林散煙鬟〔二〕，一峰螺髻孤〔三〕。煙雲有奇態，華木秋不枯。理公何許來？望見輒軒渠。曰此靈鷲峰，何年來飛乎〔四〕？個中有白猿，爲子抵掌呼。至今呼猿澗，飛波跳碎珠〔五〕。竭來楚國南㊀，萬山爭走趨。精廬開横塘〔六〕，清可照眉須。高人家武林，致此從東吴。那知湘水西，乃有飛來湖。蓮（連）蕩滿秋色㊁〔七〕，小艇藏菰蒲。閑來倚危檻，對立鷗炯如〔八〕。我與湘峰色，俱堪入畫圖〔九〕。

【校記】

㊀ 竭：四庫本作「碣」。

㊁ 蓮：原作「連」，誤，今改。參見注〔七〕。

【注釋】

〔一〕宣和年間作於長沙。　飛來湖：清趙寧纂修長沙府嶽麓志卷二山川志：「飛來湖，在鳳陽山前，横塘數畝，小成湘碧，可釣可泛。江皋重岫，既遮斷大江，嘗星月倒映，鷗鳧宿煙，一泓之清，勝於千頃。宋洪覺（範）禪師有詩云：『連蕩滿秋色，小艇藏菰蒲。』想見當時此湖殊不寂寞。今荒若閒田，游者不顧。山水之顯晦因時，蓋不獨兹湖爲然矣。」

〔二〕武林：指杭州武林山，即靈隱山。輿地紀勝卷二兩浙東路臨安府：「武林山：漢晉書皆言錢塘縣有武林山，在縣一十五里。又名靈隱，又曰靈苑，曰仙居。山有五峰：曰飛來，曰白猿，曰稽留，曰月桂，曰蓮華。」而方輿勝覽卷一臨安府：「武林山：在錢塘舊治之北半里，今爲錢塘門裏太一宮道院土阜是也。元名虎林，避唐朝諱，改虎爲武。」所言不同。　煙鬟：喻煙中之山。蘇軾李思訓畫長江絶島圖：「峨峨兩煙鬟，曉鏡開新粧。」

〔三〕一峰螺髻孤：指杭州靈隱山飛來峰。

〔四〕「理公何許來」四句：輿地紀勝卷二兩浙東路臨安府：「靈隱寺：元和郡縣志：錢塘縣有靈隱山。又晏公類要云：在錢塘縣西一十二里，有崑石室、龍泓洞，西南臨浙江。十三州記曰：錢塘武林山，泉水原出焉，即此浦也。晉咸和中，有西乾梵僧登此山，歎曰：『此武林山是中天竺國靈鷲山之小嶺，不知何年飛來。』乃創靈隱寺。」又曰：「飛來峰：晏殊地志云：晉咸和中，西天僧慧理歎曰：『此是中天竺國靈鷲山之小嶺，不知何年飛來。』故號。」參見本集卷三飛來峰注〔一〕。

〔五〕「個中有白猿」四句：釋遵式白猿峰詩序：「西天慧理，畜白猿於靈隱寺，月明長嘯，清音滿室。」方輿勝覽卷一臨安府：「呼猿洞，在飛來峰下，其洞有路可透天竺。」

〔六〕精廬：佛寺之別稱。

〔七〕蓮蕩：猶言蓮塘、蓮湖。蕩，淺水湖。黄庭堅乙卯宿清泉寺：「蓮蕩落紅衣，泉泓數白石。」送陳蕭縣：「白露爲霜水一篙，秋香蓮蕩浮輕舠。」疊屏巖：「石屏重疊翡翠玉，蓮蕩宛轉芙蓉城。」本集卷一三題悟宗壁：「蓮蕩凋零退晚紅。」底本「蓮」作「連」，廓門注：「『連』當作『蓮』字。」其説甚是，今據改。

〔八〕炯如：明顯貌，明亮貌。

〔九〕「我與湘峰色」二句：此設想倚欄觀景之「我」與湘峰之色共同構成一幅圖畫。錯按：此「觀者入畫」之觀念爲惠洪及同時代宋人所特有，如本集卷一六舟行書所見：「個中著我添圖畫，便是華亭落照灣。」同卷又登鄧氏平遠樓縱望見小廬山作：「我與小樓俱是畫，雨中猶復見廬山。」李彭日涉園集卷一〇二絶之二：「我據筍輿煙雨裏，有人應作畫圖看。」同卷自西林投宿歸宗：「我與諸峰俱是畫，解隨歸鳥過山南。」

次韻周達道運句二首〔一〕

問人欲買山，便應知官情〔二〕。詩眼艷秋水，袖手望空青〔三〕。家蓄不貪寶〔四〕，寸田常自耕〔五〕。永懷柴桑歸〔六〕，悠然見真誠〔七〕。不甘口腹累，折腰求乳腥〔八〕。偶題五字句，醉墨半欹傾〔九〕。麒麟入圖畫〔一〇〕，鼎彝書姓名〔一一〕。何如瓔瓢中〔一二〕，獨酌郎官清〔一三〕。鳥啼春寂寂〔一四〕，院靜花冥冥〔一五〕。懸知睡足處，衾暖紙窗明。

朱門連大藩〔一六〕，知是故人宅。登門一笑懽，忘其身是客。叢林斷岸西〔一七〕，聚落一水隔〔一八〕。欲知往來數，雞犬亦相識〔一九〕。人情改朝夕，世議苦迫窄〔二〇〕。公輩月輪高，不涴濁流色〔二一〕。撥書卧清曉，井汲聞餘滴〔二二〕。職嚴賓謁少，境靜意自適。嗟余眷閭里，邊風馬嘶北〔二三〕。公賢義當親，此外吾何擇。瘴痾蘇晝簟〔二四〕，小寢喧鼻息。夢驚哦公詩，清懽洗岑寂。

【校記】

㊀柴：廓門本作「紫」，誤。

【注釋】

〔一〕宣和四年春作於長沙。　周達道：名不可考，生平未詳，時爲荆湖南路轉運司勾當公事，續資治通鑑長編卷三六七哲宗元祐元年：「添差勾當公事官，隸轉運司者，曰運勾。」「句」同「勾」。然本集卷一九有周達道通判贊，則達道其時實任潭州通判。疑潭州通判兼轉運司勾當公事。此例本集尚有，如卷七和曾倅喜雨之句稱曾通判「詩慕謫仙名烜赫」，同卷次韻曾運句游山稱曾運句「夫子謫仙隱於儒，仲連太白真其徒」，亦可見曾通判即曾運句。此詩稱周達道爲「故人」，又卷九次韻周運句見寄曰「昔共飲臨汝」，可知二人初相識於臨川。今考雍正江西通志卷四九選舉志，崇寧五年蔡嶷榜有臨川人周穎達，疑即此人。

〔二〕「問人欲買山」二句：謂官員若欲買山，則可知其有歸隱之心。參見本集卷四余將北游留海昏而餘祐禪者自靖安馳來覓詩注〔一三〕。

〔三〕空青：指青色天空。杜甫不離西閣之二：「江雲飄素練，石壁斷空青。」廓門注：「卓氏藻林：『空青，晴景也。』」

〔四〕家蓄不貪寶：讚譽周達道爲官廉潔。左傳襄公十五年：「宋人或得玉，獻諸子罕，子罕弗受。獻玉者曰：『以示玉人，玉人以爲寶也。故敢獻之。』子罕曰：『我以不貪爲寶，爾以玉爲寶。若以與我，皆喪寶也。不若人有其寶。』」

〔五〕寸田常自耕：喻常自治心養氣。寸田：喻心，猶言心田。蘇軾游羅浮山一首示兒子過：「寸田尺宅今誰耕？」此借用其語。

〔六〕柴桑：宋書隱逸傳陶潛傳：「陶潛，字淵明，或云淵明，字元亮，潯陽柴桑人也。」太平寰宇記卷一一一江南西道九江州：「柴桑山，近栗里原，陶潛此中人。」

〔七〕悠然見真誠：陶淵明飲酒二十首之五：「悠然見南山。」此借用其語。

〔八〕「不甘口腹累」二句：謂其不甘心爲口腹所累而折腰求食。乳腥：代指食物，惠洪所創。宋書隱逸傳陶潛傳：「謂親朋曰：『聊欲絃歌，以爲三徑之資，可乎？』執事者聞之，以爲彭澤令。……郡遣督郵至，縣吏白應束帶見之。潛歎曰：『我不能爲五斗米折腰向鄉里小人。』即日解印綬去職，賦歸去來。」蘇軾歐陽叔弼見訪誦陶淵明事歎其絶識既去感慨不已而賦此詩：「淵明求縣令，本緣食不足。束帶向督郵，小屈未爲辱。翻然賦歸去，豈不念窮獨。重以五斗米，折腰營口腹。」

〔九〕醉墨半攲傾：杜甫同元使君舂陵行：「作詩呻吟内，墨淡字攲傾。」此化用其語意。

〔一〇〕麒麟入圖畫：指建功立業，爲帝王股肱之臣。漢書蘇武傳：「甘露三年，單于始入朝。上思股肱之美，迺圖畫其人於麒麟閣。」參見本集卷五西湖寺逢子偉注〔一五〕。

〔一一〕鼎彝書姓名：鼎彝爲古之祭器，上刻人名以紀其功。左傳襄公十九年載臧武仲言：「且夫大伐小，取其所得以作彝器，銘其功烈，以示子孫。」文選卷四六任昉王文憲集序：「前郡尹温太真、劉真長或功銘鼎彝，或德標素尚。」李善注：「禮記曰：『鼎有銘，銘者，論譔其先祖之德，美功烈勳勞，而酌之祭器。』」本集卷九陳奉議生辰：「浪傳書課奏，須看鼎彝銘。」卷二九代上少師啓：「服功於談笑之間，紀績於鼎彝之上。」均此意。

〔一二〕癭瓢：癭木所製之瓢樽，此指酒器。九家集注杜詩卷二五贈王二十四侍御契四十韻：「長歌敲柳癭。」注：「癭，於郢切，謂罇也，瘤也。曹植詩『我有柳癭瓢』是也。」蘇軾中山松醪賦：「酌以癭藤之紋樽。」錯按：説文疒部：「癭，頸瘤也。」段玉裁注：「凡楠樹樹根贅肬甚大，折之，中有山川花木之文，可爲器械。今人謂之癭木是也。」

〔一三〕郎官清：代指酒。山谷内集詩注卷一八病來十日不舉酒二首之二：「令我興發郎官清。」任淵注：「郎官清，蓋酒名。國史補云：『酒則京城之郎官清。』」

〔一四〕鳥啼春寂寂：杜甫涪城縣香積寺官閣：「小院迴廊春寂寂，浴鳧飛鷺晚悠悠。」此借用其語。

〔一五〕院静花冥冥：杜甫醉歌行：「樹攪離思花冥冥。」此借用其語。冥冥，迷漫貌。錯按：能改齋漫録卷八花冥冥：「元微之憶雲之詩云：『奇樹花冥冥。』蓋本杜詩『樹攪離思花冥冥』也。而韋蘇州亦有『冥冥花正開』、『東方欲曙花冥冥』之句。」

〔一六〕大藩：重要州郡，大藩鎮，此指潭州。

〔一七〕叢林斷岸西：指水西南臺寺，在湘江西岸，惠洪自宣和二年三月移居於此。本集卷二六題橘洲圖：「予家於湘西，開門則漁汀斷岸，不呼而登几案間。」卷二七跋橘洲圖山谷題詩：「予棲遲橘洲斷岸甚久。」

〔一八〕聚落一水隔：潭州州治長沙縣在湘江東岸，與南臺寺一水相隔，故云。

〔一九〕雞犬亦相識：蘇軾常潤道中有懷錢塘寄述古五首之三：「二年魚鳥渾相識。」又十月二日初到惠州：「仿佛曾游豈夢中，欣然雞犬識新豐。」此化用其意。

〔二〇〕世議苦迫窄：本集屢用此意，語本蘇軾游徑山：「近來愈覺世議隘。」已見前注。

〔二一〕「公輩月輪高」二句：黄庭堅汴岸置酒贈黄十七：「黄流不解涴明月。」此化用其意，以喻周達道人品之高潔。　涴：污染。

〔二二〕井汲：猶言汲井，井中取水。廓門注：「謝靈運詩：『激澗代汲井。』」　聞餘滴：聽聞汲井之滴水聲，以狀清曉之靜。本集屢寫此境，如本卷次韻朝陰二首之一：「轆轤曉汲罷，幽響聞餘滴。」卷一〇夏日偶書二首之二：「井花曉汲聞餘滴。」

〔二三〕邊風馬嘶北：喻眷戀故鄉。文選卷二九古詩十九首之一：「胡馬依北風，越鳥巢南枝。」李善注：「韓詩外傳曰：『詩曰：代馬依北風，飛鳥棲故巢。皆不忘本之謂也。』」廓門注：「『胡馬嘶北風』意。」「嘶」當作「依」。

〔二四〕瘴痾：感受嶺南瘴氣而生之疾病。惠洪曾流配海南，故有此疾。柳宗元讀書：「瘴痾擾靈府，日與往昔殊。」

大雪寄許彥周宣教法弟〔一〕

湘西雪連日，荒寒發明鮮。誰持華藏界，墮我宴坐邊〔二〕。遙知毗耶老〔三〕，薝蔔開滿前〔四〕。想見散華女〔五〕，笑頰微渦旋〔六〕。不受禪律縛〔七〕，尚遭富貴纏〔八〕。游戲翰墨中，骨清聳詩肩〔九〕。白灰紅麒麟〔一〇〕，玉液黃金然〔一一〕。醉眼艷秋水，落筆驅雲煙。放意吐秀句，與雪爭清妍。我詩出寒餓〔一二〕，苦語秋蛩煎〔一三〕。定作笑拊掌，望空鬚一掀。

【注釋】

〔一〕宣和四年十二月作於長沙。許顗（一〇九二～？），字彥周，號闌提居士，襄邑人。嘗從佛慈圓璣禪師參學，有彥周詩話傳世。彥周詩話記：「僕年十七歲時，先大夫爲江東漕，李端叔、高秀實皆父執也。適在金陵，二公游蔣山，僕雖年少，數從杖履之後。」李之儀（端叔）、高茂華（秀實）在金陵時爲大觀二年（一一〇八），許顗年十七，故其生年當爲元祐七年（一〇九二），少惠洪二十一歲。許顗爲惠洪作智證傳後序曰：「頃辛丑歲（宣和三年），余在長沙，與覺範相從彌年。其人品問學，道業知識，皆超妙卓絶，過人遠甚。」彥周詩話亦曰：「頃年僕在長沙，相從彌年。」此詩作於許顗離長沙後之次年。　宣教：指宣教郎，文臣寄禄官名，從八品。　法弟：惠洪爲真淨克文法嗣，許顗爲佛慈圓璣法嗣，克文與圓璣同出黄龍慧南之門，惠洪年長於許顗，故稱其法弟。禪林僧寶傳卷三〇保寧璣禪師傳：「睢陽許顗彦周，鋭於參道，見璣作禮。璣曰：『莫將閑事挂心頭。』彦周曰：『如何是閑事？』答曰：『參禪學道是。』於是彦周開悟，良久曰：『大道甚坦夷，何用許多言句葛藤乎？』璣呼侍者，理前語問之，侍者瞠而却。璣謂彦周曰：『言句葛藤，又不可廢也。』」續傳燈録卷二一目録保寧璣禪師法嗣有許顗彦忠居士。「彦忠」當爲「彦周」之誤。

〔二〕「誰持華藏界」二句：本集卷五次韻雪中過武岡：「曉鶯誰推華藏界，墮我坐前光不滅。」即此意。　鍇按：惠洪好以華藏界喻白雪妝點之世界，已見前注。

〔三〕毗耶老：即維摩詰居士，此代指許顗。蓋許顗自號闡提居士，亦同維摩詰，在家修佛。維摩詰經卷上方便品：「爾時毗耶離大城中有長者，名維摩詰。」故以毗耶老代稱。

〔四〕薝蔔：梔子花之别稱，花開六瓣，以喻雪花。參見本卷宿湘陰村野大雪寄湖山居士注〔六〕、〔七〕。

〔五〕散華女：維摩詰經卷中觀衆生品：「時維摩詰室有一天女，見諸大人聞所説法，便現其身，即以天華散諸菩薩、大弟子上。」

〔六〕笑頰微渦旋：笑時頰上出現淺淺酒窩。蘇軾百步洪二首之二：「不知詩中道何語，但見兩頽生微渦。」

〔七〕不受禪律縛：稱其雖參禪而不受禪律束縛。杜甫夜聽許十損誦詩愛而有作：「余亦師粲可，身猶縛禪寂。」此反其意而用之。

〔八〕尚遭富貴纏：稱其尚爲富貴所纏縛，難以脱身。鍇按：本集屢用「富貴纏」、「縛富貴」之語酬贈他人，乃恭維話。參見卷二次韻葉集之同秀實敦素道夫游北山會周氏書房注〔二〕、卷五次韻謁子美祠堂注〔一一〕。

〔九〕骨清聳詩肩：形容詩人苦吟之態。孟郊戲贈無本：「詩骨聳東野。」蘇軾是日宿水陸寺寄北山清順僧之二：「遥想後身窮賈島，夜寒應聳作詩肩。」此化用其意。

〔一〇〕白灰紅麒麟：本指地爐中燒紅之麒麟形獸炭，亦泛指炭火。蘇軾贈月長老：「延我地爐坐，語軟意甚真。白灰如積雪，中有紅麒麟。」此用其語。鍇按：獸炭之製見晉書外戚傳羊琇傳：「琇性豪侈，費用無復齊限，而屑炭和作獸形以温酒，洛下豪貴咸競效之。」

〔一一〕玉液黄金然：指獸炭温酒費用極昂貴。玉液：喻美酒。白居易效陶潛體詩之四：「開瓶瀉罇中，玉液黄金脂。」此借用其語。黄金然：孟浩然秦中感秋寄遠上人：「黄金然桂盡。」此借用其意。鍇按：以上二句極言許顗豪侈生活，以坐實「尚遭富貴纏」。

〔一二〕我詩出寒餓：蘇軾病中大雪數日未嘗起觀號令趙薦以詩相屬戲用其韻答之：「詩人例窮蹇，秀句出寒餓。」此借用其語意。

〔一三〕苦語秋蛩煎：喻作詩艱難苦吟之狀，如秋日之鳴蛩其聲淒苦。

臥病次彦周韻〔一〕

臥便午簟祛殘暑，誰令殿閣風甌（鷗）語㊀〔二〕。君來談笑破岑寂，慰（尉）此經旬攜手阻㊁。湘山解事不須招，數峰入座爭翔舞〔三〕。心知清境世不要，勝踐從來數支許〔四〕。戲將平時説禪口，貶剥諸方呵佛祖〔五〕。眼高叢林不見人〔六〕，但許南臺稱法乳〔七〕。忽驚詞鋒亂斫伐，披靡千人如項羽〔八〕。詩成相對兩咨嗟，此生俯仰成今古〔九〕。

【校記】

㊀甌：原作「鷗」，誤，今據寬文本、廓門本改。參見注〔二〕。

㊁慰：原作「尉」，誤，今據四庫本、廓門本、武林本改。

【注釋】

〔一〕宣和三年七月作於長沙。　彦周：即許顗，已見前注。

〔二〕風甌：殿閣塔簷懸挂之鈴鐸，因風而響，故曰風鈴，以陶瓦製者稱風甌。蘇軾雨中過舒教授：「坐依蒲褐禪，起聽風甌語。」此借用其語。　鍇按：本集屢用此語，如卷二自豫章至南山月下望廬山：「對牀卧聽風甌語。」同卷夏日雨晴過宗上人房：「殿閣風甌鳴。」卷一四夏日三首之二：「一聲殿角風甌。」底本「甌」作「鷗」，涉形近而誤，今改。

〔三〕「湘山解事不須招」二句：謂湘山不須邀請，自會與人親近，山勢如鳥之翔舞，入詩人坐中。蘇軾越州張中舍壽樂堂：「高人自與山有素，不待招邀滿庭户。」此乃規模其意而形容之。　鍇按：本集寫山勢，常用鳥之翔舞喻之，如卷三次韻超然送照上人歸東吴：「經行遲立望吴山，氣勢飛翔争入楚。」同卷飛來峰：「氣勢欲翔舞，秀色無千嶂。」

〔四〕支許：東晉名僧支遁與名士許詢之並稱，惠洪借以類比己與許顗。蓋支遁、許詢善談玄，惠洪、許顗善説禪，均一僧一俗。世説新語文學：「支道林、許掾諸人共在會稽王齋頭。支爲法師，許爲都講。支通一義，四坐莫不厭心。許送一難，衆人莫不抃舞。但共嗟詠二家之美，不辯其理之所在。」高僧傳卷三釋慧嚴傳：「時顔延之著離識觀及論檢，帝命嚴辯其同異，往復終日。帝笑曰：『公等今日，無愧支許。』」鍇按：許詢晉書無傳。世説新語言語：「劉真長爲丹陽尹，許玄度出都就劉宿。」劉孝標注引續晉陽秋曰：「許詢字玄度，高陽人，魏中領軍允玄孫。總角秀惠，衆稱神童，長而風情簡素。司徒掾辟，不就，蚤卒。」

〔五〕貶剥諸方：貶斥批駁諸家宗師。剥，通「駁」。明覺禪師語録卷二：「一日上堂，大衆纔集，師云：『一任諸方貶剥。』便下座。」本集卷二四送鑑老歸慈雲寺序：「元祐之初，開法於西安，嫚罵佛祖，貶剥諸方，聞其風望崖而退者，不可勝數。」　呵佛祖：已見前注。

〔六〕眼高叢林不見人：謂禪林無人可入其法眼。蘇軾書丹元子所示李太白真：「眼高四海空無人。」此借用其句法并語意。

〔七〕南臺：惠洪自稱，因住長沙水西南臺寺，故稱。　法乳：喻佛法。謂佛法如乳汁哺育衆生。大般涅槃經後分卷上應盡還源品：「飲我法乳長法身。」廓門注：「南臺，謂圓通圓璣禪師。按汝達宗派圖，許顗彦周居士嗣法於圓璣，故言也。」殊誤。

〔八〕「忽驚詞鋒亂斫伐」二句：此亦以戰喻詩，謂其詞如鋒刃，筆可斫伐，如項羽之勇，可令千人倒伏潰敗。史記項羽本紀：「於是項王大呼馳下，漢軍皆披靡，遂斬漢一將。是時，赤泉侯爲騎將，追項王，項王瞋目而叱之，赤泉侯人馬俱驚，辟易數里。」又史記淮陰侯列傳：「請言項王之爲人也。項王喑嗚叱咤，千人皆廢。」司馬貞索隱：「孟康曰：『廢，伏也。』張晏曰：『廢，偃也。』」廢、伏、偃，皆披靡之意。

〔九〕此生俯仰成今古：極言此生之短暫。蘇軾和蔡景繁海州石室：「夢中舊事時一笑，坐覺俯仰成今古。」又虢國夫人夜游圖：「人間俯仰成今古。」此借用其語。

次韻朝陰二首〔一〕

轆轤曉汲罷〔二〕，幽響聞餘滴。不知雨毛空〔三〕，但覺炊煙濕。閑居少過從〔四〕，屋角寒藤入。夫子獨念我，問訊常絡繹〔五〕。時來款（歎）柴扃㊀〔六〕，飢飽共休戚。此詩麗如春，姸暖破岑寂〔七〕。如追蓟子訓，可望不可及〔八〕。

稻田翠浪翻，風葉朝露滴。按行阡陌間〔九〕，歸來袍袴濕。駮雲漏日脚〔一〇〕，窗戶空翠入〔一一〕。當年走京塵，日莫馳山驛（繹）㊁〔一二〕。此生彈指間〔一三〕，强半是悲戚。揭來效支遁，買山老閑寂〔一四〕。君真許詢輩〔一五〕，詩語時見及。

【校記】

㊀ 款：原作「歎」，誤，今據寬文本、四庫本、廓門本改。參見注〔六〕。

㊁ 驛：原作「繹」，誤，今據寬文本、四庫本、廓門本、武林本改。參見注〔一二〕。

【注釋】

〔一〕宣和三年夏作於長沙。此詩乃次韻許顗朝陰詩而作。

〔二〕轆轤：用輪軸原理製成之井上汲水裝置。世説新語排調：「顧曰：『井上轆轤臥嬰兒。』」

〔三〕雨毛空：猶言毛毛細雨當空。參見本集卷一仁老以墨梅遠景見寄作此謝之二首注〔三〕。

〔四〕閑居少過從：山谷内集詩注卷一九次韻德孺新居病起：「稍喜過從近，扶筇不駕車。」任淵注：「劉禹錫詩：『官班高後少過從。』」

〔五〕絡繹：猶言絡繹不絶。廓門注：「往來不絶曰絡繹。」

〔六〕款：叩，敲擊。晏子春秋雜上十二：「景公飲酒，夜移于晏子之家。前驅款門曰：『君至。』」柴扃：猶柴門，代指貧寒之陋室。底本「款」作「歎」，誤，今從寬文本等改。

〔七〕「此詩麗如春」二句：喻許顗詩如春日，復就春日寫其妍麗和暖，此爲曲喻之修辭法。岑寂：寂靜。廓門注：「文選舞鶴賦曰：『去帝鄉之岑寂。』」

〔八〕「如追薊子訓」二句：喻其詩意之高遠，己詩欲追隨，而終望塵莫及。後漢書方術傳薊子訓傳：「顧視見人而去，猶駕昔所乘驢車也。見者呼之曰：『薊先生小住。』並行應之，視若遲徐，而走馬不及，於是而絕。」

〔九〕按行：指官員巡行，巡視。阡陌：廓門注：「田間道，南北曰阡，東西曰陌。」

〔一〇〕駮雲漏日脚：謂色彩斑駁之雲漏出日光。韓愈南海神廟碑：「雲陰解駮，日光穿漏。」此化用其語。

〔一一〕窗户空翠入：廓門注：「孟浩然詩：『夕陽連雨足，空翠落庭陰。』」

〔一二〕日莫馳山驛：賈島長江集卷三寄令狐相公：「策杖馳山驛，逢人問梓州。」此借用其語。鍇按：冷齋夜話卷五賈島詩亦引此詩。莫，同「暮」。驛，底本作「繹」，不辭，或爲次韻之故，今從寬文本等。

〔一三〕此生彈指間：極言此生之短暫。蘇軾過永樂文長老已卒：「三過門間老病死，一彈指頃去來今。」

〔一四〕「竭來效支遁」二句：世説新語排調：「支道林因人就深公買印山，深公答曰：『未聞巢由買山而隱。』」

〔一五〕許詢輩：許詢爲東晉名士，此指好與僧人交往之名士。許顗與許詢同姓，故以之類比，此即宋人「贈人詩多用同姓事」之例。參見前詩卧病次彦周韻注〔四〕。

余病脾氣李宜中教余服仙茅乃從彦周乞之彦周祖肩荷臨濟呵余鈍根敗闕病輒服藥是以生死爲二耶得藥作此謝之〔一〕

嗟余早衰人，多病良業疾〔二〕。脾勞禁晚湌，腿重怯下濕〔三〕。爾來又增添，冷氣攻脇脊。愁坐如蹲猿〔四〕，呻吟喧四壁。聞世有仙茅，温中等金石〔五〕。恐能祛吾疾，僥倖延餘息。我家小郎君〔六〕，道眼窺罅隙〔七〕。恐余偷心在〔八〕，指數煩口擊〔九〕。負負無可言〔一〇〕，頹然慚道力〔一一〕。檢蜜念慧遠〔一二〕，誦呪憶羅什〔一三〕。兩翁例一笑，顛倒不足惜。世尊病須乳，侍者遺行乞〔一四〕。達磨五遭毒，知毒乃敢食〔一五〕。佛祖豈貪生〔一六〕，避就唯恐失。二者如不坐，吾罪亦可釋〔一七〕。想見讀此詩，笑中和易色。

【校記】

㈠ 荷：廓門本闕。

【注釋】

〔一〕宣和三年作於長沙。　脾氣：脾臟之氣。黄帝内經素問生氣通天論：「陰之所生，本在五味，陰之五宮，傷在五味。是故味過於酸，肝氣以津，脾氣乃絶。」　李宜中：名未詳，生平不可考。　仙茅：植物名，産自西域，唐開元元年婆羅門僧進此藥，故又名婆羅門參。根、莖可入藥。政和證類本草卷一一仙茅：「圖經曰：仙茅，生西域及大庾嶺，今蜀川、江湖、兩浙諸州亦有之。葉青如茅而軟，復稍闊，面有縱理，又似棕櫚。至冬盡枯，春初乃生。三月有花如梔子黄，不結實。其根獨莖而直，旁有短細根相附，肉黄白，外皮稍粗，褐色。二月、八月采根，曝乾用。」雞肋編卷下：「仙茅一名婆羅門參，出南雄州大庾嶺上，以路北雲封寺後者爲佳。切以竹刀，洗暴通白，其寺南及他處者，即心有黑暈，以此爲别。」　彦周祖肩荷臨濟：謂許顗擔負臨濟宗旨之護法重任。　鍇按：續傳燈録卷二一以許顗爲保寧圓璣禪師法嗣，屬臨濟宗黄龍派。　鈍根：謂根機愚鈍，不能領悟佛法。

〔二〕多病良業疾：多病之身良由惡業所生之疾病而造成。本集卷四獄中暴寒凍損呻吟：「由心有癡愛，癡愛乃有業。因業疾病生，痛此百骨節。」

〔三〕腿重怯下濕：左傳成公六年：「易覯則民愁，民愁則墊隘，於是乎有沈溺重膇之疾。」杜預

注：「沈溺，濕疾。重膇，足腫。」

〔四〕蹲猿：如蹲坐之猿猴。語本杜甫東屯月夜：「暫睡想猿蹲。」鍇按：本集屢用此狀愁坐、兀坐之貌，如卷五謁嵩禪師塔：「兀坐如蹲猿。」卷六送瑫上人往臨平兼戲廓然：「又作飢猿蹲。」卷七次韻曾英發兼簡若虛：「而我老坐如蹲猿。」卷八雨中聞端叔敦素飲作此寄之：「何妨跨項作猿蹲。」卷一六宿興化寺：「縮肩裹被作猿蹲。」

〔五〕溫中等金石：謂仙茅之藥性溫和，等同金石丹藥之效。政和證類本草卷一一仙茅：「味辛，溫，有毒。主心腹冷氣不能食，腰脚風冷攣痹不能行，丈夫虛勞，老人失溺，無子，益陽道。久服通神强記，助筋骨，益肌膚，長精神，明目。一名獨茅根，一名茅瓜子，一名婆羅門參。仙茅傳云：『十斤乳石，不及一斤仙茅。』表其功力爾。」

〔六〕我家小郎君：指許顗。所謂「我家」者，乃就禪家而言之，因許顗與惠洪同屬臨濟宗黃龍派，故稱。　小郎君：許顗少惠洪二十一歲，其時年三十歲。廓門注：「東坡詩二十一卷：『郎君欲出先自贊。』注：『應休璉與滿公琰書曰：外嘉郎君謙下之德。故後來遂以郎君稱人之子弟。』按：見文選應休璉書。」

〔七〕道眼窺罅隙：蘇軾弔李臺卿：「看書眼如月，罅隙靡不照。」此化用其意。　道眼：洞察幽微、辨別真妄之眼力。　罅隙：指瑕疵、疏漏。

〔八〕偷心：偷盜之心。與婬心、殺心相並。語本楞嚴經卷六：「又復世界六道衆生，其心不偷，則不隨其生死相續。汝修三昧，本出塵勞，偷心不除，塵不可出。縱有多智禪定現前，如不斷偷，必落邪道。」此指苟且之心，蓋學禪者服仙藥，實未悟佛教生死不二之宗旨。

〔九〕口擊：謂以口排擊。蘇軾和陶答龐參軍三送張中：「頗能口擊賊，戈戟亦森然。」此借其語。

〔一〇〕負負無可言：後漢書張步傳：「步曰：『負負無可言者。』」李賢注：「負，愧也；再言之者，愧之甚。」此用其成句。

〔一一〕頹然：愚昧無知貌。東坡志林卷一論修養帖寄子由：「而世之昧者，便將頹然無知認作佛地。」　道力：修道之功力。

〔一二〕檢蜜念慧遠：高僧傳卷六晉廬山釋慧遠傳：「以晉義熙十二年八月初動散，至六日困篤。大德耆年，皆稽顙請飲豉酒，不許；又請飲米汁，不許；又請以蜜和水爲漿。乃命律師，令披卷尋文，得飲與不。卷未半而終，春秋八十三矣。」　檢蜜：指披卷尋文，翻檢戒律是否允許飲蜜漿。

〔一三〕誦呪憶羅什：高僧傳卷二晉長安鳩摩羅什傳：「什未終日，少覺四大不愈，乃口出三番神呪，令外國弟子誦之以自救，未及致力，轉覺危殆。於是力疾與衆僧告別曰：『因法相遇，殊未盡伊心，方復後世，惻愴何言。自以闇昧，謬充傳譯，凡所出經論三百餘卷，唯十誦一部，未及删煩，存其本旨，必無差失。願凡所宣譯，傳流後世，咸共弘通。今於衆前發誠實誓，若所傳無謬者，當使焚身之後，舌不燋爛。』」

〔一四〕「世尊病須乳」二句：維摩詰經卷上弟子品：「阿難白佛言：世尊！我不堪任詣彼問疾。所以者何？憶念昔時，世尊身小有疾，當用牛乳，我即持鉢，詣大婆羅門家門下立。時維摩詰來謂我言：『唯，阿難！何爲晨朝持鉢住此？』我言：『居士！世尊身小有疾，當用牛乳，故來至此。』維摩詰言：『止，止！阿難！莫作是語！如來身者，金剛之體，諸惡已斷，衆善普會，當有何疾？當有何惱？』」廓門注：「愚按：用牛乳事本於支謙譯犢子經，西秦竺法護譯乳光佛經，不煩更録。」鍇按：犢子經曰：「爾時佛遇風患，當須牛乳。時有婆羅門大富，去城不遠。時佛遣阿難言：『汝往到婆羅門家，從乞牛乳。』阿難受教而往。」乳光佛經曰：「於是佛告賢者阿難：『持如來名，往到梵志摩耶利家，從其求索牛乳湩來。』阿難受教，著衣持鉢，到其門下。」

〔一五〕「達磨五遭毒」二句：景德傳燈録卷三第二十八祖菩提達磨：「師又曰：『吾有楞伽經四卷，亦用付汝，即是如來心地要門，令諸衆生開示悟入。吾自到此，凡五度中毒。我常自出而試之，置石石裂。緣吾本離南印來此東土，見赤縣神州有大乘氣象，遂逾海越漠，爲法求人。際會未諧，如愚若訥。今得汝傳授，吾意已終。』……師遐振玄風，普施法雨，而偏局之量，自不堪任，競起害心，數加毒藥，至第六度。以化緣已畢，傳法得人，遂不復救之，端居而逝。」

〔一六〕佛祖：謂釋迦牟尼與菩提達磨。釋迦牟尼爲佛陀，菩提達磨爲禪宗第二十八祖，東土初祖，故稱。

〔一七〕「二者如不坐」二句：戲謂若佛乞牛乳、祖不食毒二者不須判罪，則己貪生之罪亦可赦免。坐：坐罪，判罪。

彥周見和復答〔一〕

既有疾可示，非是都無疾〔二〕。如春有陽燄，渴鹿想爲濕〔三〕。以君足疾苦，例我痛腰脊。忍痛而曰空，觸墻爲無壁。此論蓋四座，聞者皆屏息〔四〕。吾聞有漏軀，有病資藥石。漏盡病乃除，其神則無隙〔五〕。譬如出鑛金，萬鍛受鎚擊〔六〕。妙哉迂闊（開）老㊀〔七〕，辯博見才力。種性能文章，怒駡成詩什〔八〕。荆山玉抵鵲，而爲路人惜〔九〕。此詩不辭和，而藥不厭乞。又如夢中人，飢而獲飲食。覺來輒大笑，飢飽兩俱失〔一〇〕。以是知法空，妄盡方自釋。解空如佛言，不許離聲色〔一一〕。

【校記】

㊀闊：原作「開」，誤，今改。

【注釋】

〔一〕宣和三年作於長沙。此詩與前詩用韻相同，爲次韻許顗和答之作。

〔二〕「既有疾可示」二句：謂佛教既稱佛菩薩或高僧生病爲「示疾」，可見並非無「疾」之概念。

〔三〕「如春有陽燄」二句：喻愚癡凡夫爲虚僞妄想所惑。陽燄：大乘十喻之一，謂春初原野日光映浮塵而四散者。楞伽經卷二：「譬如羣鹿，爲渴所逼，見春時炎，而作水想，迷亂馳趣，不知非水。」隋釋智顗摩訶止觀卷一：「集既即空，不應如彼渴鹿馳逐陽焰；苦既即空，不應如彼癡猴捉水中月。」

〔四〕聞者皆屏息：論語鄉黨：「攝齊升堂，鞠躬如也，屏氣似不息者。」

〔五〕「吾聞有漏軀」四句：佛教謂有煩惱之身軀，則依賴藥石治病。若煩惱除盡，則神氣圓融，病無可乘之機。有漏：煩惱之異名。錯按：蘇軾代黄檗答子由頌：「子由問黄檗長老疾云：『五蘊皆非四大空，身心河嶽盡圓融。病根何處容他住，日夜還將藥石攻。』不知黄檗如何答？東坡老僧代云：『有病宜須藥石攻，寒時火燭熱時風。病根既是無容處，藥石還同四大空。』」可參見。

〔六〕「譬如出鑛金」二句：入楞伽經卷七偈頌品：「猶如彼淨衣，而有諸垢染。如衣得離垢，亦如金出鑛。」諸法集要經卷八悲愍有情品：「除煩惱過患，如鎔金出鑛。」圓覺經：「譬如銷金鑛，金非銷故有。雖復本來金，終以銷成就。一成真金體，不復重爲鑛。」文選卷五一王褒四子講德論：「精鍊藏於鑛朴，庸人視之忽焉，巧冶鑄之，然後知其幹也。」李善注：「精鍊，金也。金百鍊不耗，故曰精鍊也。説文曰：『鑛，銅鐵璞也。鑛與磺同。』」

〔七〕迂闊老：當爲許顗自號。本集卷一二彦周法弟作出家庵又自爲銘作此寄之：「迂闊庵成又自誇。」可證。迂闊：迂腐疏闊，不合實際。底本作「迂開」，不辭，廓門注：「『開』當作『闊』。」其説甚是，今改。

〔八〕怒駡成詩什：黄庭堅東坡先生真贊三首之一：「東坡之酒，赤壁之笛，嬉笑怒駡，皆成文章。」此借用其語。詩什：詩經之雅、頌，多以十篇編爲一組，名曰「什」，後以詩什泛指詩篇。

〔九〕「荆山玉抵鵲」二句：漢桓寬鹽鐵論崇禮：「南越以孔雀珥門户，崐山之旁以玉璞抵烏鵲。」本謂中原所貴之物，邊陲賤之。此喻大材小用，實爲可惜。鍇按：抵鵲者本爲崐山之玉，此言「荆山」者，蓋以其亦産玉之地而誤用之。文選卷二三盧諶答魏子悌：「恨無隋侯珠，以酬荆文璧。」李善注：「荆，楚也。韓子曰：『楚人卞和得璞玉於荆山之中。文王即位，乃使理其璞，得寶焉，乃命曰和氏之璧也。』」

〔一〇〕「又如夢中人」四句：般舟三昧經卷上行品：「時有人行，出入大空澤中，不得飲食，飢渴而卧。出便於夢中得香甘美食。飲食已，其覺，腹中空，自念：一切所有皆如夢耶？」蘇軾次韻孔毅父久旱已而甚雨三首之一：「飢人忽夢飯甑溢，夢中一飽百憂失。只知夢飽本來空，未悟真飢定何物。」此化用其意。

〔一一〕「解空如佛言」二句：「解空」指解悟諸法之空相。佛弟子中以須菩提爲解空第一。唐釋宗密金剛般若經疏論纂要卷下：「須菩提莫作是念，如來不以具足相故，得阿耨多羅三藐三菩提。華嚴經云：『色身非是佛，音聲亦復然，亦不離色聲，見佛神通力。』」林間録卷上：「餘杭政禪師嘗自寫照，又自爲之贊曰：『貌古形疏倚杖黎，分明畫出須菩提。解空不許離聲色，似聽孤猿月下啼。』」本集卷二〇解空閣銘：「乃知解空，不離色聲。」

彦周以詩見寄次韻〔一〕

兩詩護宗旨，萬仞仰峻嶺〔二〕。攀緣不可及，妙語出鋒穎。鈍根遭譏訶，正坐不勇猛〔三〕。譬如策疲羸，強以扛九鼎〔四〕。頑冥雖難化〔五〕，豈不發深省〔六〕。坐令跛驢心〔七〕，奮迅起馳騁〔八〕。愛君辯縱横，又畏面嚴冷〔九〕。直諒有如子〔一〇〕，敢不加虔詗〔一一〕？尚記笑語時，水軒同煮茗。池閑如鏡空，倒蘸垂楊影。歸來渡湘江，一葉浮萬頃。舟中亦曬藥，欲以駐頹景〔一二〕。君儻終不瞋，藥盡更當請〔一三〕。

【注釋】

〔一〕宣和三年作於長沙。此詩亦次韻許顗詩。

〔二〕萬仞仰峻嶺：喻許顗詩高不可及，令人仰望。此由詩小雅車舝「高山仰止」之意化出。鍇按：本集好以峻嶺喻人品或詩品，如卷二饒德操瑩中客世與淵才友善有詩送之予偶讀想見其爲人時聞已薙髮出家矣因次其韻：「如開衡嶽雲，仰此摩天峻。」卷三寄蔡子因：「何時仰此摩天峻。」

〔三〕勇猛：佛教語，指菩薩發勇猛心，精進修習一切善法，化導衆生，而無有退轉。唐釋澄觀華嚴經疏卷四三謂慈氏菩薩論説法師所具十德，第八爲「勇猛精進」。

〔四〕「譬如策疲羸」二句：如策使衰弱之人，而强迫其扛九鼎之重，喻力不勝任。此自謙語。　扛九鼎：喻有大才，能負重任。蘇轍次韻劉涇見寄：「近來直欲扛九鼎，令我畏見筆力强。」

〔五〕頑冥雖難化：蘇軾子由自南都來陳三日而别：「冥頑雖難化，鐫發亦已周。」此借用其語。

〔六〕豈不發深省：杜甫游龍門奉先寺：「欲覺聞晨鐘，令人發深省。」此借用其語。

〔七〕跛驢心：喻怠惰之心。語本楞伽經卷一：「能捨跛驢心智慧相，得最勝子第八之地，則於彼上三相修生。」宋楊彦國楞伽經纂卷一注「能捨跛驢心智慧相」曰：「謂第七地觀三界生死不定心，名跛驢，以不能行故。是故大慧聖智三相，當勤修學。」

〔八〕奮迅：氣勢振奮而行動迅疾。爾雅釋畜：「絶有力，奮。」郭璞注：「諸物有氣力多者，無不健自奮迅，故皆以名云。」鍇按：佛本行集經卷二九魔怖菩薩品：「仁今無畏清淨衆生，奮迅自在，如師子王處大林内。」故佛書有師子奮迅三昧之説，且以奮迅喻指修行之有力迅猛。

〔九〕面嚴冷：謂神色威嚴冷峻。蘇軾陳公弼傳：「聞之諸公長者，陳公弼面目嚴冷，語言確訒，好面折人。」又食檳榔：「面目太嚴冷，滋味絶媚嫵。」此借用其語。

〔一〇〕直諒：正直誠信。語本論語季氏：「益者三友，損者三友。友直，友諒，友多聞，益矣。友便辟，友善柔，友便佞，損矣。」

〔一一〕虔詷：恭敬問候。詷：探詢問候。陳師道寄答李方叔：「帝城分不入，書札詷何人？」底本「詷」作「詗」。廓門注：「按續字彙：『詗』與『詷』音義同。愚曰：不合韻，恐『警』字寫誤歟？不然『詷』字歟？」

〔一二〕駐頹景：猶言駐光陰而令容顔不老。蘇軾悼朝雲：「駐景恨無千歲藥，贈行惟有小乘禪。」

〔一三〕藥蠹叓當請：蘇軾送參寥師：「詩法不相妨，此語更當請。」此借用其語。

送彥周〔一〕

虞卿脱魏齊，拚意與俱去〔二〕。公卿一破甑，掉臂不復顧〔三〕。蕭何追韓信，棄車遂徒步（走）㊀〔四〕。貪賢如攫金，不見市人聚〔五〕。會合意傾寫〔六〕，掩書想風度。彥周雖緑髮，風味映前古。高論傾座人，能破萬毀譽。獨立傲世波，屹然如砥柱〔七〕。令人每見之，不敢發鄙語。推墮吾法中〔八〕，偃蹇揖佛祖〔九〕。死生人所怖，玩之於掌股〔一〇〕。此生幾離別，此別覺酸楚。夜寒衆峰高，獨看霜月吐。明日解歸舟，西風白蘋浦。君去我獨留，蒼茫煙水莫〔一一〕。

【校記】

㊀ 步：原作「走」，誤，今據武林本改。參見注〔四〕。

【注釋】

〔一〕宣和四年秋作於長沙。

〔二〕「虞卿脱魏齊」二句：史記平原君虞卿列傳：「虞卿既以魏齊之故，不重萬户侯卿相之印，與魏齊閒行，卒去趙，困於梁。魏齊已死，不得意，乃著書。」司馬貞索隱：「魏齊，魏相，與應侯有仇，秦求之急，乃抵虞卿。卿棄相印，乃與齊閒行亡歸梁，以託信陵君。信陵君疑未決，齊自殺。故虞卿失相，乃窮愁而著書也。」史記范睢列傳：「魏齊夜亡出，見趙相虞卿。虞卿度趙王終不可説，乃解其相印，與魏齊亡，閒行，念諸侯莫可以急抵者，乃復走大梁，欲因信陵君以走楚。信陵君聞之，畏秦，猶豫未肯見，曰：『虞卿何如人也？』時侯嬴在旁，曰：『人固未易知，知人亦未易也。夫虞卿躡屩檐簦，一見趙王，賜白璧一雙，黄金百鎰；再見，拜爲上卿；三見，卒受相印，封萬户侯。當此之時，天下爭知之。夫魏齊窮困過虞卿，虞卿不敢重爵禄之尊，解相印，捐萬户侯而閒行。急士之窮而歸公子，公子曰「何如人」。人固不易知，知人亦未易也！』信陵君大慙，駕如野迎之。魏齊聞信陵君之初難見之，怒而自剄。」

〔三〕「公卿一破甑」二句：蘇軾與周長官李秀才游徑山二君先以詩見寄次其韻二首之一：「功名一破甑，棄置何用顧。」此化用其意。已見前注。

〔四〕「蕭何追韓信」二句：史記淮陰侯列傳：「信數與蕭何語，何奇之。至南鄭，諸將行道亡者數十人，信度何等已數言上，上不我用，即亡。何聞信亡，不及以聞，自追之。人有言上曰：『丞相何亡。』上大怒，如失左右手。居一二日，何來謁上，上且怒且喜，罵何曰：『若亡，何也？』何曰：『臣不敢亡也，臣追亡者。』上曰：『若所追者誰何？』曰：『韓信也。』上復罵曰：『諸將亡者以十數，公無所追，追信，詐也。』何曰：『諸將易得耳。至如信者，國士無雙。王必欲長王漢中，無所事信；必欲爭天下，非信無所與計事者。顧王策安所決耳。』」　鍇按：底本「步」作「走」。廣韻「走」屬上聲厚韻，或屬去聲候韻。此詩一韻到底，廣韻「去」「譽」屬去聲御韻，「聚」屬去聲遇韻，與「走」字非鄰韻，不能通押。「步」屬去聲暮韻，與遇韻同用，故今從武林本。

〔五〕「貪賢如攫金」二句：列子說符：「昔齊人有欲金者，清旦衣冠而之市。適鬻金者之所，因攫其金而去。吏捕得之，問曰：『人皆在焉，子攫人之金何？』對曰：『取金之時，不見人，徒見金。』」此借以喻愛惜人才。

〔六〕會合意傾寫：謂相逢遇合，盡情傾訴。廓門注：「東坡詩七卷：『人生會合古難必。』十八卷：『意合無妍醜。』」　傾寫：同「傾瀉」。參見本卷前雪霽謁景醇時方[illegible]堤捍水修湖山堂復和前韻注〔一三〕。

〔七〕「獨立傲世波」二句：黄庭堅跋砥柱銘後：「余觀砥柱之屹中流，閲頽波之東注，有似乎君子士大夫立於世道之風波，可以託六尺之孤，寄百里之命，不以千乘之利奪其大節，則可以不爲此石羞矣。」此化用其意。鍇按：本集卷一九山谷老人贊：「世波雖怒，而難移砥柱之操。」可參見。

〔八〕推墮吾法中：戲謂將士大夫許顗推之墮入空門佛法之中。本集卷五季長出示子蒼詩次其韻蓋子蒼見衡嶽圖而作也：「戲推墮我塵網中。」即此句法，而其意相反。廓門注：「華嚴經第六十六卷七葉：『或驅上高山，推令墮落。』此借字言也。」

〔九〕偃蹇：驕傲，傲慢。左傳哀公六年：「彼皆偃蹇，將棄子之命。」杜預注：「偃蹇，驕敖。」後漢書文苑傳趙壹傳：「偃蹇反俗，立致咎殃。」李賢注：「偃蹇，驕慠也。」

〔一〇〕玩之於掌股：謂輕易控制，任意擺佈。語本國語吴語：「大夫種勇而善謀，將還玩吴國於掌股之上，以得其志。」

〔一一〕莫：同「暮」。

長沙邸舍中承敏覺二上人作記年刻舟之誚以詩贈〔一〕

道人天姿心匠妙，漆瞳含秋看飛鳥〔二〕。氣和不減華林風，韻高勝却霜巖曉。心胸冰壺不隔塵〔三〕，爭傳落筆如有神〔四〕。不畫凌煙大羽箭〔五〕，來寫山林夢幻身。清秀摩雲洞冰雪〔六〕，更將己（巳）素稱三絕㊀〔七〕。不作能癡顧虎頭〔八〕，定爲露頂王摩詰〔九〕。傳神寫照誰與功？吾聞成在阿堵中〔一〇〕。擬將萬匹鵞溪絹〔一一〕，爲寫漚中勝義空〔一二〕。

【校記】

㊀己：原作「巳」，誤，今改。參見注〔七〕。

【注釋】

〔一〕作年未詳。　邸舍：客店，客棧。　敏、覺二上人：法名、生平、法系均未詳。據詩意，二僧善畫，然其事不可考。本集卷一〇送敏上人：「密林病葉强翻紅，已覺清秋夜氣濃。懶復小窗邀獨秀，却應歸夢挂雙峰。水分淮甸當懸席，路遶匡山可振筇。若見虎溪谿上月，爲言相憶作衰容。」卷一五送覺上人之洞山二首：「正中妙叶諱當頭，洞水從教向逆流。唱起新豐舊時曲，要看躍浪鬬泥牛。（其一）八角通紅鐵彈丸，衲僧未嚼齒先酸。笑中抛擲尋常事，石火敲時著眼看。（其二）」所送當即此敏、覺二上人，可參見。　記年刻舟：據詩意「來寫山林夢幻身」，似指二僧爲惠洪所作寫真。「刻舟」語本吕氏春秋察今：「楚人有涉江者，其劍自舟中墜於水，遽契其舟曰：『是吾劍之所從墜。』舟止，從其所契者入水求之。舟已行矣，而劍不行，求劍若此，不亦惑乎？」惠洪借此喻容顏日衰而寫真不變，故寫真如刻舟。廓門注：「刻舟，莊子字。」未知所指。

〔二〕漆瞳：謂眸子烏黑如點漆。禪林僧寶傳卷二韶州雲門大慈雲弘明禪師：「目纖長，瞳子如點漆，眉秀近睫。」蘇軾雲師無著自金陵來且還其畫：「玉骨猶含富貴餘，漆瞳已照人天上。」

〔三〕心胸冰壺不隔塵：喻心胸皎潔清白。文選卷二八鮑照樂府八首白頭吟：「直如朱絲繩，清如玉壺冰。」李周翰注：「玉壺冰，取其絜淨也。」唐姚崇冰壺誡序：「冰壺者，清潔之至也。君子對之，示不忘清也。內懷冰清，外涵玉潤，此君子冰壺之德也。」

〔四〕爭傳落筆如有神：杜甫奉贈韋左丞丈二十二韻：「讀書破萬卷，下筆如有神。」此借用其語。

〔五〕凌煙大羽箭：九家集注杜詩卷八丹青引：「凌煙功臣少顏色，將軍下筆開生面。良相頭上進賢冠，猛將腰間大羽箭。」注：「唐畫李靖等二十四人於凌煙閣，時貞觀中，太宗爲序。」又注：「太宗常自製長弓、大羽箭，皆倍常制。」

〔六〕清秀摩雲洞冰雪：謂敏、覺二僧如唐詩僧清晝（皎然）、道標、靈澈。宋高僧傳卷一五唐杭州靈隱山道標傳略曰：「當時吴興有晝，會稽有靈澈，相與詶唱，遞作笙簧。故人諺云：『霅之晝，能清秀；越之澈，洞冰雪；杭之標，摩雲霄。』」

〔七〕更將己素稱三絶：謂二僧之畫可與唐僧齊己之詩、懷素之書並稱三絶。全唐詩卷八三八齊己小傳曰：「齊己，名得生，姓胡氏，潭之益陽人。出家大潙山同慶寺，復棲衡嶽、東林。後欲入蜀，經江陵，高從誨留爲僧正，居之龍興寺。自號衡嶽沙門。白蓮集十卷，外編一卷。」底本「己」作「已」，涉形近而誤，今改。唐國史補卷中：「長沙僧懷素，好草書，自言得草聖三昧。」

〔八〕能癡顧虎頭：顧愷之字長康，小字虎頭。晉書顧愷之傳：「初，愷之在桓温府，常云：『愷之體中，癡黠各半，合而論之，正得平耳。』故俗傳愷之有三絶：才絶，畫絶，癡絶。」

〔九〕露頂王摩詰：蓋二僧無髮而善畫，故稱其如禿頂之王維。王維字摩詰，工詩善畫。露頂：杜甫飲中八仙歌：「張旭三杯草聖傳，脱帽露頂王公前。」此借用其語。

〔一〇〕「傳神寫照誰與功」二句：世説新語巧藝：「顧長康畫人，或數年不點目睛。人問其故，顧曰：『四體妍蚩，本無關於妙處，傳神寫照，正在阿堵中。』」

〔一一〕擬將萬匹鵞溪絹：蘇軾文與可畫篔簹谷偃竹記：「與可以書遺余曰：『近語士大夫，吾墨竹一派，近在彭城，可往求之。韈材當萃於子矣。』書尾復寫一詩，其略曰：『擬將一段鵞溪絹，掃取寒梢萬尺長。』」此借用文與可詩語。　鵞溪絹：産於梓州鹽亭縣鵞溪之絹帛，宋人書畫尤重之。東坡詩集注卷一二文與可有詩見寄云待將一段鵞溪絹掃取寒梢萬尺長次韻答之：「爲愛鵞溪白繭光。」注：「鵞溪，地名，在梓州鹽亭縣，出絹甚良。」山谷内集詩注卷七題鄭防畫夾五首之二：「欲寫李成驟雨，惜無六幅鵞溪。」任淵注：「鵞溪，在今潼川，畫絹所出。」

〔三〕漚中：喻虛幻世界。楞嚴經卷六：「空生大覺中，如海一漚發。」　勝義空：大般涅槃經所説十八空之一。勝義指勝於世間世俗義之深妙理，勝義空即涅槃之空性。南朝宋釋施護譯勝義空經對其義解説甚詳，文煩不録。

王仲誠舒嘯堂〔一〕

隔岸莫山秋翠重，少焉月作冰輪湧〔二〕。閑披白帢登此堂〔三〕，絳闕神清氣深穩〔四〕。

齒應銜環舌卷桂〔五〕，兩鬢西風心一寸〔六〕。此中不著絲竹耳〔七〕，但覺清圓林葉動。

餘韻夫須百里聞〔八〕，風露清冥人跨鳳〔九〕。恐君夜殘亦仙去，棄米叫雲空目送〔一〇〕。

【注釋】

〔一〕政和七年作於南昌。　王仲誠：生平未詳。本集卷一〇有同吴家兄弟游東山約仲誠不至詩，吴家兄弟指南昌吴世承伯仲，可知仲誠亦居南昌。　此詩韻脚爲湧、穩、寸、動、鳳、送共六韻，穩、寸出韻。

〔二〕少焉月作冰輪湧：蘇軾赤壁賦：「少焉，月出於東山之上，徘徊于斗牛之間。」又其宿九仙山：「雲峰缺處湧冰輪。」此化用其意。

〔三〕白帢：即白袷，白色夾衣。已見前注。

〔四〕絳闕：朱色門闕，代指神仙住處。傅幹注坡詞卷一水龍吟之一：「古來雲海茫茫，道山絳闕知何處。」注：「道山、絳闕皆神仙所居。」　氣深穩：杜甫諷録事宅觀曹將軍畫馬圖歌：「可憐九馬爭神駿，顧視清高氣深穩。」此借用其語。

〔五〕齒應銜環舌卷桂：此句扣詩題「舒嘯」二字而言，狀嘯之發音技法，齒作銜環之圓形，舌作桂葉之柔卷。本集卷五次韻登蘇仙絶頂：「桂環卷舌嘯雲煙。」

〔六〕兩鬢西風心一寸：杜甫鄭駙馬池臺喜遇鄭廣文同飲：「白髮千莖雪，丹心一寸灰。」此化用其意。

〔七〕此中不著絲竹耳：劉禹錫陋室銘：「無絲竹之亂耳，無案牘之勞形。」此化用其意。

〔八〕餘韻夫須百里聞：景德傳燈録卷一四澧州藥山惟儼禪師：「師一夜登山經行，忽雲開見月，大笑一聲，應澧陽東九十許里，居民盡謂東家，明晨迭相推問，直至藥山。徒衆云：『昨夜和尚山頂大笑。』李翱再贈詩曰：『選得幽居愜野情，終年無送亦無迎。有時直上孤峰頂，月下披雲笑一聲。』」宋高僧傳卷一七唐朗州藥山惟儼傳所記略同。後出之禪籍如五燈會元卷五藥山惟儼禪師「大笑一聲」作「大嘯一聲」，又北宋白雲守端禪師廣録、開福道寧禪師語録、建中靖國續燈録卷五明州上山德隆禪師引李翱詩「笑」均作「嘯」。惠洪所見禪籍亦當作「嘯」。

〔九〕風露清冥人跨鳳：古神仙多有跨乘鳳凰之事。如劉向列仙傳簫史傳：「簫史者，秦穆公時人也。善吹簫，能致孔雀、白鶴於庭。穆公有女，字弄玉，好之，公遂以女妻焉。日教弄玉作鳳鳴，居數年，吹似鳳聲，鳳凰來止其屋。公爲作鳳臺，夫婦止其上，不下數年。一旦，皆隨鳳凰飛去。」孫光憲北夢瑣言卷五：「沈詢侍郎清粹端美，神仙中人也。制除山北節旄，京城誦曹唐游仙詩云：『玉詔新除沈侍郎，便分茅土領東方。不知今夜游何處？侍從皆騎白鳳凰。』即風姿可知也。」

〔一〇〕棄米：葛洪神仙傳卷三王遠傳：「麻姑欲見蔡經母及婦姪，時經弟婦新産數十日，麻姑望見，乃知之，曰：『噫！且止，勿前。』即求少許米，至得米，便以擲地，謂以米祛其穢也。視米，皆成真珠。」東坡詩集注卷一七次韻致政張朝奉仍招晚飲：「曾經丹化米。」王注引神仙傳作「視其米皆成丹砂」。廓門注麻姑事引作列仙傳，書名有誤，蓋列仙傳與神仙傳本非一書。

贈周廷秀〔一〕

周郎南州俊，毛骨特英拔。結髮翰墨場〔二〕，聲光先逸發。上書論國事，人危泰山壓。居然竄南陬，風埃到鬢髮〔三〕。平生拙生事，寒饑坐曠達。相逢湘水湄，清甚等茗霅〔四〕。書近李(庚)西臺㊀〔五〕，詩如王右轄〔六〕。解尋磨衲禪〔七〕，仍領凌波襪〔八〕。春露試晴窗〔九〕，舌頰增脱活〔一〇〕。澆公剛直胸，搜攬醫國法〔一一〕。氣當宿玉堂，絲絇八磚踏〔一二〕。當分買山錢，放意痛一掐㊁〔一三〕。

【校記】

㊀李：原作「庚」，誤，今改。參見注〔五〕。

㊁意：原闕，天寧本作「開」，無據，今從廓門本。參見注〔一三〕。

【注釋】

〔一〕宣和五年春作於長沙。周廷秀：疑即周秄。本詩有「上書論國事，人危泰山壓。舌然竄南陬，風埃到鬚髮」之句，其事當與廷秀上書論政遭貶有關。宋會要輯稿職官六八之三記「崇寧元年九月十四日詔開具元符三年臣僚章疏姓名」之「邪下」中有周秄。其同時遭貶者有何大受，參見本集卷三始陽何退翁謫長沙會宿龍興思歸戲之注〔一〕。「秄」意爲穀芒長貌，與「秀」字義相關，故疑「廷秀」爲周秄字。廷秀與彭景醇游，參見前和景醇從周廷秀乞東坡草蟲。

〔二〕結髮翰墨場：蘇轍欒城集卷三三蘇頌再免左丞不許不允詔二首之一：「結髮翰墨之場，白首忠信之節。」束髮，古男子自成童始束髮，謂少年時。已見前注。

〔三〕「上書論國事」四句：謂其不顧安危，上書論政，遭貶南方，且飽經風霜。始陽何退翁謫長沙會宿龍興思歸戲之：「上書論國事，忌諱失料揀。居然爲逐客，安免投手板。」句法、内容與此相近。　泰山壓：喻極其危險。語本晉書孫惠傳：「況履順討逆，執正伐邪，是烏獲摧冰，賁育拉朽，猛獸吞狐，泰山壓卵，因風燎原，未足方也。」　居然：竟然。廓門注：「莊子山木篇：『居然不免於患。』注：『居然，安然也。』」亦備一説。　南陬：南方荒僻之所。

〔四〕清甚等苕霅：宋高僧傳卷二九唐湖州杼山皎然傳：「故時諺曰：『霅之晝，能清秀。』」此化用其意。　廓門注：「苕溪、霅溪俱在湖州府。」

〔五〕李西臺：底本作「庾西臺」。廓門注：「東坡詩二十九卷：『西臺妙迹繼楊風。』注：『西臺妙迹，李留臺建中也。』愚曰：當作李西臺歟？」其説甚是，今據改。　鍇按：宋史文苑傳三李建中傳略曰：「李建中，字得中，其先京兆人。……太平興國八年進士甲科。……建中性簡靜，風神雅秀，恬於榮利。前後三求掌西京留司御史臺，尤愛洛中風土，就構園池，號曰靜居。好吟詠，每游山水，多留題，自稱巖夫民伯。……建中善書札，行筆尤工，多構新體，草、隸、篆、籀、八分亦妙，人多摹習，爭取以爲楷法。」王明清揮麈録卷一：「本朝李建中爲分司西京留司御史，世以西臺目之。」苕溪漁隱叢話後集卷三二：「苕溪漁隱曰：本朝能書者，有李西臺、宋宣獻。東坡謂：『李俗而宋寒，殆是浪得名。』又謂：『建中書雖可愛，終可鄙；雖可鄙，終不可棄。』余於西臺書不多見，獨見其永州澹山岩詩，清勁簡遠，不減晉唐間人書，則東坡之論有不然者矣。惟六一居士云：『五代之際有楊少師，建隆已後稱李西臺，二人筆法不同，而書名爲一時之絶。』山谷云：『李西臺出羣拔萃，肥不剩肉，如世間美女，豐肌而神氣清秀者。』則二公之論得之矣。山谷因李君貺借示其祖西臺草聖并書賦詩云：『當時高蹈翰墨場，江南李氏洛下楊。二人殁後數來者，西臺惟有尚書郎。篆科草聖凡幾家，奄有漢魏跨兩唐。紙摹石鏤多彷佛，曾未得似君家藏。側理數幅冰不及，字體欹傾墨猶濕。明窗棐几開卷看，坐客失牀皆起立。新春一聲雷未聞，何得龍蛇已驚蟄。仲將伯英無後塵，邇來此公下筆親。使之早出見李衛，不獨右軍能逼人。』山谷此詩許可如此，真不虛美矣。」

〔六〕王右轄：即王右丞，指唐詩人王維。參見本集卷五次韻登蘇仙絶頂注〔六〕。

〔七〕磨衲禪：指身著磨衲袈裟之禪僧。蘇軾磨衲贊叙：「長老佛印大師了元游京師，天子聞其名，以高麗所貢磨衲賜之。」廓門注：「『磨』當作『麻』。」殊誤。參見本集卷五同游雲蓋分韻得雲字注〔八〕。

〔八〕凌波襪：美女輕盈之脚步，代指美女。語本曹植洛神賦：「凌波微步，羅襪生塵。」

〔九〕春露：春日之露芽，代指茶。山谷詞阮郎歸效福唐獨木橋體作茶詞：「一杯春露莫留殘，與郎扶玉山。」

〔一〇〕脱活：猶言活脱，靈活，活潑。建中靖國續燈録卷二三洪州分寧兜率從悦禪師：「英靈衲子一點難瞞，直下分明，臨機脱活，縱横南北，出没東西，於平地上涌起波瀾，向虛空中倒飜筋斗。」

〔一一〕搜攪：攪動，此特指茶味攪動心胸。山谷内集詩注卷二謝送碾壑源揀芽：「搜攪十年燈火讀，令我胸中書傳香。」任淵注：「盧仝茶歌曰：『三椀搜枯腸，惟有文字五千卷。』」醫國法：爲國除患祛弊之法。語本國語晉語八：「平公有疾，秦景公使醫和視之。文子曰：『醫及國家乎？』對曰：『上醫醫國，其次疾人，固醫官也。』」

〔一二〕「氣當宿玉堂」二句：謂以周廷秀之氣魄，當拜翰林學士，此恭維語。絲絇：山谷内集詩注卷七子瞻去歲春侍立邇英子由秋冬間相繼入侍作詩各述所懷予亦次韻四首之一：「江沙踏破青鞋底，却結絲絇侍禁庭。」任淵注：「周禮屨人注曰：『屨，有絇、有繶、有純者，飾也。絇，謂之拘，著舄屨之頭，以爲行戒。』按：經筵中皆繫絲鞋，故云。」八磚踏：指任翰林學士。事本李肇翰林志，又新唐書李程傳：「召爲翰林學士。學士入署，常視日影爲候。程性懶，日過八塼乃至。時號八塼學士。」參見本集卷四勸學次徐師川韻注〔一八〕。

〔一三〕「當分買山錢」二句：謂其當痛快地將買山錢分與惠洪，意即不必隱居。唐范攄雲溪友議卷上襄陽傑：「又有匡廬符載山人，遣三尺童子齎數幅之書，乞買山錢百萬，公遂與之。」一掐：代指錢。能改齋漫録卷三開元錢：「世所傳青瑣集楊妃別傳，以爲開元錢乃明皇所鑄，上有指甲痕，乃貴妃掐迹，殊不知唐談賓録云：『武德中，廢五銖錢，行開元通寶錢。此四字及書，皆歐陽詢之所爲。初進樣，文德皇后掐一甲痕，因鑄之。』」鍇按：「放意」之

「意」，底本闕，天寧本作「開」，廓門本作「意」。本集好用「放意」一詞，如卷二次韻君武中秋月下：「放意高談飲文字。」卷四示忠上人：「爲公放意談海山。」不勝枚舉。故今從廓門本。

次韻吳興宗送弟從潙山空印出家〔一〕

身心俱出家，豈復論家世。一念斷攀緣，即入三摩地〔二〕。珍重大願王〔三〕，此法端可恃。若能訓此心，是畢丈夫事〔四〕。君看宏覺師，後身是曇諦〔五〕。儻欲貯甘露，先將潔令器㊀〔六〕。自當福人天，豈止能自利。譬如雞出㷄，真復生厭離〔七〕。空印法門傑，淨慈數高弟〔八〕。初不苟吾法，亦自爲國瑞㊁〔九〕。汝能傾心事，建此平生志。淨中有浮念，何異目有翳〔一〇〕。内外俱一如，乃稱真正士。以此談妙法，要使天華墜〔一一〕。百里半九十〔一二〕，良醫三折臂〔一三〕。果解信此言，不媿甘蔗裔〔一四〕。

【校記】

㊀令：廓門本作「冷」。

㊁國：原闕，天寧本作「佳」，武林本作「佛」，今從寬文本、廓門本。

【注釋】

〔一〕宣和二年作於長沙。吳興宗：生平未詳。潙山空印：法名元軾，號空印，住潭州大潙山密印禪寺。本集卷二一潭州大潙山中興記曰：「今空印禪師軾公者，蓋懷四世之孫，而吴江法真之嗣。」建中靖國續燈録卷二五目録，秀州本覺守一法真禪師法嗣七人中有常州法濟元軾禪師，即此僧。又嘉泰普燈録卷一三嘉興府報恩法常首座：「宣和七年，依長沙益陽華嚴元軾禪師下髮。」合潭州大潙山中興記而考之，則元軾建中靖國元年前住常州法濟寺，大觀四年三月前住廬山歸宗寺，後移住潙山密印寺，政和六年敕住鎮江焦山，力辭之，歸庵歸宗。後詔聽其還住潙山，直至宣和二年後。宣和七年前住益陽華嚴寺。鍇按：空印元軾爲秀州本覺寺守一禪師法嗣，守一號法真。據嘉泰普燈録卷五，青原下十二世法真守一禪師嗣法慧林宗本，宗本嗣法天衣義懷。故元軾爲天衣義懷四世法孫，屬雲門宗雪竇重顯一系，爲青原下十三世。

〔二〕三摩地：梵文 Samādhi 之音譯，亦譯作三昧、三摩提，意譯曰正定。謂屏除雜念，心不散亂，專注一境。大智度論卷七：「何等爲三昧？善心一處住不動，是名三昧。」楞嚴經卷五：「如來示我一味清淨心地法門，我得滅心入三摩地。」廓門注：「三摩地，謂觀也。」不確。

〔三〕大願王：指普賢菩薩十大願王。唐釋般若譯華嚴經卷四〇入不思議解脱境界普賢行願品：「應修十種廣大行願。何等爲十？一者禮敬諸佛，二者稱讚如來，三者廣修供養，四者懺悔業障，五者隨喜功德，六者請轉法輪，七者請佛住世，八者常隨佛學，九者恒順衆生，十者普皆迴向。」又曰：「誦此普賢大願王，一念速疾皆銷滅。」

〔四〕丈夫事：指出家之事。唐國史補卷上：「崔趙公嘗問徑山曰：『弟子出家得否？』答曰：『出家是大丈夫事，非將相所爲也。』」林間録卷上：「李肇國史補曰：崔趙公問徑山道人法欽：『弟子出家得否？』欽曰：『出家是大丈夫事，非將相所爲。』趙公嘆賞其言。贊寧作欽傳，無慮千言，雖一報曉雞死，且書之，乃不及此，何也？」

〔五〕「君看宏覺師」二句：高僧傳卷七宋吴虎丘山釋曇諦傳：「釋曇諦，姓康，其先康居人。漢靈帝時移附中國，獻帝末亂，移止吴興。諦父肜，嘗爲冀州别駕。母黄氏晝寢，夢見一僧呼黄爲母，寄一麈尾，并鐵鏤書鎮二枚。眠覺，見兩物具存，因而懷孕生諦。諦年五歲，母以麈尾等示之，諦曰：『秦王所餉。』母曰：『汝置何處？』答云：『不憶。』至年十歲出家，學不從師，悟自天發。後隨父之樊鄧，遇見關中僧䂮道人，忽唤䂮名。䂮曰：『童子何以呼宿老名？』諦曰：『向者忽言，阿上是諦沙彌，爲衆僧採菜，被野猪所傷，不覺失聲耳。』䂮經爲弘覺法師弟子，爲僧採菜，被野猪所傷。䂮初不憶此，迺詣諦父。諦父具説本末，并示書鎮麈尾等。䂮迺悟而泣曰：『即先師弘覺法師也。師經爲姚萇講法華，貧道爲都講。姚萇餉師二物，今遂在此。追計弘覺捨命，正是寄物之日。復憶採菜之事，彌深悲仰。』諦後游覽經籍，遇目斯記。」鍇按：此「宏覺師」當作「弘覺師」。

〔六〕「儻欲貯甘露」二句：喻修證三摩地所需之準備。楞嚴經卷八：「汝今修證佛三摩提，於是本因，元所亂想，立三漸次，方得除滅。如淨器中除去毒蜜，以諸湯水，并雜灰香，洗滌其器，後貯甘露。云何名爲三種漸次？一者修習，除其助因；二者真修，刳其正性；三者增進，違其現業。」

〔七〕「譬如雞出燖」二句：以除毛去垢之雞喻煩惱除盡，於物生厭惡離棄之心。蘇軾書黄魯直李氏傳後：「無所厭離，何從出世？無所欣慕，何從入道？欣慕之至，亡子見父。厭離之極，燖雞出湯。」此化用其意。厭離：維摩詰經卷上佛國品：「佛以一音演説法，或有恐畏或歡喜，或生厭離或斷疑，斯則神力不共法。」参見本集卷一隆上人歸省覲留龍山爲予寫起信論作此謝之注〔一九〕。

〔八〕淨慈：廓門注：「按汝達宗派圖：法濟空印元軾嗣法本覺守一。淨慈謂守一者歟？」鍇按：宋釋宗曉編樂邦文類卷三載提刑楊傑淨慈七寶彌陀像記曰：「杭州南山淨慈道場比丘法真大師守一，結同志洎檀越，用金銀、真珠、珊瑚、琥珀、硨磲、碼碯，造彌陀佛像。」宋釋宗鑑釋門正統卷六慧才傳：「淨慈法真禪師守一作戒光記。」佛祖統紀卷四五：「元豐元年三月，杭州雷峰慧才法師，爲靈芝元照道俗千人授菩薩戒。羯磨之際，見觀音像放光，講堂大明。淨慈法真禪師守一作戒光記，米芾書，辯才法師立石於龍井。」均可證淨慈即法真守一禪師。

〔九〕「初不荷吾法」二句：謂即使空印最初不入佛門，荷擔佛法，亦自可成爲國家之祥瑞。

〔一〇〕何異目有翳：華嚴經卷一六昇須彌山頂品：「佛法無人説，雖慧不能了。亦如目有翳，不見淨妙色。」

〔一一〕「以此談妙法」二句：佛書多有講佛法而天華亂墜之事。如法華經卷一序品：「爾時世尊，四衆圍遶，供養恭敬，尊重讚歎，爲諸菩薩説大乘經，名無量義，教菩薩法，佛所護念。佛説此經已，結加趺坐，入於無量義處三昧，身心不動。是時天雨曼陀羅華、摩訶曼陀羅華、曼殊沙華、摩訶曼殊沙華，而散佛上及諸大衆。」續高僧傳卷五梁楊都光宅寺沙門釋法雲傳：「初，雲年在息慈，雅尚經術，於妙法華研精累思，品酌理義，始末照覽。嘗於一寺講散此經，忽感天華狀如飛雪，滿空而下，延於堂内，昇空不墜，訖講方去。」

〔一二〕百里半九十：謂事近成功則愈難。語本戰國策秦策五：「詩云：『行百里者半九十。』此言末路之難。」注：「逸詩言：之百里者，已行九十里，適爲行百里之半耳。譬若强弩至牙上，甫爲上弩之半耳，終之尤難，故曰末路之難也。」

〔一三〕良醫三折臂：喻多遭挫折則愈富經驗。語本左傳定公十三年：「三折肱知爲良醫。」山谷内集詩注卷二寄黄幾復：「治病不蘄三折肱。」任淵注：「左傳齊高彊曰：『三折肱知爲良醫。』此借用，言其諳練世故，不待困而後知也。」

〔一四〕不媿甘蔗裔：猶言不愧佛祖。蓋甘蔗氏爲釋尊五姓之一。佛本行集經卷二〇王使往還品：「彼甘蔗王，有一太子，字悉達多。」根本説一切有部毗奈耶藥事卷八：「爾時甘蔗王從容舉其右手唱言：『我兒能最極能，由大威德人言極能故，因名釋迦。』」佛所行讚卷一生品：「甘蔗之苗裔，釋迦無勝王，淨財德純備，故名曰淨飯。」

張野人求詩〔一〕

醉看湘山二十春，杖藜疾趨旋路塵。兒童拍手呼不住，並行磨之不怒瞋〔二〕。人間禍福本無象，引手按之如有神〔三〕。草鞵不踏公卿門，術中玉石兩俱焚〔四〕。不知世上有憎愛，一味但覺山林尊〔五〕。得錢行沽付一醉，兒啼妻號了不聞〔六〕。孔仲山爲阿里卒〔七〕，吴門亦藏梅子真〔八〕。何年笑跨紫雲去，舉手山頭謝世人。

【注釋】

〔一〕宣和年間作於長沙。張野人：姓張之隱者，生平未詳。據詩中描寫，當爲精通卜筮占候之民間術士。

〔二〕磨：糾纏。

〔三〕引手按之如有神：謂其預測人間禍福皆靈驗，如有神助。按，查驗。

〔四〕術中玉石兩俱焚：謂其運術算命之時，不分貴賤貧富，如不分玉石。書胤征：「火炎崐岡，玉石俱焚。」此借用其語。廓門注：「『術中』當作『衢中』。」未知所據。錙按：冷齋夜話卷九課術有驗無驗：「靈源禪師住龍舒太平精舍，有日者能課，使之課，莫不奇中。蘇朝奉者至寺使課，無驗。非特爲蘇課無驗，凡爲達官要人言皆無驗。至爲市井凡庸、山林之士課，則如目見而言。靈源問其故，答曰：『我無德量，凡見尋常人，則據術而言，無所緣飾。見貴人則畏怖，往往置術之實，而務爲諛詞。其不驗，要不足怪。』」張野人之所爲異於此日者。

〔五〕一味但覺山林尊：蘇軾弔徐德占：「一遭兒女污，始覺山林尊。」此借用其語。

〔六〕「得錢行沽付一醉」二句：本集卷一大雪戲招耶溪先生鄒元佐：「逢人覓錢即沽酒，得錢不謝猶傲然。」「入門兒女啼飢寒，瞪目瞠然作直視。」亦寫術士生活態度，與此相近，可參見。廓門注：「進學解：『冬暖而兒號寒，年豐而妻啼飢。』」

〔七〕孔仲山爲阿里卒：後漢書獨行列傳范式傳：「舉州茂才，四遷荆州刺史。友人南陽孔嵩，家貧親老，乃變名姓，傭爲新野縣阿里街卒。式行部到新野，而縣選嵩爲導騎迎式。式見而識之，呼嵩，把臂謂曰：『子非孔仲山邪？』對之歎息，語及平生。曰：『昔與子俱曳長裾，游息帝學，吾蒙國恩，致位牧伯，而子懷道隱身，處於卒伍，不亦惜乎！』嵩曰：『侯嬴長守於賤業，晨門肆志於抱關。子欲居九夷，不患其陋。貧者士之宜，豈爲鄙哉！』式勑縣代嵩，嵩以爲先傭未竟，不肯去。嵩在阿里，正身厲行，街中子弟皆服其訓化。」

〔八〕吴門亦藏梅子真：漢書梅福傳略曰：「梅福字子真，九江壽春人也。少學長安，明尚書、穀梁春秋，爲郡文學，補南昌尉。……王莽顓政，福一朝棄妻子，去九江，至今傳以爲仙。其後，人有見福於會稽者，變名姓，爲吴市門卒云。」

寄郤子中學句〔一〕

剛疏觸時怒，髮之投海山〔二〕。沛恩出意外，縲囚遂生還〔三〕。湘西谷量雲〔四〕，結屋青（清）蘋灣㊀〔五〕。舉手弄雲水，意適情自閑〔六〕。大藩英俊地〔七〕，翰墨相追攀。聚話蘭叢秀〔八〕，吐氣雌霓彎〔九〕。我窮世諱見，所至特見删。但餘曹（遭）夫子㊁〔一〇〕，時時容（客）扣關㊂。邇來又識公，喜忘雙鬢斑。夷粹韻拔俗〔一一〕，簡重語不煩。人品有如子，合在臺閣間。歸來夢西津〔一二〕，五峰解煙鬟〔一三〕。故人訝歸晚，負負媿在顔〔一四〕。此詩雖夢語，亦足發天慳〔一五〕。乃知憂患烈，不能鐫冥頑〔一六〕。遥想爲一笑，秀句出飢寒〔一七〕。

【校記】

㊀青：原作「清」，誤，今改。參見注〔五〕。

㊁曹：原作「遭」，誤，今改。參見注〔一〇〕。

㊂容：原作「客」，今從廓門本。

【注釋】

〔一〕宣和二年作於長沙。　郤子中：生平未詳。謝薖謝幼槃文集卷三有李成德作二筆几以其一見遺云得樣於郄子中家並示長句輒次其韻奉酬、次韻郄子中所藏筆几、成德不面逾月僕以病暑未能出謁輒和所寄藁字韻詩奉寄兼簡子中等詩，「郤」爲「郄」之本字，郤子中即郄子中。謝薖，撫州臨川人；李成德，名公彦，亦臨川人。郤子中與二人游，且此詩有「歸來夢西津」句，輿地紀勝卷二九江南西路撫州：「西津，在州之西，去城五里。」故知子中亦爲臨川人。今考江西通志卷四九選舉一大觀三年賈安宅榜有臨川人郗造，疑即子中之名。　學句，即學勾，管勾學事之簡稱。據宋會要輯稿崇儒二之二〇，政和二年，諸縣令、丞帶管勾專切檢查學事，宣和三年四月十日罷。郤子中任學勾，當在宣和三年四月前。

〔二〕「剛疏觸時怒」二句：指惠洪政和元年因得罪蔡京刺配海南之事。本集卷二四寂音自序：「著縫掖入京師，大丞相張商英特奏，再得度；節使郭天信奏師名。坐交張、郭厚善，以政和元年十月二十六日配海外。以二年二月二十五日到瓊州，五月七日到崖州。」宋釋祖琇僧寶正續傳卷二明白洪禪師傳：「著逢掖走京師，見丞相張無盡，特奏得度，改今名。太尉郭天民奏錫椹服，號寶覺圓明。自稱寂音尊者。未幾，坐交張、郭厚善，張罷政事。時左司陳瑩中撰尊堯録將進御，當軸者嫉之，謂師頗助其筆削。政和元年十月，褫僧伽黎配海外。」宋釋曉瑩雲卧紀談卷上：「先因崇寧初，諫官陳瓘論列蔡京事忤旨，編管連州。慧洪爲見陳瓘當官盡節，投竄嶺海，一身萬里，恐致疏虞，調護前去。往來海上，前後四年。因與陳瓘厚善，又緣得度爲僧，元係故宰相張商英奏名。政和元年，商英奏取陳瓘所撰尊堯録，是時内官梁師成與蔡交結，見宰相薦引蔡京仇人陳瓘，百計擠陷。旬月之間，果遭斥逐。猜疑是慧洪與陳瓘爲地，發怒，諷諭開封尹李孝壽勾慧洪下獄，非理考鞫，特配吉陽軍。」髮之：謂剥奪僧籍，使之蓄髮。本集卷九初過海自號甘露滅：「海上垂鬚佛，軍中有髮僧。」廓門注：「戰國策五卷曰：『若捽一人以與大心者。』注：『捽，持髮也。』」不知所云。

〔三〕「沛恩出意外」二句：寂音自序：「（政和）三年五月二十五日，蒙恩釋放。」明白洪禪師傳：「三年春，遇赦，歸於江西。」雲卧紀談卷上：「後來因患，不堪執役，蒙恩放令逐便。」宋史徽宗本紀三：「（政和三年）五月乙酉，慮囚。」慮囚，意謂訊查記録囚犯情狀是否有冤滯者。惠洪蒙恩釋放，或以慮囚而知其病患不堪執役之故。廓門注：「縲，索也。」

〔四〕谷量雲：謂以山谷計量雲，極言其多。史記貨殖列傳：「烏氏倮畜牧，及衆，斥賣，求奇繒物，間獻遺戎王。戎王什倍其償，與之畜，畜至用谷量馬牛。」裴駰集解引韋昭曰：「滿谷則具不復數。」此借用其語。

〔五〕青蘋灣：代指水西南臺寺。本集卷五予頃還自海外夏均父以襄陽别業見要使居之後六年均父謫祁陽酒官余自長沙往謝之夜語感而作：「水宿青蘋渚。」卷七贈别通慧選姪禪師：「分攜青蘋灣。」本卷陪張廓然教授游山分題得山字：「喚舟青蘋灣。」均指此。　鍇按：

青蘋，生於淺水之草本植物。文選卷一三宋玉風賦：「夫風生於地，起於青蘋之末。」李善注：「爾雅曰：『苹，其大者曰蘋。』郭璞曰：『水苹也。』」底本「青」作「清」，乃涉音近而誤。

〔六〕意適情自閑：廓門注：「東坡詩三卷『意適忽忘返』之類也。」鍇按：蘇軾詩題爲日日出東門。

〔七〕大藩英俊地：大藩指重要州郡，潭州爲荆湖南路之首府，故稱。本集卷二贈閻資欽：「名都大藩地，英俊蔚如林。」

〔八〕聚話蘭叢秀：謂相聚談話者皆挺秀峻拔之人。本集好以蘭叢喻秀拔人物，如卷四追和帛道猷一首：「尋幽見蘭叢，蒼然出荆榛。」卷九楊文中將北渡何武翼出妓作會文中清狂不喜武人徑飲三盃不揖坐客上馬馳去索詩送行作此：「蘭叢聚貴客。」卷一〇同吴家兄弟游亰山約仲誠不至：「來客蘭叢玉樹清。」卷一九毛季子贊：「秀等蘭叢之露。」

〔九〕吐氣雌霓彎：謂慷慨激昂，豪氣沖天。文選卷三四曹植七啓：「揮袂則九野生風，慷慨則氣成虹蜺。」李善注：「劉邵趙郡賦曰：『煦氣成虹蜺，揮袖起風塵。』文與此同，未詳其本也。」廓門注：「霓，音逆。雄曰虹，雌曰霓。色鮮盛者爲雄，闇者爲雌。」

〔一〇〕曹夫子：指曹彦清，當爲善化縣學教授，與惠洪頗有交往。本集卷一三有次韻曹彦清教授見寄，卷九有曹教授夫人挽詞，可參見。「夫子」爲老師之專稱，曹爲縣學教授，故稱。底本作「遭夫子」，句意不通，「遭」當爲「曹」字之形誤。

〔一〕夷粹：平和純正。世説新語尤悔：「夫以水性沈柔，入隘奔激。方之人情，固知迫隘之地，無得保其夷粹。」

〔二〕西津：在撫州臨川。已見前注。

〔三〕五峰：在臨川。輿地紀勝卷二九撫州：「臨川志云：臨川城中有五峰三市，五峰或謂即青雲嶺、逍遥嶺、鹽步嶺、蕭家嶺與天慶嶺而五。」永樂大典卷一〇九五〇引撫州府志：「五峰，即五老峰，在郡城之南，舊城因峰築基，今城毁而峰嶺猶存。東南一峰最高，名青雲第一峰。又按州城地脉，自青雲峰、逍遥峰、鹽步嶺、蕭家嶺、天慶嶺迤邐而北，爲府治，此亦謂五峰。是五老峰，爲府治之案山也。後所稱五峰，則府城之地脉。」

〔四〕負負：愧甚貌。已見前注。

〔五〕天慳：戲謂天公慳吝。語本蘇軾祈雪霧豬泉出城馬上有作贈舒堯文：「願君發豪氣，嘲談破天慳。」參見本集卷二同敦素沈宗師登鍾山酌一人泉注〔一〇〕。

〔六〕「乃知憂患烈」二句：蘇軾子由自南都來陳三日而別：「納之憂患場，磨以百日愁。冥頑雖難化，鐫發亦已周。」此化用其意。

〔七〕秀句出飢寒：蘇軾病中大雪數日未嘗起觀號令趙薦以詩相屬戲用其韻答之：「詩人例窮蹇，秀句出寒餓。」

子中見和復答之〔一〕

世味嘗已徧，軃著匿雲山〔二〕。爲問何能爾〔三〕？鳥倦自知還〔四〕。湘西一千頃，分我楊柳灣。時爲理魚蓑，人眠舟自閑。公真功名人，高韻不可攀。譬如秋無雲，璧月挂一彎〔五〕。我詩聊寄耳，猥語憑見删〔六〕。峻句乃見辱，嶮如履潼關〔七〕。細看秀爭發，紅英微雨斑。坐令十年心，清涼去煎煩。竹林在何許？延頸佇望間。遥知醉逃暑，玉纖侍丫鬟〔八〕。得句有奇趣〔九〕，笑渦印朱顔。引紙欲續和，自歎才澀慳。應當恕不迨㊀〔一〇〕，鄉閭念疏頑〔一一〕。把卷抹長哦，松風嗽齒寒。

【校記】

㊀ 迨：武林本作「逮」。

【注釋】

〔一〕宣和二年作於長沙。此詩與寄郤子中學句用韻全同，當作於同時而稍後。

〔二〕軃：同「躲」，躲避。嘉泰普燈録卷三袁州楊岐方會禪師：「明曰：『你且軃避，我要去那裏去。』」大慧普覺禪師宗門武庫：「我昨日赴箇村齋，至中路被一陣狂風暴雨，却向古廟裏軃得過。」

〔三〕爲問何能爾：陶淵明飲酒二十首之五：「問君何能爾？心遠地自偏。」此借用其語。

〔四〕鳥倦自知還：陶淵明歸去來兮辭：「鳥倦飛而知還。」此化用其語意。

〔五〕璧月挂一彎：山谷内集詩注卷八寄上叔父夷仲三首之二：「部曲霜行璧月沉。」任淵注：「南史張貴妃傳：『璧月夜夜滿。』」錯按：「璧月」當指圓月，而此言「挂一彎」，乃狀缺月。此所謂「趁韻」，前後抵牾，於理未通。

〔六〕猥語：鄙陋猥瑣之語，自謙詞。

〔七〕嶮如履潼關：此借潼關之險要以喻句法之險峻。潼關：古稱桃林塞，東漢時設潼關。在今陝西臨潼縣西南，素稱險要。杜甫潼關吏：「士卒何草草，築城潼關道。大城鐵不如，小城萬丈餘。借問潼關吏：修關還備胡？要我下馬行，爲我指山隅。連雲列戰格，飛鳥不能逾。胡來但自守，豈復憂西都。丈人視要處，窄狹容單車。艱難奮長戟，萬古用一夫。」狀盡其險。

〔八〕玉纖：代指美人之手，因纖細如玉，故稱。參見本集卷一仁老以墨梅遠景見寄作此謝之二首注〔一〇〕。

〔九〕得句有奇趣：蘇軾書唐氏六家書後：「如觀陶彭澤詩，初若散緩不收，反覆不已，乃識其奇趣。」

〔一〇〕不迨：猶言不及。新唐書李晟傳：「常竭嘉言，以匡不迨。」

〔二〕鄉閭：鄉親，同鄉，此指郤子中。蓋子中爲臨川人，惠洪爲新昌人，均屬江南西路洪州豫章郡管轄，可稱鄉閭。

次韻游衡嶽〔一〕

結髮功名場〔二〕，吾豈厭朝市。風埃涴袍袴，樂事嗟無幾。那知望耆闍〔三〕，舉手弄雲水。山空答清嘯，一洗風埃恥。赤岸横落日，孤煙起墟里〔四〕。陰晴故多態，風物自閑美〔五〕。歸來説佳處，尚復喜見齒。爲作鶴腦側〔六〕，失牀忘而趾〔七〕。平生嘉遁心〔八〕，行(衍)挽車輪起㊀〔九〕。拭涕師懶瓚〔一〇〕，多事笑曇始〔一一〕。

【校記】

㊀行：原作「衍」，誤，今改。參見注〔九〕。

【注釋】

〔一〕作年未詳。衡嶽：南嶽衡山。所次韻之人不可考。

〔二〕結髮功名場：廓門注：「東坡詩二十卷：『結髮事文章。』注：『結髮，言自小時也。前漢書有結髮翰墨，結髮而戰。』」

〔三〕耆闍：衡山七十二峰之一，此代指衡嶽。南嶽總勝集卷上：「耆闍峰，謂山形像與天竺國耆闍無異，故名之。」

〔四〕孤煙起墟里：陶淵明歸園田居五首之一：「依依墟里煙。」此化用其意。

〔五〕風物自閑美：語本陶淵明游斜川詩序，已見前注。

〔六〕爲作鶴腦側：謂如鶴側頭般側耳傾聽。語本蘇軾宿望湖樓再和：「君來試吟詠，定作鶴頭側。」

〔七〕失牀忘而趾：謂離坐牀而起，以致忘穿鞋，此狀驚喜闕注貌。牀：坐具。黄庭堅李君貺借示其祖西臺學士草聖并書帖一編二軸以詩還之：「明窗棐几開卷看，坐客失牀皆起立。」　鍇按：本集卷五予頃還自海外夏均父以襄陽别業見要使居之後六年均父謫祁陽酒官余自長沙往謝之夜語感而作：「失牀喜而舞。」卷三〇祭妙高禪師文：「驚喜失牀。」皆此意。

〔八〕嘉遁：合道宜時之隱遁。易遯卦：「象曰：嘉遯貞吉，以正志也。」

〔九〕行挽車輪起：謂將駕車以游覽。行，將要。秦觀淮海集卷二送僧歸保寧：「行挽秋風入剡溪。」底本作「衍挽」，不辭，誤，今改。

〔一〇〕拭涕師懶瓚：意謂願效懶瓚禪師不與朝廷交往。宋高僧傳卷一九唐南嶽山明瓚傳：「釋明瓚者，未知氏族生緣。初游方詣嵩山，普寂盛行禪法，瓚往從焉。然則默證寂之心契，人罕推重。尋於衡巖閑居。衆僧營作，我則晏如，縱被詆訶，殊無愧恥，時目之懶瓚也。」林間録卷下：「唐高僧，號懶瓚，隱居衡山之頂石窟中。嘗作歌，其略曰：『世事悠悠，不如山丘。卧藤蘿下，塊石枕頭。』其言宏妙，皆發佛祖之奥。德宗聞其名，遣使馳詔召之。使者即其窟，宣言：『天子有詔，尊者幸起謝恩。』瓚方撥牛糞火，尋煨芋食之，寒涕垂膺，未嘗答。使者笑之，且勸瓚拭涕。瓚曰：『我豈有工夫爲俗人拭涕耶？』竟不能致而去。德宗欽嘆之。」景德傳燈録卷三〇載南嶽懶瓚和尚歌。

〔一一〕多事笑曇始：嘲笑曇始和尚爲帝王説法未免多事。高僧傳卷一〇宋僞魏長安釋曇始傳略曰：「釋曇始，關中人。自出家以後，多有異迹。晉孝武太元之末，齎經律數十部，往遼東宣化，顯授三乘，立以歸戒，蓋高句驪聞道之始也。義熙初，復還關中，開導三輔。始足白於面，雖跣涉泥水，未嘗沾湿。天下咸稱白足和上。……晉末朔方凶奴赫連勃勃破獲關中，斬戮無數。時始亦遇害，而刀不能傷。勃勃嗟之，普赦沙門，悉皆不殺。始於是潛遁山澤，修頭陀之行。後拓跋燾復剋長安，擅威關洛。時有博陵崔皓，少習左道，猜嫉釋教。既位居僞輔，燾所仗信。乃與天師寇氏説燾以佛教無益，有傷民利，勸令廢之。燾既惑其言，以僞太平七年，遂毁滅佛法。分遣軍兵，燒掠寺舍，統内僧尼，悉令罷道。其有竄逸者，皆遣人追捕，得必梟斬。一境之内，無復沙門。始唯閉絶幽深，軍兵所不能至。至太平之末，始知燾化時將及，以元會之日，忽杖錫到宫門。有司奏云：『有一道人足白於面，從門而入。』燾令依軍法，屢斬不傷。遽以白肅，肅大怒，自以所佩劍斫之，體無餘異，唯劍所著處有痕如布線焉。時北園養虎于檻，肅令以始餧之，虎皆潛伏，終不敢近。試以天師近檻，虎輒鳴吼。肅始知佛化尊高，黄老所不能及。即延始上殿，頂禮足下，悔其諐失。始爲說法，明辯因果。肅大生愧懼，遂感癘疾。崔、寇二人次發惡病。肅以過由於彼，於是誅剪二家，門族都盡。宣下國中，興復正教。俄而肅卒，孫濬襲位，方大弘佛法，盛迄于今。始後不知所終。」

次韻游方廣〔一〕

萬峰纏煙霏，一線盤空路〔二〕。丹楹出翔舞〔三〕，半在生雲處。海人猿臂上〔四〕，哀湍不堪泝〔五〕。夫子英特人，自是幹國具〔六〕。醉耳厭絲竹，來此良有故。臨高賦新詩，妙語發奇趣〔七〕。便欲抱琴書，亦作東家住。山靈應拊掌，笑公入窘步㊀〔八〕。自當眠玉堂，蓮燭夜枉顧〔九〕。偶此愛山爾，戲語亦瓦注〔一〇〕。富貴本縛公㊁，雲泉寧可付。置卷發遐想，湘月微雲度。

【校記】

㊀ 入：石倉本作「方」。

㈡本：石倉本作「牢」。

【注釋】

〔一〕作年未詳。　方廣：衡山方廣寺。南嶽總勝集卷中：「方廣崇壽禪寺，在嶽之西後洞四十里。與高臺比，近在蓮花峰下，前照石廩，旁倚天堂。傳記云：梁天監初，有僧希遁，因度夏天台，遇惠海尊者，朝昏承事之。海云：『汝當於南嶽方廣寺爲會。』洎遁至南嶽，訪方廣，則無之。後忽值一精舍號方廣，有鬼神運糧，金牛服乘，俄見海師出門，問曰：『汝何來之遲也？』遁願留，海云：『此五百尊者所居，汝居處在西北峰頂。』留一宿而去，出門，已失尊者及方廣衆。遁即如其言，結菴其處。後建方廣寺，本朝賜崇壽爲額，今所謂聖壽寺基是也。中夜嘗聞鐘磬聲，出山谷見聖燈。元豐中，山洪暴發，乃紀和尚開山卓錫，移建今寺。李白詠方廣詩一絶云：『聖寺閑棲睡眼醒，此時何處最幽清。滿窗明月天風靜，玉磬時聞一兩聲。』」

〔二〕一線盤空路：蘇軾與客游道場何山得烏字：「清溪到山盡，飛路盤空小。」此化用其意。

〔三〕丹楹出翔舞：謂殿宇之飛簷如飛翔的鳥翼。意本詩小雅斯干：「如鳥斯革，如翬斯飛。」朱熹詩集傳卷一一釋此二句曰：「革，變。翬，雉。其棟宇峻起，如鳥之警而革也。其簷阿華采而軒翔，如翬之飛而矯其翼也。」

〔四〕海人：本指海上漁民，然此言海人，未知所指。疑爲「海公」之誤，或指惠海尊者歟？俟考。　猿臂上：謂如猿猴用臂攀援而上，狀山之陡峭。佛祖統紀卷二九慈恩宗教叙唐玄奘法師游西竺取經曰：「及登雪山，壁立千仞，人持四棧，手足更互著崖孔中，猿臂而過。張騫、甘延壽所未至也。」

〔五〕哀湍：哀響之急湍。杜甫玉華宮：「陰房鬼火青，壞道哀湍瀉。」

〔六〕幹國具：猶言幹國器，治國之才。已見前注。

〔七〕奇趣：本集好用「奇趣」稱詩，已見前注。

〔八〕窘步：步履艱難，形容處境困窘。曹植陌上桑：「被荆棘，求阡陌，側足獨窘步。」窘，困也。廓門注：「離騷經曰：『夫唯捷徑以窘步。』注：『窘，急也。』」與此句意不合。

〔九〕「自當眠玉堂」二句：恭維其當拜翰林學士。　蓮燭：即金蓮燭。新唐書令狐綯傳：「還爲翰林承旨。夜對禁中，燭盡，帝以乘輿、金蓮華炬送還，院吏望見，以爲天子來。及綯至，皆驚。」參見本集卷五次韻曾嘉言試茶注〔一九〕。

〔一〇〕戲語亦瓦注：謂戲語如以瓦下注，而無利害矜惜之心。莊子達生：「以瓦注者巧，以鉤注者憚，以黄金注者殙。其巧一也，而有所矜，則重外也。凡外重者内拙。」成玄英疏：「注，射也。用瓦器賤物而戲賭射者，既心無矜惜，故巧而中也。」已見前注。

游白鹿贈太（大）希先㊀〔一〕

昔人隱臨湘，解跨白鹿游〔二〕。公來弔陳迹，但有林壑幽。春風掃夕陰，雌霓飲澗湫〔三〕。披晴望形勝，衣裾空翠浮。道人高尻（尻）揖㊁〔四〕，自陳語和柔〔五〕。烏猶爲人好㊂〔六〕，草亦能忘憂〔七〕。矧汝家臨川，共飲西津流〔八〕。欣然爲題詩，清絶如霜秋。詩成又自録，小字如蠅頭〔九〕。意重恐難荷，鄉義良已周〔一〇〕。遥知乘興耳㊃，興罷夫何求〔一一〕。我和無好語，效顰增歎羞〔一二〕。

【校記】

㊀太：原作「大」，誤，今改。參見注〔一〕。

㊁尻：原作「尻」，誤，今改。參見注〔四〕。

㊂烏：武林本作「鳥」。

㊃知乘：原作「乘知」，誤，今從廓門本。

【注釋】

〔一〕宣和七年秋作於益陽縣。白鹿：指白鹿寺。山谷内集詩注卷一九和甯子與白鹿寺：「谷朗巖開見佛燈，雲遮霧掩碧層層。青山得意看流水，白鹿歸來失舊僧。」任淵注：「寺在潭州。白鹿蓋寺中故事，未詳。」明一統志卷六三長沙府寺觀志：「白鹿寺，在白鹿山，宋建。」同卷山川志：「白鹿山，在益陽縣治西南。下有龍湫，蒼崖古木，清絶可愛。唐裴休講道於此，有白鹿啣花出聽，因名。宋楊億詩：『濱江水急魚行澀，白鹿峰高鳥度遲。』」太希先：僧法太，字希先，世以法名與字連稱曰「太希先」。吴則禮（字子副）北湖集卷二有阿坰以歙鉢供太希先偶成、次公采贈太希先密雲團韻、贈希先等詩，本集卷二七跋三學士帖：「宣和四年七月，太希先倒骨董箱，得此三帖。」所言即此僧。法太政和年間嘗爲南嶽方廣寺首座，本集卷一一有海上初還至南嶽寄方廣首座、還太首座詩卷與之唱酬，又卷二〇甘露滅齋銘序、明極堂銘序叙及其事。此時法太住持白鹿寺，卷二六題白鹿寺壁曰：「希先昔游公卿間，與鄒志完、曾公衮、蔡子因、吴子副厚。居自江左還南嶽，庵方廣十年，叢林高之。湘南使者勸請開法此山，希先持一鉢欣然而來。既至，屋老，過者疑將壓焉，殘僧纔十許輩，大率如逃亡人家。未五白，殿閣宇室，間見層出，如化城，如梵釋龍天之宫從空而墮人間。此邦之檀信，往來之士大夫，太息以爲勤，不知希先蓋游戲也。余自長沙來，館余四昔。」惠洪此詩即作於自長沙來時。錯按：法太其人，諸僧傳、燈録未載，考本集卷二六題芳上人僧寶傳：「長沙益陽白鹿太禪師門弟子季芳……予曰：『汝師出雲蓋西堂之門，西堂爲臨濟九世之嫡孫，而黄龍南公之真子也。』」題休上人僧寶傳：「其師太公與予爲兄弟行。」可知法太爲雲蓋守智（西堂）之法嗣，黄龍慧南之法孫，與惠洪同屬臨濟宗黄龍派南嶽下十三世。

〔二〕「昔人隱臨湘」二句：晉書隱逸傳陶淡傳：「陶淡，字處靜，太尉侃之孫也。父夏，以無行被廢。淡幼孤，好導養之術，謂仙道可祈。年十五六，便服食絶穀，不婚娶。家累千金，僮客百數，淡終日端拱，曾不營問。頗好讀易，善卜筮。於長沙臨湘山中結廬居之，養一白鹿以自偶。親故有候之者，輒移渡澗水，莫得近之。州舉秀才，淡聞，遂轉逃羅縣埤山中，終身不返，莫知所終。」楚辭哀時命：「浮雲霧而入冥兮，騎白鹿而容與。」王逸注：「言己與仙人俱出，則山神先道，乘雲霧、騎白鹿而游戲也。」此借用其語。　臨湘：潭州長沙郡之代稱。舊唐書地理志三：「長沙：秦置長沙郡。漢爲長沙國，治臨湘縣。後漢爲長沙郡。吴不改。晉懷帝置湘州，至梁初不改。隋平陳，爲潭州，以昭潭爲名。煬帝改爲長沙郡，仍改臨湘爲長沙縣。武德復爲潭州。」鍇按：益陽屬長沙，亦屬古臨湘地。據此二句所寫，則益陽白鹿山之得名，與陶淡養白鹿事相關，明一統志言裴休事，或後世附會者。

〔三〕雌霓飲澗湫：古傳虹霓下吸井水，謂之虹飲。語出漢書燕剌王劉旦傳：「是時天雨，虹下屬宮中飲井水，井水竭。」顔師古注：「屬猶注也。」言虹下注飲水。隋王胄雨晴詩：「殘虹低飲澗。」此化用其意。　雌霓：春秋元命苞：「虹霓者，陰陽之精。雄曰虹，雌曰霓。」

〔四〕道人：指太希先。　高尻揖：指首低而臀高之拜揖，此寫其遵循佛教敬儀。尻，臀部。漢書東方朔傳：「尻益高者，鶴俯啄也。」韓愈祭河南張員外文：「走官階下，首下尻高。」此借用其語。底本「尻」作「凥」，涉形近而誤。凥，同「居」，非「尻」之異體字。鍇按：唐釋智周成唯識論演秘卷一：「又按西域記云：西方敬儀總有九種，一發言慰問，二俯首示敬，三舉手高揖，四合掌平拱，五者屈膝，六者長跪，七手膝踞地，八五輪俱屈，九五體投地。此之九種顯唯二業，理可通意。」

〔五〕自陳語和柔：此寫其發言慰問符合佛教戒律。菩薩地持經卷七：「菩薩慰問，舒顏先語，平視和色，正念在前，問言道路清泰，四大調適，卧覺安樂，歎言善來，如是等等。」四分律刪繁補闕行事鈔卷下、法苑珠林卷九九、諸經要集卷二〇、釋氏要覽卷中、翻譯名義集卷四均引用此語。

〔六〕烏猶爲人好：謂烏鴉亦因人之故而美好。尚書大傳卷三：「愛人者，兼其屋上之烏。」杜甫奉贈射洪李四丈：「丈人屋上烏，人好烏亦好。」此化用其意。能改齋漫録卷八門雀屋烏宣室茂陵：「張天覺既相，謝表有云：『十年去國，門前之雀可羅；一日歸朝，屋上之烏亦好。』」惠洪與張天覺（商英）相善，用事亦相同。

〔七〕草亦能忘憂：詩衛風伯兮：「焉得諼草，言樹之背。」毛傳：「諼草令人忘憂；背，北堂也。」説文艸部：「藼，令人忘憂草也。或從宣。」太平御覽卷九九六引南朝梁任昉述異記：「萱草，一名紫萱，又呼曰忘憂草，吴中書生呼爲療愁花。」

〔八〕西津：在臨川。已見前注。

〔九〕小字如蠅頭：南史蕭鈞傳：「殿下家自有墳素，復何須蠅頭細書，别藏巾箱中？」參見本集卷二予與故人别因得寄詩三十韻走筆答之注〔三〇〕。

〔一〇〕鄉義：猶言鄉誼。惠洪爲新昌人，法太爲臨川人，均屬江南西路洪州豫章郡管轄，故可稱同鄉。

〔一一〕「遥知乘興耳」二句：世説新語任誕：「王子猷居山陰，夜大雪，忽憶戴安道。時戴在剡，即便夜乘小船就之。經宿方至，造門不前而返。人問其故，王曰：『吾本乘興而行，興盡而返，何必見戴？』」此化用其意。

〔一二〕效顰：自謙語。莊子天運：「故西施病心而矉其里，其里之醜人見而美之，歸亦捧心而矉其里。其里之富人見之，堅閉門而不出；貧人見之，絜妻子而去之走。」矉，通顰，蹙眉。

次韻題兀翁瑞筠亭〔一〕

大圓鏡空越數量，是中豈容男女相〔二〕。風稾俱聲未易分〔三〕，前身後身翻覆掌〔四〕。種石玉生硯出芝〔五〕，人亡物在何足奇〔六〕。請看襄母千里至，庭竹駢根生瑞枝。人言親少而子老，異事相傳爭絶倒〔七〕。心法之妙傳以驫〔八〕，此理難與俗人道。雲居的孫難共語〔九〕，辯如建瓴（瓶）空氣宇㊀〔一〇〕。不將雙脚踏城闉，郤侯詩句能寫真〔一一〕。

【校記】

㊀瓴：原作「瓶」，誤，今從四庫本、武林本。參見注〔一〇〕。

【注釋】

〔一〕宣和二年作於長沙。此詩有「郤侯詩句能寫真」句，可知爲次韻郤子中而作。惠洪宣和二年與子中交游，故繫於此。　兀翁：當爲禪僧，法名未詳，生平不可考。據「雲居的孫難共語」句，可知其爲雲居元祐禪師法孫，屬臨濟宗黃龍派南嶽下十四世，爲惠洪法姪。本集卷一五有次韻兀翁，可參見。　瑞筠亭：其地不可考。

〔二〕「大圓鏡空越數量」二句：景德傳燈録卷二三隨州智門守欽大師：「僧問：『兩鏡相對，爲什麽中間無像？』師曰：『自己亦須隱。』」潭州潙山靈祐禪師語録：「第三度云：『如兩鏡相照，於中無像。』師云：『此語正也。』仰山却問：『和尚於百丈師翁處，作麽生呈語？』師云：『我於百丈先師處，呈語云：如百千明鏡鑒像，光影相照，塵塵刹刹，各不相借。』仰山於是禮拜。」大般涅槃經卷二四光明遍照高貴德王菩薩品：「菩薩安住如是三昧，雖見衆生，而心初無衆生之相，雖見男女，無男女相。」

〔三〕風槖俱聲未易分：謂於風中鼓槖，難以分别。蘇軾阿彌陀佛頌：「如投水海中，如風中鼓槖，雖有大聖智，亦不能分别。」此化用其意。　槖：鼓風之具，猶冶煉之風箱。文選卷一七陸機文賦：「同槖籥之罔窮。」李善注：「槖，冶鑄者用以吹火使炎熾。」

〔四〕前身後身翻覆掌：謂人之前身後身本無分别，如手之掌心掌背，爲一體之二面。景德傳燈録卷二九梁寶誌和尚大乘讚十首之六：「只由妄情分别，前身後身孤薄。」

〔五〕種石玉生：晉干寶搜神記卷一一：「楊公伯雍，雒陽縣人也。本以儈賣爲業，性篤孝，父母亡，葬無終山，遂家焉。山高八十里，上無水。公汲水作義漿於阪頭，行者皆飲之。三年，有一人就飲，以一斗石子與之，使至高平好地有石處種之，云：『玉當生其中。』楊公未娶，又語云：『汝後當得好婦。』語畢不見。乃種其石。數歲，時時往視，見玉子生石上，人莫知也。有徐氏者，右北平著姓，女甚有行，時人求，多不許。公乃試求徐氏，徐氏笑以爲狂，因戲云：『得白璧一雙來，當聽爲婚。』公至所種玉田中，得白璧五雙，以聘。徐氏大驚，遂以女妻公。天子聞而異之，拜爲大夫，乃於種玉處四角作大石柱各一丈，中央一頃地，名曰玉田。」　硯出芝：宋蘇易簡文房四譜卷三硯譜：「魏孝靜帝有芝生銅硯。」

〔六〕人亡物在何足奇：高僧傳卷七宋吴虎丘山釋曇諦傳：「母黄氏晝寢，夢見一僧呼黄爲母，寄一麈尾，并鐵鏤書鎮二枚。眠覺，見兩物具存，因而懷孕生諦。諦年五歲，母以麈尾等示之，諦曰：『秦王所餉。』……諦父具説本末，并示書鎮麈尾等。䂂迺悟而泣曰：『即先師弘覺法師也。師經爲姚萇講法華，貧道爲都講。姚萇餉師二物，今遂在此。追計弘覺捨命，正是寄物之日。復憶採菜之事，彌深悲仰。』」弘覺爲前身，曇諦爲後身，弘覺亡而麈尾、鐵鏤書鎮二物猶在，即人亡物在之例。參見前次韻吴興宗送弟從潙山空印出家注〔五〕。唐張説撥川郡王神道碑：「時來事往，人亡物在。」劉長卿祭閻使君文：「人亡物在，事往名傳。」此用其語。

〔七〕「請看襄母千里至」四句：未詳其事出處，俟考。

〔八〕心法之妙傳以麤：謂禪宗以心傳心，所傳語言文字皆糟粕，精妙處須學者自悟。大慧普覺禪師宗門武庫：「是謂有子不可教，其可教者語言，糟粕也，非心之至妙。其至妙之心在我，不在文字語言也。縱有明師密授，不如心之自得。故曰得之於心，應之於手，皆靈然心法之妙用也。」

〔九〕雲居：指雲居元祐禪師（一〇三〇～一〇九五），信州上饒人，俗姓王氏。爲黄龍慧南法嗣。先後住持潭州道林、廬山玉澗、雲居。爲臨濟宗黄龍派南嶽下十二世。事具禪林僧寶傳卷二五。　的孫：嫡孫。

〔一〇〕辯如建瓴：謂其滔滔雄辯如翻瓴水傾瀉而出。史記高祖本紀：「譬猶居高屋之上，建瓴水也。」裴駰集解引如淳曰：「瓴，盛水瓶也。居高屋之上而翻瓴水，言其向下之勢易也。」瓴：底本作「瓶」，誤，蓋無「建瓶」之説。本集屢用「建瓴」狀語言文字之快意傾瀉，如本卷會福嚴慈覺大師：「遂同宿湘上，夜語如建瓴。」卷三次韻莫翁豐年斷：「千偈平生如建瓴。」卷一九小字金剛經贊：「忽然落筆如建瓴。」又卷三〇泐潭準禪師行狀：「辯如建瓴，不留影迹。」與此句全同，故「瓶」當爲「瓴」之形誤，今改。

〔一一〕郤侯：即郤子中，「侯」爲尊稱。見前注。

次韻思忠奉議民瞻知丞唱酬佳句〔一〕

兩詩清於玉堂卧，氣如漢軍爭袒（祖）左㊀〔二〕。高軒想見連璧來〔三〕，輾我門前碧苔破〔四〕。爲君哦此萬籟簧，楚音變盡餘微些〔五〕。文章自然真吐鳳〔六〕，句拙見之那敢和。高材要當萬錢食〔七〕，小邑折腰坐飢餓。仲弓曾爲太丘令〔八〕，義方亦作吉陽佐〔九〕。丈夫功名未入手，行樂莫嫌詩酒涴〔一〇〕。

【校記】

㈠ 袒：原作「祖」，誤，今從廓門本、四庫本。

【注釋】

〔一〕宣和五年三月作於長沙。 思忠：姓陳，名未詳，善化縣令。參見本集卷九陳奉議生辰、卷一二題善化陳令蘭室、快亭。 奉議：即奉議郎，文臣寄禄官，正八品。 民瞻：王庭珪（一〇八〇～一一七二），字民瞻，自號盧溪真逸，吉州安福人。政和八年進士，紹興中胡銓上疏乞斬秦檜，謫新州。庭珪獨以詩送行，坐訕謗，流夜郎。檜死，許自便。孝宗召對内殿，除直敷文閣。有盧溪集傳世。 錯按：宣和元年庭珪調衡州茶陵縣丞，五年離任，過長沙，至南臺寺訪惠洪。 知丞：知縣丞事之簡稱。盧溪文集卷二三書覺範詩後引：「余昔年游嶽麓，識覺範於南臺，因留數日，酬唱詩盈巨軸。」庭珪原唱題爲同陳思忠訪洪覺範，詳見附録。

〔二〕氣如漢軍爭袒左：漢書高后紀：「（周）勃入軍門，行令軍中曰：『爲吕氏右袒，爲劉氏左袒。』軍皆左袒。勃遂將北軍。」

〔三〕高軒想見連璧來：恭維語，謂見高車而想象思忠、民瞻二人見訪。高軒，貴顯者所乘高車。連璧：以並美之玉喻並美之人。李賀高軒過詩序：「韓員外愈、皇甫侍御湜見過，因而命作。」此用其語意。參見本集卷四謝李商老伯仲見過：「名士連璧來，下馬氣吐霓。」

〔四〕輾：滚壓。

〔五〕楚音變盡餘微些：謂楚地鄉音盡改，微有語氣詞口音尚存。楚辭招魂：「魂兮歸來，去君之恒幹，何爲四方些？」洪興祖補注：「些，蘇賀切。説文云：『語詞也。』沈存中云：『今夔峽、湖湘及南北江獠人，凡禁呪句尾，皆稱些，乃楚人舊俗。』」後世或稱楚音爲「楚些」。惠洪江西人，江西亦古楚地，故借楚些言之。

〔六〕吐鳳：喻文章之美。語本西京雜記卷二：「（揚）雄著太玄經，夢吐鳳凰，集玄之上。」錯按：本集好用此喻，如卷八睡起又得和篇：「緑髮筆端能吐鳳。」卷九次韻胥學士：「還將吐鳳語，來寄牧牛人。」卷一九毛季子贊：「妙文章之吐鳳。」卷三〇祭昭默禪師文：「至言吐鳳，自然文章。」

〔七〕高材要當萬錢食：謂才高者當踐高位，每日食費萬錢。晉書何曾傳：「每燕見，不食太官所設，帝輒命取其食。蒸餅上不坼作十字不食。食日萬錢，猶曰無下箸處。」李白行路難：「金樽美酒斗十千，玉盤珍羞直萬錢。」此借用其語。

〔八〕仲弓曾爲太丘令：後漢書陳寔傳略曰：「陳寔字仲弓，潁川許人也。……有志好學，坐立誦讀。縣令鄧邵試與語，奇之，聽受業太學。……司空黄瓊辟選理劇，補聞喜長，旬月，以朞喪去官。復再遷，除太丘長。修德清静，百姓以安。」陳思忠爲縣令，故以陳寔曾爲太丘令勉之。

〔九〕義方亦作吉陽佐：新唐書王義方傳略曰：「王義方，泗州漣水人。……淹究經術，性謇特，高自標樹。……補晉王府參軍，直弘文館。……素善張亮，亮抵罪，故貶吉安丞。道南海，舟師持酒脯請福，義方酌水誓曰：『有如忠獲戾，孝見尤，四維廓氛，千里安流。神之聽之，無作神羞。』是時盛夏，濤霧蒸湧，既祭，天雲開霽。人壯其誠。吉安介蠻夷，梗悍不馴，義方召首領，稍選生徒，爲開陳經書，行釋奠禮，清歌吹籥，登降跽立，人人悦順。」吉陽，縣名，即吉安，在海南。新唐書地理志七上嶺南道儋州昌化郡：「昌化（縣）下，貞觀元年析置吉安縣，乾元後省。」方輿勝覽卷四三吉陽軍建置沿革：「本漢珠崖郡地。……唐改爲振州，析延德，置吉陽縣。」鍇按：王庭珪爲縣丞，故以王義方亦作吉安丞勉之。此句與上句即觀林詩話所云「贈人詩多用同姓事」。

〔一〇〕行樂莫嫌詩酒涴：杜甫謁文公上方：「久遭詩酒污。」蘇軾葉教授和溽字韻詩復次韻爲戲記龍井之游：「吾儕詩酒污。」此反其意而用之。

【附録】

宋王庭珪云：尋春反向僧房卧，無乃行藏與時左。起來刮目覽新詩，花壓欄干夢初破。黄葉丹楓屬興深，吁然莫測疑楚些。惠休島可没已久，二百年來無此作。世間何處著斯人，秀句天教出寒餓。我氣未衰詞頗弱，欲借鼓旗聊一佐。終朝巖下不逢人，苔色應嗔馬蹄涴。（盧溪文集卷三同陳思忠訪洪覺範）

又云：仰山慈書記（覺慈）往來安福道中，數經我草堂，識之舊矣。復辱惠詩，自叙老洪之裔，蓋知僕與洪雅，故不可不酬也。感今懷昔，爲和三絶句，兼簡大仰祖禪師（希祖超然），亦覺範同門嗣也。慈猶記在湘西寺，洪和予左字韻有云云：「探驪猶記湘西寺，愛我詩如左祖軍。」慈也果能拈此句，定知詞筆帶烟雲。」「寂音尊者斷聲聞，猶似銜枚未戰軍。横出一枝來大仰，如今不賦暮天雲。」「老洪作語驚一世，筆力可敵千人軍。足下馬駒今復出，縱横踏破嶺頭雲。」（盧溪文集卷二○次韻贈慈書記）

次韻思晦弟雙清軒〔一〕

門前無俗駕〔二〕，籬外有青山。不出已成趣〔三〕，懶惰心所安。鳴鳩驚午夢，意消風物閑〔四〕。可憐修竹林，遮我茅三間。兄每緣詩來，有時忘巾冠〔五〕。永愧隔壁呼，束帶酬問端〔六〕。此詩可三復〔七〕，句挾風霜寒〔八〕。令人想見之，恨身無羽翰〔九〕。壽子一杯水〔一〇〕，世隘軒獨寬〔一一〕。

【注釋】

〔一〕宣和年間作於長沙。　思晦弟：彭以明，字思晦，筠州新昌人。以功胞弟，惠洪族弟。參見本集卷五次韻思禹思晦見寄二首注〔一〕。　雙清軒：彭以明書齋，當在新昌，已不可考。

〔二〕門前無俗駕：山谷内集詩注卷一三次韻黄斌老晚游池亭二首之一：「路入東園無俗駕。」任淵注：「文選北山移文曰：『請回俗士駕，爲君謝逋客。』」此借用其語。　俗駕：俗人之車馬。

〔三〕不出已成趣：陶淵明歸去來兮辭：「園日涉以成趣。」此反其意而用之。

〔四〕意消：邪意消除。語本莊子田子方：「物無道，正容以悟之，使人之意也消。」參見本集卷三贈石頭志庵主注〔六〕。　風物閑：猶言風物閑美，語本陶淵明游斜川詩序。已見前注。

〔五〕「兄每緣詩來」二句：謂彭以功（思禹）因詩來訪，忘著巾冠，以示隨意。

〔六〕束帶：整飭衣服，以示端莊。論語公冶長：「赤也，束帶立於朝，可使與賓客言也。」劉寶楠正義：「帶，繫繚於要，所以整束其衣，故曰束帶。」

〔七〕三復：反覆誦讀。論語先進：「南容三復白圭，孔子以其兄之子妻之。」何晏集解引孔安國曰：「詩云：『白圭之玷，尚可磨也；斯言之玷，不可爲也。』南容讀詩至此，三反覆之，是其心慎言也。」

〔八〕句挾風霜寒：黃庭堅觀祕閣蘇子美題壁及中人張侯家墨蹟十九紙率同舍錢才翁學士賦之：「秋河湔筆硯，怨句挾風霜。」此用其語。

〔九〕恨身無羽翰：杜甫大麥行：「安得如鳥有羽翅，託身白雲還故鄉。」此化用其意。

〔一〇〕壽子一杯水：山谷外集詩注卷一四次韻答和甫盧泉水三首之二：「奉親安樂一杯水。」史容注：「啜菽飲水，見上。李白詩：『萬言不直一杯水。』此摘其字。」此借用其語意。鍇按：孔子家語曲禮子貢問：「孔子曰：『啜菽飲水，盡其歡心，斯謂之孝。』」

〔一一〕世隘軒獨寬：蘇軾游徑山：「近來愈覺世議隘，每到寬處差安便。」此用其意而引申之。

會福嚴慈覺大師〔一〕

慈覺初見我，背呼仰而應。遂同宿湘上，夜語如建瓴〔二〕。犀顱氣不讋〔三〕，虎頷目有稜〔四〕。精彩類澄觀〔五〕，突兀掩萬僧〔六〕。喬嶽占南極〔七〕，寒翠知幾層？此老家此山，親分漳水燈〔八〕。寶坊天雨華〔九〕，午梵盤清冥〔一〇〕。欲知法席盛，但看道價增。

破夏出山來，乃爾忘規繩〔一一〕。蓋皮爲之灾〔一二〕，公卿慕聲稱。我幸無子累，癡鈍人所憎。平生寢飯外，摩挲一枝藤〔一三〕。少年入三吴，題詩偏西興〔一四〕。歸來舟彭蠡〔一五〕，浪山雪崩騰。匡廬落笑中〔一六〕，萬疊横空青。又嘗游并汾，跰足渡河冰。衝虎上太行，雞鳴見日昇〔一七〕。此樂墮渺莽〔一八〕，坐睡頭鬅（髯）鬙㊀〔一九〕。揭來湘西塢，倦鶴整羽翎〔二〇〕。只待秋風健，祝融期再登〔二一〕。

【校記】

㊀鬅：原作「髯」，誤，今從四庫本。參見注〔一九〕。

【注釋】

〔一〕宣和二年夏作於長沙。　福嚴：即南嶽福嚴寺。參見本集卷三游南嶽福嚴寺注〔一〕。　慈覺大師：法名未詳，慈覺當爲賜號。本集卷二八請殊公住雲峰有「恭惟某人，東林廣惠之曾孫，南嶽慈覺之嫡子」之句。東林廣惠，指廬山東林寺常總，賜號廣惠禪師。福嚴寺在南嶽，福嚴慈覺即南嶽慈覺。殊禪師既爲常總之曾孫，慈覺之嫡子，則可知慈覺當爲常總之法孫，屬臨濟宗黄龍派南嶽下十四世，爲惠洪法姪。詩有「此老家此山，親分漳水燈」之句，漳水，本集爲洪州之代稱，常總有法嗣泐潭應乾禪師住洪州靖安縣寶峰禪院，慈覺當爲應乾之法嗣。本集卷二一五慈觀閣記有宗致禪師亦號慈覺，乃嗣法泐潭文準，住黄梅東山，非此僧。

〔二〕夜語如建瓴：喻指交談投機，言語如翻瓴水傾瀉而出。建瓴，已見前注。

〔三〕犀顱：額角骨突出如犀。蘇軾光道人真贊：「海口山顴，犀顱鶴肩。」讋：懼怕。班固東都賦：「自孝武之所不征，孝宣之所未臣，莫不陸讋水慄，奔走而來賓。」

〔四〕虎頜：猶言虎頭。東觀漢記卷一六班超傳：「相者曰：『生燕頜虎頭，飛而食肉，此萬里侯相也。』」　目有稜：世説新語容止：「劉尹道桓公：『鬢如反猬皮，眉如紫石稜，自是孫仲謀、司馬宣王一流人。』」晉書桓温傳作「眼如紫石稜，鬚作蝟毛磔，孫仲謀、晉宣王之流亞也」。蘇舜欽覽照：「鐵面蒼髯目有稜。」此借用其語。

〔五〕澄觀：唐高僧。宋高僧傳卷五唐代州五臺山清涼寺澄觀傳略曰：「釋澄觀，姓夏侯氏，越州山陰人也。……觀俊朗高逸，弗可以細務拘。遂徧尋名山，旁求祕藏，梯航既具，壼奥必臻。……遂翻習經、傳、子、史、小學、蒼、雅，天竺悉曇諸部異執，四圍、五明、秘呪、儀軌，至於篇頌筆語書蹤，一皆博綜。多能之性，自天縱之。」

〔六〕突兀掩萬僧：謂其特立高出萬僧之上。　突兀：特出，奇特。唐施肩吾壯士行：「有時誤入千人叢，自覺一身横突兀。」

〔七〕喬嶽占南極：李白與諸公送陳郎將歸衡陽：「衡山蒼蒼入紫冥，下看南極老人星。」本集卷二一重修龍王寺記：「祝融占南極。」

〔八〕親分漳水燈：謂慈覺爲泐潭應乾禪師之法嗣。禪宗謂師傳法於弟子曰傳燈，弟子得法於師則曰分燈。蓋佛教以佛法能破闇，故以燈喻之。大智度論卷一〇〇：「汝當教化弟子，弟子復教餘人，展轉相教。譬如一燈，復然餘燈，其明轉多。」漳水：即贛江，此代指洪州。應乾住洪州靖安縣寶峰禪院，故稱。廓門注：「衡州府，樟水，源出常寧縣，流會宜水。」殊誤。

〔九〕寶坊：佛寺之美稱。六祖大師法寶壇經機緣品：「遂於故基重建梵宇，延師居之，俄成寶坊。」天雨華：佛經諸多天華如雨而下之描寫。如普曜經卷五召魔品：「覩之面和悦，百千天雨華，無數神供養，諸天下賓王。」又十住經卷四法雲地品：「説是經時，以佛神力，十方世界，一億佛國，微塵數世界六種十八相動，又法應震動，諸天雨華，如雲而下。」參見前次韻吴興宗送弟從潙山空印出家注〔一一〕。

〔一〇〕午梵：午時僧人誦經贊唱之聲。王安石游鍾山之二：「午梵隔雲知有寺，夕陽歸去不逢僧。」

〔一一〕「破夏出山來」二句：謂慈覺不守坐夏安居禁足之制，出山而外游。破夏：謂坐夏未終而外出。規繩：規矩繩墨，喻法度。孔子家語五儀解：「孔子曰：『所謂賢人者，德不逾閑，行中規繩。』」

〔一二〕皮爲之灾：狐豹以皮毛鮮艷爲身之災，以喻慈覺以才華過人爲身之累。莊子山木：「夫豐狐文豹，棲於山林，伏於巖穴，靜也；夜行晝居，戒也；雖飢渴隱約，猶且胥疏於江湖之上，而求食焉，定也。然且不免於罔羅機辟之患，是何罪之有哉？其皮爲之災也。」

〔一三〕一枝藤：指藤杖，手杖。許顗彦周詩話：「晦堂心禪師初退黄龍院，作詩云：『不住唐朝寺，閑爲宋地僧。生涯三事衲，故舊一枝藤。乞食隨緣過，逢山任意登。相逢莫相笑，不是嶺南能。』此詩深靜平實，道眼所了，非世間文士詩僧所能仿佛也。」此借用其語。

〔一四〕「少年入三吴」二句：寂音自序：「年二十九，乃游東吴。」　三吴：水經注卷四〇漸水：「漢高帝十二年，一吴也，後分爲三，世號『三吴』。吴興、吴郡，會稽其一也。」泛指江浙一帶。　西興：杭州錢塘江西興渡，此代指杭州。參見本集卷三福嚴寺夢訪廓然於龍山路中見之注〔二〕。

〔一五〕彭蠡：鄱陽湖之别稱。

〔一六〕匡廬：廬山之别稱。

〔一七〕「又嘗游并汾」四句：寂音自序：「（政和四年）十月，又證獄并門。」又本集卷二四記福嚴言禪師語：「（政和四年）五月二十八日，太原造大獄，來追對驗。」本集卷一六游石臺寺：「去年今日黄河北，夜趁明駝上太行。」　并汾：并州與汾州。并州，即太原府，與汾州均屬河東路。　趼足：生趼胝硬皮之足，指艱苦跋涉。　銜虎：冒遇虎之危險。語本杜甫夜歸：「夜半歸來衝虎過。」　太行：太行山。晉郭緣生述征記：「太行山首始於河内，北至幽州，凡百嶺，連亘十三州之界。」 雞鳴見日昇：王安石登飛來峰：「飛來峰上千尋塔，聞説雞鳴見日昇。」此借用其成句。

〔一八〕此樂墮渺莽：蘇軾和陶歸園田居六首之二：「春江有佳句，我醉墮渺莽。」此借用其語。

〔一九〕頭鬅鬙：頭髮散亂貌。底本「鬅」作「髴」，涉形近而誤。廓門注：「按：『髴』當作『鬅』。」東坡全集如來出山相贊曰：『頭鬅鬙，耳卓朔。』」其説甚是。 錯按：明覺禪師語録卷二：「僧問：『如何是佛？』師云：『頭鬅鬙，耳卓朔。』」古尊宿語録卷三八襄州洞山第二代初禪師語録：「有僧問：『列祖昇堂，人天堅請，不昧宗乘，乞師指示。』師云：『頭鬅鬙，耳卓朔。』」佛果圜悟真覺禪師心要卷下始送雷公達教授：「著破布百衲，頭鬅鬙，脚跟蹌，稠人中看之，不直半分文。」均作「鬅」，今據改。

〔二〇〕倦鶴：黄庭堅倦鶴圖贊：「偉萬里之仙驥，狃九關而天翱。亦倦飛而歸止，矧人生之嗟勞。飢食北山之薇蕨，寒緝江南之落毛。安能作河中之桴木，寧爲籬落之繫匏。」

〔二一〕祝融：南嶽衡山最高峰。參見本集卷三贈石頭志庵主注〔五〕。

慈覺見訪余適渡江歸以寄之〔一〕

黄沙横吹意儻恍〔二〕，江色模（摸）糊（胡）迷背向⊖〔三〕。刺舟開岸風掠耳〔四〕，日莫歸來説驚浪。旋添榾柮火蒙密〔五〕，堵立咨嗟羅少長〔六〕。椀楪鏗然野炊熟〔七〕，井稅未輸夜舂響〔八〕。少年信脚蹈憂患，幾同蜑叟埋煙瘴㈡〔九〕。歸來閑散贖辛勤，老住江村無雜想。夢回書几有青燈，雞一再鳴布衾暖。遥想老禪讀此詩，應作掀髯笑拊掌。

【校記】

㈠ 模糊：原作「摸胡」，今從石倉本、武林本。

㈡ 蜑：石倉本作「蛋」。

【注釋】

〔一〕宣和年間作於長沙。　慈覺：慈覺大師，見前注。　渡江：此江謂湘江。　錯按：此詩韻脚爲向、浪、長、響、瘴、想、暖、掌，暖字出韻。

〔二〕黨怳：怳惚貌，悵然自失貌。曹子建集卷二秋思賦：「遥思黨怳兮若有遺。」

〔三〕江色模糊迷背向：歐陽修初出真州泛大江作：「山浦轉帆迷向背。」蘇軾虔州八境圖八首之六：「山水照人迷向背。」此化用其意。　模糊：不分明，不清楚。底本作「摸胡」，「摸」當作「模」。廓門注：「『胡』當作『糊』。」

〔四〕刺舟：撑船，划船。參見本集卷一龍安送宗上人游東吳注〔三〕。

〔五〕榾柮：作柴用之木疙瘩，可代炭用。唐僧貫休禪月集卷六深山逢老僧之一：「衲衣線粗心似月，自把短鋤鋤榾柮。」古尊宿語録卷四一雲峰悦禪師初住翠巖語録山居四首之四：「地爐榾柮高燒起，石銚烹茶時一甌。」　蒙密：本指草木茂密貌，此借用指煙火騰騰貌，爲惠洪之獨創。

〔六〕堵立：如牆而立，狀圍立聚觀之人衆。參見本集卷二贈王敦素兼簡正平注〔一八〕。

〔七〕椀楪：即碗碟。

〔八〕井税：即田税，井田之税。魏書李孝伯傳：「井税之興，其來日久。」王維贈劉藍田詩：「歲晏輸井税，山村人夜歸。」

〔九〕幾同蜑叟埋煙瘴：指政和元年至三年流配海南朱崖軍之遭遇。　蜑叟：水上居民蜑人之老叟。宋周去非嶺外代答蜑蠻：「以舟爲室，視水如陸，浮生江海者，蜑也。」蘇軾和陶歸園田居六首之二：「江鷗漸馴集，蜑叟已還往。」

次韻蘇通判觀牡丹〔一〕

東風背立知誰家〔二〕？扶頭醉韻中流霞〔三〕。天涯也識洛陽面〔四〕，露叢幽蘂生奇葩。兩翁賦詩皆妙語，讀之令人欲仙去。坐間亦著白髮禪〔五〕，勝游且願追支許〔六〕。擁毳同看聊自娱〔七〕，春歸不肯略踟躕。解空勿憶南泉老，但言如夢不言無〔八〕。

【注釋】

〔一〕約崇寧三年（一一〇四）春作於筠州。蘇通判：當指蘇堅。據正德瑞州府志卷五秩官，蘇堅嘗通判筠州。蘇堅字伯固，參見本集卷三泊舟星江聞伯固與僧自五老亭步入開先作此寄之注〔一〕。

〔二〕東風背立：蘇軾續麗人行：「畫工欲畫無窮意，背立東風初破睡。」此借用其語，以麗人喻牡丹。

〔三〕扶頭醉韻中流霞：形容牡丹花下垂之嬌態及色澤。蘇軾雨中看牡丹三首之一：「黄昏更蕭瑟，頭重欲相扶。」謂牡丹雨中下垂如人醉酒而頭重，此化用其意。扶頭：指易醉之酒，即扶頭酒。參見本集卷三次韻道林會規方外注〔三〕。

〔四〕洛陽面：謂牡丹。唐宋時洛陽盛産牡丹，名冠天下，歐陽修洛陽牡丹記詳述其事，故稱。

〔五〕白髮禪：猶言白頭禪，惠洪自稱。黄庭堅勝業寺悦亭：「不見白頭禪，空倚紫藤杖。」又本集卷三泊舟星江聞伯固與僧自五老亭步入開先作此寄之：「偶攜白髮禪，步盡青松道。」

〔六〕勝游且願追支許：謂願仿效名僧支遁與名士許詢之勝游。參見本卷卧病次彦周韻注〔四〕。

〔七〕擁毳同看聊自娱：冷齋夜話卷一李後主亡國偈：「宋太祖將問罪江南，李後主用謀臣計，欲拒王師。法眼禪師觀牡丹於大内，因作偈諷之曰：『擁毳對芳叢，由來趣不同。髮從今日白，花是去年紅。艷冶隨朝露，馨香逐晚風。何須待零落，然後始知空。』後主不省，王師旋渡江。」此借用其語。錯按：法眼禪師，即僧文益，五代南唐時住金陵清涼院。後周顯德五年（九五八）卒，謚大法眼。卒時宋太祖、李後主皆尚未即位，故惠洪所記不確。五燈會元卷一〇金陵清涼院文益禪師：「師一日與李王論道罷，同觀牡丹花。王命作偈，師即賦曰：『擁毳對芳叢，由來趣不同。髮從今日白，花是去年紅。艷冶隨朝露，馨香逐晚風。何須待零落，然後始知空。』王頓悟其意。」與冷齋夜話略異，李王當爲南唐中主李璟。

〔八〕「解空勿憶南泉老」二句：景德傳燈録卷八池州南泉普願禪師：「陸亘大夫向師道：『肇法師甚奇怪，道萬物同根，是非一體。』師指庭前牡丹華云：『大夫，時人見此一株華，如夢相似。』陸罔測。」

次韻元不伐知縣見寄〔一〕

我讀元侯詩，嶮若過驚浪，忽於漩渦中，濺雪湧千嶂〔二〕。又如曹征西，唾手縛袁尚〔三〕。又如花間春，熟視迷背向〔四〕。何從得此客〔五〕，要是萬夫望〔六〕。少年翰墨場，開口取卿相〔七〕。低摧牛刀中〔八〕，軒特見雅量〔九〕。君看風月湖，自是無盡藏〔一〇〕。應手物華妙〔一一〕，纖穠見情狀〔一二〕。平生冥搜眼〔一三〕，已照鮑謝上〔一四〕。自當走奇勳，豈止稱師匠〔一五〕。嗟余衰退者，那敢論輩行〔一六〕。正如羊叔子，堅卧答陸抗〔一七〕。

詩成急雨來，掃盡層雲障。重慚無傑句〔一八〕，酬君語豪壯。

【注釋】

〔一〕約宣和四年作於長沙。　元不伐知縣：元勛（一〇七〇？～一一三九）字不伐，號具茨。時知長沙縣。宋詩紀事卷四〇：「元勛字不伐，陽翟人。政和間知寧國縣事。」宋周紫芝太倉稊米集卷一二贈元具茨二首題下自注：「時具茨作寧國宰，名勛字不伐，具茨其號也。」同書卷五九見王提刑：「元不伐具茨，太史黄公客也。具茨一日問：『作詩法度，向上一路如何？』山谷曰：『如獅子吼，百獸吞聲。』它日又問，則曰：『識取關棙。』具（茨）謂魯直接引後進，門庭頗峻，當令參者自相領解。」又卷六六書具茨集後：「余與元道州一别十五年，自此翁下世，平日篇章無一字到眼。……道州年十八歲已升山谷之堂，父子俱出其門，亦是一時偉人。」又卷四〇有詩題曰元具茨不起道州之疾哭之以詩。山谷别集卷一八與元勛不伐書九首題下注曰：「勛，聖庚之子，自元祐初從山谷游，幾二十年。終春陵太守。」宋兩湖大郡守臣易替考引道州志：「元勛，河南人，紹興八年任。」又引道州志：「趙伯莊，永州人，紹興九年任。」趙伯莊知道州，當爲補元勛卒後之闕。據諸書排比元勛行跡如下：自元祐初（一〇八七）年十八從黄庭堅學詩，至崇寧四年（一一〇五）庭堅卒，從游近二十年。政和間知宣州寧國縣，與周紫芝交游。宣和間知潭州長沙縣，與惠洪唱和，後除開封府判官。紹興八年（一一三八）知湖南道州（春陵），次年卒於任。本集卷六送不伐赴天府儀曹有「長沙解嶺海，浩壤冠南楚」之句，又稱「元侯汝潁奇」、「三年令小邑」，則元勛三年在長沙知縣任上。考宣和七年夏元勛已任開封府判官，則其離長沙當在宣和六年。此詩當爲宣和四年元勛初至長沙時所寄詩之和作，日月無考，姑繫於此。鍇按：紹興間另有京兆人姓元名不伐者，建炎以來繫年要録卷一五八謂紹興十七年（一一四七），元不伐爲右朝散大夫知利州，以事貶夔州編管。同書卷一七〇謂紹興二十五年（一一五五），詔元不伐除名勒停，未幾復右朝散大夫，官終知隨州。要録所載元不伐與本集元勛字不伐者非同一人，宋詩紀事、全宋詩卷一二六四均以京兆元不伐爲陽翟元勛，殊誤。

〔二〕「我讀元侯詩」四句：以舟行驚湍雪浪喻讀元勛詩句之感受，謂其句法奇險過人。蘇軾再用前韻：「雪浪倒卷雲峰摧。」此化用其意。

〔三〕「又如曹征西」二句：以曹操擒袁尚喻其佳句得之極易，稱其詩才之高。三國志魏書袁紹傳略曰：「熙、尚爲其將焦觸、張南所攻，奔遼西烏丸。……十二年，太祖至遼西擊烏丸。尚、熙與烏丸逆軍戰，敗走奔遼東，公孫康誘斬之，送其首。」裴松之注引典略曰：「尚爲人有勇力，欲奪取康衆，與熙謀曰：『今到，康必相見，欲與兄手擊之，有遼東猶可以自廣也。』康亦心計曰：『今不取熙、尚，無以爲説於國家。』乃先置其精勇于廐中，然後請熙、尚。熙、尚入，康伏兵出，皆縛之，坐於凍地。尚寒，求席，熙曰：『頭顱方行萬里，何席之爲？』遂斬首。譚字顯思，熙字顯奕，尚字顯甫。」

〔四〕「又如花間春」二句：以花間春色喻其詩辭采華麗，意境優美，讀之令人沉醉。參見本詩注〔一二〕。錯按：以上三喻，修辭學所謂「博喻」，本集屢用之。

〔五〕何從得此客：蘇軾昨見韓丞相言王定國今日玉堂獨坐有懷其人：「人間有此客，折簡呼不難。」此反其意而用之。本集屢用此語，已見前注。

〔六〕萬夫望：易繫辭下：「君子知微知彰，知柔知剛，萬夫之望。」

〔七〕開口取卿相：杜甫八哀詩贈左僕射鄭國公嚴公武：「開口取將相。」此借用其語。

〔八〕低摧牛刀中：謂低眉摧首，大材小用於小邑俗務中。論語陽貨：「子之武城，聞弦歌之聲。夫子莞爾而笑，曰：『割雞焉用牛刀？』」

〔九〕軒特：軒昂卓異。新唐書李栖筠傳：「莊重寡言，體貌軒特。」

〔一〇〕「君看風月湖」二句：喻其心胸澄澈清明，包容無盡。蘇軾赤壁賦：「惟江上之清風，與山間之明月，耳得之而爲聲，目遇之而成色，取之無禁，用之不竭，是造物者之無盡藏也，而吾與子之所共適。」

〔一一〕應手物華妙：莊子天道：「不疾不徐，得之於手，而應於心。」

〔一二〕纖穠：瘦削豐滿，猶穠纖。宋玉神女賦：「穠不短，纖不長。」曹植洛神賦：「穠纖得衷，修短合度。」穠：同「襛」。錯按：此喻詩中所寫物華之妙。惠洪法華經合論卷一：「春在萬物，大如山川，細如毫忽，繁如草木，紗如葩葉，纖穠橫斜、深淺背向雖不一，而其明秀艷麗之色，隨物具足，無有間限。」

〔一三〕冥搜：指冥思苦想，搜索詩句。代指作詩。參見本集卷二七月七日晚步至齊雲樓走筆贈吳邦直注〔一五〕。

〔一四〕鮑謝：南朝宋詩人鮑照、謝靈運之並稱。杜甫遣興之五：「賦詩何必多，往往凌鮑謝。」此化用其意。

〔一五〕師匠：宗師大匠，可爲人取法者。顔氏家訓文章：「邢子才、魏收，俱有重名，時俗摩的，以爲師匠。」

〔一六〕那敢論輩行：自謙語，謂不敢與元勛以同輩相稱。輩行：輩分，行輩。蘇軾京師哭任遵聖：「老任況奇逸，先子推輩行。」

〔一七〕「正如羊叔子」二句：晉書羊祜傳略曰：「羊祜，字叔子，泰山南城人也。……帝將有滅吳之志，以祜爲都督荆州諸軍事、假節，散騎常侍、衞將軍如故。祜率營兵出鎮南夏，開設庠序，綏懷遠近，甚得江漢之心。與吳人開布大信，降者欲去皆聽之。……祜與陸抗相對，使命交通，抗稱祜之德量，雖樂毅、諸葛孔明不能過也。抗嘗病，祜饋之藥，抗服之無疑心。人多諫抗，抗曰：『羊祜豈鴆人者！』時談以爲華元、子反復見於今日。抗每告其戍曰：『彼專爲德，我專爲暴，是不戰而自服也。各保分界而已，無求細利。』孫皓聞二境交和，以詰抗。抗曰：『一邑一鄉，不可以無信義，況大國乎！臣不如此，正是彰其德，於祜無傷也。』」　堅卧：按兵不動。

〔一八〕重慚：非常慚愧。　無傑句：蘇軾太虛以黄樓賦見寄作詩爲謝：「我詩無傑句，萬景驕莫隨。」此借用其語。

和元府判游山句〔一〕

舉手弄雲泉，濺衣作跳波。側耳聞遺音，仰看幽鳥過。兩公作妙語〔二〕，清絶類陰何〔三〕。氣爽如南山，晴嵐掩峩峩。意快如落瀑，萬仞崩銀河。秀如華林風，嫣然散微和〔四〕。而余獨朴拙，欲登選佛科〔五〕。十年類馬駒，鏡謂磚可磨〔六〕。楓瘤或見取〔七〕，此事古亦多。噪吻成綺語〔八〕，寧恤犯尸羅〔九〕。

【注釋】

〔一〕宣和七年作於湘陰縣。　元府判：即元勛，字不伐，號具茨。府判，開封府判官之簡稱。本集卷一三次韻資欽元府判見寄：「具茨功名關意少，潁皋丘壑賦情多。」潁皋指閻孝忠，字資欽；具茨指元府判，即元勛。　鍇按：元勛宣和六年有開封府判官之命，離長沙。參見本卷送不伐赴天府儀曹注〔一〕。此詩乃唱和元勛在府判任上所寄游山詩。

〔二〕兩公：指閻孝忠、元勛。據宋會要輯稿食貨三二之一五，孝忠於宣和六年提舉荆湖南路鹽香茶礬事，此時當已任官開封府，故次韻資欽元府判見寄有「我思杖履游嵩少，公輩家山近洛河」之句。

〔三〕陰何：南朝梁詩人陰鏗、何遜之並稱。九家集注杜詩卷二九秋日夔州詠懷寄鄭監李賓客一百韻：「陰何尚清省。」注：「趙云：陰則陰鏗，何則何遜。陰何前代，而二公比之，彼尚清省，未爲富艷。」同書卷三〇解悶十二首之七：「頗學陰何苦用心。」注：「趙云：陰則陰鏗，何則何遜，苦用心，則不苟且爲之矣。」

〔四〕嫣然散微和：陶淵明擬古九首之七：「日暮天無雲，春風扇微和。」此化用其意。

〔五〕選佛科：景德傳燈録卷一四南嶽石頭希遷大師法嗣：「鄧州丹霞天然禪師，不知何許人也。初習儒學，將入長安應舉，方宿於逆旅，忽夢白光滿室。占者曰：『解空之祥也。』偶一禪客問曰：『仁者何往？』曰：『選官去。』禪客曰：『選官何如選佛。』曰：『選佛當往何所？』禪客曰：『今江西馬大師出世，是選佛之場，仁者可往。』遂直造江西。」

〔六〕「十年類馬駒」二句：自謙己如未悟時之馬祖，雖勤奮修道，却歲久無成。景德傳燈録卷五南嶽懷讓禪師：「直詣曹谿參六祖。……祖曰：『只此不污染諸佛之所護念，汝既如是，吾亦如是。西天般若多羅讖：汝足下出一馬駒，蹋殺天下人。並在汝心，不須速説。』師豁然契會，執侍左右一十五載，唐先天二年始往衡嶽，居般若寺。開元中，有沙門道一（即馬祖大師也），住傳法院，常日坐禪。師知是法器，往問曰：『大德坐禪圖什麼？』一曰：『圖作佛。』

師乃取一塼，於彼庵前石上磨。一曰：『師作什麽？』師曰：『磨作鏡。』一曰：『磨塼豈得成鏡耶？』『坐禪豈得成佛耶？』一曰：『如何即是？』師曰：『如人駕車不行，打車即是？打牛即是？』一無對。師又曰：『汝學坐禪，爲學坐佛？若學坐禪，禪非坐卧。若學坐佛，佛非定相。於無住法，不應取捨。汝若坐佛，即是殺佛。若執坐相，非達其理。』一聞示誨，如飲醍醐。」　馬駒，此指馬祖道一。

〔七〕楓瘤或見取：自謙己如楓木歲久所生瘤瘻，或可取作巫術通神。參見本集卷五子偉約見過已而飲於城東但以詩來次韻注〔四〕。

〔八〕噪吻：聒噪多嘴，此代指吟詠，自謙語。參見本集卷四次韻太學茂千之注〔六〕。綺語：佛教謂一切含婬意不正之言詞，十惡中四口業之一。騷人之詞涉及美人香草者，多爲綺語。隋釋慧遠大乘義章卷七十不善業義七門分别：「邪言不正，其猶綺色，從喻立稱，故名綺語。」

〔九〕寧恤犯尸羅：猶言不惜犯戒亦要作詩。尸羅：梵文 Śīla 之譯音，正譯曰清涼，傍譯曰戒。身口意之惡業，能使人熱惱，戒能消息其熱惱，故名清涼。大乘義章卷一三藏義七門分别：「言尸羅者，此名清涼，亦名爲戒。三業炎非，焚燒行人，事等如熱。戒能防息，故名清涼。清涼之名，正翻彼也。以能防禁，故名爲戒。」

送不伐赴天府儀曹〔一〕

長沙解嶺海〔二〕，浩壤冠南楚〔三〕。豈止風物繁，山水亦清富〔四〕。然以余觀之，兩者未足數〔五〕。雖曰大藩地，要以多賢故。元侯汝潁（穎）奇㊀〔六〕，家世工酌古〔七〕。竭來簿書中，見此廊廟具〔八〕。三年令小邑，野鶴翦翎羽〔九〕。側腦望雲漢〔一〇〕，奮躍思遠舉。忽聞除書至，當得贊天府。婢僕想京華，一室譁兒女〔一一〕。便覺馳驛聲，吹帽黄塵路〔一二〕。舉首望絳闕，金碧礙雲雨〔一三〕。富貴□□天㊁〔一四〕，車馬氣成霧〔一五〕。遥知念舊游，笑與同僚語。

【校記】

㊀潁：原作「穎」，誤，今據四庫本、武林本改。參見注〔六〕。

㊁□□：二字闕，天寧本作「本自」，武林本作「來自」，皆不確。

【注釋】

〔一〕宣和六年作於長沙。　不伐：元勛字不伐。　天府儀曹：尚書省禮部之别稱。前詩稱元勛爲府判，或惠洪以天府稱京師開封府，以儀曹代稱判官；或元勛先赴禮部，後改除府判，俟考。

〔二〕解：通達。淮南子原道：「是故一之理，施四海；一之解，際天地。」高誘注：「解，達也。」

〔三〕浩壤：廣遠之地。白居易除李遜京兆尹制：「宜輟材于浩壤，佇觀政於輦轂。」

〔四〕山水亦清富：謂山水既清秀且富饒。長沙湘江西岸嶽麓山道林寺有清富堂，此借用其名而言之。本集卷一二題清富堂：「此堂冠絶湘西勝，枯木名多道不窮。用谷量雲當衣鉢，以江盛月展家風。買山歸隱真寒乞，借竹爲軒落笑中。綠錦漲連青玉浦，剪裁磨琢費詩工。」卷二二忠孝松記：「於是導余登清富堂，下臨瀟湘，如開畫牒，千里纖穠，一覽而盡得之。」此即山水清富之意。

〔五〕兩者：指風物與山水。

〔六〕汝潁奇：元勛爲陽翟人，陽翟爲京西北路潁昌府屬縣，毗鄰汝州，故稱。底本「潁」作「穎」，涉形近而誤，今改。

〔七〕家世工酙古：蘇軾和陶郭主簿二首之一：「家世事酙古，百史手自斟。」此化用其語。酙古，猶言斟酌古今之事，相互參照。

〔八〕廊廟具：杜甫自京赴奉先縣詠懷五百字：「當今廊廟具，構廈豈云缺。」已見前注。

〔九〕野鶴剪翎羽：王安石邢太保有鶴折翼以詩傷之客有記翎經冥三韻而忘其詩者因作四韻：「每憐今日長垂翅，却悔當時誤剪翎。」已見前注。

〔一〇〕側腦望雲漢：鶴腦側，已見前次韻游衡嶽注〔六〕，借用其語。

〔一〕一室譁兒女：謂一室兒女聞將至京師而喜極喧嘩。本集愛用此語，如卷一予在龍安木蛇庵除夕微雪及辰未消作詩記之二首之二：「元朝喜見雪，一室譁少長。」卷三乾上人會余長沙：「一室諠譁終暖熱。」本卷送廓然：「一室譁兒女。」

〔二〕「便覺馳鐸聲」二句：想象元勛奔走京師黄塵路之情景。馳鐸，即駝鈴。「吹帽」句，黄庭堅呈外舅孫莘老二首之一：「九陌黄塵烏帽底。」此化用其意。

〔三〕「舉首望絳闕」二句：謂帝都宫闕壯麗，金碧摩天，上礙雲雨之行。絳闕：已見前注。

〔四〕富貴□□天：闕字或當作「爭熏」。本集卷四勸學次徐師川韻：「富貴爭熏天。」卷七贈鄒處士：「富貴熏天光照夜。」俟考。

〔五〕車馬氣成霧：史記天官書：「車氣乍高乍下，往往而聚。騎氣卑而布。」黄庭堅送劉士彥赴福建轉運判官：「車馬氣成霧，九衢行滔滔。」此借用其成句。

送友人〔一〕

幽人獨負三尺琴〔二〕，自謂羲皇得意深〔三〕。經年不肯鼓一曲，欲造千里求知音。夕陽渡口西風起，黄葉紛紛墜秋水。送君默默上孤舟，片帆忽舉風波裏。此去吴中風物好〔四〕，重複江湖我曾到〔五〕。桂子落時雙澗秋〔六〕，白猿啼處孤松老〔七〕。却入苕谿凡幾里〔八〕，連天震澤無窮已〔九〕。紅蕖苞拆(折)流水香㊀〔一〇〕，紫蓴絲軟鱸魚美〔一一〕。何時興盡見歸舟〔一二〕，古今客路多飄流。孤雲別鶴無蹤迹〔一三〕，空聽蟬聲野渡頭。

【校記】

㊀拆：原作「折」，據四庫本改。

【注釋】

〔一〕作年未詳。

〔二〕三尺琴：漢蔡邕琴操卷上：「琴長三尺六寸六分，象三百六十日也。」東坡詩集注卷三戴道士得四字代作：「賴存三尺桐，中有山水意。」王注次公曰：「三尺桐，琴也。廣雅曰：『神農氏琴，長三尺六寸六分。』」

〔三〕自謂羲皇得意深：陶淵明與子儼等疏：「常言：五六月中，北窗下卧，遇涼風暫至，自謂是羲皇上人。」此用其意。

〔四〕吳中：泛指吳地。廓門注：「吳中，謂杭州、嘉興、湖州、蘇州、松江、常州等也。」

〔五〕重複江湖：指杭州，因有錢塘江、西湖等，故稱。柳永望海潮：「重湖疊巘清嘉。」重湖即指西湖。　我曾到：寂音自序：「年二十九乃游東吳。」林間録卷下：「予嘗游東吳，寓於西湖淨慈寺。」

〔六〕桂子落時雙澗秋：特寫杭州靈隱寺。宋之問靈隱寺：「桂子月中落，天香雲外飄。」白居易寄韜光禪師：「一山門作兩山門，兩寺原從一寺分。東澗水流西澗水，南山雲起北山雲。前臺花發後臺見，上界鐘聲下界聞。遥想吾師行道處，天香桂子落紛紛。」

〔七〕白猿啼處孤松老：亦寫靈隱寺名勝。遵式白猿峰詩序：「西天慧理，畜白猿於靈隱寺，月明長嘯，清音滿室。」方輿勝覽卷一臨安府：「呼猿洞，在飛來峰下，其洞有路可透天竺。」

〔八〕苕谿：在湖州。太平寰宇記卷九四江南東道湖州烏程縣：「霅溪館：霅溪在縣東南一里，凡四水合爲一溪。自浮玉山曰苕溪，自銅峴山曰前溪，自天目山曰餘不溪，自德清縣前北流至州南興國寺前曰霅溪。館東北流四十里合太湖。」

〔九〕震澤：即太湖。書禹貢：「三江既入，震澤底定。」孔傳：「震澤，東南大湖名。言三江已入，致定爲震澤。」

〔一〇〕紅蕖苞拆流水香：廓門注：「蘇州府有香水溪。」鍇按：流水香泛指芙蕖之香，不必坐實爲香水溪，蓋香水溪之得名與春秋吴王西施相關。

〔一一〕紫蓴絲軟鱸魚美：晉書張翰傳：「翰因見秋風起，乃思吴中菰菜、蓴羹、鱸魚膾，曰：『人生貴得適志，何能羈宦數千里以要名爵乎！』遂命駕而歸。」

〔一二〕何時興盡見歸舟：用世説新語任誕王子猷雪夜乘舟訪戴安道事，參見前宿湘陰村野大雪寄湖山居士注〔七〕。

〔一三〕孤雲別鶴無蹤迹：廓門注：「李嘉祐詩『孤雲獨鳥川光暮，萬井千山海氣秋』之類也。」孤雲：喻飄泊之人。陶淵明詠貧士七首之一：「萬族各有託，孤雲獨無依。」別鶴：喻別離之人，此亦喻飄泊之人。鮑照擬行路難：「寧作野中之雙鳧，不願雲間之別鶴。」鍇按：「別鶴」亦爲琴曲名，以呼應首句「幽人獨負三尺琴」。琴操卷上：「別鶴操者，商陵牧子所作也。牧子娶妻五年，無子，父兄欲爲改娶。妻聞之，中夜驚起，倚户悲嘯。牧子聞之，援琴鼓之云：『痛恩愛之永離，歎別鶴以舒情。』故曰別鶴操。後仍爲夫婦。」

聽道人譜公琴〔一〕

道人貌癯骨藏年〔二〕，漆瞳照人方而淵〔三〕。家住湘山湘水邊，氣清日應嚼芳鮮〔四〕。羅浮飯石性所在〔五〕，定林飲澗老更堅〔六〕。子其徒歟寧果然，抱琴過我亦自賢。玉徽按抑朱絲絃〔七〕，借絃爲舌傳語言。誰家恩怨餘姤憐〔八〕，綺窗鶯燕春風顛。顛風盤空攪蒼煙，蕭蕭吹鬢人未眠。清都絳闕斷世緣〔九〕，骨飛不到夢所傳〔一〇〕。秦箏心知是響泉〔一一〕，置之髯鬚一笑掀。蘂珠三疊舞胎仙〔一二〕，坐令遺世如蜕蟬〔一三〕。何年醉騎紫雲去〔一四〕，此琴枵然成棄捐〔一五〕。

【注釋】

〔一〕宣和年間作於長沙。　道人諳公：生平法系不可考。鍇按：此道人或爲僧人，或爲道士，蓋此詩用事用詞或涉佛典，或涉道書，難以遽定。

〔二〕骨藏年：謂其骨相藏匿年歲，看似年輕。唐徐凝寄玄陽先生：「顏貌只如三二十，道年三百亦藏年。」白居易照鏡：「皎皎青銅鏡，斑斑白絲鬢。豈復更藏年，實年君不信。」本集多用此語，如卷一一別天覺左丞：「童頰清光已渾圓，共驚玉骨解藏年。」卷一三蔡藏用生辰：「已驚久視方瞳碧，更覺藏年玉骨清。」

〔三〕漆瞳照人方而淵：謂其眼瞳烏黑如漆，方而幽深，有長壽貌。東坡詩集注卷一五王頤赴建州錢監求詩及草書：「自言親受方瞳翁。」程縯注：「南史曰：『陶弘景年逾八十而有壯容。仙書云：眼方者壽千歲。弘景末年一眼有時而方。』」李厚注：「真人之目方瞳，綠筋貫之，有紫光。」宋援注：「李根兩目瞳子皆方。仙經説，八百歲人瞳子方也。」趙次公注：「拾遺記：『老叟五人見老聃，其瞳子方。』」

〔四〕嚼芳鮮：咀嚼美味新鮮之食物，此喻指品嘗清新之自然。蘇軾雪後便欲與同僚尋春一病彌月雜花都盡獨牡丹在爾劉景文左藏和順闍黎詩見贈次韻答之：「知君苦寂寞，妙語嚼芳鮮。」此借用其語。

〔五〕羅浮飯石性所在：高僧傳卷九晉羅浮山單道開傳：「單道開，姓孟，燉煌人。少懷栖隱，誦經四十餘萬言。絶穀，餌柏實，柏實難得，復服松脂，後服細石子。一吞數枚，數日一服，或時多少噉薑椒。如此七年，後不畏寒暑，冬温夏涼，晝夜不卧。與同學十人共契服食，十年之外，或死或退，唯開全志。……後入羅浮山，獨處茅茨，蕭然物外。春秋百餘歲，卒於山舍。」

〔六〕定林飲澗老更堅：高僧傳卷八齊上定林寺釋僧遠傳：「釋僧遠，姓皇，勃海重合人。……幼而樂道，年十六欲出家，父母不許，因蔬食懺誦，曉夜不輟，年十八方獲入道。……大明六年九月有司奏曰：『……臣等參議，以爲沙門接見，皆當盡虔禮敬之容，依其本俗，則朝徽有序，乘方兼遠矣。』（宋孝武）帝雖頗信法，而久自驕縱，故奏上之日，詔即可焉。遠時歎曰：『我剃頭沙門，本出家求道，何關於帝王。』即日謝病，仍隱迹上定林山。……遠蔬食五十餘年，澗飲二十餘載，游心法苑，緬想人外，高步山門，蕭然物表。以齊永明二年正月卒於定林上寺，春秋七十有一。」

〔七〕玉徽：玉製琴徽，亦爲琴之美稱。徽：繫琴絃之繩。梁書文學傳上庾肩吾傳：「故玉徽金銑，反爲拙目所嗤；巴人下里，更合郢中之聽。」按抑：彈琴按絃之指法。蘇舜欽演化揮琴因作歌以寫其意：「按抑不知聲在指，指自不知心所起。」蘇軾聽僧昭素琴：「至和無攫醳，至平無按抑。」

〔八〕誰家恩怨餘姡憐：韓愈聽穎師彈琴：「昵昵兒女語，恩怨相爾汝。」此化用其意。

〔九〕清都絳闕：天帝居處，神仙宮闕。列子周穆王：「清都、紫微、鈞天、廣樂，帝之所居。」蘇軾隆祐宮設慶宮醮青詞：「伏以長樂告成，光動紫宮之像；清都下照，誠通絳闕之仙。」

〔一〇〕骨飛不到夢所傳：豫章黃先生文集卷一三張益老十二琴銘「舞胎仙」：「肉飛不到夢所傳。」此化用其語。骨飛：蜕骨飛升。本集卷二七跋東坡仇池録：「東坡喜學煉形蟬蜕之道，期白日而骨飛，竟以病而歿。」

〔一一〕秦箏：文選卷一八潘岳笙賦：「況齊瑟與秦箏。」李善注：「風俗通曰：『箏，蒙恬所造。』楚辭曰：『扶秦箏而彈徽。』」　響泉：狀琴聲。張益老十二琴銘澗泉：「震陵孤桐下陽岑，音如澗水響深林。」

〔一二〕蘂珠三疊舞胎仙：黃庭内景經上清章第一：「閑居蘂珠作七言，琴心三疊舞胎仙。」此化用其意。又張益老十二琴銘舞胎仙亦曰：「琴心三疊舞胎仙。」鍇按：蘂珠，指蘂珠宮，道書所言仙宮。或指道家蘂珠經。唐鮑溶寄楊煉師：「道士夜誦蘂珠經，白鶴下遶香煙聽。」胎仙，鶴之別稱。古因鶴有仙禽之稱，又相傳胎生，故名。蘇軾文集卷一九十二琴銘「舞胎仙」題作歸鶴。又文選卷一八嵇康琴賦：「千里別鶴。」李善注：「蔡邕琴操曰：『商陵牧子娶妻五年無子，父兄欲爲改娶，牧子援琴鼓之，歎別鶴以舒其憤懣，故曰別鶴操。』」

〔一三〕遺世如蜕蟬：喻脱胎换骨，羽化登仙。左思吴都賦：「樂湑衎其方域，列仙集其土地。桂父練形而易色，赤須蟬蜕而附麗。」

〔一四〕醉騎紫雲去：猶言仙去。冷齋夜話卷三東坡美謫仙句語作贊：「『暮騎紫雲去，海氣侵肌涼。』東坡曰：『此語非李太白不能道也。』」此借用其語。

〔一五〕枵然：空虚貌。莊子逍遥遊：「剖之以爲瓢，則瓠落無所容。非不呺然大也，吾爲其無用而掊之。」郭慶藩集釋引俞樾曰：「文選謝靈運初發都詩李善注引此文作『枵』，當從之。」文選卷二六謝靈運永初三年七月十六日之郡初發都：「空班趙氏璧，徒乖魏王瓠。」李善注引莊子曰：「魏王貽我大瓠之種，我樹之成，而實五石，以盛水漿，其堅不自舉；剖之以爲瓢，則瓠落無所容。非不枵然大也，吾爲其無用，掊之。」

偁（儞）能禪三鄉俊宿山㊀〔一〕

湘西春色無人要，萬頃鏡空飛白鳥。小閣披衣眼力衰，一聲欸（欵）乃酬清曉㊁〔二〕。芒鞵閑穿聚落來〔三〕，此岸緑陰行不了。南臺老未忘鄉井〔四〕，抵掌清談輒高笑〔五〕。烹茶煮筍未當勤，放意賦詩語奇峭〔六〕。此生何處不戲劇，萬事隨緣真道妙〔七〕。何當借子西齋宿，共看湘月千峰表。

【校記】

㊀偁：原作「儞」，誤，今改。參見注〔一〕。

㈢欸：原作「欵」，誤，今改。參見注〔二〕。

【注釋】

〔一〕宣和二年三月作於長沙。　「三鄉俊」指偁、能、禪三位禪師，因與惠洪同里，故稱鄉俊。偁即祖偁禪師，本集卷二一雙峰正覺禪院涅槃堂記：「而僧祖偁，祖印所賢，而余里閈，又掌寺權。」卷二六又稱上人所作謂「里道人稱公」，「稱」當作「偁」。所謂「鄉俊」、「余里閈」、「里道人」其義相同，均指祖偁。底本作「儞」，當爲「偁」之形誤。能指能禪師，本集卷二有送能上人參源禪師，所送當即此僧。禪指禪首座，本集卷一三有禪首座自海公化去見故舊未嘗忘追想悼歎之情云云宣和二年三月日風雨有懷其人戲書寄之。續傳燈録卷二二目録寶峰克文禪師法嗣有湯泉禪禪師，或即此僧，與惠洪同里且同門。

〔二〕欸乃：摇櫓聲，或指棹歌聲。柳宗元漁翁：「漁翁夜傍西巖宿，曉汲清湘燃楚竹。煙銷日出不見人，欸乃一聲山水緑。」此化用其意。元結欸乃曲：「誰能聽欸乃，欸乃感人情。」題注：「棹舡之聲。」苕溪漁隱叢話前集卷一九：「山谷云：『「千里楓林煙雨深，無朝無暮有猿吟。停橈靜聽曲中意，好是雲山韶濩音。」零陵郡北湘水東，浯溪形勝滿湘中。溪口石顛堪自逸，誰人相伴作漁翁？」右元次山欸乃曲。欸音媼，乃音靄，湘中節歌聲。子厚漁父詞有「欸乃一聲山水緑」之句，誤書「欸欠」，少年多承誤妄用之，可笑。』苕溪漁隱曰：『余游浯溪，讀摩崖中興頌，於碑側有山谷所書欸乃曲，因以百金買碑本以歸，今録入叢話。又元次山集欸乃曲注云：「欸音襖，乃音靄，棹舡之聲。」洪駒父詩話謂欸音靄，乃音襖，遂反其音，是不曾看元次山集及山谷此碑而妄爲之音耳。』」底本「欸」作「欵」，涉形近而誤。蓋「欵」同「款」，非音靄。

〔三〕芒鞵：芒鞋，草鞋。

〔四〕南臺老：惠洪自稱。寂音自序：「會兩赦得釋，遂歸湘上之南臺。」廓門注：「覺範自序曰：『政和五年，遂歸湘上南臺。』」其引文不確。鍇按：惠洪住南臺寺，乃在宣和二年春，本集卷二八化供三首之一略曰：「當寺依湘上，瀕楚水……號爲水西南臺。……今年春，州郡易以禪者領之，於是明白老自鹿苑移居此。」卷二四四絶堂分題詩序記與張廓然游山曰：「廓然與諸公登清富堂，汲峰頂之泉，試壑源茶，下鹿苑寺，散坐於青林之下。久之，並岸而北，遂經槲林塢，至南臺，莫夜矣。」可知鹿苑寺與南臺寺相鄰。卷七送元老住清修詩有「三年我東鄰」之句，卷二六題清修院壁：「昔余庵於湘西，與希一爲鄰，相歡如价、密。宣和四年冬，希一遷於兹山。」卷二四待月堂序又記與鹿苑希一禪師游之事。可知元老即希一，法名元，字希一，住鹿苑寺，與惠洪爲鄰，宣和四年冬遷清修院。惠洪既與元老相鄰三年，則其住南臺寺不得晚於宣和二年。

〔五〕抵掌清談：謝逸溪堂集卷七林間録序：「洪覺範得自在三昧於雲庵老人，故能游戲翰墨場中，呻吟謦欬，皆成文章。每與林間勝士抵掌清談，莫非尊宿之高行，叢林之遺訓，諸佛菩薩之微旨，賢士大夫之餘論。」

〔六〕放意賦詩語奇峭：歐陽修六一詩話：「石曼卿自少以詩酒豪放自得，其氣貌偉然，詩格奇峭。」此借用其意。

〔七〕萬事隨緣真道妙：黄庭堅法安大師塔銘：「師平生常敎勸人：『萬事隨緣，是安樂法。』」此借用其語。本集卷一〇閩僧不食已四十年贈之：「何如萬事隨緣過，飢即須餐困即眠。」

陪張廓然教授游山分題得山字〔一〕

先生如梁鴻，德耀亦愛山〔二〕。湘西十日留〔三〕，笑語煙雲間。弄泉石梅塢，喚舟青蘋灣〔四〕。藉草飲松下〔五〕，松風當吹彈。二妙生清妍〔六〕，山花插雲鬟。粲然起爲壽〔七〕，舞袖相翩翻。先生墮幘醉〔八〕，頗覺天地寬。醉語忽成詩，爲題蒼壁顏。城郭遥相望，但見千峰寒。

【注釋】

〔一〕宣和三年七月作於長沙。本集卷二四四絶堂分題詩序略曰：「宣和三年秋七月，青社張廓然罷長沙之教官，十五日渡湘，將北歸，館于道林寺。攜家徧游湘山勝處，如人經故鄉，戀戀不忍去。……二十二日，會于四絶堂者十人，而余適至，廓然顧嗟歎息曰：『愛山，吾天性，所以遲留未發者，眷此邦之多奇士也。不然，吾何適而不可乎？』余曰：『東坡嘗曰：「故山歸去千里，佳處輒遲留。」此語殆爲公今日之游説也。』於是分其字以爲韻，賦詩紀其事。」　張廓然，名未詳，青州人，爲潭州州學教授，仕履不可考。　分題：詩人聚會分探題目而賦詩。嚴羽滄浪詩話詩體：「有擬古，有連句，有集句，有分題。」自注：「古人分題，或各賦一物，如云送某人分題得某物也。或曰探題。」鍇按：會於四絶堂者十人，加惠洪爲十一人，以蘇軾水調歌頭「故山歸去千里，佳處輒遲留」十一字分韻，惠洪得「山」字。故此處「分題」實當指「分韻」，即「分其字以爲韻，賦詩紀其事」。

〔二〕「先生如梁鴻」二句：謂張廓然及其妻如東漢高士梁鴻、孟光夫婦。後漢書逸民列傳梁鴻傳：「鴻曰：『吾欲裘褐之人，可與俱隱深山者爾。今乃衣綺縞，傅粉墨，豈鴻所願哉？』妻曰：『以觀夫子之志耳。妾自有隱居之服。』乃更爲椎髻，著布衣，操作而前。鴻大喜曰：『此真梁鴻妻也。能奉我矣！』字之以德曜，名孟光。……乃共入霸陵山中，以耕織爲業，詠詩書，彈琴以自娱。」參見本集卷五季長盡室來長沙留一月乃還邵陽作是詩送之注〔二〕。

〔三〕十日留：泛指逗留數日。蘇軾今年正月十四日與子由別於陳州五月子由復至齊安以詩迎之：「牽挽當爲十日留。」又鬱孤臺：「故國千峰外，高臺十日留。」又聞正輔表兄將至以詩迎之：「惠然再過我，樂哉十日留。」此借用其語。

〔四〕青蘋灣：指水西南臺寺前江灣。參見本卷寄郤子中學句注〔五〕。

〔五〕藉草：猶言「班草」，坐於草地。王維飯覆釜山僧：「藉草飯松屑，焚香看道書。」

〔六〕二妙：指張廓然及其妻，此乃恭維語。

〔七〕粲然：笑貌。穀梁傳昭公四年：「軍人粲然皆笑。」范寧注：「粲然，盛笑貌。」

〔八〕墮幘醉：形容酒醉失去常態。用世説新語雅量晉庾子嵩飲酒事。參見本集卷一大雪戲招耶溪先生鄒元佐注〔七〕。

又得先字〔一〕

青山隨處有，見之輒欣然。獨於湘上山，欲買歸休田。此邦多君子，故欲吾終焉。先生人品高，白鷗春水前〔二〕。弟子亦秀發，玉樹相明鮮〔三〕。頗怪翰墨場，亦著白髮禪〔四〕。分題得難韻，下筆風雷旋。詩成愕衆口，不復較後先。閑中有此樂，安用食萬錢〔五〕。紫芝愛陸渾〔六〕，遂爲好事傳。悠然見眉宇〔七〕，寧復羨遺編。

【注釋】

〔一〕宣和三年七月作於長沙。此詩言「又得先字」，乃與張廓然諸人再次分韻所作，所分韻之詩句未詳。

〔二〕白鷗春水前：冷齋夜話卷二：「山谷寄傲士林，而意趣不忘江湖。其作詩曰：『九陌黄塵烏帽底，五湖春水白鷗前。』又曰：『九衢塵土烏靴底，想見滄洲白鳥雙。』又曰：『夢作白鷗去，江湖水貼天。』又作演雅詩曰：『江南野水碧於天，中有白鷗閑似我。』」本集屢用白鷗春水喻人品或詩品高潔，如卷七次韻曾英發兼簡若虚：「清詩寄我忽驚矍，秀對白鷗春水前。」次韻游高臺：「何以比人品，白鷗春水前。」卷一二次韻彦周見寄二首之一：「句好空驚碧雲合，韻高疑在白鷗前。」

〔三〕「弟子亦秀發」二句：世説新語言語：「謝太傅問諸子姪：『子弟亦何預人事，而正欲使其佳？』諸人莫有言者。車騎答曰：『譬如芝蘭玉樹，欲使其生於階庭耳。』」此化用其意。此易「子弟」爲「弟子」，蓋以張廓然爲教授之故。本集卷二四四絶堂分題詩序：「門弟子相守不捨，又如癡兒之嗜蜜，日追隨於晴嵐夕暉之間，笑語於千巖萬壑之上。」

〔四〕白髮禪：惠洪自稱。

〔五〕食萬錢：每日食費萬錢，代指富貴生活。此用晉何曾「食日萬錢」之事。參見前次韻思忠奉議民瞻知丞唱酬佳句注〔七〕。

〔六〕紫芝愛陸渾：以元德秀愛山事喻張廓然。新唐書卓行傳元德秀傳：「元德秀，字紫芝，河南人。……愛陸渾佳山水，乃定居。不爲牆垣扃鑰，家無僕妾，歲飢，日或不爨。嗜酒，陶然彈琴以自娛。人以酒肴從之，不問賢鄙，爲酣飫。」

〔七〕悠然見眉宇：新唐書元德秀傳：「房琯每見德秀，歎息曰：『見紫芝眉宇，使人名利之心都盡。』」

送廓然〔一〕

長沙古都會，何以冠荊楚。但曰財富强，山水最佳處〔二〕。那知號大藩，實以英俊聚。張侯官雖冷〔三〕，藉甚有名譽〔四〕。心胸高崔嵬，萬卷相撑拄〔五〕。君看逸羣姿，矯不受控御〔六〕。罷官當北歸，一室譁兒女〔七〕。想見驄鐸聲，桑棗黄塵路〔八〕。倚馬草十制〔九〕，膽氣見眉宇。此職誰當之？夫子無媿負。璧門黄金闥〔一〇〕，獨宿無晤語〔一一〕。時應夢湘江，醉卧聞柔櫓。

【注釋】

〔一〕宣和三年七月作於長沙。廓然，指張廓然，時將北歸京師。

〔二〕「但曰財富强」二句：謂山水富饒而佳秀。此即本卷送不伐赴天府儀曹「豈止風物繁，山水亦清富」之意。

〔三〕張侯官雖冷：職位不高而事務清閑之官曰冷官，杜甫醉時歌：「諸公衮衮登臺省，廣文先生官獨冷。」張廓然爲州學教授，故稱。

〔四〕藉甚有名譽：猶言名聲卓著。漢書陸賈傳：「賈以此游漢廷公卿間，名聲藉甚。」顔師古注引孟康曰：「言狼藉甚盛。」

〔五〕「心胸高崔嵬」二句：猶言學問淵博，胸中藏有萬卷書。蘇軾試院煎茶：「不用撑腸拄腹文字五千卷。」此借用其語意。本集卷二贈王性之：「胸中撑拄萬卷讀。」卷五次韻曾嘉言試茶：「崔嵬胸次書五車。」均此意。

〔六〕矯不受控御：言其逸氣豪邁，如駿馬不受駕馭。文選卷一七傅毅舞賦：「控御緩急。」李善注：「毛詩曰：『又良御忌，抑磬控忌。』毛萇曰：『止馬曰控。忌，辭也。』」

〔七〕一室譁兒女：一家兒女歡呼。見前送不伐赴天府儀曹注〔一一〕。

〔八〕「想見馳鐸聲」二句：想象廓然奔走京師黄塵路之情景。見前送不伐赴天府儀曹：「便覺馳鐸聲，吹帽黄塵路。」語意句法相同。　桑棗：代指北方中原物産。

〔九〕倚馬草十制：恭維其文思敏捷，可掌制誥。世説新語文學：「桓宣武北征，袁虎時從，被責免官。會須露布文，唤袁倚馬前令作。手不輟筆，俄得七紙，殊可觀。」宋史劉敞傳：「劉敞，字原父，臨江新喻人。……敞學問淵博……爲文尤贍敏。掌外制時，將下直，會追封王、主九人，立馬却坐，頃之，九制成。」廓門注引劉敞傳，並按：「愚曰：『十』當作『九』歟？」

〔一〇〕璧門黄金闥：代指京師翰林學士院。　璧門：漢宫門。史記封禪書：「於是作建章宫。

其南有玉堂、璧門、大鳥之屬。」參見本集卷一贈吴世承注〔一二〕。黄金閨：即金馬門。文選卷一七江淹別賦：「金閨之諸彦，蘭臺之羣英。」李善注：「金閨，金馬門也。史記曰：『金門，宦者署；承明金馬，著作之庭。』」

〔一二〕晤語：會面交談。詩陳風東門之池：「彼美淑姬，可與晤語。」

大溈山外侍者求詩〔一〕

湘南古叢林〔二〕，鐘梵百世傳。大圓百丈來，縛屋巖石邊〔三〕。焕然成寶坊〔四〕，服用如諸天〔五〕。經今成幾何？已逾三百年〔六〕。誰爲中興者？卓哉空印賢〔七〕。大鐘日夕撞，圓音答山川。衲子自成羣，晝誦而夜禪。道人舊未識，眉目何淵然〔八〕。乞詩亦不惡，篝燈臨網牋〔九〕。人生等浮雲，達者無後先。我亦一戲耳，走筆成長篇。

【注釋】

〔一〕宣和二年冬作於長沙。大溈山：明一統志卷六三長沙府：「大溈山，在寧鄉縣西一百四十里，高六十里，周圍一百四十里，草木深茂，鳥獸羣聚，溈水出焉。唐裴休葬此。」外侍者：空印元軾禪師之侍者，法名生平不可考。禪林稱親炙於長老左右而任其使喚者爲侍者，有侍香、侍狀、侍客、侍藥、侍衣等五侍者之名。

〔二〕湘南古叢林：指大潙山密印禪寺。本集卷二二潙源記：「潙山爲湘南大叢林。」

〔三〕「大圓百丈來」二句：謂唐靈祐禪師自百丈山來潙山，創此叢林。景德傳燈録卷九潭州潙山靈祐禪師：「時司馬頭陀自湖南來，百丈謂之曰：『老僧欲往潙山，可乎？』對云：『潙山奇絶，可聚千五百衆，然非和尚所住。』百丈云：『何也？』對云：『和尚是骨人，彼是肉山，設居之，徒不盈千。』百丈云：『吾衆中莫有人住得否？』對云：『待歷觀之。』百丈乃令侍者喚第一坐來（即華林和尚也），問云：『此人如何？』頭陀令謦欬一聲，行數步，對云：『此人不可。』又令喚典坐來（即祐師也），頭陀云：『此正是潙山主也。』百丈是夜召師入室，囑云：『吾化緣在此，潙山勝境，汝當居之，嗣續吾宗，廣度後學。』時華林聞之曰：『某甲忝居上首，祐公何得住持？』百丈云：『若能對衆下得一語出格，當與住持。』即指淨瓶問云：『不得喚作淨瓶，汝喚作什麽？』華林云：『不可喚作木楔也。』百丈不肯，乃問師，師趯倒淨瓶。百丈笑云：『第一坐輸却山子也。』遂遣師往潙山。是山峭絶，夐無人煙，師猿猱爲伍，橡栗充食。山下居民稍稍知之，帥衆共營梵宇，連率李景讓奏號同慶寺。」鍇按：靈祐嗣法於百丈懷海，開創潙仰宗，敕謚大圓禪師。

〔四〕寶坊：佛寺之美稱。六祖大師法寶壇經機緣品：「遂於故基重建梵宇，延師居之，俄成寶坊。」

〔五〕服用：衣著器用。諸天：此指忉利諸天，帝釋所居，其服用裝飾極爲華麗莊嚴。大寶積經卷六六三十三天授記品：「爾時復有八億忉利諸天，其天帝釋最爲上首。……爾時帝釋及忉利天，起勇猛心，供養如來，即便化作八億七寶重閣，種種雜色，端嚴殊特，精妙希奇，皆悉垂布赤珠瓔珞、琉璃瓔珞、雜瓔珞、火珠寶瓔珞。一一重閣皆有百級莊嚴幢門，一一級中皆悉復有四小重閣。莊飾窗牖及師子座，幢幡帳蓋，寶鈴羅網。有天童女端嚴第一，侍重閣所及師子座。」文繁不復録。本集屢用忉利諸天或帝釋龍天之宫以喻佛寺，如卷二一潭州開福轉輪藏靈驗記：「欲增妙麗，規法忉利諸天。」潭州白鹿山靈應禪寺大佛殿記：「規模宏大，營建偉傑，緑疏朱闥，吞飲風月，飛簷楯瓦，蕩摩雲煙，寶鈴和鳴，珠網間錯。像設釋迦如來百福千光之相，文殊師利、普賢大菩薩、大迦葉波、慶喜尊者、散花天人、護法力士，又環一十八應真大士，序列以次，莊嚴畢備。道俗拜瞻，其無以異登忉利諸天，至普光明最吉祥地，欽吾慈嚴，親聞圓音乜。」

〔六〕已逾三百年：靈祐禪師自唐憲宗元和末（八二〇）庵於潙山，至宣和二年（一一二〇）惠洪作此詩，已歷三百年。

〔七〕「誰爲中興者」二句：廓門注：「大宋空印元軾中興潙山。」其事詳見本集卷二一潭州大潙山中興記。

〔八〕淵然：深沉貌。

〔九〕篝燈：置於竹籠中之燈。網牋：紙之别稱。廓門注：「網牋，謂漁網紙。」錯按：後漢書蔡倫傳：「倫乃造意，用樹膚、麻頭及敝布、漁網以爲紙。」

送珠侍者重修真淨塔〔一〕

清涼寂滅塔，三世無鮮陳〔二〕。巋然塵塵中〔三〕，現此光明身〔四〕。尚無有住（祖）成㊀，寧當説有壞〔五〕。憫此情見者〔六〕，亦驚世議隘〔七〕。泐潭道人珠，願力無礙限〔八〕。行看蒼煙叢，一切俱成辦〔九〕。狐死必首丘〔一〇〕，馬嘶必望北〔一一〕。蓋皆不忘本，人豈宜忘德。秋風淨湘楚，萬里浩無垠。嗟予頹然卧，羨子如孤雲。

【校記】

㊀住：原作「祖」，誤，今改。參見注〔五〕。

【注釋】

〔一〕宣和四年秋作於長沙。珠侍者：法名曇珠，湛堂文準禪師弟子，惠洪法姪。於寶峰禪院爲侍者，故稱。本集卷二六題珠上人所蓄詩卷：「寶峰珠上人，湛堂公之高弟。其爲人精敏，能辦事，於佛事欲營之，蓋不知艱嶮爲何等物。在叢林中爲衆推，蓋其氣不受控勒。日涉園夫李商老每於人物特慎許可，而贈珠詩曰『歕玉渥洼種』者，佳湛堂之有子也。」李彭日涉園集卷七曇珠曇規二禪者歸湖外乞詩二首之一有「噴玉渥洼種，行沙滄海珠」之句，可知珠上人名曇珠。此詩言「泐潭道人珠」，即指「寶峰珠上人」。輿地紀勝卷二六江南西路隆興府：「泐潭，在靖安縣北四十里，上有寶峰院，號石門山。」　真淨塔：據禪林僧寶傳卷二三泐潭真淨文禪師傳，克文示寂後，其舍利分建塔於泐潭寶蓮峰之下，洞山留雲洞之北。此重修者，當指泐潭寶蓮峰之塔。本集卷二八有重修雲庵塔，可參見。

〔二〕「清涼寂滅塔」二句：讚譽真淨克文之塔，已入涅槃之境，超越過去、現在、未來三世之遷流。佛所行讚卷四瓶沙王諸弟子品：「涅槃極清涼，寂滅離諸惱。」　鮮陳：猶言新舊，今古。本集屢用此詞，如卷七次韻題貯雲堂：「道德無鮮陳，世相有今古。」卷九雲庵生辰：「洞然無空缺，獨立有鮮陳。」

〔三〕巋然：高聳獨立貌。宋高僧傳卷一三晉永興永安院善靜傳：「遷塔於長安義陽鄉，石塔巋然。」　塵塵：世界。東坡詩集注卷二四遷居：「念念自成劫，塵塵各有際。」趙次公注：「佛家以世界爲塵，塵塵有際，言物各有世界。」

〔四〕現此光明身：謂石塔乃真淨克文光明法身之顯現。法華經卷四法師品：「我爾時爲現，清淨光明身。」天聖廣燈録卷九洪州大雄山百丈懷海禪師：「諸佛護念，行住坐臥，若能如是，我時爲現清淨光明身。」此借用其語。

〔五〕「尚無有住成」二句：謂一切皆空，尚無住劫、成劫，豈有壞劫之可言。蓋佛教以成、住、壞、空爲四劫，即世界生成毁滅之一週期。成劫，指器世間與有情世間之成立；住劫指二種世間安穩存在之時；壞劫指有情世間壞，發大火災，蕩盡一切；空劫指壞了後虛空無一物之時。四劫互爲因果，故無成劫、住劫，則無壞劫可言。底本「住」作「祖」，不辭，今據佛理改。

〔六〕情見：妄情之所見。成唯識寶生論卷三：「隨彼情見，於其識外説非愛事。」

〔七〕世議隘：蘇軾游徑山：「近來愈覺世議隘。」此化用其意。已見前注。

〔八〕願力：善願功德之力，此指重修真淨塔誓願之力。

〔九〕成辦：猶言成功，成事。長阿含經卷三游行經：「王報之曰：『我今以爲得汝供養，我有寶物，自足成辦。』」

〔一〇〕狐死必首丘：禮記檀弓上：「太公封於營丘，比及五世，皆反葬於周。君子曰：『樂，樂其所自生；禮，不忘其本。古之人有言曰：狐死正丘首，仁也。』」陳澔集説：「狐雖微獸，丘其所窟藏之地，是亦生而樂於此矣。故及死而猶正其首以向丘，不忘其本也。」

〔一一〕馬嘶必望北：文選卷二九古詩十九首之一：「胡馬依北風，越鳥巢南枝。」李善注：「韓詩外傳曰：『詩曰：代馬依北風，飛鳥棲故巢。皆不忘本之謂也。』」參見前次韻周達道運句二首之二注〔一八〕。

英大師年二十餘工文作詩勉之〔一〕

英公南海來，眉宇靜而淵。少年辭海山，脚力生雲煙。已能弄翰墨，句好自可傳。君看嵩仲靈，骨瘦聳清堅㊀。平生護教心，光與星斗懸〔二〕。化去四十載〔三〕，凜然長在前。文章一技耳，幾不減市（币）塵㊁〔四〕。要求出世法，道眼照人天〔五〕。吾言激後生，君俊無忽焉〔六〕。千峰開宿雨，蒙頭作深禪。古人亦何遠，何必羨遺編。

【校記】

㊀骨：原闕，今據天寧本補。武林本作「清」，係妄補。

㊁市：原作「币」，誤，今據四庫本、廓門本、武林本改。

【注釋】

〔一〕崇寧五年（一一〇六）夏作於分寧縣黄龍山。英大師：法名惠英，字穎孺。考本集卷二四穎孺字序：「五羊僧名惠英，年二十餘，能折節讀書，工作詩，而未有字，余以穎孺字之。」又卷二六題所録詩：「海南道人惠英字穎孺，生十有二日而失母，年七齡而爲沙門。二十歲從予游。」五羊，即廣州，古之南海郡。惠英與此英大師之籍貫、事迹相同，當爲同一人。廓門注：「花藥進英嗣法於真淨。」失考。參見本集卷一送英老兼簡鈍夫注〔一〕。

〔二〕「君看嵩仲靈」四句：廓門注：「明教契嵩，字仲靈，作輔教編，輔弼如來教。」契嵩事詳見禪林僧寶傳卷二七明教嵩禪師傳，參見本集卷五謁嵩禪師塔。　骨瘦聳清堅：謁嵩禪師塔有「骨目聳清堅」之句，與此句法相同。

〔三〕化去四十載：契嵩遷化於熙寧五年（一〇七二），至作此詩時三十五年，此乃舉其成數。

〔四〕「文章一技耳」二句：謂文章地位之卑，幾乎不亞於市廛賈販。市廛，猶市場。杜詩詳注卷一五貽華陽柳少府：「文章一小技，於道未爲尊。」仇兆鰲注：「柳必推贊公之詩文，故自謙云：文章特小技耳。他日又云『文章千古事』，方是實語。」惠洪此句亦當作如是觀。

〔五〕道眼照人天：蘇軾雲師無著自金陵來且還其畫：「漆瞳已照人天上。」此用其語。

〔六〕忽焉：廓門注：「忽焉，論語字。」鍇按：論語子罕：「瞻之在前，忽焉在後。」忽焉乃倏忽之義，快速貌。此言「無忽焉」，乃不得忽略、忽視之意。

崇禪者覓詩歸江南〔一〕

去年社燕前，道人江南住。一笑塞鴻來，又在龍安浦〔二〕。今年寒食後，歸心忽飄絮〔三〕。不知换秋菊，能復如期否？此生付浮雲，忽散還復聚〔四〕。要之不可必〔五〕，恐作人間雨〔六〕。行藏類隱峰，兩踏石頭路〔七〕。故山有遺恨，缺典念馬祖〔八〕。落日頳金盆〔九〕，蒼茫煙水莫。離情渺難收，摹寫入凝佇。

【注釋】

〔一〕約宣和三年暮春作於長沙。崇禪者：惠洪弟子。本集卷九愈崇二子求偈歸江南：「人笑南臺小，難安十八僧。……忽去兩禪衲，如分一室燈。」當與此詩作於同時，蓋「求偈」即「覓詩」，「南臺」指長沙水西南臺寺。又本集卷七中秋夕以月色靜中見泉聲幽處聞爲韻分韻得見字有「阿崇具紙筆」之句，卷一三有夏日同安示阿崇諸衲子，「阿崇」即此崇禪者。江南：本集特指江南西路，尤指洪州。

〔二〕「去年社燕前」四句：謂春住江南，秋在龍安。蘇軾送陳睦知潭州：「有如社燕與秋鴻，相逢未穩還相送。」又次韻孫巨源漣水李盛二著作并以見寄五絶之一：「南嶽諸劉豈易逢，相望無復馬牛風。山公雖見無多子，社燕何日戀塞鴻。」此化用其意。龍安浦：指分寧縣龍安山，「浦」字湊韻。輿地紀勝卷二六江南西路隆興府：「龍安山，在分寧縣，有兜率寺，唐咸通中慧日禪師創。」鍇按：分寧縣亦屬江南西路洪州，故曰「又在」。

〔三〕歸心忽飄絮：喻歸心搖蕩飛揚，不可控制。宋僧道潛參寥子集卷三子瞻席上令歌舞者求詩戲以此贈：「禪心已作沾泥絮，肯逐春風上下狂？」此反其意而用之。

〔四〕「此生付浮雲」二句：維摩詰經卷上方便品：「是身如浮雲，須臾變滅。」此化用其意。

〔五〕要之不可必：謂此生不可能有定準。莊子外物：「外物不可必。」此借用其語。

〔六〕恐作人間雨：此由上文浮雲聚散引申而來，意其恐化爲雨。蔡襄北苑十詠試茶：「願爾池中波，去作人間雨。」此借用其語。

〔七〕「行藏類隱峰」二句：謂崇禪者求道如唐隱峰禪師訪石頭希遷，不避艱險，兼喻其兩度自江西往湖南求道。蓋石頭在湖南南嶽。景德傳燈録卷六江西道一禪師：「鄧隱峰辭師，師云：『什麽處去？』對云：『石頭去。』師云：『石頭路滑。』對云：『竿木隨身，逢場作戲。』便去。纔到石頭，即繞禪牀一匝，振錫一聲，問：『是何宗旨？』石頭云：『蒼天蒼天！』隱峰無語，却迴舉似於師。師云：『汝更去，見他道蒼天，汝便嘘嘘。』隱峰又去石頭，一依前問：『是何宗旨？』石頭乃嘘嘘，隱峰又無語，歸來。師云：『向汝道，石頭路滑。』」

〔八〕缺典：同「闕典」，典籍缺載。廓門注：「天台山賦曰：『闕載於常典。』文選王文憲集序曰：『闕典未補。』世傳馬祖曰：『莫歸鄉，歸鄉溪邊老婆喚舊名。』」錯按：闕典，引申爲憾事。宋邵雍首尾吟之一：「豈謂古人無闕典，堯夫非是愛吟詩。」宋釋紹曇希叟和尚五家正宗贊卷一江西馬祖禪師：「師諱道一，漢州什邡人，姓馬氏。容貌奇異，虎視牛行。得法南岳，後歸蜀鄉，人喧迎之。溪邊婆子云：『將謂有何奇特，元是馬簸箕家小子。』師遂曰：『勸君莫還鄉，還鄉道不成。溪邊老婆子，喚我舊時名。』再返江西。」此即爲馬祖歸鄉之憾事。又宋釋實仁等編淮海元肇禪師語録卷一：「古者道：『行脚莫歸鄉，歸鄉道不成。溪邊老婆子，喚我舊時名。』」廓門注引文有誤。

〔九〕落日頳金盆：杜甫贈蜀僧閭丘師兄：「夜闌接軟語，落月如金盆。」此借用其語。

送悟上人歸潙山禮覲〔一〕

亂峰踼卓不容數〔二〕，寶構翔空盤萬礎〔三〕。潙源水作青蓮香〔四〕，擷雷濺雪出煙雨。住山老如大雄虎，暗谷行藏文彩露。説禪不費絲毫力，以空爲印印諸祖〔五〕。道人乃是小於（菸）菟㊀〔六〕，氣已食牛難共語〔七〕。悠然蹤迹似孤雲，羨儂先我山中去。會當出鉢螺頂間〔八〕，見此頎然秀眉宇〔九〕。

【校記】

㊀於：原作「菸」，誤，今據四庫本、武林本改。

【注釋】

〔一〕宣和二年作於長沙。悟上人：當爲空印元軾禪師法嗣，法名生平未詳。

〔二〕踼卓：疊韻連綿詞，山勢卓立貌。本集卷一七送親上人乞食三首之三：「春風吹湘雲，萬峰寒踼卓。」或作「剔卓」，如本集卷七臘月十六夜讀閻資欽提舉詩一巨軸：「太華摩雲森剔卓。」卷一二次韻題方廣靈源洞：「萬峰剔卓起孤峰。」卷一三襄州亂後逢端州依上人：「志捍叢林山剔卓，義規朋友玉崔嵬。」錯按：「踼卓」「剔卓」，皆僅見於本集，當爲惠洪自創之詞。

〔三〕寶構翔空盤萬礎：極言潙山密印禪寺殿宇之壯麗繁多。　翔空：謂殿宇之飛簷如鳥翼飛翔。意本詩小雅斯干：「如鳥斯革，如翬斯飛。」參見前次韻游方廣注〔三〕。　礎：承柱之石墩。淮南子説林：「山雲蒸，柱礎潤。」高誘注：「礎，柱下石礩也。」

〔四〕潙源水作青蓮香：本集卷二一潭州大潙山中興記：「黄木揪谿行嗅嘗，笑云水作青蓮香。」

〔五〕「住山老如大雄虎」四句：讚空印元軾於潙山説禪傳法，如當年潙山靈祐禪師。　大雄虎：指靈祐禪師，嘗從懷海於百丈山，即大雄山，故稱。　參見本集卷三復用前韻送不羣歸黄蘗見因禪師注〔四〕。　鍇按：元軾繼靈祐而中興潙山，故以「大雄虎」比之。

〔六〕小於菟：猶言小老虎，此承上文「大雄虎」而來，讚悟上人爲虎子，嗣法元軾。　左傳宣公四年：「楚人謂乳穀，謂虎於菟。」陸德明釋文：「於，音烏。」

〔七〕氣已食牛：讚其年少而志壯心雄。　尸子卷下：「虎豹之駒，未成文而有食牛之氣；鴻鵠之鷇，羽翼未全而有四海之心。　賢者之生亦然。」

〔八〕螺頂：佛之頂上有肉髻如青螺，稱螺頂，此代指僧侶。　猶言頂螺。　黄庭堅贈惠洪：「吾年六十子方半，槁項頂螺忘歲年。」槁項自稱，頂螺謂惠洪。　本集卷二一信州天寧寺記：「粥魚茶版，霜顱螺頂，皃趨而集。」

〔九〕頎然：身材修長貌。　廓門注：「頎然，詩經：『頎而長兮。』」鍇按：「頎而長兮」出自詩齊風猗嗟。

贈珠維那〔一〕

湘雲遮世路，閑客此閑行〔二〕。彌日不忍去，眷此山水清。暖窗欲春色，茗椀雪花輕。道人舊不識，一見意已傾。人生無根蒂，聚散如流萍〔三〕。聊炷返魂梅〔四〕，將以熏道情。此詩亦偶爾，夫用四座驚。

【注釋】

〔一〕約宣和年間作於長沙。　珠維那：法系生平未詳。維那，爲佛寺僧職，梵語羯磨陀那(Karmadāna)，司寺中事務者。又稱授事、知事。唐釋義淨南海寄歸内法傳卷四灌沐尊儀：「授事者，梵云羯磨陀那。陀那是授，羯磨是事。意道，以聚衆雜事指授於人。舊維那者，非也。維是周語，意道綱維，那是梵音，略去羯磨陀也。」

〔二〕閑客此閑行：杜牧八月十二日得替後移居霅溪館因題長句四韻：「景物登臨閑始見，願爲閑客此閑行。」蘇軾南歌子：「且將新句琢瓊英，我是世間閑客此閑行。」此用其語。

〔三〕「人生無根蒂」二句：廓門注：「陶淵明雜詩『人生無根蒂，飄如陌上塵』，杜詩『我生無根蒂，配爾亦茫茫』，東坡詩十五卷『浮雲無根蒂』，退之詩『浮雲柳絮無根蒂』之類是也。」

〔四〕返魂梅：東坡詩集注卷一四岐亭道上見梅花戲贈季常：「返魂香入嶺頭梅。」程縯注：「李夫人死，漢武帝念之不已，乃令方士作返魂香燒之，夫人乃降。」東坡詩集注卷一八六年正月二十日復出東門仍用前韻：「暗香先返玉梅魂。」注：「十洲記：『聚窟州有返魂香，香聞數百里，死屍在地，聞即活。』」宋陳敬陳氏香譜卷三「韓魏公濃梅香又名返魂梅」條引黃太史（庭堅）跋云：「余與洪上座（惠洪）同宿潭之碧湘門外舟中，衡嶽花光仲仁寄墨梅二枝叩船而至，聚觀於燈下，余曰：『只欠香耳。』洪笑發谷董囊，取一炷焚之，如嫩寒清曉行孤山籬落間。怪而問其所得，云自東坡得於韓忠獻家。知余有香癖而不相授，豈小鞭其後之意乎？洪駒父集古今香方，自謂無以過此。以其名意未顯，易之爲返魂梅云。」

瑀上人求詩〔一〕

道人江南來，快作臨川語〔二〕。立談當夕照，鄉閭問安否。坐令十年心，想見西津渡〔三〕。少年游諸方，廼欲追佛祖。清韻不可摹，髣髴見眉宇。豈止義中龍〔四〕，當作文中虎〔五〕。西風健行李，暫會還徑去。我如社後燕，並立理歸羽〔六〕。子如溪口雲㈠，風約聊復住。勿長應深谿㈡，當作人間雨〔七〕。

【校記】

㈠子如溪口：四字原缺，今從寬文本、廓門本補。參見注〔七〕。天寧本作「或似天上雲」，乃臆補，不取。

㈡應：四庫本作「隱」。

【注釋】

〔一〕作年未詳。　瑀上人：法系生平未詳。

〔二〕臨川：即撫州，屬江南西路。

〔三〕西津渡：在撫州臨川，已見前注。

〔四〕義中龍：謂講説佛教義理之傑出者。郭門注：「隋高僧慧榮講學縱橫，時號義龍。」續高僧傳卷一七隋國師智者天台山國清寺釋智顗傳：「禹穴慧榮住莊嚴寺，道跨吴會，世稱義窟，辯號懸流。聞顗講法，故來設問，數關徵覈，莫非深隱，輕誕自矜，揚眉舞扇，扇便墮地。顗應對事理，涣然清遣。榮曰：『禪定之力，不可難也。』時沙門法歲，撫榮背曰：『從來義龍，今成伏鹿。扇既墮地，何以遮羞？』榮曰：『輕敵失勢，未可欺也。』」

〔五〕文中虎：謂擅長詩文之傑出者。歐陽修歸田録卷一：「謝希深爲奉禮郎，大年尤喜其文，每見則欣然延接，既去則歎息不已。……希深初以奉禮郎鎖廳應進士舉，以啓事謁見大年，有云：『曳鈴其空，上念無君子者；解組不顧，公其如蒼生何！』大年自書此四句於扇，曰：『此文中虎也。』由是知名。」

〔六〕「西風健行李」四句：蘇軾送陳睦知潭州：「有如社燕與秋鴻，相逢未穩還相送。」此化用其意。

〔七〕「子如溪口雲」四句：謂其暫住山中而終當外出，遍行人間。唐韋穀編才調集卷一〇張文姬溪口雲詩：「溶溶溪口雲，纔向溪中吐。不復歸溪中，還作溪中雨。」此反其意而用之。

送瑫上人往臨平兼戲廓然〔一〕

鶻瑫腦骨緊〔二〕，脚力健生雲。疊數一萬里〔三〕，捷於臂屈伸〔四〕。肉佛不譏訶〔五〕，稱之返云云〔六〕。坐誦覺範詩，抄録亦甚勤。羣兒爭欺之，僞雜以佗文。瑫獨領不語〔七〕，飯沙俱一吞〔八〕。湘西雪達旦，萬樹吐奇芬〔九〕。凍行如鷺鷥〔一〇〕，雪泥濺衣裙〔一一〕。解包呵直指，又作飢猿蹲〔一二〕。放意説臨平，想見禪誦羣。坐令冷齋中〔一三〕，忽然變春温。明朝别我去，掣肘徑出門〔一四〕。便覺西湖月，夜坐生夢魂。

【注釋】

〔一〕宣和四年冬作於長沙。瑫上人：思慧禪師弟子，生平未詳。參見本集卷一五次韻廓然送瑫上人。臨平：指杭州東北臨平山下臨平寺。參見本集卷一懷慧廓然注〔九〕。廓然：思慧禪師，初名思睿，字廓然，號妙湛。嗣法大通善本禪師，爲雲門宗青原下十三世。

嘗住臨平，本集卷二三有臨平妙湛慧禪師語録序。事具嘉泰普燈録卷八福州雪峰妙湛思慧禪師。

〔二〕鶻瑫：瑫上人之别稱，蓋以其猛捷如鶻，故稱。鶻，猛禽，亦名隼。鍇按：北宋禪門習以某僧之特點合其法名末字而稱之，本集尤好用之，如稱善權爲瘦權、祖可爲癩可、妙瑛爲骨瑛、德岑爲邃岑、紹上人爲頎紹，皆同鶻瑫之例。

〔三〕疊數：累積計算。

〔四〕捷於臂屈伸：言極爲迅速，只需甚短時間。佛書多好用此喻，如長阿含經卷一第一分初大本經：「譬如力士屈伸臂頃，從梵天宫忽然來下，立於佛前。」佛本行集經卷一發心供養品：「尊者目連，作是念已，譬如力士屈伸臂頃，從王舍城没身不現，至於淨居諸天宫所，忽然立住。」觀無量壽佛經：「譬如壯士屈伸臂頃，即生西方極樂世界。」

〔五〕肉佛：猶言肉身佛，以稱高僧，此指思慧。禪林僧寶傳卷八南塔光湧禪師傳：「指以謂人曰：『此子肉佛，可以化人也。』」

〔六〕返：猶「反」，反而。　云云：猶言如此這般。漢書汲黯傳：「上方招文學儒者，上曰吾欲云云。」顔師古注：「云云，猶言如此如此也，史畧其辭耳。」廓門注：「漢書金日磾傳曰：『教當云云。』師古注：『云云者，多言也。』」所注不確。鍇按：據次韻廓然送瑫上人，思慧送瑫上人之偈，當有稱讚其「營辦勝緣」之語，故此言「稱之返云云」。

〔七〕頷：點頭，表贊同。左傳襄公二十六年：「逆於門者，頷之而已。」

〔八〕飯沙：佛書以喻真與妄，此借喻詩文之真僞。宋釋子璿首楞嚴義疏注經卷一：「迷真習妄，種苦求甘，沙飯異因，寧論劫數。」宗鏡録卷六七：「如蒸砂作飯，認妄爲真。」

〔九〕萬樹吐奇芬：岑參白雪歌送武判官歸京：「忽如一夜春風來，千樹萬樹梨花開。」此化用其意。

〔一〇〕凍行如鷺鷥：謂雪中行旅身影如白鷺鷥。建中靖國續燈録卷三秀州資聖院盛勤禪師：「問：『四威儀中，如何踐履？』師云：『鷺鷥立雪。』」禪林僧寶傳卷二五隆慶閑禪師傳：「又問：『我脚何似驢脚？』對曰：『鷺鷥立雪非同色。』」此借用。

〔一一〕雪泥濺衣裙：廓門注：「山谷詩九卷『街頭雪泥即漸乾』，東坡詩三卷『一笑翻杯水濺裙』，同十卷四葉『陌上春泥未濺裙』之類。」

〔一二〕飢猿蹲：語本杜甫東屯月夜：「暫睡想猿蹲。」已見前注。

〔一三〕冷齋：惠洪自號，此指其所住齋室。

〔一四〕掣肘：本爲牽制義，惠洪用作抽手、撒手義。林間録卷下：「慈明掣肘徑去。」禪林僧寶傳卷三〇保寧璣禪師傳：「璣掉頭掣肘徑去，寶覺不强也。」

卷七

古詩

臘月十六夜讀閻資欽提舉詩一巨軸〔一〕

青燈映窗山月西，讀遍潁（穎）皋居士詩㊀〔二〕。四蹄雷電駿逸氣㊁〔三〕，萬丈光芒豪放詞〔四〕。古錦濯江有餘麗〔五〕，夜光走盤無價珠〔六〕。韻高不受富貴縛，眼蓋縉紳説林壑。一語不合□□□㊂，太華摩雲森剔卓〔七〕。一往歸心如鳥工〔八〕，十分風味□□□㊃。沉溟山水柳子厚〔九〕，撥置形骸龐德公〔一〇〕。攬轡不當□□□㊄，珥筆合在明光宮〔一一〕。天牀長哦起曳履，旋呵凍筆□□□㊅。寄語公家王坦之，爲編乃翁詩集尾〔一二〕。

【校記】

㈠ 潁：原作「穎」，誤，今據四庫本、武林本改。

㈡ 逸氣：二字原闕，今據廓門本補。

㈢ □□□：三字原闕，天寧本作「即抛却」，乃妄補，不取。

㈣ □□□：三字原闕，天寧本作「似相同」，亦妄補，不取。

㈤ □□□：三字原闕，天寧本作「分此輩」，無據。

㈥ □□□：三字原闕，天寧本作「吐機鋒」，亦無據，且出韻。

【注釋】

〔一〕宣和六年十二月十六日作於潭州湘陰縣。　閻資欽提舉：閻孝忠字資欽，號潁皋居士，開封人。據宋會要輯稿食貨三二之一五，孝忠於宣和六年提舉荆湖南路鹽香茶礬事，五月二十一日前嘗上書尚書省。參見本集卷二贈閻資欽注〔一〕。

〔二〕讀遍潁皋居士詩：廓門注：「東坡詩：『讀遍牙籤三萬軸。』」意謂此句仿東坡句法。　鍇按：東坡詩集注卷一六送歐陽主簿赴官韋城四首之一：「讀遍牙籤三萬軸。」程縯注：「韓詩：『鄴侯家多書，插架三萬軸。一一懸牙籤，新若手未觸。』」

〔三〕四蹄雷電駿逸氣：以駿馬奔馳喻閻詩之豪放意氣。山谷内集詩注卷九詠伯時畫太初所獲大宛虎脊天馬圖：「四蹄雷電去，一顧馬羣空。」任淵注：「老杜畫馬贊曰：『四蹄雷電，一日天地。』崔豹古今注曰：『秦始皇有馬名追電。』」

〔四〕萬丈光芒豪放詞：韓愈調張籍：「李杜文章在，光焰萬丈長。」此借用其語喻閻詩。

〔五〕古錦濯江有餘麗：喻閻詩言詞之華麗如濯於清江之錦繡。廓門注：「古濯錦江，似使瑞州府蜀江，成都府濯錦江，後人須思焉。」

〔六〕夜光走盤無價珠：喻閻詩句法自然流動如明珠走盤，不留痕跡。杜牧孫子注序：「猶盤中走丸。丸之走盤，横斜圓直，計於臨時，不可盡知。其必可知者，是知丸不能出於盤也。」本集屢用此喻，如卷二次韻君武中秋月下：「流珠走盤紛的皪。」夜光：指明珠，即夜光珠。廓門注：「隋侯見蛇傷，取藥封之，蛇銜明珠以報。徑寸，夜光燭室。」

〔七〕太華：即西嶽華山，在陝西渭南縣東南。唐崔顥行經華陰：「岧嶤太華俯咸京，天外三峰削不成。」剔卓：疊韻連綿詞，山勢卓立貌。或作「踢卓」，義同，參見本集卷六送悟上人歸潙山禮覲注〔七〕。

〔八〕一往歸心如鳥工：史記五帝本紀：「瞽叟尚復欲殺之，使舜上塗廩，瞽叟從下縱火焚廩，舜乃以兩笠自扞而下，去，不得死。」司馬貞索隱：「言以笠自扞己身，有似鳥張翅而輕下，得不損傷。皇甫謐云『兩繖』，繖，笠類。列女傳云『二女教舜鳥工上廩』是也。」張守節正義：「通史云：瞽叟使舜滌廩，舜告堯二女，女曰：『時其焚汝，鵲汝衣裳，鳥工往。』舜既登廩，得免去也。」本集以「鳥工往」喻遭難得脱，卷一二招夏均父：「鳥工魂夢尋公去。」卷二四記福嚴言禪師語：「（政和五年）五月二十八日，太原造大獄，來追對驗。十月六日得放，夜宿溝鎮中，中夜行荒陂，陰晦，迷失道路，有光飛來照行，坐休則光爲止，起進則導之。至榆次，凡百里而曉，光乃没。於是口占曰：『大舜烏工往，盧能漁父歸。神光百里送，鬼事一場非。』」

〔九〕沉溟山水柳子厚：新唐書柳宗元傳略曰：「柳宗元，字子厚，其先蓋河東人。……少精敏絶倫，爲文章卓偉精緻，一時輩行推仰。……貞元十九年，爲監察御史裏行。善王叔文、韋執誼，二人者奇其才，及得政，引内禁近，與計事，擢禮部員外郎，欲大進用。俄而叔文敗，貶邵州刺史，不半道，貶永州司馬。既竄斥，地又荒癘，因自放山澤間。其堙厄感鬱，一寓諸文。」　沉溟：同「沉冥」，猶沉埋。

〔一〇〕撥置形骸龐德公：三國志蜀書龐統傳裴松之注引襄陽記曰：「諸葛孔明爲卧龍，龐士元爲鳳雛，司馬德操爲水鏡，皆龐德公語也。德公，襄陽人，孔明每至其家，獨拜牀下，德公初不令止。德操嘗造德公，值其渡沔上，祀先人墓，德操徑入其室，呼德公妻子，使速作黍：『徐元直向云有客當來就我與龐公譚。』其妻子皆羅列拜於堂下，奔走供設。須臾，德公還，直入相就，不知何者是客也。德操年小德公十歲，兄事之，呼作龐公，故世人遂謂龐公是德公名，非也。德公子山民，亦有令名，娶諸葛孔明小姊，爲魏黄門吏部郎，早卒。子渙，字世文，晉太康中爲牂牁太守。統，德公從子也，少未有識者，惟德公重之。年十八，使往見德操。德操與語，既而歎曰：『德公誠知人，此實盛德也。』」

〔二〕珥筆合在明光宫：恭維其當爲天子侍從之官。參見本集卷五次韻雪中過武岡注〔七〕。

〔三〕「寄語公家王坦之」二句：廓門注：「晉書第四十五：『王坦之字文度。』此閻資欽孫，以姓王言之歟？後人須再思。」

次韻游南臺寺〔一〕

青原坐（生）下一角麟〔二〕㊀，單丁住山須底物〔三〕。試垂一□□□□㊁，阿師鉏斧成乾没〔四〕。凭欄小立與僧語，浮雲卷盡千峰出。永懷倔強韓退之〔五〕，南遷正坐譏訶佛〔六〕。山雲開遮良偶然，自詫精神費詩律〔七〕。閻侯愛山得雲饒，勝處遲留多記述。慕韓每每手加額〔八〕，見詩未讀壁先拂。此公文不數班揚〔九〕㊂，微詞天姿含宋屈〔一〇〕。

【校記】

㊀坐：原作「生」，誤，今從寬文本、廓門本。

㊁□□□□：四字缺。「一」字下當作「足」，參見注〔四〕。

㊂班揚：二字原缺，今據寬文本、廓門本補。

【注釋】

〔一〕宣和六年十二月作於湘陰縣。詩中稱「閻侯」，當爲次韻閻孝忠詩而作。　南臺寺：南嶽總勝集卷中：「南臺禪寺，在廟之北，登山十里。梁天監中，高僧海印尊者喜其山秀地靈，結庵而居，號曰南臺。又至唐天寶初，有六祖之徒希遷禪師游南寺，見有石狀如臺，乃庵居其地，故寺號南臺。唐御史劉軻所撰碑並有焉。遷既歿後，遂塔於山之蹠，謚曰無際、見相，二碑尚存，裴休書，字畫遒勁。或云非裴書，然亦可觀也。龐居士嘗來請益於師。殿之下有石，乃丹霞削髮處。又有石號飛羅漢，世傳神運倉，今遺基尚在。石頭和尚著參同契、草庵歌，善圓師刻於石。寺西有甘泉，透入僧廚，名之洗鉢池。我朝太宗、真宗、仁宗三聖御書百餘卷，石曼卿書『釋迦文佛』四字在寺前石崖上。潭帥張茂宗詩云：『煙羅深處南臺寺，景象觀來地最高。撥土誰開諸洞上，層樓人架半崖牢。石橋過處數千仞，松徑行時幾萬遭。到此心生清淨外，峰頭閑看戲猿猱。』」

〔二〕青原坐下一角麟：景德傳燈録卷五吉州青原山行思禪師：「住吉州青原山靜居寺。六祖將示滅，有沙彌希遷（即南嶽石頭和尚也）問曰：『和尚百年後，希遷未審當依附何人？』祖曰：『尋思去。』及祖順世，遷每於靜處端坐，寂若忘生。第一坐問曰：『汝師已逝，空坐奚爲？』遷曰：『我禀遺誡，故尋思爾。』第一坐曰：『汝有師兄行思和尚，今住吉州，汝因緣在彼。師言甚直，汝自迷耳。』遷聞語，便禮辭祖龕，直詣靜居。師問曰：『子何方而來？』遷曰：『曹谿。』師曰：『將得什麽來？』曰：『未到曹谿亦不失。』師曰：『恁麽用去曹谿作什麽？』曰：『若不到曹谿，爭知不失？』遷又問曰：『曹谿大師還識和尚否？』師曰：『汝今識吾否？』曰：『識又爭能識得？』師曰：『衆角雖多，一麟足矣。』」宋高僧傳卷九唐南嶽石頭山希遷傳：「後聞廬陵清涼山思禪師爲曹溪補處，又攝衣從之。當時思公之門，學者麏至，及遷之來，乃曰：『角雖多，一麟足矣。』」　坐下：即座下。坐，同「座」。景德傳燈録卷四金陵牛頭山第四世法持禪師：「年三十，游黄梅忍大師坐下。」底本「坐」作「生」，涉形近而誤。

〔三〕單丁住山：指一個人獨住山寺。林間録卷上：「嚴陽尊者單丁住山，蛇虎就手而食。」底物：何物。杜甫解悶之七：「陶冶性靈存底物？」蘇軾贈葛葦：「消遣百年須底物？」

〔四〕「試垂一□□□□」二句：景德傳燈録卷五吉州青原山行思禪師：「師令希遷持書與南嶽讓和尚曰：『汝達書了，速回。吾有箇鈯斧子，與汝住山。』遷至彼，未呈書，便問：『不慕諸聖、不重己靈時如何？』讓曰：『子問太高生，何不向下問？』遷曰：『寧可永劫沉淪，不慕諸聖解脱。』讓便休。遷回至靜居，師問曰：『子去未久，送書達否？』遷曰：『信亦不通，書亦不達。』師曰：『作麼生？』遷舉前話了，却云：『發時蒙和尚許鈯斧子，便請取。』師垂一足，遷禮拜，尋辭往南嶽。」鈯斧：鈍斧。　鍇按：底本「一」字下缺四字，據景德傳燈録，可補一「足」字，即「試垂一足」。　乾没：猶言陸沉，喻埋没而無人知。　廓門注：「魏志傳嘏傳曰：『恪豈敢傾根竭本，寄命洪流，以徼乾没乎？』漢書張湯傳曰：『湯始爲小吏，乾没，與長安富賈田甲、魚翁叔之屬交私。』服虔説曰：『乾没，射成敗也。』如淳曰：『得利爲乾，失利爲没。』」

臣松之以虔直以乾没爲射成敗，而不説乾没之義，於理猶爲未暢。淳以得利爲乾，又不可了。愚謂：乾讀宜爲乾燥之乾。蓋謂有所儌射，不計乾燥之與沉没而爲之。」錯按：廓門注未確，此處當取杜甫贈李八秘書别三十韻「乾没費倉儲」之義，猶言陸沉。參見本集卷三洪玉父赴官潁州會余金陵注〔一七〕。

〔五〕倔强韓退之：蘇軾與葉淳老侯敦夫張秉道同相視新河秉道有詩次韻二首之二：「平生倔强韓退之，文字猶爲鰐魚戒。」此借用其語。

〔六〕南遷正坐譏訶佛：新唐書韓愈傳載其諫憲宗迎佛骨表：「表入，帝大怒，持示宰相，將抵以死。裴度、崔羣曰：『愈言訐牾，罪之誠宜。然非内懷至忠，安能及此。願少寬假，以來諫爭。』帝曰：『愈言我奉佛太過，猶可容，至謂東漢奉佛以後天子咸夭促，言何乖剌耶？愈人臣，狂妄敢爾，固不可赦。』於是中外駭懼，雖戚里諸貴，亦爲愈言，乃貶潮州刺史。」蘇軾潮州韓文公廟碑：「作書詆佛譏君王，要觀南海窺衡湘。」此化用其意。

〔七〕「山雲開遮良偶然」二句：韓愈謁衡嶽廟遂宿嶽寺題門樓：「我來正逢秋雨節，陰氣晦昧無清風。潛心默禱若有應，豈非正直能感通。須臾静掃衆峰出，仰見突兀撑青空。」蘇軾潮州韓文公廟碑：「公之精誠，能開衡山之雲。」此反其意而用之，謂山雲開合乃偶然之事，與精誠無關。

〔八〕手加額：雙手置放額前，以示敬意。參見本集卷一香城懷吴氏伯仲注〔一一〕。

〔九〕此公文不數班揚：謂韓愈文足以壓過班固、揚雄。蘇軾謝賜御書詩表：「才惟天縱，文不數於游夏。」此用其句法。

〔一〇〕微詞天姿含宋屈：謂其文詞有宋玉、屈原之風格。廓門注：「杜詩：『竊攀屈宋宜方駕。』注：『屈原、宋玉也。』李白詩十一卷：『荆門倒屈宋，梁苑傾鄒枚。』文選好色賦序曰：『短宋玉曰：玉爲人體貌閑麗，口多微辭。』五臣作詞。」微詞，猶微辭，此指委婉之辭。錯按：屈宋並稱，此言宋屈者，爲趁韻。

次韻讀韓柳文〔一〕

頴（穎）皋韻秀徹㊀，如春在楊柳〔二〕。清游每見删，題詩□□□㊁。此篇如用兵㊂，曹瞞破張繡〔三〕。神遠付一快，奇變愕衆口。韓文含至美㊃〔四〕，醇醲兵廚酒〔五〕。柳文馬頓塵〔六〕，驕嘶不忘驟。置之諸文中㊄，碔砆雜瓊玖〔七〕。同時公與侯，富貴可炙手〔八〕。人驚風雲會㊅，自矜時命偶〔九〕。一懽難把玩，忽焉成老醜〔一〇〕。居然成□□㊆〔一一〕，纍纍增培塿〔一二〕。兩公獨如在，並驅讓先後。文章有耿光㊇〔一三〕，此語置坐右㊈〔一四〕。我老坐詩窮〔一五〕，犇走營升斗〔一六〕。時能吐佳句，英華出枯朽〔一七〕。

【校記】

㈠潁：原作「穎」，誤，今據武林本、四庫本改。

㈡□□□：三字缺，天寧本作「無與敵」，出韻，係妄補。

㈢此：原缺，今據廓門本補。

㈣韓文：原缺，寬文本、廓門本作「諸文」，不確；天寧本作「猶如」，係妄補。今補正，參見注〔四〕。

㈤之諸：原缺，今據寬文本、廓門本補。天寧本作「於是」，係妄補。

㈥雲：原缺，今據四庫本、寬文本、廓門本、武林本補。

㈦□□：二字缺，天寧本作「斯集」，乃妄補。

㈧光：原缺，今補。天寧本作「實」，係妄補。參見注〔一三〕。

㈨此：原缺，今補。天寧本作「言」，係妄補。參見注〔一四〕。

【注釋】

〔一〕宣和六年十二月作於湘陰縣。此詩首句爲「潁皋韻秀徹」，可知亦次韻閻孝忠詩。韓柳：指韓愈、柳宗元。

〔二〕如春在楊柳：世説新語容止：「有人歎王恭形茂者云：『濯濯如春月柳。』」借以喻其氣韻。已見前注。

〔三〕曹瞞破張繡：此乃以戰喻詩，以曹操破張繡之事喻作詩句法之變化不測。廓門注：「三國志魏書武帝紀曰：『太祖武皇帝，沛國譙人也。姓曹，諱操，字孟德，漢相國參之後。太祖一名吉利，小字阿瞞。』魏志第八卷曰：『張繡，武威祖厲人，驃騎將軍濟族子也。邊章、韓遂爲亂涼州，金城麴勝襲殺祖厲長劉雋。繡爲縣吏，閒伺殺勝，郡内義之。遂招合少年，爲邑中豪傑。董卓敗，濟與李傕擊呂布，爲卓報仇。語在卓傳。繡隨濟，以軍功稍遷至建忠將軍，封宣威侯。濟屯弘農，士卒飢餓，南攻穰，爲流矢所中，死。繡領其衆，屯宛，與劉表合。太祖南征，軍淯水，繡等舉衆降。太祖納濟妾，繡恨之。太祖聞其不悦，密有殺繡之計。計漏，繡掩襲太祖，太祖軍敗，二子没。繡還保穰。』傅子曰：『繡有所親胡車兒，勇冠其軍。太祖愛其驍健，手以金與之。繡聞之，疑太祖欲因左右刺之，遂反。』吴書曰：『繡降，（凌統）用賈詡計，乞徙軍就高道，道由太祖屯中。繡又曰：車少而重，乞得使兵各被甲。太祖信繡，皆聽之。繡乃嚴兵入屯，掩太祖，太祖不備，故敗。太祖比年攻之不克。太祖拒袁紹於官渡，繡從賈詡計，復以衆降，語在詡傳。繡至，太祖執其手與歡宴。爲子均娶繡女，拜揚武將軍。官渡之役，繡力戰有功，遷破羌將軍。從破袁譚於南皮，復增邑二千户。是時天下户口減耗，十裁一在，諸將封未有滿千户者，而繡特多。從征烏丸於柳城，未至，薨，謚曰定侯。』魏略曰：『五官將數因請會，發怒曰：君殺吾兒，何忍持面視人邪？繡心不自安，乃自殺。』又詳賈詡傳。」

〔四〕韓文：底本二字缺。廓門本作「諸文」，不知所指。此詩題爲次韻讀韓柳文，下文有「柳文馬頓塵」之句，按文理句法，此句必贊韓文，其句當爲「韓文含至美」。今據文意補。

〔五〕醇醲兵廚酒：以美酒喻韓文風味之美。晉書阮籍傳：「籍聞步兵廚營人善釀，有貯酒三百斛，乃求爲步兵校尉。」此借用。參見本集卷二饒德操瑩中客世與淵才友善有詩送之予偶讀想見其爲人時聞已薙髮出家矣因次其韻注〔九〕。

〔六〕馬頓塵：以頓塵之馬喻柳文之奔逸絶倫。黄庭堅題伯時頓塵馬：「忽看高馬頓風塵。」此借用其語。頓塵，指駿馬抖落塵土奔逸之狀。參見本集卷一謁狄梁公廟注〔一二〕。

〔七〕「置之諸文中」二句：謂若以韓柳文置之於諸人文集中，便可見瓊玖與碔砆之本質區别。戰國策魏策：「白骨疑象，武夫類玉，此皆似之而非者也。」宋鮑彪注：「武夫，石似玉。」元吴師道補正：「武夫即碔砆。」

〔八〕炙手：杜甫麗人行：「炙手可熱勢絶倫。」此借用。

〔九〕矜：夸。時命偶：時機遇合，命運通達。唐釋貫休禪月集卷三上劉商州：「時命偶不謬，授館終南東。」

〔一〇〕忽焉成老醜：九家集注杜詩卷八將適吴楚留别章使君留後兼幕府諸公：「豈唯長兒童，自覺成老醜。」注：「阮籍詩：『朝爲美少年，夕暮成醜老。』」此借用其語。

〔一一〕居然成□□：杜甫自京赴奉先縣詠懷五百字：「居然成濩落。」本集卷三游南嶽福嚴寺：

「生計居然成脱略。」缺二字大抵同此意。

〔一二〕 纍纍：重疊貌。　培塿：小土丘。本作「部婁」。左傳襄公二十四年：「部婁無松柏。」杜預注：「部婁，小阜。」漢應劭風俗通山澤培引左傳作「培塿」。晉書劉元海載記：「當爲崇岡峻阜，何能爲培塿乎？」

〔一三〕 文章有耿光：「光」字底本缺。韓愈祭田横墓文：「自古死者非一，夫子至今有耿光。」此借用其語。本集卷一一讀三國志：「忠義千年有耿光。」卷一九雲庵和尚舍利贊：「千載叢林有耿光。」卷二四德效字序：「伯夷、叔齊死，越千年有耿光。」故知「有耿」必爲「有耿光」之缺，今補。

〔一四〕 此語置坐右：東坡詩集注卷二八劉壯輿長官是是堂：「顧君置座右，比語禹所謨。」注：「後漢崔瑗有座右銘。」此借用其語。　鍇按：底本「此」字缺，今據補。

〔一五〕 我老坐詩窮：歐陽修梅聖俞詩集序曰：「予聞世謂詩人少達而多窮，夫豈然哉？蓋世所傳詩者，多出於古窮人之辭也。蓋愈窮則愈工。然則非詩之能窮人，殆窮者而後工也。」蘇軾叔弼云履常不飲故不作詩勸履常飲：「平生坐詩窮，得句忍不吐。」此借用其語。

〔一六〕 犇走營升斗：謂爲生計糊口而奔走。杜甫遭田父泥飲美嚴中丞：「月出遮我留，仍嗔問升斗。」本指量酒之升斗。廓門注：「此謂米升斗歟？」其説甚是。

〔一七〕 英華出枯朽：喻年老衰朽猶能作詩，自謙語。柳宗元與蕭翰林俛書：「雖朽枿敗腐，不能生植，猶足蒸出芝菌，以爲瑞物。」蘇軾次韻呂梁仲屯田：「枯朽猶能出菌芝。」此化用其意。本集好用此喻，如本卷和游谷山：「我慚衰老亦作詩，譬如菌芝生朽木。」卷一〇同吴家兄弟游東山約仲誠不至：「我老吐詞如朽木，蒸成芝菌報太平。」卷一三次韻閻資欽提舉東安道中：「應憐妙語如芝菌，不吐青林吐卧槎。」卷二六題珠上人所蓄詩卷：「予於文字未嘗有意，遇事而作，多適然耳，譬如枯株無故蒸出菌芝。」

次韻新化道中〔一〕

形骸寄簪紳〔二〕，趣味在林麓。楚國富山水〔三〕，下車已心足〔四〕。昨聞入層翠，超放等犇鹿。情高如謝安〔五〕，舉手弄落瀑。恰如紅粧女，弓彎雙屈曲〔六〕。登高發清嘯，餘響動林木。名山冠東南，佳處數天目〔七〕。以比衡霍勝〔八〕，家雞例野鶩〔九〕。歸來渡湘江，水作鴨頭緑〔一〇〕。應懷絳翠山，歸期何日卜。

【注釋】

〔一〕宣和六年十二月作於湘陰縣。此詩亦次韻閻孝忠。新化：縣名，宋屬荆湖南路邵州。

〔二〕簪紳：猶言縉紳。

〔三〕楚國：新化之地，春秋戰國時皆屬楚國。

〔四〕下車：廓門注：「下車，謂始至時也。」

〔五〕情高如謝安：晉書謝安傳：「寓居會稽，與王羲之及高陽許詢、桑門支遁游處，出則漁弋山水，入則言詠屬文，無處世意。……安雖放情丘壑，然每游賞，必以妓女從。」此言閻孝忠如謝安好攜妓游覽山水，下文「紅妝」、「弓彎」，由此引申。

〔六〕弓彎：舞女向後彎腰及地如弓形，此借爲美人之代稱。語本唐沈亞之異夢録記邢鳳事。參見本集卷四同敦素沈宗師登鍾山酌一人泉注〔一三〕。

〔七〕天目：即天目山。太平寰宇記卷九三江南東道五杭州：「天目山。郡國志云：『山上有數百年樹，名曰翔鳳林。』輿地志云：『上有兩池，若左右目，名天目也。山極高峻，上多美石、泉水、名茶。』按茶譜曰：『杭州臨安、於潛二縣生天目山者，與舒州同。』」方輿勝覽卷一臨安府：「天目山，在臨安縣西五十里。有兩峰，峰頂各一池，左右相對，名曰天目山。有洞府三十六所，嘗有徐五仙、張道陵飛昇。」

〔八〕衡霍：即南嶽衡山。九家集注杜詩卷三一送王十六判官：「衡霍生春早，瀟湘共海浮。」注：「衡霍，以公之時言之，則一山而受二名。厥後皮日休作霍山賦，上之朝廷，以正霍之本地乃在壽州，故其騈邑曰霍。其賦中云：『自漢之後，(後)乃易我號而歸於衡。』公今所謂衡霍，則當時言衡山猶曰衡霍，故對瀟湘，瀟湘則湘江也。」

〔九〕家雞例野鶩：謂若以天目山與衡山相比，則如野鶩之比家雞，差之甚遠。南史王僧虔傳：

「庾征西翼書，少時與右軍齊名。右軍後進，庾猶不分，在荆州與都下人書云：『小兒輩賤家雞，皆學逸少書，須吾下當比之。』」東坡詩集注卷二七書劉景文所藏王子敬帖絶句：「家雞野鶩同登俎。」注：「庾翼不伏王右軍書，曰：『兒輩厭家雞，愛野鶩。』」

〔一〇〕鴨頭緑：染料名，形容緑水之色。李白襄陽歌：「遥看漢水鴨頭緑，恰似葡萄初醱醅。」參見本集卷四送訥上人游西湖注〔三〕。

次韻題貯雲堂〔一〕

雲蹤不容挽，乃曰堂可貯。知誰愛嶽色，欲以遮藏故。嶽山冠世境，自昔廬諸祖〔二〕。道德無鮮陳〔三〕，世相有今古。君看馬駒兒〔四〕，乃是僧中虎〔五〕。

【注釋】

〔一〕宣和六年作於湘陰縣。此詩爲次韻閻孝忠詩作。貯雲堂：未詳，其地當在南嶽衡山。孟郊題陸鴻漸上饒新開山舍：「開亭擬貯雲，鑿石先得泉。」堂名或取自此詩。

〔二〕自昔廬諸祖：禪宗諸祖中南嶽懷讓、馬祖道一、石頭希遷嘗廬於南嶽。景德傳燈録卷五南嶽懷讓禪師：「唐先天二年始住南嶽，居般若寺。」同書卷六江西道一禪師：「唐開元中習禪定於衡嶽傳法院，遇讓和尚，同參九人，唯師密受心印。」同書卷一四石頭希遷大師：「師於唐天寶初，薦之衡山南寺。寺之東有石狀如臺，乃結庵其上，時號石頭和尚。」

〔三〕道德無鮮陳：廓門注：「東坡詩十一卷『平生無起滅，一念有陳鮮』之類也。」蓋謂此借用蘇詩句法。錯按：蘇詩題爲卧病彌月聞垂雲花開順闍黎以詩見招次韻答之。　鮮陳：猶新舊，古今。參本集卷六送珠侍者重修真淨塔注〔二〕。

〔四〕馬駒兒：指馬祖道一。景德傳燈録卷五南嶽懷讓禪師：「乃直詣曹谿參六祖。祖曰：『只此不污染，諸佛之所護念。西天般若多羅讖：汝足下出一馬駒，蹋殺天下人。並在汝心，不須速説。』師豁然契會。」同書卷六江西道一禪師：「西天般若多羅記達磨云：『震旦雖闊無別路，要假姪孫脚下行。金雞解銜一顆米，供養十方羅漢僧。』又六祖能和尚謂讓曰：『向後佛法從汝邊去，馬駒蹋殺天下人。』厥後江西法嗣布於天下，時號馬祖焉。」

〔五〕僧中虎：猶言僧中龍，謂僧人中最傑出者。此仿「文中虎」之喻。參本集卷六瑪上人求詩：「豈止義中龍，當作文中虎。」

次韻題明白庵〔一〕

鼻端有餘地〔二〕，世議嗟迫窄〔三〕。君看閻夫子，廣莫以爲宅〔四〕。去宦游人間，面有無求色。酒闌愛松風，醉眼眩紅碧〔五〕。俊爽類王濟，端復有馬癖〔六〕。何當食萬錢〔七〕，四海蒙惠澤〔八〕。湘潭紫翠間〔九〕，松下偶相逆。袖中出新詩，苦語涼肺膈〔一〇〕。夜半來牀前，且以慰窮厄。豈真謫仙人，何其似太白〔一一〕。

【注釋】

〔一〕宣和六年作於湘潭縣。詩言「閻夫子」，亦當爲次韻閻孝忠詩。　明白庵：廓門注：「林間録明白庵銘序曰：『大觀元年春，結庵於臨川，名明白。』」鍇按：廓門注不確。釋祖琇僧寶正續傳卷二明白洪禪師傳：「復爲狂道士執以爲張懷素黨，下南昌獄，治百餘日，非是。會赦免，歸湘西之南臺，仍治所居，榜曰明白，自爲之銘。」本集卷二〇明白庵銘序既言「大觀元年春，結庵於臨川，名曰明白，欲痛自治也」，復言「於是堤岸輒決，又復滚滚多言，然竟坐此得罪，出九死而僅生，恨識不知微，道不勝習，乃收招魂魄，料理初心，爲之銘」，則其序作於宣和年間，其庵在長沙水西南臺寺。閻孝忠宣和六年爲官湖南，其題明白庵詩當作於此時。

〔二〕鼻端有餘地：謂若逢知音則彼此充滿信任，猶如狹中有廣。莊子徐無鬼：「郢人堊慢其鼻端，若蠅翼，使匠石斲之。匠石運斤成風，聽而斲之。盡堊而鼻不傷，郢人立不失容。」蘇軾贈眼醫王生彦若：「鼻端有餘地，肝膽分楚蜀。」此借用其語。

〔三〕世議嗟迫窄：謂若遇世人刻薄議論則感歎窘迫，猶如廣中有狹。蘇軾游徑山：「近來愈覺世議隘。」此借用其語。參見本集卷二饒德操瑩中客世與淵才友善有詩送之予偶讀想見其爲人時聞已薙髮出家矣因次其韻注〔六〕。

〔四〕廣莫以爲宅：以廣漠之野爲家園，謂其逍遥曠達。莊子逍遥遊：「今子有大樹，患其無用，何不樹之於無何有之鄉，廣莫之野，彷徨乎無爲其側，逍遥乎寢卧其下，不夭斤斧，物無害者，無所可用，安所困苦哉！」

〔五〕醉眼眩紅碧：形容醉眼昏花。李白前有樽酒行二首之二：「催絃拂柱與君飲，看朱成碧顔始紅。」蘇軾金山寺與柳子玉飲大醉卧寶覺禪榻夜分方醒書其壁：「我醉都不知，但覺紅緑眩。」

〔六〕「俊爽類王濟」二句：晉書王濟傳略曰：「濟字武子，少有逸才，風姿英爽，氣蓋一時。好弓馬，勇力絶人。善易及莊老，文詞俊茂，伎藝過人，有名當世。……濟善解馬性，嘗乘一馬，著連乾障泥，前有水，終不肯渡。濟云：『此必是惜障泥。』使人解去，即渡。故杜預謂濟有馬癖。」

〔七〕食萬錢：謂居高位，每日食費萬錢。晉書何曾傳：「每燕見，不食太官所設，帝輒命取其食。蒸餅上不坼作十字不食。食日萬錢，猶曰無下箸處。」

〔八〕惠澤：猶言恩澤。文選卷五二曹元首六代論：「仁心不加於親戚，惠澤不流於枝葉。」

〔九〕湘潭：縣名，宋屬荆湖南路潭州。

〔一〇〕苦語涼肺膈：東坡詩集注卷一八昨見韓丞相言王定國今日玉堂獨坐有懷其人：「似予平生友，苦語涼肺肝。」程縯注：「史記商鞅云：『甘言，疾也；苦言，藥也。』」此借用其語，言苦吟之詩語讀之令人清爽。苦語，此指詩，即蘇軾讀孟郊詩二首之一所謂「苦語餘詩騷」之類。

〔一一〕「豈真謫仙人」二句：新唐書文藝傳中李白傳：「至長安，往見賀知章。知章見其文，歎曰：『子謫仙人也！』」

和宵行〔一〕

不眠盥漱罷，和衣肱再曲〔二〕。村落雞未鳴，部曲炊已足〔三〕。露行逢遠火，盲龜值浮木〔四〕。馬上續殘夢〔五〕，不復較遲速。故鄉夫豈遠？隨分有松竹。自種橘千奴〔六〕，大勝五斗禄〔七〕。

【注釋】

〔一〕宣和年間作於長沙。宵行：夜行。詩中有「部曲」二字，所唱和對象應爲持節之統帥，未詳何人。

〔二〕和衣肱再曲：謂以肱爲枕，和衣而眠。論語述而：「飯蔬食，飲水，曲肱而枕之，樂亦在其中矣。」此借用其語。

〔三〕部曲：指軍隊。後漢書光武帝紀「各領部曲」李賢注引續漢志曰：「大將軍營有五部，部三校尉。部下有曲，曲有軍候一人。」已見前注。

〔四〕「露行逢遠火」二句：戲言露地夜行偶逢遠處燈火，如盲龜偶遇浮木，甚爲不易。雜阿含經卷一五：「爾時，世尊告諸比丘：『譬如大地悉成大海，有一盲龜，壽無量劫，百年一出其頭。海中有浮木，止有一孔，漂流海浪，隨風東西，盲龜百年一出其頭，當得遇此孔不？』阿難白佛：『不能。』世尊：『所以者何？』『此盲龜若至海東，浮木隨風，或至海西，南北四維，圍遶亦爾，不必相得。』佛告阿難：『盲龜浮木，雖復差違，或復相得。愚癡凡夫，漂流五趣，暫復人身，甚難於此。』」本集屢用此喻，如卷一一別子修二首之二：「海闊盲龜登木孔，山高纖芥落鍼鋒。」卷二三華嚴同緣序：「而我大衆同得值遇，譬如盲龜值浮木孔，當生難遭之想。」卷二八求度牒僧衣五首之二：「仁人難值，如盲龜之木。」卷二九代法嗣書：「適然而逢，特類盲龜之木。」

〔五〕馬上續殘夢：唐劉駕早行：「馬上續殘夢，馬嘶時復驚。」蘇軾太白山下早行至橫渠鎮書崇壽院壁：「馬上續殘夢，不知朝日昇。」此借用其成句。明楊慎丹鉛總録卷二〇：「劉駕詩體近卑，無可采者。獨『馬上續殘夢』一句，千古絶唱也。東坡改之，作『瘦馬兀殘夢』，便見無味矣。」王世貞藝苑卮言卷四：「劉駕『馬上續殘夢』，境頗佳。下云『馬嘶而復驚』，遂不成語矣。蘇子瞻用其語，下云『不知朝日昇』，亦未是。至復改爲『瘦馬兀殘夢』，愈墜惡道。」鍇按：「瘦馬兀殘夢」句見於蘇軾除夜大雪留濰州元日早晴遂行中塗雪復作詩。

〔六〕自種橘千奴：三國志吴書孫休傳裴松之注引襄陽記李衡傳曰：「衡每欲治家，妻輒不聽，後密遣客十人，於武陵龍陽氾洲上作宅，種甘橘千株。臨死，敕兒曰：『汝母惡我治家，故窮如是。然吾州里有千頭木奴，不責汝衣食，歲上一匹絹，亦可足用耳。』衡亡後二十餘日，兒以白母。母曰：『此當是種甘橘也。汝家失十户客來七八年，必汝父遣爲宅。汝父恒稱太史公言：江陵千樹橘，當封君家。吾答曰：且人患無德義，不患不富。若貴而能貧方好耳，用此何爲？』吴末，衡甘橘成，歲得絹數千匹，家道殷足。晉咸康中，其宅址枯樹猶在。」

〔七〕五斗禄：用陶淵明不爲五斗米折腰事。

次韻題子厚祠堂〔一〕

元和八司馬〔二〕，子厚獨奇偉。謫官無以敵，妙語淩山翠。山以囚自名〔三〕，谿以愚爲字〔四〕。醉心谿山間，勝處無不至〔五〕。至今永州祠，大類羅池祀〔六〕。生存伍猿鳥〔七〕，遺像土偶侍。經遊香火罷，感歎追前事。才高世不容㊀〔八〕，起坐終夜喟。

【校記】

㊀世：原作「出」，誤，今改。參見注〔八〕。

【注釋】

〔一〕宣和年間作於長沙。次韻何人已不可考。　子厚祠堂：此指永州柳宗元祠。金石萃編卷一三四柳拱辰柳子厚祠堂記：「子厚謫永十餘年，永之山水亭榭，題詠固多矣。韓退之謂衡湘以南爲進士者，皆以子厚爲師。其經承子厚口講指畫爲文詞者，悉有法度可觀。今建州學成，立子厚祠堂於學舍東偏，録在永所著詞章，漆於堂壁，俾學者朝夕見之，其無思乎！至和三年丙申二月二日，尚書職方員外郎、知永州柳拱辰記。」至和爲宋仁宗年號，至和三年爲公元一〇五六年。此詩所言子厚祠堂當爲柳拱辰作記者。鍇按：南宋汪藻浮溪集卷一九永州柳先生祠堂記：「零陵之祠先生於學、於愚溪之上，更郡守不知其幾，莫之敢廢。」輿地紀勝卷五六荆湖南路永州古跡：「柳先生祠堂：在愚亭内。内翰汪公藻有記。」明一統志卷六五永州府祠廟：「柳先生祠，在愚溪上，唐柳宗元謫居此，後人立祠祀之。宋汪藻有記。」

〔二〕元和八司馬：宋錢易南部新書卷一〇：「韋執誼敗，八司馬：韋執誼崖州、韓泰虔州、陳諫台州、柳宗元永州、劉禹錫朗州、韓曄饒州、凌準連州、程异郴州。」王安石讀柳宗元傳：「余觀八司馬，皆天下之奇材也。一爲叔文所誘，遂陷於不義。至今士大夫欲爲君子者，皆羞道而喜攻之。然此八人者，既困矣，無所用於世，往往能自强，以求列於後世，而其名卒不廢焉。而所謂欲爲君子者，吾多見其初而已，要其終能毋與世俯仰，以自别於小人者少耳，復何議彼哉！」柳河東集注卷四二登柳州城樓寄漳汀封連四州題下童宗説注：「永貞元年，子厚與韓泰、韓曄、劉禹錫、陳諫、凌準、程异、韋執誼皆以附王叔文貶，號八司馬。凌準、執誼皆卒貶所，程异先召用。元和十年，子厚等五人例召至京師，又皆出爲刺史。子厚爲柳州，泰爲漳州，曄爲汀州，諫爲封州，禹錫爲連州。」錯按：八司馬初貶，當在永貞元年。此言元和，蓋指其居貶所期間。

〔三〕山以囚自名：柳河東集注卷二囚山賦：「匪兕吾爲柙兮，匪豕吾爲牢。積十年莫吾省者兮，增蔽吾以蓬蒿。聖日以理兮，賢日以進，誰使吾山之囚吾兮滔滔？」注：「晁無咎曰：『仁者樂山，自昔達人有以朝市爲樊籠者矣，未聞以山林爲樊籠也。宗元謫南海久，厭山不可得而出，朝市不可得而復，丘壑草木之可愛者，皆陷穽也，故賦囚山。』」

〔四〕谿以愚爲字：柳河東集注卷一四愚溪對：「柳子名愚溪而居，五日，溪之神夜見夢曰：『子何辱予？使予爲愚耶？有其實者，名固從之。今予固若是耶？……今予甚清與美，爲子所喜，而又功可以及圃畦，力可以載方舟，朝夕者濟焉。子幸擇而居予，而辱以無實之名以爲愚，卒不見德而肆其誣，豈終不可革耶？』柳子對曰：『汝誠無其實，然以吾之愚而獨好汝，汝惡得避是名耶？且汝不見貪泉乎？有飲而南者，見交趾寶貨之多，光溢於目，思以兩手左右攫而懷之，豈泉之實耶？過而往貪焉，猶以爲名。今汝獨招愚者居焉，久留而不去，雖欲革其名，不可得矣。』」

〔五〕「醉心谿山間」二句：柳河東集注卷二九始得西山宴游記：「自余爲僇人，居是州，恒惴慄。其隟也，則施施而行，漫漫而游，日與其徒上高山，入深林，窮迴溪，幽泉怪石，無遠不到。到則披草而坐，傾壺而醉，醉則更相枕以卧，卧而夢，意有所極，夢亦同趣。覺而起，起而歸，以爲凡是州之山有異態者，皆我有也。」

〔六〕羅池祀：韓愈柳州羅池廟碑略曰：「羅池廟者，故刺史柳侯廟也。……嘗與其部將魏忠、謝寧、歐陽翼飲酒驛亭，謂曰：『吾棄於時而寄於此，與若等好也。明年，吾將死，死而爲神。後三年，爲廟祀我。』及期而死。三年孟秋辛卯，侯降於州之後堂，歐陽翼等見而拜之。其夕夢翼而告曰：『館我於羅池。』其月丙辰，廟成，大祭。過客李儀醉酒，慢侮堂上，得疾，扶出廟門即死。……余謂柳侯，生能澤其民，死能驚動禍福之以食其土，可謂靈也已。」明一統志卷八三柳州府：「柳侯廟，在府城東，舊名羅池廟，祀唐刺史柳宗元。韓愈碑云。」

〔七〕生存伍猿鳥：新唐書文藝傳下吴武陵傳：「又遺工部侍郎孟簡書曰：『古稱一世三十年，子厚之斥十二年，殆半世矣。霆砰電射，天怒也，不能終朝。聖人在上，安有畢世而怒人臣邪？且程、劉、二韓，皆已拔試，或處大州劇職，獨子厚與猿鳥爲伍，誠恐霧露所嬰，則柳氏無後矣。』」

〔八〕才高世不容：朱弁曲洧舊聞卷五：「東坡之殁，士大夫及門人作祭文甚多，惟李廌方叔文尤傳，如：『道大不容，才高爲累。皇天后土，鑒平生忠義之心；名山大川，還千古英靈之氣。

識與不識，誰不盡傷？聞所未聞，吾將安放？』此數句，人無賢愚，皆能誦之。」此化用其語。鍇按：底本作「出不容」，不辭。歐陽修寄答王仲儀太尉素：「平生自恃心無媿，直道誠知世不容。」石介徂徠集卷二過魏東郊：「鳳凰世不容，衆鳥盡嘲訴。」郭祥正青山集卷一一太平觀：「獨醒世不容，苟合情輒枉。」郭印雲溪集卷三草堂：「道大世不容，遠跡西南維。」王十朋梅溪先生後集卷一五游東坡十一絶其一：「道大才高世不容，堪嗟尺水困神龍。」皆作「世不容」，今據改。

和茶陵夢覺索燭見懷〔一〕

聞絃能賞音，公獨知雅曲〔二〕。易親復難忘〔三〕，終期老林麓。公如追風驥〔四〕，未見所歸宿。嗟余老摧頽，翩如啄苔鵠〔五〕。遥知雙泉上〔六〕，頗亦蒔松菊。何時聞夜舂，並齋著茅屋。慧觀友李源〔七〕，高風當補續。便覺雒秀間〔八〕，杖屨笑追逐。今非茶陵夢，猶欲更秉燭〔九〕。愛公押難韻〔一〇〕，敏若方破竹〔一一〕。

【注釋】

〔一〕宣和年間作於湖南。當爲唱和閻孝忠詩。　茶陵：縣名，屬荆湖南路衡州。

〔二〕「聞絃能賞音」二句：語本三國志吳書周瑜傳裴松之注引江表傳：「瑜曰：『吾雖不及夔曠，

聞弦賞音，足知雅曲也。』」

〔三〕易親復難忘：山谷外集詩注卷七同王稚川晏叔原飯寂照房得房字：「雅雅王稚川，易親復難忘。」史容注：「古樂府：『君家甚易知，易知復難忘。』」此借用其成句。

〔四〕公如追風驥：蘇軾送吕行甫司門倅河陽：「譬如追風驥，豈免羈與纓。」此借用其語。

〔五〕翩如啄苔鵠：狀垂首之老態。蘇軾次韻楊公濟奉議梅花十首之二：「空令飢鶴啄莓苔。」此借用其語。

〔六〕遥知雙泉上：雙泉之名甚多。廓門注：「一統志河南府：『雙泉在偃師縣南，三泉並出。』」鍇按：太平寰宇記卷五河南道五緱氏：「雙泉在縣南十里。」據輿地廣記卷五，緱氏縣於宋神宗熙寧八年省入偃師縣。偃師縣與洛陽縣同屬河南府，此詩有「便覺雒秀間」，雒即洛陽，故當指偃師縣之雙泉。後次韻偶題、寄題雙泉二詩，均言及「雙泉」，又寄題雙泉首句曰「閻公立朝時」，可知雙泉與閻公相關。閻公或爲閻孝忠之祖。本集卷一三次韻資欽元府判見寄有「公輩家山近洛河」之句，亦可證閻氏故居在洛陽一帶。

〔七〕慧觀友李源：廓門注：「『慧觀』當作『圓觀』。東坡爲『圓澤』，高僧傳作『圓觀』。記前注。」其説甚是。參見本集卷五同游雲蓋分韻得雲字注〔一〇〕。鍇按：此句謂己與閻孝忠爲友，如圓觀友李源。李源即居洛陽，故取以爲譬。

〔八〕雒秀：廓門注：「河南府雒陽，嘉興府秀州歟？」其注不確。鍇按：雒陽在河南，秀州在浙江，兩地邈不相接，豈可並稱。「秀」當指秀山，寄題雙泉有「埋玉秀山側」，然其地已不可考。

〔九〕猶欲更秉燭：廓門注：「宴桃李園序曰：『古人秉燭夜游。』注：『古詩：晝短苦夜長，何不秉燭游？』」錯按：杜甫羌村三首之一：「夜闌更秉燭，相對如夢寐。」惠洪語本此。

〔一〇〕難韻：難押之詩韻，猶言險韻。參見本集卷五次韻思禹思晦見寄二首注〔四〕。

〔一一〕敏若方破竹：廓門注：「晉書第四杜預傳曰：『昔樂毅藉濟西一戰以并强齊。今兵威已振，譬如破竹，數節之後，皆迎刃而解，無復著手處也。』老杜詩洗兵馬曰：『胡危命在破竹中。』山谷詩八卷：『快意忽破竹。』同九卷：『筆下馬生如破竹。』注皆引杜預傳。」

次韻偶題〔一〕

鈍拙無人著眼看，一庵睡快如梁端〔二〕。那知高軒肯過我〔三〕，終日笑語成盤桓〔四〕。畏公筆力不可敵，坐令三峽回奔湍〔五〕。威稜玉（王）節照湘楚〇〔六〕，誇聲衆口鋒刃攢〔七〕。此篇意氣更傾寫，句法超絶風格完。許令賡酬亦不免，但恨語帶儒生酸。苦嫌絲竹圍醉枕，卧看烟縷凝雕盤〔八〕。雙泉雲樹時到夢〔九〕，神武門前思挂冠〔一〇〕。朝來清事亦稠疊，野飯蓬窗分小團〔一一〕。人間曲屈多敗意〔一二〕，莫辭時此同幽懽。

【校記】

㈠ 玉：原作「王」，誤，今據四庫本改。參見注〔六〕。

【注釋】

〔一〕宣和六年作於長沙。此詩有「雙泉」二字，亦次韻閻孝忠詩。

〔二〕「鈍拙無人著眼看」二句：此用石頭希遷事以喻己。　鈍拙：愚鈍拙笨，景德傳燈録卷五吉州青原山行思禪師：「師令希遷持書與南嶽讓和尚曰：『汝達書了速回。吾有箇鈯斧子，與汝住山。』」鈯，即鈍拙之義。　一庵睡快：景德傳燈録卷三〇石頭和尚草庵歌：「吾結草庵無寶貝，飯了從容圖睡快。」　梁端：宋高僧傳卷九唐南嶽石頭山希遷傳：「天寶初，始造衡山南寺。寺之東有石狀如臺，乃結庵其上，杅載絶岳，衆仰之，號石頭和尚焉。……廣德二年，門人請下於梁端。」景德傳燈録卷一四石頭希遷大師所言略同。此梁端似指石梁之端，故門人請其下。林間録卷上：「石頭和尚庵於南臺有年，偶見負米登山者，問之，曰：『送供米也。』明日即移庵下梁端，遂終於梁端。」則梁端似爲地名。

〔三〕高軒肯過我：謂其竟然肯大駕過訪寒舍。李賀作高軒過示韓愈、皇甫湜，本集屢用作自謙辭，以況士大夫造訪。

〔四〕盤桓：徘徊，逗留。此引申作周旋，交往。

〔五〕「畏公筆力不可敵」二句：廓門注：「筆倒三峽之意也。」鍇按：杜甫醉歌行：「詞源倒流三峽水，筆陣獨掃千人軍。」此化用其意。

〔六〕威稜：威勢，威嚴。漢書李廣傳：「是以名聲暴於夷貉，威稜憺於鄰國。」注：「李奇曰：神靈之威曰稜，憺猶動也。」清王先謙補注：「廣韻：『稜，俗棱字。』説文：『棱，柧也。』一切經音義十八引通俗文：『木四方曰棱。』人有威，如有棱者然，故曰威稜。」　玉節：玉製符節，代指持節之官員。周禮地官司徒掌節：「守邦國者用玉節。」沈括夢溪筆談卷二五雜誌二：「古之節如今之虎符，其用則有圭璋龍虎之别。」底本「玉」作「王」，涉形近而誤，廓門注：「愚曰：由是觀之，『王節』當作『玉節』歟？」其説甚是，今據改。

〔七〕詩聲衆口鋒刃攢：言萬口同誇贊其詩如鋒刃聚集，令人驚悚。此爲惠洪讚譽他人詩句之套語，參見本集卷二送慶長兼簡仲宣、贈巽中。

〔八〕雕盤：雕飾精美之盤。南朝梁蕭統七契：「瑶俎既已麗奇，雕盤復爲美玩。」

〔九〕雙泉：見前詩和茶陵夢覺索燭見懷注〔六〕。

〔一〇〕神武門前思挂冠：謂其有棄官歸隱之意。南史陶弘景傳：「永明十年，脱朝服，挂神武門，上表辭禄，詔許之。」　挂冠：語本後漢書逢萌傳：「萌謂友人曰：『三綱絶矣，不去，禍將及人。』即解冠挂東都城門，歸，將家屬浮海，客於遼東。」

〔一一〕分小團：廓門注：「小團，謂茶。」歐陽修歸田録卷下：「茶之品，莫貴於龍鳳，謂之團茶。慶曆中，蔡君謨爲福建路轉運使，始造小片龍茶以進，其品絶精，謂之小團。」鍇按：此句既言

「野飯蓬窗」，則所分不當爲貢茶小團，疑爲野飯之小團。

〔三〕敗意：敗興，掃興。世説新語排調：「嵇、阮、山、劉在竹林酣飲，王戎後往。步兵曰：『俗物已復來敗人意。』王笑曰：『卿輩意亦復可敗邪？』」

寄題雙泉〔一〕

閻公立朝時〔二〕，凜然古遺直〔三〕。孤忠捍世波，砥柱屹挺特〔四〕。一旦成千古〔五〕，埋玉秀山側〔六〕。至今山中泉，實以配公德。欲知其源深，下漲千頃澤。沙渠走清快〔七〕，石井湛紺碧㊀。譬如澠與淄〔八〕，相去無尋尺。日光每下徹〔九〕，山影必倒植〔一〇〕。倚欄應忻然，游鱗見尾脊〔一一〕。知誰念純孝，滿掬種白石，粲然生玉英〔一二〕，冥感吁莫測〔一三〕。泉旁有精舍〔一四〕，聞多登覽適。何時同二老〔一五〕，追逐扶瘦策。詩成坐假寐，夢歷秋山赤〔一六〕。想見環珮清，繞除餘響滴〔一七〕。

【校記】

㊀石：石倉本作「丹」。

【注釋】

〔一〕宣和七年秋作於湘陰縣。此詩當爲閻孝忠而作。雙泉：參見前和茶陵夢覺索燭見懷注〔六〕。

〔二〕閣公：未詳所指，當爲孝忠祖先。

〔三〕古遺直：左傳昭公十四年：「仲尼曰：『叔向，古之遺直也。』」杜預注：「言叔向之直，有古人遺風。」

〔四〕「孤忠捍世波」二句：黄庭堅跋砥柱銘後：「余觀砥柱之屹中流，閲頽波之東注，有似乎君子士大夫，立於世道之風波，可以託六尺之孤，寄百里之命，不以千乘之利奪其大節，則可以不爲此石羞矣。」此化用其意以稱閣公。

〔五〕一旦成千古：死之婉辭。語本新唐書薛收傳：「（秦王）與其從兄子元敬書曰：『吾與伯褒共軍旅間，何嘗不驅馳經略，款曲襟抱，豈期一朝成千古也。』」

〔六〕埋玉：埋葬有才華之人。語本世説新語傷逝：「庾文康亡，何揚州臨葬云：『埋玉樹箸土中，使人情何能已已！』」　秀山：洛陽有方秀川，秀山或以爲名，然不可詳考。

〔七〕沙渠走清快：蘇軾與胡祠部游法華山：「道人未放泉出山，曲折虚堂瀉清快。」此借用其語。

〔八〕譬如澠與淄：謂沙渠、石井二泉如澠、淄之水異味。列子仲尼：「口將爽者，先辨淄、澠。」張湛注：「爽，差也。淄、澠水異味，既合則難别。」「澠音乘。淄水出魯郡萊蕪縣，澠水西自北海郡千乘縣界流至壽光縣，二水相合。説符篇曰：『淄、澠之合，易牙嘗之。』」参見本集卷五次韻思禹思晦見寄二首注〔三四〕。

〔九〕日光每下徹：柳宗元至小丘西小石潭記：「潭中魚可百許頭，皆若空游無所依，日光下澈，影布石上。」此借用其語。

〔一〇〕山影必倒植：形容池中青山倒影。倒植，倒立。南朝梁簡文帝蕭綱晚春賦：「石憑波而倒植，林隱日而橫垂。」此化用其語意。鍇按：廓門注：「漢書郊祀志：『登遐倒影。』如淳注：『在日月之上，反從下照，故其景倒。』」其注不確，蓋此非用漢書「倒影」意。

〔一一〕游鱗：廓門注：「游鱗，謂魚也。」參見本集卷五次韻連巖亭注〔一〕。

〔一二〕「知誰念純孝」三句：用搜神記楊伯雍因性篤孝而種石得玉事。參見本集卷二次韻性之送其伯氏西上注〔一〕。鍇按：楊伯雍爲雒陽縣人，借以喻之。

〔一三〕冥感吁莫測：感歎冥冥之中人神感應深不可測。蘇軾次韻秦觀秀才見贈秦與孫莘老李公擇甚熟將入京應舉：「故人坐上見君文，謂是古人吁莫測。」此借用其語。

〔一四〕精舍：佛寺。

〔一五〕二老：當指閻孝忠（資欽）與元勛（府判）。本集卷一三次韻資欽元府判見寄有「公輩家山近洛河」之句，又卷六和元府判游山句：「舉手弄雲泉，濺衣作跳波。側耳聞遺音，仰看幽鳥過。兩公作妙語，清絶類陰何。」二老即兩公，其游山事與此詩相符。

〔一六〕秋山赤：謂深秋紅葉滿山。杜甫光禄坂行：「山行落日下絶壁，西望千山萬山赤。」蘇軾岐亭五首之五：「西望千山赤。」此借用其語。

〔一七〕「想見環珮清」二句：以環珮鳴響喻泉聲。白居易草堂記：「堂東有瀑布，水懸三尺，瀉階隅，落石渠，昏曉如練色，夜中如環珮琴筑聲。」蘇軾虎跑泉：「卧聽空階環玦響。」此化用其意。

次韻夏夜〔一〕

隱几羣動寂〔二〕，池塘浮夕光。瓦溝急雨過，熏風滿南堂。飛螢忽點衣，小立聞荷香〔三〕。東南喜見月，微雲復遮藏。長哦潁（穎）臯詩㊀，清語涼肺腸㊁〔四〕。勁氣終不屈，鏌鋣淬光芒〔五〕。高懷寰宇間，蠢蠢犇炎涼〔六〕。斯人古遺直〔七〕，天質自温良〔八〕。兹夜發遐想，易親復難忘〔九〕。歸田無別意，難以枘入方〔一〇〕。

【校記】

㊀潁：原作「穎」，誤，今據四庫本、武林本改。

㊁涼：石倉本作「沁」。

【注釋】

〔一〕宣和六年作於湘陰縣。詩有「長哦潁臯詩」之句，當爲次韻閻孝忠詩。

〔二〕隱几：倚几案。莊子徐無鬼：「南伯子綦隱几而坐。」　羣動寂：陶淵明飲酒二十首之七：「日入羣動息，歸鳥趨林鳴。」

〔三〕小立聞荷香：王荆公詩注卷二二歲晚：「俯窺憐緑淨，小立佇幽香。」李壁注引王立之詩話云：「山谷『小立近幽香』與荆公『小立佇幽香』，韻聯頗相同，當是暗合耳。」黄庭堅詩句見次韻答斌老病起獨游東園二首之一：「小立近幽香，心與晚色靜。」此化用王、黄詩句。

〔四〕清語涼肺腸：蘇軾昨見韓丞相言王定國今日玉堂獨坐有懷其人：「苦語涼肺肝。」此化用其語。參見本卷次韻題明白庵注〔一〇〕。

〔五〕鏌鋣：古寶劍名。太平御覽卷三四三引列士傳曰：「干將莫邪爲晉君作劍，三年而成。劍有雌雄，天下名器也。乃以雌劍獻君，留其雄者。謂其妻曰：『吾藏劍在南山之陰，北山之陽，松生石上，劍在其中矣。君若覺，殺我，爾生男，以告之。』及至君覺，殺干將。妻後生男，名赤鼻，具以告之。赤鼻斫南山之松，不得劍，思於屋柱中，得之。晉君夢一人眉廣三寸，辭欲報讎，購求甚急，乃逃朱興山中。遇客，欲爲之報，乃刎首，將以奉晉君。客令鑊煮之頭三日，三日跳不爛。君往觀之，客以雄劍倚擬君，君頭墮鑊中，客又自刎，三頭悉爛，不可分别。分葬之，名曰三王冢。」

〔六〕蠢蠢犇炎涼：謂俗人紛紛擾擾奔走於人情勢利之間。左傳昭公二十四年：「今王室實蠢蠢焉，吾小國懼矣。」杜預注：「蠢蠢，動擾貌。」

〔七〕古遺直：見前詩次韻雙泉注〔三〕。

〔八〕天質自温良：論語學而：「夫子温、良、恭、儉、讓以得之。」

〔九〕易親復難忘：借用黄庭堅同王稚川晏叔原飯寂照房得房字詩之成句。見前和茶陵夢覺索燭見懷注〔三〕。

〔一〇〕難以枘入方：謂方榫頭難插入圓榫眼，喻格格不入。文選卷三三宋玉九辯：「圜鑿而方枘兮，吾固知其鉏鋙而難入。」吕延濟注：「若鑿圓穴，斫方木内之，而必參差不可入。喻邪佞在前，忠賢何由能進。鉏鋙，相距貌。」

和游谷山〔一〕

頴（潁）皋擘窠書棐几㊀〔二〕，玉勒銀鈎照林麓〔三〕。山堂聚觀雜賢鄙，人人歡然如所欲。獨餘耆年視凝遠〔四〕，就觀尚如隔羅縠〔五〕。筠牀瓦枕試新涼，小雨南風正清熟〔六〕。岸巾（中）一笑山答響㊁〔七〕，我亦爲君聊捧腹〔八〕。晚晴軒檻亦何有，隔屋茶烟度修竹。呼童索紙賦新詩，詩成字字清如玉。人間何從有此客〔九〕，滿腹精神真可掬。我慚衰老亦作詩，譬如菌芝生朽木〔一〇〕。

【校記】

㈠ 潁：原作「穎」，誤，今據四庫本、武林本改。

㈡ 巾：原作「中」，誤，今據武林本改。

【注釋】

〔一〕宣和六年作於湘陰縣。詩有「潁皋」二字，乃和閻孝忠詩。　谷山：在潭州。明一統志卷六三長沙府：「谷山，在府城西七十里，山有靈谷幽邃，名梓木洞，其下有龍潭，禱雨輒應。」此或指谷山寺。萬曆湖廣總志卷四五寺觀：「（長沙府長沙縣）谷山寺，縣西北二十里。」

〔二〕擘窠書棐几：此代指閻孝忠於谷山寺書擘窠大字。於棐几上書字，語本晉書王羲之傳：「嘗詣門生家，見棐几滑淨，因書之，真草相半。」參見本集卷一隆上人歸省覲留龍山爲予寫起信論作此謝之注〔五〕。廓門注：「擘窠，未詳。」失考。鍇按：古寫碑版或題額者，多分格書寫，使其點畫停勻，稱擘窠書。後以擘窠代指大字。參見本集卷一謁蔡州顏魯公祠堂注〔二九〕。

〔三〕玉勒銀鈎：書法筆劃之美稱。南朝陳江總攝山棲霞寺碑：「辭題翠琰，字勒銀鈎。」此借用其語。　玉勒：指玉飾之馬銜，即馬勒口。廓門注：「漢武時，身毒國獻連環羈，皆以白玉作之，馬瑙石爲勒，白光琉璃爲鞍。李白詩六卷：『金鞭遥指點，玉勒近遲回。』此借字言。」鍇按：玉勒本與書法無關，故廓門注謂「此借字言」。疑本當作「字勒銀鈎」，誤「字」爲

「玉」。　銀鉤：喻指既剛勁又柔媚之書法。晉書索靖傳：「蓋草書之爲狀也，婉若銀鉤，漂若驚鸞。」

〔四〕耆年：老年人，此指老僧。　凝遠：凝重深遠。陳書蕭允傳：「允少知名，風神凝遠，通達有識鑒。」此言「視凝遠」，似指老年遠視。

〔五〕就觀尚如隔羅縠：謂老僧視壁窠書如隔輕紗，看不真切。此喻頗見於佛書，如隋釋智顗金光明經玄義卷下：「若蒙籠如羅縠中視，未得分明；閉目則見，開眼則失，此是相似金光明。」宋高僧傳卷七義解篇論曰：「經由論顯，論待疏通，疏總義章，義從師述，況以隔羅縠者，見猶未盡。」景德傳燈録卷一九韶州雲門山文偃禪師：「若從學解機智得，只如十地聖人，説法如雲如雨，猶被呵責『見性如隔羅縠』。」此借用其語。

〔六〕小雨南風正清熟：蘇軾二月二十六日雨中熟睡至晚强起：「雨聲來不斷，睡味清且熟。」此化用其意。

〔七〕岸巾：猶岸幘，推起頭巾，露出前額，形容衣著簡率不拘。唐劉肅大唐新語卷二極諫：「中宗愈怒，不及整衣冠，岸巾出側門。」本集屢用「岸巾」，如卷八至撫州崇仁縣寄彭思禹奉議兄四首之二：「亦作岸巾相對眠。」卷一二次韻集虚堂：「岸巾時倚曲欄東。」底本作「岸中」，不辭，今改。

〔八〕捧腹：大笑貌。蘇軾次韻劉景文登介亭：「一笑爲捧腹。」施元之注：「史記日者傳：『司馬季主捧腹大笑。』」

〔九〕人間何從有此客：蘇軾昨見韓丞相言王定國今日玉堂獨坐有懷其人：「人間有此客，折簡呼不難。」此反其意而用之。已見前注。

〔一〇〕譬如菌芝生朽木：柳宗元與蕭翰林俛書：「雖朽枿敗腐，不能生植，猶足蒸出芝菌，以爲瑞物。」蘇軾次韻呂梁仲屯田：「枯朽猶能出菌芝。」已見前注。

和曾倅喜雨之句〔一〕

清狂平生笑李赤，詩慕謫仙名烜赫〔二〕。猶（尤）勝曲影傍權門㊀，愛其炎炎手可炙〔三〕。袁絲若至晁錯逃〔四〕，熱中未老嗾與嗷〔五〕。猶勝怒及水中蟹，不合郭索（縈）持雙螯㊁〔六〕。何如一庵聽松雨，潑眼晴窗發茶乳。更無俗子作白眼〔七〕，但有水沉橫碧縷〔八〕。長愛朱生論不卑，神明不欺寧自欺〔九〕。買金賞誣豈不美〔一〇〕，尚笑世俗今澆漓〔一一〕。玉川作詩曾救月，退之抵掌誇奇絶〔一二〕。公今又賦喜雨詩，詩成肯寄甘露滅〔一三〕。氣吐虹蜺辭吐雲〔一四〕，才大端如梁與棻（棼）㊂〔一五〕。麗如宫華蜀錦色，駿却千檣萬馬犇〔一六〕。屈宋宗枝君得髓〔一七〕，江左風流復興起〔一八〕。試手作詩君勿笑，毫忽增之至弓秭〔一九〕。長哦月出湘崦（淹）東㊃〔二〇〕，翰墨場中久策功。千篇翻水不足道〔二一〕，絶愛風味如醉翁〔二〕。

【校記】

㊀猶：原作「尤」，誤，今改。参見注〔三〕。

㊁索：原作「縈」，誤，今據四庫本、廓門本、武林本改。参見注〔六〕。

㊂菜：原作「棼」，誤，今改。参見注〔一五〕。

㊃崦：原作「淹」，誤，今改。参見注〔二〇〕。

【注釋】

〔一〕宣和七年作於湘陰縣。　曾倅：曾通判，當爲潭州通判，名不可考。此詩稱「詩慕謫仙名烜赫」，又本卷次韻曾運句游山稱其「夫子謫仙隱於儒，仲連太白真其徒」。本集卷六有次韻周達道運句二首，卷一九有周達道通判贊，卷九有次韻周倅大雪見寄二首，實爲同一人。蓋通判兼轉運司勾當公事，即「運句」，可知曾倅即曾運句。此詩有「絶愛風味如醉翁」，醉翁指歐陽修，廬陵人，疑曾倅亦廬陵人，故借歐陽修以喻之。考江西通志卷四九選舉三，紹聖元年畢漸榜有曾定國，紹聖四年何昌言榜有曾定成，均廬陵人，推其年資，曾倅或爲二者之一。

〔二〕「清狂平生笑李赤」二句：柳宗元李赤傳：「李赤，江湖浪人也。嘗曰：『吾善爲歌詩，詩類李白。』故自號曰李赤。」東坡志林卷二：「過姑孰堂下，讀李白十詠，疑其語淺陋，不類太白。

孫逖云：『聞之王安國，此李赤詩。秘閣下有赤集，此詩在焉，白集中無此。』赤見柳子厚集，自比李白，故名赤，卒爲廁鬼所惑而死。今觀此詩止如此，而以比太白，則其人心疾已久，非特廁鬼之罪。」

〔三〕「猶勝曲影傍權門」二句：謂李赤詩慕李白，雖不免清狂，尚勝似趨炎附勢奔走權門者。　曲影：身影屈曲爲奴才狀。　炎炎手可炙：廓門注：「纂要曰：權貴勢焰炙手可熱。言人依附權貴，若近火炙手而可熱也。」唐裴庭裕東觀奏記卷中：「魏國公崔鉉秉政，鄭魯、楊紹復、段瓌、薛蒙，一時俊造，鉉所取信。凡有補吏議事，或與之參酌。時人語曰：『炙手可熱，楊鄭段薛；欲得命通，魯紹瓌蒙。』」九家集注杜詩卷二麗人行：「炙手可熱勢絶倫，愼莫近前丞相嗔。」注：「元載時委左右人四人用事，權傾中外，人爲之語曰：『炙手可熱，卓李鄭薛。』言勢焰熛灼，可以炙手也。」底本「猶」作「尤」。雖古書中「尤」或用同「猶」，有還、尚之義，然考本詩下文有「猶勝怒及水中蟹」，句法與此句相同，又本集卷四追和帛道猷一首：「猶勝海南民。」卷二〇龍尾硯賦：「而猶勝支牀於壯歲。」皆作「猶勝」，而無「尤勝」之例，可知此「尤」字涉音近而誤。今據本集用例改。

〔四〕袁絲若至晁錯逃：史記袁盎鼂錯列傳：「袁盎者，楚人也，字絲。盎素不好鼂錯，鼂錯所居坐，盎去；盎坐，錯亦去，兩人未嘗同堂語。」晁，同「鼂」。

〔五〕熱中：孟子萬章上：「仕則慕君，不得於君則熱中。」朱熹集注：「熱中，躁急心熱也。」指急切追逐名利權勢。　嗾與嗷：形容爲主人使喚而急於求食之狗，以喻熱中名利之人。嗾，使狗時口中所發之聲。參見本集卷五次韻見贈注〔八〕。嗷，抬頭張口求食。

〔六〕「猶勝怒及水中蟹」二句：謂以上行爲尚勝似怒及於蟹之多足與雙螯，以宿憾殺人之罪惡。晉書解系傳：「倫、秀以宿憾收系兄弟，梁王彤救系等，倫怒曰：『我於水中見蟹且惡之，況此人兄弟輕我邪！此而可忍，孰不可忍？』彤苦爭之不得，遂害之，并戮其妻子。」蘇軾故周茂叔先生濂溪：「怒移水中蟹，愛及屋上烏。」此借用其語。　郭索：蟹多足貌。山谷内集詩注卷一七又借答送蟹韻并戲小何：「草泥本自行郭索。」任淵注：「林逋詩：『草泥行郭索，雲木叫鈎輈。』按：太玄經鋭首曰：『蟹之郭索，後蚓黄泉。』測曰：『蟹之郭索，心不一也。』范望注云：『郭索，多足貌。』」底本「索」作「縈」，涉形近而誤，今改。

〔七〕更無俗子作白眼：晉書阮籍傳：「籍又能爲青白眼，見禮俗之士，以白眼對之。」

〔八〕但有水沉横碧縷：蘇軾送劉寺丞赴餘姚：「但見香煙横碧縷。」此借用其語。　水沉：即沉香。

〔九〕「長愛朱生論不卑」二句：冷齋夜話卷九不欺神明：「徐鉉曰：江南處士朱真每語人曰：『世皆曰不欺神明，此非天地百神，但不欺心，即不欺神明也。』」

〔一〇〕買金賞誣豈不美：史記直不疑列傳：「塞侯直不疑者，南陽人也。爲郎事文帝。其同舍有告歸，誤持同舍郎金去。已而金主覺，妄意不疑。不疑謝有之，買金償。而告歸者來而歸金，而前郎亡金者大慙，以此稱爲長者。」

〔一一〕澆漓：謂風俗浮薄不厚。魏書良吏傳序：「後之爲吏，與世沉浮，叔季澆漓，姦巧多緒。」

〔一二〕「玉川作詩曾救月」二句：新唐書韓愈傳附盧仝傳：「盧仝居東都，愈爲河南令，愛其詩，厚禮之。仝自號玉川子，嘗爲月蝕詩，以譏切元和逆黨，愈稱其工。」五百家注昌黎文集卷五月蝕詩效玉川子作題下注云：「孫曰：仝作月蝕詩示公，公稱其工，然以其灰詭，故頗加隱括，而作此篇。或云：館中本云删玉川子作。補注陳齊之曰：退之效玉川子月蝕詩，乃删盧仝冗語耳，非效玉川也。韓雖法度森嚴，便無盧仝豪放之氣。」東坡詩集注卷一一田國博見示石炭詩有鑄劍斬佞臣之句次韻答之：「玉川狂直古遺民，救月裁詩語最真。千里妖蟇一寸鐵，地上空愁蟣蝨臣。」宋援注：「盧同(仝)自號玉川子，作月蝕詩云：『傳聞古老説，月蝕蝦蟇精，徑圍千尺入汝腹，如此癡騃阿誰生？』又云：『地上蟣蝨臣同(仝)，告訴帝天皇，臣有一寸鐵，刳妖蟇癡腸。』」

〔一三〕甘露滅：惠洪自號。參見本集卷九初過海自號甘露滅。

〔一四〕氣吐虹蜺：謂慷慨激昂，豪氣沖天。文選卷三四曹植七啓：「揮袂則九野生風，慷慨則氣成虹蜺。」辭吐雲：喻行文自然流暢。唐蕭穎士贈韋司業書：「當此之時，爲奮筆飛鸞鳳，摛論吐雲煙。」杜牧樊川文集卷一〇李賀集序謂其歌詩：「雲煙綿聯，不足爲其態也。」

〔一五〕梁與棻：指漢劉梁與劉棻。廓門注：「後漢書文苑傳有劉梁傳。前漢書揚雄傳曰：『迺劉棻嘗從雄學作奇字。』愚曰：棻，劉歆子，見王莽傳。由是，則『棼』當作『棻』。」今從其說，改「棼」爲「棻」。　鍇按：後漢書文苑列傳劉梁傳略曰：「劉梁，字曼山，一名岑，東平寧陽人也。梁，宗室子孫，而少孤貧，賣書於市以自資。常疾世多利交，以邪曲相黨，乃著破羣論。時之覽者以爲『仲尼作春秋，亂臣知懼；今此論之作，俗士豈不愧心』。其文不存。又著辯和同之論。……桓帝時，舉孝廉，除北新城長。告縣人曰：『昔文翁在蜀，道著巴漢；庚桑瑣隸，風移碨礨。吾雖小宰，猶有社稷，苟赴期會，理文墨，豈本志乎？』乃更大作講舍，延聚生徒數百人，朝夕自往勸誡，身執經卷，試策殿最，儒化大行，此邑至後猶稱其教焉。特召入，拜尚書郎，累遷，後爲野王令，未行，光和中病卒。孫楨亦以文才知名。」

〔一六〕「麗如宮華蜀錦色」二句：李賀集序又曰：「風檣陣馬，不足爲其勇也……時花美女，不足爲其色也。」此化用其語意。廓門注：「『宮』當作『官』歟？『宮華』，或曰當作『浣花』歟？」鍇按：「宮華（花）」爲詩中常用詞，不誤，如李白聖明樂：「宮花將苑柳，先發鳳皇城。」

〔一七〕屈宋宗枝君得髓：謂其已得屈原、宋玉詩騷之精髓。宗枝：宗派枝葉。儒家指宗族譜系，禪宗借指宗派流別，此指詩騷傳統。汾陽無德禪師語録卷下廣智歌一十五家門風：「物物會同流智水，門風逐便演宗枝。」得髓：獲其內在精髓。景德傳燈録卷三第二十八祖菩提達磨：「乃命門人曰：『時將至矣，汝等蓋各言所得乎？』時門人道副對曰：『如我所見，不執文字，不離文字，而爲道用。』師曰：『汝得吾皮。』尼總持曰：『我今所解，如慶喜見阿閦佛國，一見更不再見。』師曰：『汝得吾肉。』道育曰：『四大本空，五陰非有。而我見處，無一法可得。』師曰：『汝得吾骨。』最後慧可禮拜後，依位而立。師曰：『汝得吾髓。』」

〔一八〕江左風流：東坡詩集注卷二七王進叔所藏畫跋尾五首徐熙杏花：「江左風流王謝家。」林子仁注：「南齊書：王儉嘗謂人曰：『江左風流宰相，惟有謝安。』」

〔一九〕毫忽增之至弓秭：謂積小以成大，積少以成多。　毫忽：計量單位，指極微小。廓門注：「按字書：十絲曰毫，一蠶爲一忽，十忽爲一絲。一蠶所吐，象其口初吐，若有若無。類書纂要曰：十微曰忽。田數起於忽，長六寸，闊一寸。十忽曰絲，十絲曰毫。」　弓：土地之計量單位，一弓爲五尺。廓門注：「度地論：弓，二尺爲一肘，四肘爲一弓。三百弓爲一里，三百六十步爲一里，即三百弓也。西域記：鼓小者聞五百弓。注：五百弓，二里半也。西域記第二卷：分一拘盧舍爲五百弓，分一弓爲四肘，爲二十四指。姚氏殘語曰：荆公詩云：卧占寬閑五百弓。蓋佛家以四肘爲弓，肘一尺八寸。」　秭：萬億，指極多。詩周頌豐年：「萬億及秭。」毛傳：「數萬至萬曰億，數億至億曰秭。」説文禾部：「秭，五稯曰秭。一曰數億至萬曰秭。」爾雅釋詁：「歷、秭、算，數也。」郭璞注：「歷，歷數也。今以十億爲秭。」

〔二〇〕月出湘崦東：此即蘇軾赤壁賦「月出於東山之上」之意。本集屢寫此景，如卷二贈王性之：「東崦峰頭湧玉輪。」卷七次韻游南嶽：「初如冰輪湧東崦。」卷一一温上人自廬山見過：「淺雲東崦對冰輪。」卷一四送寶上人還東林時余亦買舟東下四首之三：「東崦峰頭月出。」

湘崦，猶言湘山。底本「崦」作「淹」，意不通，當涉形近而誤，今改。

〔二〕千篇翻水：喻文思敏捷，千篇詩文如水瀉出，滔滔不絶。韓愈寄崔二十六立之：「文如翻水成，初不用意爲。」蘇軾金山妙高臺：「機鋒不可觸，千偈如翻水。」此用其語意。

〔三〕醉翁：指歐陽修，其醉翁亭記曰：「太守與客來飲於此，飲少輒醉，而年又最高，故自號曰醉翁也。」又曰：「太守謂誰？廬陵歐陽修也。」

次韻過醴陵驛〔一〕

解鞍成小寢，部曲營夜炊〔二〕。此生一寄耳〔三〕，夢幻相拘縻。風餐雜舍者〔四〕，水宿依江湄。何時步八塼〔五〕，壓犀簾幕垂〔六〕。三湘在圖畫〔七〕，開屏供卧披〔八〕。公宜宿玉堂，明甚無可疑〔九〕。今復聊爾耳〔一〇〕，閒作虎頭癡〔一一〕。

【注釋】

〔一〕宣和年間作於潭州。醴陵驛：醴陵縣驛站。醴陵，宋屬荆湖南路潭州。次韻之人不可考。

〔二〕部曲：指軍隊，已見前注。

〔三〕此生一寄耳：三國魏曹丕善哉行：「人生如寄，多憂何爲。」

〔四〕風餐雜舍者：廓門注：「餐風宿水，謂旅行者餐食歇宿於風雨之中也。莊子寓言篇：『舍者避席。』此借用。」

〔五〕步八塼：用唐李程事，代指翰林學士。語本李肇翰林志、新唐書李程傳。本集屢用此事，參見本集卷四勸學次徐師川韻注〔二八〕。

〔六〕壓犀簾幕垂：謂居所華貴，以文犀皮飾簾帷。清朱鶴齡李義山詩集注卷三下擬意：「象牀穿幰網，犀帖釘窗油。」道源注：「集韻：『帖，牀前帷也。』以薄犀爲帖，釘於窗櫳。」宋曾鞏雪詠：「文犀壓朱箔。」廓門注：「杜詩千家注石犀行題注曰：『華陽國志：秦孝文王以李冰爲蜀守，冰作石犀五頭，以厭水怪。』又見代醉篇三十四卷。此謂畫厭犀簾幕者歟？」其説未明。

〔七〕三湘：潭州別稱。方輿勝覽卷二三湖南路潭州：「事要：郡名長沙、壽沙、星沙、熊湘、三湘。」明一統志卷六三長沙府「郡名三湘」注：「寰宇記：湘潭、湘鄉、湘陰爲三湘。」

〔八〕開屏供卧披：謂三湘山水如開畫屏，供人坐卧之間可披覽。廓門注：「『披』當作『被』歟？」似未喻詩意。

〔九〕明甚無可疑：蘇軾論倉法劄子：「事理明甚，無可疑者。」此借用，以文爲詩。

〔一〇〕今復聊爾耳：謂今聊且如此，猶言未能免俗。參見本集卷五余游侯伯壽思孺之間久矣而未識季長昨日見之夜歸作此寄之注〔一〇〕。

〔一一〕虎頭癡：此閑坐對圖畫之意，呼應「開屏供卧披」句。晉顧愷之小字虎頭。晉書顧愷之傳：「俗傳愷之有三絶：才絶，畫絶，癡絶。」

次韻〔一〕

先生絳闕姿〔二〕，名字占仙籍〔三〕。妙年取榮名〔四〕，翰墨乃其職。而云賦歸歟〔五〕，戲語吾不逆。醉翁昔仙去，人間暫休息〔六〕。文字頗横流〔七〕，士氣久不懌〔八〕。公實不出後，議論有精識。冰壺含青春，不容一塵隔〔九〕。吐句如善射，字字皆中的〔一〇〕。佳麗增奇峭，欹側多醉墨〔一一〕。高辭敦故舊，讀之氣横臆。閎（閲）深似退之㊀〔一二〕，頓挫雜抛擲〔一三〕。如春飾萬物㊁，妙用無罅隙〔一四〕。故人困長哦，其節不容擊〔一五〕。自昔聞公家，諸郎居連璧〔一六〕。道學進未艾〔一七〕，慶澤流無斁〔一八〕。紛華脱髮棄〔一九〕，酌古分陰惜〔二〇〕。汎觀得其要，雲升復川益〔二一〕。孝友如機雲〔二二〕，爭攘笑丕植〔二三〕。聞風方對食，不覺起投筴〔二四〕。神交夢成趣，意合氣自激。廬陵在何許〔二五〕？縱望手加額〔二六〕。那知湘江上，握手笑墮幘〔二七〕。妙處無陳鮮，傾蓋如夙昔〔二八〕。歸來看屋梁，喜極心更惕〔二九〕。弟兄定世家，富貴已尋逼〔三〇〕。而我世憎嫌，莫景桑榆迫〔三一〕。相從可忘年，頑魯幸勿責。一懽難把玩，轉顧成陳迹〔三二〕。閉門工寢飯〔三三〕，且復適吾適。遥知不吾訖，頗嘗有此客〔三四〕。

【校記】

㊀閱：原作「閲」，涉形近而誤，今從寬文本、廓門本、武林本。參見注〔一二〕。

㊁飾：武林本作「餙」，同「飾」。

【注釋】

〔一〕宣和七年作於湘陰縣。此詩疑亦爲次韻曾倅而作，蓋詩有「廬陵」、「醉翁」、「弟兄」諸語，疑爲廬陵曾定國、曾定彧兄弟之一。參見和曾倅喜雨之句注〔一〕。

〔二〕絳闕姿：意爲神仙姿容。絳闕，指神仙居所。本集屢以此語恭維他人。參見卷一贈器之禪師注〔七〕。

〔三〕名字占仙籍：意謂其乃神仙下凡，名籍尚挂在仙録。蘇軾周教授索枸杞因以詩贈録呈廣倅蕭大夫：「名字於今挂仙録。」此借用其語。

〔四〕取榮名：謂進士及第。蓋定國於紹聖元年，定彧於紹聖四年，兄弟先後及第。見前注。

〔五〕賦歸歟：即歸去來之意。論語公冶長：「子在陳，曰：『歸與！歸與！』」蘇軾南鄉子詞：「搔首賦歸歟，自覺功名懶更疏。」

〔六〕「醉翁昔仙去」二句：意謂因歐陽修逝世，人間萬象不再受其筆墨驅遣，可暫得休息。五代後蜀何光遠鑑戒録卷八載韓愈贈賈島二十八字詩：「孟郊死葬北邙山，日月風雲頓覺閑。天恐文章聲斷絶，再生賈島向人間。」此化用前二句詩意。本集卷一四悼山谷五首之一：「蘇黄一時頓有，風流千載追還。竟作聯翩仙去，要將休歇人間。」亦是此意。

〔七〕文字頗横流：謂文士之寫作放縱恣肆，不循規矩，泛濫成災。山谷詩集注卷八次韻王炳之惠玉版紙：「往時翰墨頗横流。」任淵注：「南史庾肩吾傳曰：『文章横流，一至於此。』」

〔八〕不懌：不悦，不樂。

〔九〕「冰壺含青春」二句：喻其心胸高潔明淨。唐姚崇冰壺誡序：「冰壺者，清潔之至也。君子對之，示不忘清也。內懷冰清，外涵玉潤，此君子冰壺之德也。」參見本集卷二長沙邸舍中承敏覺二上人作記年刻舟之誚以詩贈注〔三〕。

〔一〇〕「吐句如善射」二句：以射箭中靶心喻詩句準確精妙。九家集注杜詩卷一七敬贈鄭諫議十韻：「破的由來事，先鋒孰敢爭。」注：「言詩句中理，如射破的。趙云：破的，如射之中；先鋒，如戰之勇。」集千家注杜工部詩集卷一注：「夢弼曰：『破的、先鋒，皆以比諫議之詩筆也。』」中的，即破的。宋人論詩好用之，如曾季貍艇齋詩話：「東湖論詩説中的。」張戒歲寒堂詩話卷上：「此語非惟創始之爲難，乃中的之爲工也。」

〔一一〕攲側多醉墨：謂醉中作詩，字多傾斜。蘇軾跋魯直爲王晉卿小書爾雅：「魯直以平等觀作欹側字，以真實相出游戲法，以磊落人書細碎事，可謂三反。」

〔一二〕閎深似退之：新唐書韓愈傳：「其原道、原性、師説等數十篇，皆奥衍閎深，與孟軻、揚雄相表裏，而佐佑六經云。」此用其語。底本「閎深」作「閲深」，不辭，今改。

〔一三〕頓挫：指詩之音調抑揚起伏，意脈回旋轉折。後漢書孔融傳贊：「北海天逸，音情頓挫。」李賢注：「頓挫，猶抑揚也。」文選卷一七陸機文賦：「銘博約而温潤，箴頓挫而清壯。」張銑注：「頓挫，猶抑折也。」惠洪天廚禁臠卷下頓挫掩抑法曰：「夫言頓挫者，乃是覆却，使文彩粲然。非如常格詩，但排比句語而成，熟讀之，殊無氣味。」拋擲：意未詳，疑指詩之句法跳躍騰挪。唐釋齊己風騷旨格之詩有十勢，中有「獅子返擲」、「猛虎投澗」等勢，拋擲或指此。

〔一四〕「如春飾萬物」二句：惠洪法華經合論卷一：「春在萬物，大如山川，細如毫忽，繁如草木，妙如葩葉，纖穠横斜，深淺背向，雖不一，而其明秀艷麗之色，隨物具足，無有間限，一切衆生本來成佛之妙，見於日用，亦復如是。」

〔一五〕「故人困長哦」二句：謂己思澀詞艱，困於吟詠，難以擊節唱和其詩。故人，此自稱，相對曾倅而言。

〔一六〕連璧：以並列之美玉喻並美之人。世説新語容止：「潘安仁、夏侯湛並有美容，喜同行，時人謂之連璧。」參見本集卷四謝李商老伯仲見過注〔三〕。

〔一七〕道學進未艾：道德學問日益長進而未停止。詩周頌訪落：「朕未有艾。」詩小雅庭燎：「夜如何其，夜未艾。」

〔一八〕慶澤：皇帝恩澤。　無斁：猶無終，無盡。

〔一九〕紛華脱髮棄：謂抛棄繁華富麗，如脱髮一般。蘇軾送文與可出守陵州：「奪官遣去不自覺，曉梳脱髮誰能收。」此化用其意。

〔二〇〕酌古：蘇軾和陶郭主簿二首之一：「家世事酌古，百史手自斟。」此用其語。　分陰惜：文選卷五二曹丕典論論文曰：「則古人賤尺璧而重寸陰，懼乎時之過已。」李善注：「淮南子曰：『聖人不貴尺之璧，而重寸之陰，時難得而易失。』」

〔二一〕雲升復川益：謂道德學問之長進，如雲升空，如川增益。詩小雅天保：「如川之方至，以莫不增。」鄭箋：「川之方至，謂其水縱長之時也。萬物之收，皆增多也。」本集卷四石門中秋同超然鑒忠清三子翫月：「三子新問舊，學問川增益。」卷二六題英大師僧寶傳：「博觀而約取，厚積而薄施，多識前言往行者，日益之學也。如春夏之水方增川，浩然不可測其際。」

〔二二〕機雲：晉陸機、陸雲兄弟。

〔二三〕丕植：魏曹丕、曹植兄弟。

〔二四〕投筴：放下筷子。筴，即箸、筯，夾（食）物之具。陸羽茶經器：「火筴，一名筯。」李白行路難：「停杯投箸不能食。」此借用其語。

〔二五〕廬陵：宋江南西路吉州，治廬陵縣。

〔二六〕手加額：雙手置放額前，以示敬意。參見本集卷四超然攜泉侍者來建康獄慰余甚喜作此注〔一三〕。

〔二七〕墮幘：指頭巾散亂。參見本集卷一大雪戲招耶溪先生鄒元佐注〔七〕。

〔二八〕傾蓋如夙昔：謂初次相見則如逢故人。語本史記鄒陽列傳載鄒陽獄中上梁王書：「諺曰：『有白頭如新，傾蓋如故。』何則？知與不知也。」

〔二九〕「歸來看屋梁」二句：杜甫夢李白其一：「落月滿屋梁，猶疑照顏色。」陳師道示三子：「喜極不得語，淚盡方一哂。了知不是夢，忽忽心未穩。」此化用二詩之意，以謂看屋梁月色而如見故人，心欣喜異常而猶恐是夢。

〔三〇〕富貴已尋逼：隋書楊素傳：「帝嘉之，顧謂素曰：『善自勉之，勿憂不富貴。』素應聲答曰：『臣但恐富貴來逼臣，臣無心求富貴。』」

〔三一〕莫景桑榆迫：以日暮喻垂老之年。太平御覽卷三引淮南子：「日西垂，景在樹端，謂之桑榆。」文選卷二四曹植贈白馬王彪：「年在桑榆間，影響不能追。」李善注：「日在桑榆，以喻人之將老。」蘇軾和陶贈羊長史：「顧慚桑榆迫。」此用其語。

〔三二〕「一懽難把玩」二句：蘇軾初別子由至奉新作：「一歡難把玩，回首了無在。」此借用其語意。

〔三三〕閉門工寢飯：自嘲惟長於閉門無事、睡覺吃飯而已。廓門注：「東坡詩三卷『詩人工譏病』

之類。」謂其句法似蘇詩。鍇按：本集卷四宿宣妙寺：「掩門無營爲，一味工寢飯。」

〔三四〕頗嘗有此客：蘇軾昨見韓丞相言王定國今日玉堂獨坐有懷其人：「人間有此客，折簡呼不難。」此借用其語。

次韻游南嶽〔一〕

退之倔强遷揭陽〔二〕，道經衡山愛青蒼〔三〕。逸羣駿氣不可禦，頓塵初控青絲韁〔四〕。朝雲偶開豈有意〔五〕，妙意放浪高稱揚。我生少小善詩律〔六〕，讀之坐令身世忘。竭來結友木（本）上座〔七〕，南游私喜初心償〔八〕。橘洲看雪已清絶〔九〕，更櫂野航浮碧湘〔一〇〕。忽驚萬峰上雲雨，走棟飛檐雲雨旁。知誰凭欄俯落日，跳丸一笑千巖光〔一一〕。紫金雞含一粒粟〔一二〕，磨塼作鏡傳遺芳〔一三〕。小庵自披慈忍服〔一四〕，十方普熏知見香〔一五〕。巉巉玉骨撼不膺〔一六〕，但誦妙偈聲琅琅〔一七〕。只今般若臺前路〔一八〕，過者拳拳加敬莊〔一九〕。我尋遺迹恍自失，譬如一葦航渺茫〔二〇〕。三生爲掃坐禪石〔二一〕，往事令人思建康〔二二〕。紹隆佛種有神足〔二三〕，九旬妙義談汪洋〔二四〕。當年以法施窮乏，無數珠璣曾斗量〔二五〕。而今但有樓觀好，再拜顧瞻空涕滂〔二六〕。我公王事獲勝踐〔二七〕，自謂此樂非尋常。情高賦詩亦感慨，十年出處何明詳〔二八〕。竹軒莫涼暑雨過，風簷把玩情激昂。初如冰輪湧東崦，滃滃雲幕方高張〔二九〕。俄如奇兵出不意，鐵衣雪刃森堂堂〔三〇〕。細窺如春在花柳，芳心皺眼開包藏〔三一〕。魂驚豪氣立毛髮，風檣駕浪犇龍驤〔三二〕。韻如玉色映晴晝〔三三〕，清如碧瓦粲曉霜〔三四〕。適如醉鄉識歸路〔三五〕，醇如燒春浮玉觴〔三六〕。意公前身是太白〔三七〕，醉貌宜披雲錦裳〔三八〕。芳津浣匙飯雲子，美液澆齒嘗瓊漿〔三九〕。吾聞高辭殆天得，寧論結髮翰墨場〔四〇〕。酸寒島可（烏迹）無足道㊁〔四一〕，坐令籍（藉）湜仆且僵㊂〔四二〕。皆言筆端有五色，不然古錦纏肺腸〔四三〕。夜闌掩卷耿不寐〔四四〕，空庭曳履心彷徨〔四五〕。譬如三伏黄塵道，坐令炎歊欣清涼。又如病鶴長側腦〔四六〕，仰看千仞孤鸞翔。嗟余膽大亦欲和，韻險恍疑登太行〔四七〕。何時坐隅乞詩藁，襟量懸知容攘攘〔四八〕。吾恐斯文將斷絶〔四九〕，長哦披髮下大荒〔五〇〕。兒曹乃欲犯矢石〔五一〕，洪鐘何異施莛芒〔五二〕。公如珠玉在淵石，榮輝草木皆煌煌〔五三〕。讀其詩律似仙曲，不雜人間笙與簧〔五四〕。我非賞音空嘆息，擬欲學之嗟未皇㊃〔五五〕。遥憐與僧登絶頂，意適暗驚人世忙。詩成氣焰如項籍，叱吒千人誰敢當〔五六〕。自嫌白髮世不要，萬回歌舞聊佯狂〔五七〕。盤珠豈有影迹露〔五八〕，霧豹不欲文彩彰〔五九〕。那知湘上偶邂后㊄〔六〇〕，氣岸欣逢許子將〔六一〕。霜須瘴面一破衲（霜鬢須面一破笑）㊅〔六二〕，城隅古寺眠閒房。心知貴賤不同調，且復抵掌談江鄉〔六三〕。□□暇日陪杖履㊆，對公豈敢談文章。茲游正類羊叔子，湛輩與山俱不忘㊇〔六四〕。

【校記】

㊀木：原作「本」。廓門注：「『本』當作『木』。」其説甚是，今據改。參見注〔七〕。

㊁島可：原作「鳥迹」，誤，今據廓門本改。參見注〔四一〕。

㊂籍：原作「藉」。廓門注：「『藉』當作『籍』。」其説甚是，今據改。參見注〔四二〕。

㊃皇：四庫本作「遑」。

㊄后：武林本作「逅」。

㊅霜須瘴面一破衲：原作「霜鬢須面一破笑」。廓門注：「一本作『霜須瘴面一破衲』。」寬文本此句旁注曰：「一作『霜須瘴面一破衲』，是也。」「霜須瘴面一破衲」句意勝，今從之。參見注〔六二〕。

㊆□□：原闕。天寧本作「稍待」，係妄補。

㊇輩：原闕。今據晉書羊祜傳補。參見注〔六三〕。

【注釋】

〔一〕宣和七年作於湘陰縣。詩有「意公前身是太白」句，本卷次韻曾運句游山有「夫子謫仙隱於儒，仲連太白真其徒」二句，所稱譽相似，故此詩當爲次韻曾倅（即曾運句）詩。

〔二〕退之倔强遷揭陽：韓愈上表諫迎佛骨，觸怒唐憲宗，乃貶潮州刺史。事見新唐書本傳。舊唐書李逢吉傳稱韓愈「性木强」。 倔强，即木强。 揭陽：指潮州。 元和郡縣志卷三五嶺南道潮州：「今州即漢南海郡之揭陽縣也。」

〔三〕道經衡山：韓愈遷潮州道經衡山，其説本蘇軾登州海市：「潮陽太守南遷歸，喜見石廩堆祝融。自言正直動山鬼，豈知造物哀龍鍾。」鍇按：清方世舉韓昌黎詩集編年箋注卷三謁衡岳廟遂宿嶽寺題門樓注曰：「按公自郴至衡，因謁南嶽，故祭張署文云：『委舟湘流，往觀南嶽。』此明證也。東坡以爲自潮而歸，誤矣。」參見本集卷三游南嶽福嚴寺注〔三九〕。

〔四〕頓塵：抖落塵土，形容駿馬奔逸之狀。 語本黄庭堅題伯時畫頓塵馬「忽見高馬頓風塵」之句。 青絲韁：馬韁繩。 南朝梁王僧孺古意詩：「青絲控燕馬，紫艾飾吴刀。」

〔五〕朝雲偶開豈有意：韓愈謁衡嶽廟遂宿嶽寺題門樓：「我來正逢秋雨節，陰氣晦昧無清風。潛心默禱若有應，豈非正直能感通。 須臾靜掃衆峰出，仰見突兀撐青空。」蘇軾潮州韓文公廟碑：「故公之精誠，能開衡山之雲。」此反其意而言之。

〔六〕我生少小善詩律：惠洪少年善詩，本集屢言之。 如卷二次韻平無等歲暮有懷：「我年十五侍豪偉，廢食忘眠專製作。」卷二六題自詩與隆上人：「余少狂，爲綺美不忘情之語。」

〔七〕木上座：木拄杖之戲稱。 景德傳燈録卷二〇杭州佛日和尚：「夾山又問：『闍黎與什麼人爲同行？』師曰：『木上座。』曰：『他何不來相看？』師曰：『和尚看他有分。』曰：『在什麽處？』師曰：『在堂中。』夾山便共師下到堂中。師遂去取得拄杖，擲於夾山面前。」蘇軾送竹几與謝秀才：「留我同行木上座，贈君無語竹夫人。」饒節次韻答吕居仁：「我已定交木上座，君猶求舊管城公。」廓門注謂「夾山問佛印和尚」，「佛印」誤，當作「佛日」。

〔八〕南游私喜初心償：林間録卷下：「紹聖初，游南臺，見泰布衲祭石頭明上座文。」南臺寺在衡山，紹聖初指紹聖元年（一〇九四），據此，則惠洪年二十四即已游南嶽。又寂音自序：「年二十九，乃游東吴。明年，游衡嶽。」則年三十乃是再游。

〔九〕橘洲：在長沙西湘江中。參見本集卷五次韻陳倅二首注〔一一〕。

〔一〇〕野航：村野小船。杜甫南鄰詩：「秋水纔深四五尺，野航恰受兩三人。」　碧湘：湘江之美稱。廓門注：「長沙府：碧湘門即府城門。」以「碧湘」爲「碧湘門」，似過拘泥。

〔一一〕跳丸：喻落日。因其運行之疾，恍如丸之跳動。韓愈秋懷詩之九：「憂愁費晷井，日月如跳丸。」蘇軾送楊傑：「天門夜上賓出日，萬里紅波半天赤。歸來平地看跳丸，一點黄金鑄秋橘。」

〔一二〕紫金雞含一粒粟：祖庭事苑卷八釋名讖辨：「（般若多羅讖）其二曰：『震旦雖闊無别路，要假兒孫脚下行。金雞解銜一粒米，供養十方羅漢僧。』此讖馬大師得法於讓和上之緣。無别路，其道一也。故馬大師名道一。兒孫，嗣子也。脚下行，所謂一馬駒子踏殺天下人也。金雞銜米，以讓和上金州人，雞知時而鳴，以覺未寤。羅漢僧，馬祖生漢州之什仿縣，受讓師法食之供。」又見於景德傳燈録卷六江西道一禪師注文。讓和上，即南嶽懷讓禪師。

〔一三〕磨塼作鏡：景德傳燈録卷五南嶽懷讓禪師：「開元中，有沙門道一（即馬祖大師也），住傳法院，常日坐禪。師知是法器，往問曰：『大德坐禪圖什麼？』一曰：『圖作佛。』師乃取一塼，於彼庵前石上磨。一曰：『師作什麼？』師曰：『磨作鏡。』一曰：『磨塼豈得成鏡耶？』『坐禪豈得成佛耶？』」一聞示誨，如飲醍醐。」

〔一四〕慈忍服：唐釋大覺四分律行事鈔卷五受戒緣集篇第八：「袈裟名慈悲忍辱服，外既披之，内心應懷忍辱之德也。」

〔一五〕十方普熏知見香：華嚴經卷三盧舍那佛品：「衆香次第，普熏十方。」廓門注：「戒香、慧香、解脱香、解脱知見香等也。」山谷内集詩注卷五賈天錫惠寶薰乞詩予以兵衛森畫戟燕寢凝清香十字作詩報之其十：「當念真富貴，自薰知見香。」任淵注：「圓覺經：『自薰成種。』佛書有解脱知見香。」鍇按：十方，雙關馬祖道一，即所謂「十方羅漢僧」。此言其受懷讓禪師之熏陶指點。

〔一六〕巉巉玉骨：形容懷讓禪師凛然風骨。蘇軾金山妙高臺：「臺中老比丘，碧眼照窗几。巉巉玉爲骨，凛凛霜入齒。」此借用。　撼不膺：死亡之婉詞，猶言長眠。本集卷三再游三峽贈文上人：「而今骨冷撼不膺，青燈白塔臨寒水。」

〔一七〕但誦妙偈聲琅琅：釋契嵩鐔津文集卷一三李晦叔推官哀辭：「抵掌悟語聲琅琅。」韓駒陵陽先生詩卷一贈趙伯魚：「荆州早識高與黄，誦二子詩聲琅琅。」

〔一八〕般若臺：在南嶽福嚴寺。南嶽總勝集卷上載十六臺中有般若臺。又謂陳高僧惠思（思大和尚）來南嶽：「至梧桐坡，上有石岡若臺。謂其徒曰：『吾昔於此修習，今三生矣。』約地深淺，皆獲骨焉。至今有石爲識。曰：『吾寄此當十年。』因建般若臺以居之。」此指懷讓禪師居處。聯燈會要卷四潭州南嶽懷讓禪師：「師後居南嶽般若臺。」本卷和游福嚴：「廼知般若臺，自昔分燈地。」鍇按：廓門注：「唐陸廣微吴地記：『般若臺，晉穆侯何曾置。內有水池、石橋。銅像一軀，高一丈六尺，高士戴顒建。唐景龍二年，有神光現，數日不歇，奉敕改神景寺。東北有般若橋，因寺而名。』」此般若臺與南嶽般若臺同名而異地，其注殊誤。

〔一九〕拳拳加敬莊：誠懇信奉，敬重有加。禮記中庸：「回之爲人也，擇乎中庸，得一善則拳拳服膺，而弗失之矣。」鄭玄注：「拳拳，奉持之貌。」

〔二〇〕一葦航渺茫：如扁舟一葉航於渺茫大海，喻茫然無措。詩衛風河廣：「誰謂河廣？一葦杭之。」

〔二一〕三生爲掃坐禪石：據前舉南嶽總勝集卷上，惠思謂修習於南嶽石臺，今已三生，故此石臺亦稱三生石。該書又稱：「（惠思）後至唐再化爲僧，名圓澤，與僧姓李源同行於荆峽南浦，爲源曰：『我就王氏婦家投胎爲兒，煩□我後事，約十三年，再會杭州天竺寺外。』果入寂。事畢，源回。後赴所約，自洛至吳，聞葛游（洪）川畔有牧童扣牛角而歌曰：『三生石上舊精魂，賞月吟風不足論。慚愧情人遠相訪，此身雖異性常存。』」參見本集卷五同游雲蓋分韻得雲字注〔一〇〕。

〔二二〕往事令人思建康：疑此句指惠思弟子智顗於金陵弘揚佛法事。續高僧傳卷一七隋國師智者天台山國清寺釋智顗傳：「思既游南岳，顗便詣金陵，與法喜等三十餘人在瓦官寺創弘禪法。」　建康：即金陵。

〔二三〕紹隆佛種：猶言繼承弘揚佛法。　佛種：生佛果之種子，菩薩之所行名佛種。大般若波羅蜜多經卷五九四第十六波羅蜜多分之二：「時諸佛子既獲妙法，倍於如來深生敬愛，各作是念：『我等今者審知如來與我同利，我等今應熾然精進，紹隆佛種，令不斷絶。』」　神足：猶高足。智顗爲惠思弟子，故稱。續高僧傳卷一六後梁荆州玉泉山釋法懔傳：「時枝江惠璀禪師，南岳思公之神足也。」

〔二四〕九旬妙義談汪洋：指智顗講説妙法蓮華經玄義之事。佛祖統紀卷九智者大師旁出世家：「沈君理，字仲倫，吳興人。尚陳武帝女會稽長公主，位儀同。受大師菩薩戒，製疏請住瓦官開法華經題。宣帝敕停朝一日，令群臣往聽……仍請一夏剖釋玄義，道俗俱會，開悟爲多。（妙玄云九旬談妙，即此時也。）」古尊宿語録卷四〇雲峰悦禪師次住法輪語録：「上堂：『玄沙不出嶺，保壽不渡河，善財參知識五十三員，慧遠結黑白一十八士，雪峰三度上投子，智者九旬談法華，且道這箇漢是野干鳴？師子吼？』」錯按：九旬爲三個月，此代指僧人安居之日，即坐夏三月。「一夏剖釋玄義」，即「九旬談妙」之意。法眼禪師語録卷上次住海會語録：「結夏上堂，乃云：『此夏居白雲，禪人偶聚會。三月九旬中，尊卑相倚賴。』」可證。

〔二五〕無數珠璣曾斗量：此喻智顗之講説妙法如珠璣無數，供養佛門。廓門注：「盧仝茶歌曰：『贏得珠璣滿斗歸。』山谷詩七卷：『明珠論斗煮雞頭。』注：『劉夢得秦娘歌曰：斗量明珠鳥傳意。』」

〔二六〕再拜顧瞻空涕滂：廓門注：「滂，涕流貌。詩經澤陂曰：『涕泗滂沱。』」錯按：潮州韓文公廟碑：「公不少留我涕滂。」此化用其語意。

〔二七〕我公：指曾倅。　王事獲勝踐：因王命差遣之公事而獲得快意游覽。

〔二八〕出處：謂出仕與隱退。

〔二九〕「初如冰輪湧東崦」二句：此喻詩之清朗，如月出東山，照徹雲間。冰輪：指明月。蘇軾宿九仙山：「雲峰缺處湧冰輪。」　漻漻：清澈貌。莊子天地：「夫道，淵乎其居也，漻乎其清也。」錯按：此句冰輪之喻，與下文奇兵、春花、風檣、玉色、曉霜、醉鄉、燒春均喻詩之風格。此種寫法奪胎於杜牧李賀集序：「雲煙綿聯，不足爲其態也；水之迢迢，不足爲其情也；春之盎盎，不足爲其和也；秋之明潔，不足爲其格也；風檣陣馬，不足爲其勇也；瓦棺篆鼎，不足爲其古也；時花美女，不足爲其色也；荒國陊殿，梗莽丘壟，不足爲其怨恨悲愁也；鯨呿鼇擲，牛鬼蛇神，不足爲其虛荒誕幻也。」

〔三〇〕「俄如奇兵出不意」二句：此喻詩之奇思，如著鎧甲、執刀槍之戰陣奇兵。　鐵衣：鎧甲。李白從軍行：「百戰沙場碎鐵衣。」

〔三一〕「細窺如春在花柳」二句：此喻詩之華麗，如春日花開柳發。法華經合論卷一：「春在萬物，大如山川，細如毫忽，繁如草木，妙如葩葉，纖穠横斜，深淺背向，雖不一，而其明秀艷麗之色，隨物具足，無有間限。」

〔三二〕「魂驚豪氣立三髮」二句：此喻詩之豪邁。　風檣：乘風之帆船。李賀集序：「風檣陣馬，不足爲其勇也。」此化用其意。　龍驤：大船。晉龍驤將軍王濬爲伐吳嘗造大船，故稱。蘇軾大風留金山兩日：「龍驤萬斛不敢過，漁舟一葉從掀舞。」

〔三三〕韻如玉色映晴晝：此喻詩之温潤明朗。

〔三四〕清如碧瓦粲曉霜：此喻詩如碧瓦上清霜之高潔。山谷内集詩注卷一〇秘書省冬夜宿直寄懷李德素：「姮娥攜青女，一笑粲萬瓦。」任淵注：「穀梁傳曰：『軍人粲然皆笑。』注云：『粲然，盛笑貌。』宋景文筆記云：『粲，明也。知萬衆皆啓齒，齒既白，以粲義包之。』」

〔三五〕適如醉鄉識歸路：此喻詩之閑適。唐王績醉鄉記：「醉之鄉，去中國不知其幾千里也。其土曠然無涯，無丘陵阪險；其氣和平一揆，無晦明寒暑。其俗大同，無邑居聚落；其人甚精，無愛憎喜怒。吸風飲露，不食五穀，其寢于于，其行徐徐。與鳥獸魚鱉雜處，不知有舟車器械之用。」

〔三六〕醇如燒春浮玉觴：此喻詩之醇厚。　燒春：酒名。唐國史補卷下：「酒則有郢州之富水，烏程之若下，滎陽之土窟春，富平之石凍春，劍南之燒春。」

〔三七〕意公前身是太白：恭維其詩才如李白。宋王禹偁前賦春居雜興詩二首間半歲不復省視因長男嘉祐讀杜工部集見語意頗有相類者咨於予且意予竊之也予喜而作詩聊以自賀：「本與樂天爲後進，敢期子美是前身。」此借用其意。

〔三八〕醉貌宜披雲錦裳：新唐書李白傳：「白浮游四方，嘗乘舟與崔宗之自采石至金陵，著宫錦袍，坐舟中，旁若無人。」潮州韓文公廟碑：「天孫爲織雲錦裳。」此借用其語。

〔三九〕「芳津浣匙飯雲子」二句：極言讀其詩之美感享受。九家集注杜詩卷一八與鄠縣源大少府宴渼陂：「飯抄雲子白，瓜嚼水精寒。」注：「師云：漢武帝鍊丹成，以赤者爲桃實，白者爲雲子。趙云：雲子指言菰米飯也。西陂中則有菰矣。宋玉云：『主人女炊香菰之飯。』惟菰米之香滑潔白，然後足以當雲子之譬。」

〔四〇〕寧論結髮翰墨場：蘇轍蘇頌再免左丞不許不允詔二首之一：「結髮翰墨之場，白首忠信之節。」見本集卷六贈周廷秀注〔一二〕。

〔四一〕酸寒島可無足道：謂唐詩人賈島與詩僧無可之詩寒酸苦吟，無足稱道。元方回瀛奎律髓卷四七釋梵類僧無可廢山寺評語：「無可稱賈島爲從兄，詩遠不及之，而世人多稱爲島可，何耶？可之詩惟『高杉殘子落，深井凍痕生』及『聽雨寒更盡，開門落葉深』爲最。」東坡詩集注卷九虔州吕倚承事年八十三讀書作詩不已好收古今帖貧甚至食不足：「吟爲蜩蛩聲，時有島可句。」王注引次公曰：「賈島、可明二人之詩，皆清而苦。」廓門注：「島，賈島。可，可明或可久。」東坡詩十九卷：『從今島可是詩奴。』注：『島，賈島。可，即可明。』同二十一卷，有過祥符僧可久房詩。」鍇按：東坡詩集注謂「可，即可明」，其誤有二：一是無可爲賈島從弟，且詩風相近，故島可齊名。若謂可明，則當與賈島並稱「島明」，不得稱「島可」。二是唐詩僧有可朋，而無可明，「明」乃涉形近而誤。廓門既承其說，又增「可」或爲可久之誤。

〔四二〕坐令籍湜仆且僵：潮州韓文公廟碑：「汗流籍湜走且僵。」謂韓愈之成就令張籍、皇甫湜望塵莫及。此借用其語意。新唐書韓愈傳：「至其徒李翺、李漢、皇甫湜從而效之，遽不及遠甚。從愈游者，若孟郊、張籍，亦皆自名於時。」

〔四三〕古錦纏肺腸：李白冬日於龍門送從弟京兆參軍令問之淮南覲省序：「常醉目吾曰：『兄心肝五藏皆錦繡耶，不然，何開口成文，揮翰霧散？』」

〔四四〕耿不寐：詩邶風柏舟：「耿耿不寐，如有隱憂。」毛傳：「耿耿，猶儆儆也。」朱熹集傳：「耿耿，小明，憂之貌也。」

〔四五〕曳履：拖曳步履，形容閑暇從容。

〔四六〕病鶴長側腦：語本蘇軾宿望湖樓再和：「君來試吟詠，定作鶴頭側。」

〔四七〕韻險：詩韻險僻難押，即險韻。蘇軾次韻舒堯文祈雪霧豬泉：「怪詞欲逼龍飛起，險韻不量吾所及。」　怳疑登太行：喻詩韻之險如太行之路。白居易太行路：「太行之路能摧車，若比人心是坦途。」

〔四八〕襟量：氣度，氣量。　懸知：料想，預知。　攫攘：爭奪竊取。

〔四九〕吾恐斯文將斷絶：論語子罕：「子畏於匡，曰：『文王既没，文不在兹乎？天之將喪斯文也，後死者不得與於斯文也。天之未喪斯文也，匡人其如予何？』」

〔五〇〕長哦披髮下大荒：潮州韓文公廟碑：「翩然被髮下大荒。」韓愈雜詩：「翩然下大荒，被髮騎麒麟。」山海經大荒西經：「大荒之中，有山名大荒之山，日月所入。」廓門注：「『披』當作『被』。」錯按：「披」同「被」。

〔五一〕犯矢石：冒矢石而攻城，喻兒曹輩勉力爲詩，參與詩戰。語本韓非子難二。參見本集卷三次韻葉集之同秀實敦素道夫游北山會周氏書房注〔一八〕。

〔五二〕洪鐘何異施莛芒：喻欲與之抗衡者，無異於以草莖撞鐘，難以發聲，可謂自不量力。洪鐘喻「公」之詩，莛芒喻兒曹之詩。莛：草莖。漢書東方朔傳：「語曰『以筦闚天，以蠡測海，以莛撞鐘』，豈能通其條貫，考其文理，發其音聲哉！」顔師古注引文穎曰：「謂槀莛也。」文選卷四五東方朔答客難作「以筳撞鐘」，李善注：「説苑：趙襄子謂子路曰：『吾嘗問孔子曰：先生事七十君，無明君乎？孔子不對。何謂賢邪？』子路曰：『建天下之鳴鐘，撞之以筳，豈能發其音聲哉？』」鍇按：説文艸部：「莛，莖也。从艸，廷聲。」説文竹部：「筳，維絲筦也。从竹，廷聲。」莛、筳二字本不同。然韓愈答張徹曰：「微誠慕横草，瑣力摧撞莛。」又醉留東野曰：「東野不回頭，有如寸筳撞巨鐘。」廓門注：「愚曰：『筳』、『莛』通用也。」其説甚是，蓋古籍中「艸」頭與「竹」頭常混用。

〔五三〕「公如珠玉在淵石」二句：文選卷一七陸機文賦：「石韞玉而山輝，水懷珠而川媚。」李善注：「譬若水石之藏珠玉，山川爲之輝媚也。孫卿子曰：『玉在山而木潤，淵生珠而岸不枯。』」

〔五四〕「讀其詩律似仙曲」二句：杜甫贈花卿：「此曲只應天上有，人間能得幾回聞。」此化用其意。

〔五五〕未皇：即未遑，無暇顧及。

〔五六〕「詩成氣焰如項籍」二句：史記淮陰侯列傳：「請言項王之爲人也。項王喑噁叱咤，千人皆廢。」廓門注：「項籍，當作項羽。」鍇按：史記項羽本紀：「項籍者，下相人也，字羽。」惠洪不誤。

〔五七〕萬回歌舞聊佯狂：宋高僧傳卷一八唐虢州閿鄉萬迴傳：「釋萬迴，俗姓張氏，虢州閿鄉人也。年尚弱齡，白癡不語，父母哀其濁氣。爲鄰里兒童所侮，終無相競之態。然口自呼『萬迴』，因爾字焉。且不言寒暑，見貧賤不加其慢，富貴不足其恭，東西狂走，終日不息。或笑或哭，略無定容，口角恒滴涎沫，人皆異之。不好華侈，尤少言語，言必讖記，事過乃知。」

〔五八〕盤珠豈有影迹露：語本杜牧孫子注序：「猶盤中走丸。丸之走盤，横斜圓直，計於臨時，不可盡知。其必可知者，是知丸不能出於盤也。」惠洪好用此喻。參見本集卷二次韻君武中秋月下注〔八〕。

〔五九〕霧豹不欲文彩彰：劉向列女傳卷二陶答子妻：「妾聞南山有玄豹，霧雨七日而不下食，何也？欲以澤其毛而成文章也，故藏而遠害。」參見本集卷四大方寺送祖超然見道林方等禪師注〔七〕。

〔六〇〕邂后：即邂逅，不期而遇。參見本集卷四余所居寺前有南澗澗下淺池每至其上未嘗不誦柳子厚南澗詩又恨東坡不和乃和示超然注〔九〕。

〔六一〕氣岸：氣概，意氣。梁書張充傳：「氣岸疏凝，情塗狷隔。」許子將：後漢書許劭傳：「許劭字子將，汝南平輿人也。少峻名節，好人倫，多所賞識。……故天下言拔士者，咸稱許、郭（太）。」

〔六二〕霜須瘴面一破衲：此自言晚年相貌及穿著。惠洪以流放海南，面容嘗受瘴氣侵襲，故於詩中每自稱「瘴面」。如本集卷四次韻彭子長劉園見花：「瘴面敢辭增唾痕？」同卷余自太原還匡山道中逢澤上人與至海昏山店有作：「堨來唾痕餘瘴面。」卷五和曾逢原試茶連韻：「霜須瘴面豁齒牙。」卷七贈鄒處士：「霜須瘴面情閒暇。」卷一二偶書寂音堂壁三首之三：「霜須瘴面老垂垂。」卷一六宿芙蓉峰書方丈壁三首其二：「赤髭病客煙瘴面。」皆可互證。

底本此句作「霜鬢須面一破笑」，「須面」非其特有相貌，本集無他例，義不勝，故今從他本。

〔六三〕談江鄉：蘇軾眉州遠景樓記：「而大家顯人，以門族相上，推次甲乙，皆有定品，謂之江鄉。非此族也，雖貴且富，不通婚姻。」此借以喻貴賤不同調。

〔六四〕「茲游正類羊叔子」二句：晉書羊祜傳：「祜樂山水，每風景，必造峴山，置酒言詠，終日不倦。嘗慨然歎息，顧謂從事中郎鄒湛等曰：『自有宇宙，便有此山。由來賢達勝士，登此遠望，如我與卿者多矣！皆湮滅無聞，使人悲傷。如百歲後有知，魂魄猶應登此也。』湛曰：『公德冠四海，道嗣前哲，令聞令望，必與此山俱傳。至若湛輩，乃當如公言耳。』」

次韻曾英發兼簡若虛〔一〕

大曾秀發如層顛，小曾秋水隨方圓。二豪說詩氣曠（壙）逸㊀〔二〕，而我老坐如蹲猿〔三〕。弟兄駿氣驥墮地〔四〕，自憐老欲蠶三眠〔五〕。一庵收身萬事外〔六〕，但有壞衲長堆肩。會看連璧登集□㊁〔七〕，腰間纍纍金印懸〔八〕。分緣自是公家事〔九〕，安知不秉卿相權㊂。平生忠義要活國〔一〇〕，濃笑東川無杜鵑〔一一〕。古城野寺□□□㊃，白灰已燼餘凝烟〔一二〕。瘴痾未損方曲臂，靜如鴻鶴□□攣㊄。清詩寄我忽驚矍〔一三〕，秀對白鷗春水前〔一四〕。長哦曳履□□□㊅，餘韻發越鳴朱絃〔一五〕。坐令萬象受控勒〔一六〕，知君有筆真如椽〔一七〕。細看字字有根蒂〔一八〕，滿掬明珠誰爲穿〔一九〕。詩壇（檀）從此不□□㊆，受降君已臨中堅〔二〇〕。

【校記】

㊀曠：原作「壙」，誤，今據四庫本、武林本改。

㊁□：闕一字。武林本作「賢」，天寧本作「地」。

㊂相權：二字闕，據廓門本、寬文本、武林本補。天寧本作「夫難」，出韻，係妄補。

㊃□□□：三字闕。天寧本作「香爐裏」，係妄補。

㊄□□：二字闕。武林本作「就拘」，天寧本作「相倦」，意不通，係妄補。

㊅□□□：三字闕。天寧本作「吐佳句」，係妄補。

㊆壇：原作「檀」，誤，今據四庫本、武林本改。□□：二字闕。武林本作「敢詡」，天寧本作「休息」。

【注釋】

〔一〕宣和七年作於湘陰縣。曾英發、若虛，兄弟二人均不可考。王庭珪與曾氏兄弟唱和甚多，盧溪文集卷一四有和曾英發見寄二首、和曾若虛、再次曾英發，卷一五有次韻送别曾英發，卷一八有和曾英發見訪惠詩二首、别後再和一首，卷一九有次韻曾英發，可參見。

〔二〕二豪：廓門注：「二豪出酒德頌。」鍇按：文選卷四七劉伶酒德頌：「二豪侍側焉，如蜾蠃之與螟蛉。」李善注：「二豪，公子、處士也。」即前文所言「貴介公子，搢紳處士」。此借指英發、若虛兄弟。　曠：底本作「壙」。廓門注：「『壙』當作『曠』歟？」其説甚是。鍇按：「壙」同「曠」，有空闊、久遠、廢棄義，如漢書韋賢傳附韋玄成傳：「五世壙僚，至我節侯。」顔師古注引應劭曰：「自孟至賢五世無官。壙，空也。」漢書外戚傳上孝武李夫人傳：「託沈陰以壙久兮，惜蕃華之未央。」顔師古注：「壙與曠同。」然「壙」無「曠」之光明爽朗義，故今據四庫本改。

〔三〕蹲猿：語本杜甫東屯月夜：「暫睡想猿蹲。」已見前注。

〔四〕駿氣驥墮地：以初生駿馬喻少年英俊，超羣絶倫。山谷詩集注卷四次韻答邢敦夫：「渥注騏驎兒，墮地志千里。」任淵注：「傅玄豫章行：『男兒當門户，墮地自生神。』」此借用。東坡作王大年哀詞云：『驥墮地走，虎生而斑。』」

〔五〕蠶三眠：喻老倦之態。蘇軾吳子野絶粒不睡過作詩戲之芝上人陸道士皆和予亦次其韻：「獨鶴有聲知半夜，老蠶不食已三眠。」參見本集卷二高安會諒師出諸公所惠詩求予爲賦用祖原韻注〔一三〕。

〔六〕一庵收身萬事外：蘇軾龜山：「身行萬里半天下，僧卧一庵初白頭。」此化用其意。

〔七〕連璧：並列之美玉，本集常以喻并美之兄弟。已見前注。　集□：武林本作「集賢」，然此處不當押韻，俟考。

〔八〕腰間纍纍金印懸：漢書佞幸傳石顯傳：「顯與中書僕射牢梁、少府五鹿充宗結爲黨友，諸附倚者得寵位。民歌之曰：『牢邪石邪？五鹿客邪？印何纍纍，綬若若邪？』」顏師古注：「纍纍，重積也。」

〔九〕分緣自是公家事：謂其自有爲官府作事之緣分，即做官之分。　分緣：猶言緣分。　公家事：山谷外集詩注卷一一登快閣：「癡兒了却公家事。」史容注：「生子癡，了官事，官事未易了也。了事正作癡，復爲快耳。見晉傅咸傳。」此借用其語。

〔一〇〕活國：使國活，猶救國。南史王珍國傳：「高帝手敕云：『卿愛人活國，甚副吾意。』」杜甫贈崔十三評事公輔：「活國名公在，拜壇羣寇疑。」黄庭堅送范德孺知慶州：「平生端有活國計，百不一試薶九京。」

〔一一〕濃笑：大笑。李賀唐兒歌：「東家嬌娘求對值，濃笑書空作唐字。」　東川無杜鵑：喻指地方官員未能效忠皇室。杜甫杜鵑：「西川有杜鵑，東川無杜鵑。涪萬無杜鵑，雲安有杜鵑。」蘇軾東坡志林卷九：「原子美之意，類有所感，託物以發者也，亦六義之比興、離騷之法歟！按博物志：杜鵑生子，寄之他巢，百鳥爲飼之。胡江東所謂『杜宇曾爲蜀帝王，化禽飛去舊城荒』是也。且禽鳥之微，知有尊，故子美詩云：『重是古帝魄。』又云：『禮若奉至尊。』子美蓋譏當時之刺史，有不禽鳥若也。唐自明皇以後，天步多棘，刺史能造次不忘於君者，可得而致也。嚴武在蜀，雖橫斂刻薄，而實資中原，是『西川有杜鵑』耳。其不虔王命，負固以自抗，擅軍旅，絶貢賦，如杜克遜在梓州，爲朝廷西顧憂，是『東川無杜鵑』耳。」

〔一二〕白灰已燼餘凝烟：喻年老心灰意冷。蘇軾李公擇過高郵見施大夫與孫莘老賞花詩：「我老心已灰，空煩扇餘燼。」此化用其意。

〔一三〕驚矍：猶驚視。蘇軾湖上夜歸：「睡眼忽驚矍，繁燈鬧河塘。」

〔一四〕白鷗春水前：喻詩品高潔。黄庭堅呈外舅孫莘老二首其一：「五湖春水白鷗前。」此借用其語。參見本集卷三黄魯直南遷艤舟碧湘門外半月未遊湘西作此招之注〔六〕。

〔一五〕餘韻發越鳴朱絃：形容其詩餘韻悠長。禮記樂記：「清廟之瑟，朱弦而疏越，壹倡而三歎，有遺音者矣。」

〔一六〕萬象受控勒：謂萬象爲詩人所駕馭、控制。本集甚多此類描寫，如卷一贈許邦基：「欲驅清景入秀句，萬象奔趨不敢後。」龍安送宗上人游東吴：「約束萬象如驅奴。」卷七次韻曾運句游山：「詩成萬象在掌握。」次韻見贈：「約束萬象閑揮灑。」

〔一七〕筆如椽：晉書王珣傳：「珣夢人以大筆如椽與之。既覺，語人曰：『此當有大手筆事。』俄而帝崩，哀册謚議，皆珣所草。」

〔一八〕根蔕：此指字詞之出處依據。冷齋夜話卷四西崑體：「詩到李義山，謂之文章一厄。以其用事僻澀，時稱西崑體。然荆公晚年亦或喜之，而字字有根蔕。」蔕，同蒂。

〔一九〕滿掬明珠：喻詩句字字精美。山谷詩集注卷一七次蘇子瞻和李太白潯陽紫極宫感秋詩韻追懷太白子瞻：「不見兩謫仙，長懷倚修竹。行遶紫極宫，明珠得盈掬。」任淵注：「老杜詩：『道州手札適復至，紙長要自三過讀。盈把那須滄海珠，入懷本倚崑山玉。』禮記曰：『受珠玉者以掬。』詩曰：『不盈一掬。』」

〔二〇〕受降君已臨中堅：此乃以戰喻詩，謂其詩足可令對手降服，居詩壇中軍將最尊之位。後漢書光武帝紀：「光武乃與敢死者三千人，從城西水上衝其中堅。」李賢注：「凡軍事，中軍將最尊，居中以堅鋭自輔，故曰中堅也。」

復次元韻〔一〕

君家廬嶽蒼崖顛〔二〕，睡足茗盌浮輕圜〔三〕。十年不歸空蕙帳，夜鶴哀怨驚曉猿〔四〕。竭來湘尾寄城寺〔五〕，夏簟清涼便晝眠〔六〕。扣門剥啄誰過我〔七〕？上騰火色仍鳶肩〔八〕。軒然辯論雜今古，不覺前席心旌懸〔九〕。以身狥國愛子布，塞門以土推孫權㊀〔一〇〕。□云詩窮少陵老㊁，飢寒正坐拜杜鵑〔一一〕。遥知鈴齋賓謁少㊂〔一二〕，□□紫硯浮松烟㊃〔一三〕。作詩寄我對岑寂，爲散頑麻雙脚攣〔一四〕。弟兄高才當濟世，會看笑揖人主前。嗟余百念已灰冷〔一五〕，倦易斂翼爲虚弦〔一六〕。粥魚齋鼓日課辦〔一七〕，仰屋卧看三條椽〔一八〕。管寧木牀五十載，好事空傳膝處穿〔一九〕。何如斂目十小劫㊄，破樹身同金石堅㊅〔二〇〕。

【校記】

㊀權：原闕，今據寬文本、廓門本、武林本補。天寧本作「堅」，乃妄補。

㊁□：原闕。天寧本作「雖」。

㊂少：原闕，今補。天寧本作「主」，係妄補。參見注〔一一〕。

㊃□□：二字闕。天寧本作「贈以」。

㊄小劫：二字原闕，今據寬文本、廓門本補。天寧本作「年坐」。

㊅破：原闕，今據寬文本、廓門本補。天寧本作「道」。

【注釋】

〔一〕宣和七年夏作於湘陰縣。此詩爲次韻前次韻曾英發兼簡若虛而作。

〔二〕廬嶽：廬山，亦名匡山。本集卷三有南豐曾垂綬天性好學余至臨川欲見以還匡山作此寄之，據詩題「還匡山」之語，曾垂綬似家住廬山。此言「君家廬嶽蒼崖顛」，豈英發、若虛爲垂綬之子乎？俟考。

〔三〕茗盌浮輕圜：蘇軾和蔣夔寄茶：「臨風飽食甘寢罷，一甌花乳浮輕圓。」此用其語意。圜：

同「圓」。

〔四〕「十年不歸空蕙帳」二句：戲謂其十年不歸隱廬山，爲山中鶴、猿所怨。語本南朝齊孔稚圭北山移文：「蕙帳空兮夜鶴怨，山人去兮曉猿驚。」

〔五〕揭來：猶言爾來。湘尾：湘江下游，代指湘陰縣。

〔六〕夏簟清涼便晝眠：蘇舜欽夏意：「別院深深夏簟清，石榴開遍透簾明。樹陰滿地日當午，夢覺流鶯時一聲。」

〔七〕剥啄：叩門聲。韓愈剥啄行：「剥剥啄啄，有客至門。」蘇軾次韻趙令鑠惠酒：「門前聽剥啄，烹魚得尺素。」

〔八〕上騰火色仍鳶肩：恭維其相貌如唐名臣馬周，必能飛黄騰達。新唐書馬周傳：「岑文本謂所親曰：『馬君論事，會文切理，無一言可損益，聽之纚纚，令人忘倦。蘇、張、終、賈，正應此耳。然鳶肩火色，騰上必速，恐不能久。』」蘇軾贈善相程傑：「火色上騰雖有數，急流勇退豈無人。」後漢書梁冀傳：「冀字伯卓。爲人鳶肩豺目。」李賢注：「鳶，鴟也，鴟肩上竦也。」

〔九〕前席：移坐向前欲接近。史記商君列傳：「衛鞅復見孝公。公與語，不自知厀之前於席也。」漢書賈誼傳：「文帝思賈誼，徵之。至，入見，上方受釐，坐宣室。上因感鬼神事而問鬼神之本，誼具道所以然之故。至夜半，文帝前席。」心旌懸：喻心神不定。語本戰國策楚策一：「寡人卧不安席，食不甘味，心摇摇如懸旌，而無所終薄。」

〔一〇〕「以身狥國愛子布」二句：三國志吳書張昭傳：「權以公孫淵稱藩，遣張彌、許晏至遼東拜淵爲燕王。昭諫曰：『淵背魏懼討，遠來求援，非本志也。若淵改圖，欲自明於魏，兩使不反，不亦取笑於天下乎？』權與相反覆，昭意彌切。權不能堪，案刀而怒曰：『吳國士人入宮則拜孤，出宮則拜君，孤之敬君，亦爲至矣，而數於衆中折孤，孤嘗恐失計。』昭熟視權曰：『臣雖知言不用，每竭愚忠者，誠以太后臨崩，呼老臣於牀下，遺詔顧命之言故在耳。』因涕泣橫流。權擲刀致地，與昭對泣。然卒遣彌、晏往。昭忿言之不用，稱疾不朝。權恨之，土塞其門，昭又於内以土封之。淵果殺彌、晏。權數慰謝昭，昭固不起，權因出過其門呼昭，昭辭疾篤。權燒其門，欲以恐之，昭更閉户。權使人滅火，住門良久，昭諸子共扶昭起，權載以還宫，深自克責。昭不得已，然後朝會。」　狥國：爲國捐軀。狥：通「殉」。

〔一一〕「□云詩窮少陵老」二句：九家集注杜詩卷一一杜鵑：「我昔游錦城，結廬錦水邊。有竹一頃餘，喬木上參天。杜鵑暮春至，哀哀叫其間。我見常再拜，重是古帝魂。」趙次公注：「至若常再拜而重之，不能拜而淚下，則尊君親上之意。」蘇軾王定國詩集叙：「古今詩人衆矣，而杜子美爲首，豈非以其流落飢寒，終身不用，而一飯未嘗忘君也歟？」此反其意，謂杜甫因拜杜鵑而致飢寒。

〔一二〕鈴齋：即鈴閣，指州郡長官辦公處。因其警戒嚴密，入内須得掣鈴索打鈴以通報。參見本集卷一三與蔡揚州注〔四〕。　賓謁少：底本「少」字闕。鍇按：林逋送遵式師謁金陵王相國：「高牙熊軾隱鈴齋，棠樹陰濃長緑苔。丞相望尊賓謁少，清言應喜道人來。」此化用其意。本集卷六次韻周達道運句二首之二：「職嚴賓謁少。」卷九題使臺後圃八首賞趣堂：「地嚴賓謁少。」均作「少」，今據補。

〔一三〕松烟：酈門注：「纂要：『松烟，墨也。』初學記曰：『墨出青松烟。』」

〔一四〕頑麻：麻木，動作遲鈍。唐庚冬雷行：「龍蛇尺蠖踞已久，亦欲奮迅舒頑麻。」　頑：麻木。蘇軾送張天覺得山字：「我亦老且病，眼花腰脚頑。」　攣：卷曲不能伸展。

〔一五〕百念已灰冷：蘇軾送參寥師：「上人學苦空，百念已灰冷。」此借用其語。

〔一六〕倦易斂翼爲虚弦：謂己嘗遭流放，如驚弓之鳥，心有餘悸。戰國策楚策四：「更羸謂魏王曰：『臣爲王引弓虚發而下鳥。』魏王曰：『然則射可至此乎？』更羸曰：『可。』有間，雁從東方來，更羸以虚發下之。魏王曰：『然則射可至此乎？』更羸曰：『此孽也。』王曰：『先生何以知之？』對曰：『其飛徐而鳴悲。飛徐者，故瘡痛也；鳴悲者，久失羣也。故瘡未息而驚心未去也，聞弦音引而高飛，故瘡隕也。』」參見本集卷四次韻彭子長劉園見花注〔一二〕。

〔一七〕粥魚齋鼓日課辦：謂每日功課便是聽粥鼓吃齋飯，即飽食終日無所事事之意。　粥魚：即木魚，刳木爲魚形，中鑿空，懸於廊下。僧寺於粥飯時敲擊之。黄庭堅洪州分寧縣雲巖禪院經藏記：「居數月，粥魚齋鼓，隱隱谹谹，聞者動心。」

〔一八〕三條椽：禪堂中每僧所坐卧處略與三條屋椽寬度相等。明覺禪師語録卷四：「文殊起佛見法見，貶向二鐵圍山。衲僧起佛見法見，列在三條椽下。」圓悟佛果禪師語録卷一六示一書記：「向三條椽下，死却心猿，殺却意馬，直使如枯木朽株頑石頭相類。」

〔一九〕「管寧木牀五十載」二句：三國志魏書管寧傳裴松之注引高士傳曰：「管寧自越海及歸，常坐一木榻，積五十餘年，未嘗箕股，其榻上當膝處皆穿。」

〔二〇〕「何如斂目十小劫」二句：惠洪雲巖寶鏡三昧：「要合古轍，請觀前古。佛法垂成，十劫觀樹。」注：「法華經曰：『佛告諸比丘，大通智勝佛，壽五百四十萬億那由他劫。其佛本坐道場，破魔軍已，垂得阿耨多羅三藐三菩提，而諸佛法不現在前。如是一小劫，乃至十小劫，結加趺坐，身心不動，而諸佛法猶不在前。爾時忉利諸天，先爲彼佛於菩提樹下敷師子座，高一由旬，佛於此座當得阿耨多羅三藐三菩提。適坐此座，時諸梵天王雨衆天花，面百由旬，香風時來，吹去萎花，更雨新者。如是不絶，滿十小劫，供養於佛，乃至滅度，常雨此花。四王諸天，爲供養佛，常擊天鼓。其餘諸天，作天伎樂，滿十小劫，至於滅度，亦復如是。諸比丘，大通智勝佛過十小劫，諸佛之法乃現在前，成阿耨多羅三藐三菩提。』宴坐十小劫，謂之垂成。過十小劫，佛法方現前。如來世尊之意深妙而著。」參見法華經合論卷三。

贈別若虛〔一〕

殘暑霽嚴威〔二〕，新涼釀歸思〔三〕。夢驚聞松聲，兩鬢到萬事〔四〕。中情怯離別，此別仍對子。追惟初識面〔五〕，寧復計有此。明朝舟洞庭〔六〕，驚浪銀山起。醉眼失湘楚，妙語淩淮泗〔七〕。我如浮水葉，遇坎當自止〔八〕。行將看荊山，歸老鹿門寺〔九〕。今不欠無言，但是欠一死〔一〇〕。淮山有奇逸，要是天下士。若問寂音老〔一一〕，煩君一舉似〔一二〕。

【注釋】

〔一〕宣和七年初秋作於湘陰縣。若虛：姓曾，已見前注。

〔二〕殘暑霽嚴威：此擬人法，謂殘暑酷熱已消除。漢書魏相傳：「相心善其言，爲霽威嚴。」顏師古注：「臣瓚曰：『此雨霽字也。霽，止也。』」黃庭堅和邢惇夫秋懷十首之一：「殘暑已俶裝，好風方來歸。」此化用其句法。

〔三〕新涼釀歸思：此亦擬人法，謂新涼喚起游子思鄉之情。釀，雙關醞釀情緒。

〔四〕兩鬢到萬事：倒裝句，猶言「萬事到兩鬢」。饒節倚松詩集卷一送彭淵才如北都：「十年困三舍，萬事到兩鬢。」此倒用其語。

〔五〕追惟：追憶，回想。

〔六〕洞庭：即湖南洞庭湖。廓門注：「一統志岳州府：『洞庭湖，在府西南。』常德府：『洞庭湖在龍陽、沅江二縣界。』長沙府有洞庭廟。」

〔七〕淮泗：淮水、泗水，泛指淮南東路一帶。錯按：若虛將赴淮南，故有此語。

〔八〕遇坎當自止：史記屈原賈生列傳載賈誼鵩鳥賦曰：「乘流則逝兮，得坻則止。」裴駰集解：「徐廣曰：『坻，一作坎。』駰案：張晏曰：『坻，水中小洲也。』」司馬貞索隱：「漢書『坻』作『坎』。按：周易坎『九二，有險』，言君子見險則止。」

〔九〕「行將看荆山」二句：廓門注：「荆山、鹿門寺，俱在襄陽府。」明一統志卷六〇襄陽府：「鹿門寺，在府城東南三十里，舊名萬壽，西晉時建。」錯按：本集卷五有予頃還自海外夏均父以襄陽別業見要使居之後六年均父謫祁陽酒官余自長沙往謝之夜語感而作一詩，此去荆山、鹿門寺，或當爲前往依舊友夏倪（均父）。

〔一〇〕但是欠一死：苕溪漁隱叢話前集卷三八：「冷齋夜話云：……（東坡）贈鄭秀才詩云：『年來萬事足，所欠惟一死。』事見梁僧史，云：『世祖宴東府，詔跋陀羅，世祖戲之曰：不負遠來，惟有一死在。跋陀羅應聲曰：貧道客食陛下三十載，恩德厚矣，所欠者一死爾。』苕溪漁隱曰：……所欠惟一死，事出北史：『劉聰時，陳休、卜崇爲人清直，素惡王沈等。侍中卜幹謂休、崇曰：王沈等勢力足以回天地，卿輩親賢孰與竇武、陳蕃？休、崇曰：吾輩年逾五十，職位已崇，惟欠一死耳。死於忠義，乃爲得所，安能俛首低眉以事閹豎乎？』此事在前，乃梁僧史用其語耳。」錯按：三國志蜀書宗預傳：「時都護諸葛瞻初統朝事，廖化過預，欲與預共詣瞻許。預曰：『吾等年逾七十，所竊已過，但少一死耳，何求於年少輩而屑屑造門邪？』」遂不往。」此事又在陳休、卜崇前。跋陀羅事見梁釋慧皎高僧傳卷三求那跋陀羅傳。

〔一一〕寂音老：惠洪自稱。

〔一二〕舉似：説與，告與，宗門習語。鎮州臨濟慧照禪師語録：「飯頭却舉似師，師云：『我爲汝勘這老漢。』」雲門匡真禪師廣録卷下：「有僧舉似師，師云：『見成公案不能折合。』」

和陳奉御游梁山〔一〕

公詩自雄放，故我甘雌伏〔二〕。韻高霜月苦〔三〕，洗盡瘴霧毒。游絲映明窗，小字爲公録。便覺春爭妍，勝氣增林麓。永懷矍鑠翁〔四〕，論兵到精熟〔五〕。子陽井底蛙〔六〕，提耳論禍福〔七〕。歸來得真主，簡易心屈服〔八〕。才高犯衆忌，薏苡致謗讟〔九〕。梁生付一笑，何必較直曲〔一〇〕。山僧亦何知，魚鼓聽齋粥。陳侯金閨彦〔一一〕，論清如屑玉〔一二〕。南游興未已，甚欲乘桴木〔一三〕。湘西獨何幸，征旆先見辱㊀。松間偶相值，論交一言足〔一四〕。雲山久乾没〔一五〕，賴此佳句贖。

【校記】

㊀征：原闕，今據寬文本、廓門本補。武林本、天寧本作「旌」。

【注釋】

〔一〕宣和年間作於長沙。　陳奉御：生平未詳。　奉御：殿中省職事官名，分隸殿中省六尚局各局，由內侍充任。從七品，序位在典御與殿中丞之下。崇寧二年二月後，尚食、尚藥、尚醞、尚衣、尚舍、尚輦局各置奉御，專掌監督本局供奉事。　梁山：在荊湖北路鼎州武陵縣，今湖南常德市。方輿勝覽卷三〇荊湖北路常德府山川：「梁山，在武陵縣北三十九里。舊名陽山。按舊注云：『陽山之女，雲夢之神，嘗以夏首秋分獻魚。』唐天寶六載始改梁山，漢梁松蘄食於此，故以名山。」廓門注：「一統志西安府：『梁山在乾州城西北五里。』」其注殊誤。

〔二〕甘雌伏：謂甘居其下。後漢書趙典傳：「（趙）溫字子柔，初爲京兆丞，歎曰：『大丈夫當雄飛，安能雌伏！』遂棄官去。」

〔三〕霜月苦：蘇軾送曾仲錫通判如京師：「玉帳夜談霜月苦。」此借其語以喻詩韻高絕。

〔四〕矍鑠翁：指馬援。後漢書馬援傳：「二十四年，武威將軍劉尚擊武陵五溪蠻夷，深入，軍沒，援因復請行。時年六十二，帝愍其老，未許之。援自請曰：『臣尚能被甲上馬。』帝令試之。援據鞍顧眄，以示可用。帝笑曰：『矍鑠哉是翁也！』遂遣援率中郎將馬武、耿舒、劉匡、孫永等，將十二郡募士及弛刑四萬餘人征五溪。」鍇按：馬援征五溪蠻於武陵，後梁松代監軍，故此因武陵梁山而憶及馬援。

〔五〕論兵到精熟：後漢書馬援傳：「又善兵策，帝常言：『伏波論兵，與我意合。』每有所謀，未嘗不用。」又曰：「援因説隗囂將帥有土崩之埶，兵進有必破之狀。又於帝前聚米爲山谷，指畫形埶，開示衆軍所從道徑往來，分析曲折，昭然可曉。帝曰：『虜在吾目中矣。』明旦，遂進軍至第一，囂衆大潰。」

〔六〕子陽井底蛙：後漢書馬援傳：「是時公孫述稱帝於蜀，囂使援往觀之。援素與述同里閈，相善，以爲既至，當握手歡如平生，而述盛陳陛衛，以延援入。……因辭歸，謂囂曰：『子陽井底蛙耳，而妄自尊大，不如專意東方。』」

〔七〕提耳論禍福：後漢書馬援傳：「帝乃召援計事，援具言謀畫。因使援將突騎五千，往來游説囂將高峻、任禹之屬，下及羌豪，爲陳禍福，以離囂支黨。」

〔八〕「歸來得真主」二句：真主謂漢光武帝。後漢書馬援傳：「建武四年冬，囂使援奉書洛陽。援至，引見於宣德殿。世祖迎，笑謂援曰：『卿遨游二帝間，今見卿，使人大慙。』援頓首辭謝，因曰：『當今之世，非獨君擇臣也，臣亦擇君矣。臣與公孫述同縣，少相善。臣前至蜀，述陛戟而後進臣。臣今遠來，陛下何知非刺客姦人，而簡易若是？』帝復笑曰：『卿非刺客，顧説客耳。』援曰：『天下反覆，盗名字者不可勝數。今見陛下，恢廓大度，同符高祖，乃知帝王自有真也。』帝甚壯之。」

〔九〕「才高犯衆忌」二句：後漢書馬援傳：「初，援在交阯，常餌薏苡實，用能輕身省慾，以勝瘴氣。南方薏苡實大，援欲以爲種。軍還，載之一車。時人以爲南土珍怪，權貴皆望之。援時方有寵，故莫以聞。及卒後，有上書譖之者，以爲前所載還，皆明珠文犀。馬武與於陵侯侯昱等，皆以章言其狀，帝益怒。援妻孥惶懼，不敢以喪還舊塋，裁買城西數畝地槀葬而已。」

〔一〇〕「梁生付一笑」二句：後漢書馬援傳：「援嘗有疾，梁松來候之，獨拜牀下，援不答。松去後，諸子問曰：『梁伯孫帝壻，貴重朝廷，公卿已下莫不憚之，大人奈何獨不爲禮？』援曰：『我乃松父友也。雖貴，何得失其序乎？』松由是恨之。耿舒與兄好時侯弇書曰：『前舒上書當先擊充，糧雖難運而兵馬得用，軍人數萬爭欲先奮。今壺頭竟不得進，大衆怫鬱行死，誠可痛惜。前到臨鄉，賊無故自致，若夜擊之，即可殄滅。伏波類西域賈胡，到一處輒止，以是失利。今果疾疫，皆如舒言。』弇得書，奏之。帝乃使虎賁中郎將梁松乘驛責問援，因代監軍。會援病卒，松宿懷不平，遂因事陷之。帝大怒，追收援新息侯印綬。」

〔一一〕金閨彥：朝廷傑出才士。文選卷一六梁江淹别賦：「金閨之諸彥，蘭台之羣英。」李善注：「金閨，金馬門也。史記曰：金門，宦者署。承明金馬，著作之庭。」張銑注：「英、彥，皆美士。」杜甫贈李白：「李侯金閨彥，脱身事幽討。」此用其語。

〔一二〕論清如屑玉：形容善清談。世説新語賞譽：「胡毋彥國吐佳言如屑，後進領袖。」晉書胡毋輔之傳：「澄嘗與人書曰：『彥國吐佳言如鋸木屑，霏霏不絶，誠爲後進領袖也。』」

〔一三〕乘桴木：論語公冶長：「子曰：『道不行，乘桴浮於海。』」此借用其語。

〔一四〕論交一言足：蘇軾次韻答孫侔：「千里論交一言足，與君蓋亦不須傾。」此借用其句。

〔一五〕乾没：猶言陸沉，喻埋没而無人知。參見本集卷三洪玉父赴官潁州會余金陵注〔一七〕。

次韻曾運（韻）句游山㊀〔一〕

夫子謫仙隱於儒，仲連太白真其徒〔二〕。栴檀林間法檀度〔三〕，翰墨場中行秘書〔四〕。譬如山川有珪璧，光被草木蒙碔砆〔五〕。又如羽毛有麟鳳，瑞照百鳥藏鶻鷂〔六〕。玉堂金馬未入手〔七〕，公不自嘆旁人吁。厭看朱門森畫戟〔八〕，暇日聊爲山水娛。下車褰衣却部曲〔九〕，縱望林壑情忻愉。朱陵洞口見落石〔一〇〕，引手匊雲跳明珠〔一一〕。詩成萬象在掌握，磨琢無玷如瑾瑜〔一二〕。旁觀十吏不駐足〔一三〕，一日萬口傳荆湖〔一四〕。南山道人紛□□㊁，摹寫磬石煩丹朱〔一五〕。歸來盡以録寄我，意句不盡情有無。爲公長哦立風檻，明月滿軒時卷舒。吾聞駿馬日千里，未遭剪拂隨鹽車〔一六〕。嗟余駑鈍世鄙笑，分甘垂耳同騾驢〔一七〕。世間安得支遁眼，畫作嘶風神駿圖〔一八〕。

【校記】

㊀運：底本作「韻」，誤，今改。

〔二〕□□：二字闕。天寧本作「紜至」。

【注釋】

〔一〕宣和七年作於湘陰縣。　曾運句：即曾通判，參見本卷和曾倅喜雨之句注〔一〕。運：底本作「韻」，涉音近而誤。運句，職事官名，爲轉運司勾當公事之簡稱，或由通判兼任。本集之周達道運句與周達道通判爲同一人，可證。

〔二〕「夫子謫仙隱於儒」二句：讚譽曾運句爲魯仲連、李太白一類人物，如仙人降謫人間，暫爲儒士。郭門注：「史記魯仲連傳曰：『魯連逃隱於海上，曰：吾與富貴而詘於人，寧貧賤而輕世肆志焉。』太白，謂李太白。」　徒：徒屬，同類之人。

〔三〕栴檀林：亦作「旃檀林」，喻指僧人聚居之處，乃寺院之尊稱，猶言叢林、禪林。法苑珠林卷九二：「如旃檀林，自相圍繞，得到比丘，賢聖爲衆。」景德傳燈録卷三〇永嘉真覺大師證道歌：「旃檀林，無雜樹，鬱密深沉師子住。」宋釋彦琪證道歌注作「栴檀林」。　法檀度：佛法之檀越，施主，以法施與人者。　檀度，亦稱檀波羅蜜，六波羅蜜之一。　檀爲布施，波羅蜜，譯曰度，謂度生死海而到涅槃彼岸之行法。　雲巖寶鏡三昧：「先聖悲之，爲法檀度。」

〔四〕行秘書：謂博聞强記之人。　語本唐劉餗隋唐嘉話卷中：「太宗嘗出行，有司請載副書以從。上曰：『不須。虞世南在此，行秘書也。』」蘇軾張競辰永康所居萬卷堂：「豈惟鄴侯三萬軸，家有世南行祕書。」

〔五〕「譬如山川有珪璧」二句：陸機文賦：「石韞玉而山輝。」蘇軾潮州韓文公廟碑：「衣被草木昭回光。」此化用其意。　碔砆：石似玉者。文選卷七司馬相如子虛賦：「碝石碔砆。」李善注引張揖曰：「碝石碔砆，皆石之次玉者。碔砆，赤地白采，葱蘢白黑不分。」參見前次韻游南嶽注〔五三〕。

〔六〕藏鶻鼯：此代指惡禽躲藏迴避。鶻，猛禽，鷙鳥。鼯，飛鼠。

〔七〕玉堂金馬：金馬門與玉堂署，本漢代學士待詔之處，宋以代稱學士院或翰林學士。歐陽修會老堂致語詩：「金馬玉堂三學士，清風明月兩閒人。」

〔八〕厭看：飽看。　朱門森畫戟：韋應物郡齋雨中與諸文士燕集：「兵衛森畫戟，燕寢凝清香。」本集屢化用其語。

〔九〕下車：謂官員到任之初。文選卷二九張平子四愁詩序：「衡下車治威嚴，能内察屬縣。」呂向注：「下車謂始至之時。」　褰衣：撩起衣裳。　部曲：指軍隊，已見前注。

〔一〇〕朱陵洞：在湖南衡山。太平寰宇記卷一一四潭州：「武陽山，衡山，一名岣嶁山。宿當翼軫，度應機衡，故曰衡山。有朱陵之靈臺，太虛之寶洞。」輿地紀勝卷五五衡州：「朱陵洞，慶曆中林槩作迎雲閣詩序曰：『此山昔謂之朱陵洞。』」方輿勝覽卷二三湖南路潭州山川：「朱陵洞，在衡山。南嶽記：『名太虛小有之天，三十六洞天中第三。』」南嶽總勝集卷上：「嶽有一洞天：南嶽衡山第三洞朱陵，太虛小有之天。」卷中：「（招仙）觀舊有遥碧閣、競秀亭、朝天壇，北二里有雪浪亭、洞真澗。瀑布自洞而出，巨石横峻，當石崖之上。有一石沼，圓若鍋釜之狀，可廣丈餘，深不可究。一派飛下如紋簾，號朱陵洞，三十六洞天之第三洞也。」

〔一一〕匊雲：雙手捧雲。匊，「掬」之古字。詩唐風椒聊：「椒聊之實，蕃衍盈匊。」鄭箋：「兩手曰匊。」

〔一二〕瑾瑜：美玉。楚辭九章懷沙：「懷瑾握瑜兮，窮不知所示。」王逸注：「瑾、瑜，美玉也。」洪興祖補注：「傳云：鍾山之玉，瑾、瑜爲良。」

〔一三〕旁覩十吏不駐足：漢書游俠傳陳遵傳：「繇是起爲河南太守。既至官，當遣從史西，召善書吏十人於前，治私書謝京師故人。遵馮几，口占書吏，且省官事，書數百封，親疏各有意，河南大驚。」

〔一四〕一日萬口傳荆湖：蘇軾謝賜燕并御書進詩：「人間一日傳萬口。」又孔長源挽詞二首之二：「詩句明朝萬口傳。」此借用其語。荆湖：此泛指荆湖南路、北路一帶。廓門注：「荆湖，荆州府、湖州府歟？」其注殊誤。

〔一五〕丹朱：赤色顏料。禮記郊特牲：「繡黼丹朱中衣，大夫之僭禮也。」孔穎達疏：「丹朱，赤也。」

〔一六〕「吾聞駿馬日千里」二句：戰國策楚策四汗明説春申君曰：「君亦聞驥乎？夫驥之齒至矣，服鹽車而上太行。蹄申膝折，尾湛胕潰，漉汁灑地，白汗交流，中阪遷延，負轅不能上。伯樂遭之，下車攀而哭之，解紵衣以冪之。驥於是俛而噴，仰而鳴，聲達於天，若出金石聲者，何也？彼見伯樂之知己也。今僕之不肖，阨於州部，堀穴窮巷，沈洿鄙俗之日久矣。君獨無意湔拔僕也？使得爲君高鳴屈於梁乎？』「湔拔」一本作「湔祓」。文選卷五五劉孝標廣絶交論：「至於顧眄增其倍價，剪拂使其長鳴。」李善注：「湔拔、剪拂，音義同也。」錯按：湔拔同湔祓，洗滌去惡。剪拂，修整擦拭。均謂去除驥身之漉汁汗漬，以喻推薦，薦拔。

〔一七〕分甘垂耳同騾驢：俯首帖耳，同騾驢分享食物。垂耳：形容馴服之貌。賈誼弔屈原賦：「驥垂兩耳，服鹽車兮。」

〔一八〕「世間安得支遁眼」二句：世説新語言語：「支道林嘗養數匹馬，或言道人畜馬不韻，支曰：『貧道重其神駿。』」支道林即支遁，東晉名僧。杜甫天育驃圖歌：「遂令大奴守天育，別養驥子憐神駿。」韋諷録事宅觀曹將軍畫馬圖：「可憐九馬爭神駿，顧視清高氣深穩。」

次韻游南嶽題石橋〔一〕

飛梯上雲雨，猿臂攀層巖〔二〕。天風吹鬢須，玆行非人間。幽泉不知處，但聞鳴珮環。嶮艱硋清快〔三〕，洄渦走平寬。□□落萬仞㊀，濺雪驚潺潺。懸崖忽見寺，白晝方掩關。境□□遐想㊁，坐久生清寒。山空寂無人，鳥啼花不言〔四〕。雲披獻青嶂㊂〔五〕，風檻爭卷簾。

【校記】

㊀□□：二字闕。天寧本作「澗壑」，乃妄補。

㊁□□：二字闕。天寧本作「令人」，乃妄補。

㊂青：寬文本、廓門本謂一本作「千」。

【注釋】

〔一〕約宣和七年作於潭州。此詩疑亦次韻曾運句。石橋：南嶽總勝集卷上：「雲居峰：下有雲居寺、石橋、凝碧亭、金牛路、退道坡，與南臺比鄰，當游山之大路也。」卷中：「雲居寺：在廟西北，登山七里，馬氏所葺。有凝碧亭，面勢陡絕，下瞰嶽南之境，一覽俱盡。爲游客頓歇之所，前代時人吟詠極多。惟畢田云：『四面山屏疊萬重，古嵐濃翠鎖寒空。清秋獨倚危軒立，身在琉璃世界中。』又廖凝一聯云：『遠水微茫轉，前山次第卑。』觀者歎服。寺廢已久，近復興之。寺前石上有卧牛跡，舊云金牛跡，隱然可見。石之下有石磴百餘級，隋開皇中，僧神拱鑿開。近日復創橋屋欄楯，便於登陟，今亦廢矣。故毛季子有詠石橋詩略云：『獨上雲梯三百級，回眸失笑萬山低。』又名石橋寺。前有退道坡，極峻，道人至此，力疲不能進，因以名之。昔賢詩末句云：『游人須努力，勝境在雲巔。』」

〔二〕猿臂攀層巖：謂如猿猴用臂攀援而上，狀山之陡峭。參見本集卷六次韻游方廣注〔六〕。

〔三〕硋：同「礙」。

〔四〕「山空寂無人」二句：蘇軾十八大阿羅漢贊：「空山無人，水流花開。」此化用其意。

〔五〕雲披獻青嶂：山谷詩集注卷一九勝業寺悦亭：「苦雨已解嚴，諸峰來獻狀。」任淵注：「王介甫詩：『木落岡巒因自獻。』」卷二〇贈惠洪：「眼横湘水暮，雲獻楚天高。」任淵注：「王介甫云：『暮林摇落獻南山。』下句頗采其意，言亂雲脱壞，呈露天宇之高明。」此借用其語意。

和游南臺〔一〕

筍輿翩追隨〔二〕，頓撼雜摇兀〔三〕。蒙騰穿聚落〔四〕，超放上巉絶〔五〕。山腰轉巇嶮〔六〕，部曲失行列。身世逐雲輕，眼力與天闊。撞鐘千指集〔七〕，樓殿寄林末。同來久倦局㊀〔八〕，相向懷抱豁。市朝昏利欲，走鹿不忘渴〔九〕。公獨蜕塵埃，風蟬妙脱骨〔一〇〕。盤桓拊孤松〔一一〕，松粉落金屑〔一二〕。誰卷青帝雲〔一三〕，推出銀蟾闕〔一四〕。

【校記】

㊀倦：武林本作「蜷」。

【注釋】

〔一〕約宣和七年作於潭州。此詩亦當唱和曾運句。南臺：指衡山南臺寺。南嶽總勝集卷中：「南臺禪寺：在廟之北，登山十里。梁天監中，高僧海印尊者喜其山秀地靈，結菴而居，號曰南臺。又至唐天寶初，有六祖之徒希遷禪師游南寺，見有石狀如臺，乃菴居其地，故寺號南臺。唐御史劉軻所撰碑並有焉。遷既殁後，遂塔于山之蹠，謚曰無際，見相。二碑尚存，裴休書，字畫遒勁。或云非裴書，然亦可觀也。龐居士嘗來請益于師。殿之下有石，乃丹霞削髮處。又有石號飛羅漢，世傳神運倉，今遺基尚在。石頭和尚著參同契、草菴歌，善圓師刻于石。寺西有甘泉，透入僧厨，名之洗鉢池。我朝太宗、真宗、仁宗三聖御書百餘卷。石曼卿書『釋迦文佛』四字在寺前石崖上。潭帥張茂宗詩云：『煙蘿深處南臺寺，景象觀來地最高。撥土誰開諸洞上，層樓人架半崖牢。石橋過處數千仞，松徑行時幾萬遭。到此心生清淨外，峰頭閑看戲猨猱。』」

〔二〕筍輿：竹輿，竹轎。王安石誰將：「西崦東溝從此好，筍輿追我莫辭遥。」

〔三〕頓撼：摇動顛簸。韓愈送無本師歸范陽：「獰飇攪空衢，天地與頓撼。」摇兀：摇盪。郭祥正雨霽看小山：「范蠡更閑吾不愛，風波摇兀釣魚船。」韓駒飲酒次人韻：「何當酒拍浮，恣聽舟摇兀。」

〔四〕蒙騰：猶瞢騰，懵懂，神志不清貌。陶穀清異録卷下酒漿麴世界：「酒天虚無，酒地綿邈，酒國安恬，無君臣貴賤之拘，無財利之圖，無刑罰之避，陶陶焉，蕩蕩焉，其樂可得而量也。轉而入於飛蝭都，則又蒙騰浩渺而不思覺也。」

〔五〕巉絶：險峻陡峭之巖。蘇軾和孫同年卞山龍洞禱晴：「梯山上巉絶。」

〔六〕山腰轉：蘇軾與毛令方尉游西菩寺二首之二：「路轉山腰足未移。」　巇嶮：猶嶮巇，險峻崎嶇。唐陸龜蒙彼農：「世路巇嶮，淳風蕩除。」

〔七〕撞鐘千指集：謂撞鐘時衆僧聚集。一人十指，千指爲百人。蘇軾送金山鄉僧歸蜀開堂：「撞鐘浮玉山，迎我三千指。」此借用其語意。參本集卷三再游三峽贈文上人注〔五〕。

〔八〕倦局：拳曲，蜷曲。倦，通「蜷」。

〔九〕走鹿不忘渴：喻愚癡凡夫爲虛僞妄想所惑。楞伽經卷二：「譬如羣鹿，爲渴所逼，見春時炎，而作水想，迷亂馳趣，不知非水。」隋釋智顗摩訶止觀卷一：「集既即空，不應如彼渴鹿馳逐陽焰；苦既即空，不應如彼癡猴捉水中月。」已見前注。

〔一〇〕「公獨蜕塵埃」二句：喻其潔身高蹈，不同流合污。史記屈原賈生列傳：「自疏濯淖汙泥之中，蟬蜕於濁穢，以浮游塵埃之外。」

〔一一〕盤桓拊孤松：陶淵明歸去來兮辭：「撫孤松而盤桓。」此化用其語意。拊：撫，撫摩。

〔一二〕松粉落金屑：蘇軾次韻樂著作野步：「仰看落蕊收松粉。」

〔一三〕青帝：五天帝之一，爲司春之神，位於東方，亦稱蒼帝、木帝。史記封禪書：「秦宣公作密畤於渭南，祭青帝。」此代指東方。

〔一四〕銀蟾闕：代指明月。蓋古傳月中有蟾蜍，故稱。二句謂雲開月出。

和游福嚴〔一〕

雲開見樓閣，峰頂知有寺。衆峰讓高寒，蓋是出其類〔二〕。媧山下僧譚〔三〕，笑走魔外戲〔四〕。忽於一毫端，集此大千界〔五〕。曹溪正脈深〔六〕，不斷蓋如帶〔七〕㊀。流而至衡霍〔八〕，百川蓄匯澮〔九〕。迺知般若臺〔一〇〕，自昔分燈地〔一一〕。清游亦不惡〔一二〕，俯仰憶前事。寶構出灰燼〔一三〕，人逝時亦異。永懷韓潮州，夜與千峰對〔一四〕。仙去三百年〔一五〕，音容浮如在㊁。妙語落人間，斷碑卧榛檜。公亦潮州□㊂，□勢嗣已似㊃。低摧夙昔心，慘憺經游意。林高句天成，□□鄙組繪〔一六〕㊄。刻之蒼崖陰，與山增勝槩〔一七〕。

【校記】

㊀ 蓋：石倉本作「渺」。

㊁ 浮：武林本作「尚」，石倉本作「恍」。

㊂ □：原闕，天寧本作「裔」。

㊃ □：原闕，天寧本作「聲」。

㊄ □□：二字闕，天寧本作「容貌」。

【注釋】

〔一〕約宣和七年作於潭州。此詩亦當唱和曾運句。　福嚴：南嶽衡山福嚴寺。參見本集卷三游南嶽福嚴寺注〔一〕。

〔二〕「衆峰讓高寒」二句：謂衡山極高極寒，於衆峰中出類拔萃。孟子公孫丑上：「聖人之於民，亦類也。出於其類，拔乎其萃，自生民以來，未有盛於孔子也。」此借用其語。

〔三〕媧山下僧譚：未知其意，疑有誤字。

〔四〕魔外：天魔外道。

〔五〕「忽於一毫端」二句：華嚴經卷一世主妙嚴品：「一一毛端，悉能容受一切世界，而無障礙。」

〔六〕曹溪正脈深：指南嶽懷讓禪師得六祖慧能正宗禪法。六祖大師法寶壇經機緣品：「懷讓禪師，金州杜氏子也。初謁嵩山安國師，安發之曹溪參扣。讓至禮拜，師曰：『甚處來？』曰：『嵩山。』師曰：『什麽物？恁麽來？』曰：『説似一物即不中。』師曰：『還可修證否？』曰：『修證即不無，污染即不得。』師曰：『只此不污染，諸佛之所護念。汝既如是，吾亦如是。西天般若多羅讖，汝足下出一馬駒，踏殺天下人。應在汝心，不須速説。』讓豁然契會，遂執侍左右一十五載，日臻玄奥。後往南嶽，大闡禪宗。」　曹溪：本水名，在廣東曲江縣東南雙峰山下，六祖在曹溪寶林寺演法，故以曹溪代指禪宗南宗。柳宗元曹溪大鑒禪師碑：「凡言禪，皆本曹溪。」

〔七〕不斷蓋如帶：新唐書韓愈傳贊：「自晉汔隋，老佛顯行，聖道不斷如帶。」此借用其語。

〔八〕流而至衡霍：指懷讓禪師傳六祖禪法至南嶽。衡霍：即南嶽衡山。參見本卷次韻新化道中注〔八〕。

〔九〕匯澮：廓門注：「匯，水回合也。澮，水注溝也。」

〔一〇〕般若臺：在南嶽福嚴寺。南嶽總勝集卷上載十六臺中有般若臺。指懷讓禪師居處。聯燈會要卷四潭州南嶽懷讓禪師：「師後居南嶽般若臺。」

〔一一〕分燈地：禪宗謂佛法如明燈，可破除迷暗，故分傳佛法謂之分燈。懷讓傳六祖禪法於南嶽般若臺，故謂此地爲分燈地。參本集卷六會福嚴慈覺大師注〔六〕。

〔一二〕亦不惡：白居易嗟髮落：「盡來亦不惡。」蘇軾龜山辯才師：「嘗茶看畫亦不惡。」黄庭堅戲和答禽語：「著新替舊亦不惡。」

〔一三〕寶構出灰燼：指福嚴寺遭火災後重建之事。南嶽總勝集卷中福嚴禪寺：「政和六年，被回禄，屋宇佛像俱焚盡，惟三生藏、馬祖庵、兜率橋存焉。後七年修建後備。」回禄，本火神名，代指火災。鍇按：政和六年（一一一六）後推七年，爲宣和四年（一一二三），福嚴寺至此重建完備。此詩必作於其後。

〔一四〕「永懷韓潮州」二句：韓愈謁衡嶽廟遂宿嶽寺題門樓：「須臾靜掃衆峰出，仰見突兀撑青空。紫蓋連延接天柱，石廩騰擲堆祝融。……夜投佛寺上高閣，星月掩映雲曈曨。」

〔一五〕仙去三百年：韓愈卒於唐穆宗長慶四年（八二四），下推三百年爲（一一二四），即宣和六年，此舉其成數。

〔一六〕組繪：指詩文追求詞藻華麗。秦觀論議下：「及其衰也，彫篆相夸，組繪相侈，苟以譁世取寵而不適於用。」

〔一七〕勝槩：猶言勝景，勝境。李白贈丹陽橫山周處士惟長：「連峰入戶牖，勝槩凌方壺。」杜甫奉留贈集賢院崔于二學士：「故山多藥物，勝槩憶桃源。」

次韻游高臺〔一〕

蒼杉三十里，不復逢川原。忽然在林杪〔二〕，萬峰延目觀。長崖有積雪，松聲雜風泉。是時春正深，風威猶折綿〔三〕。君菫金閨彦〔四〕，而有清淨緣〔五〕。和雲掃車轍，引手酌靈源〔六〕。山空破岑寂，笑語答雲烟。魯僧作鷹顧〔七〕，驚此佳少年。何以比人品，白鷗春水前〔八〕。既非山澤儒〔九〕，亦非地行仙〔一〇〕。諸（諧）峰□□□㊀〔一一〕，千葉開青蓮〔一二〕。景淨若有得，茲游良偶然。部曲亦欣□㊁，諠譁下層顛。歸來念清境，依約聞啼猿〔一三〕。

【校記】

㈠諸：原作「諧」，誤，今改。　□□□：三字闕，天寧本作「堆重疊」，乃妄補。

㈡□：原闕，天寧本作「羨」，無據。

【注釋】

〔一〕作年未詳。　高臺：在南嶽衡山。南嶽總勝集卷上列衡山十六臺，高臺爲其一。該書卷中曰：「高臺惠安禪院，在後洞妙高峰下，與方廣比隣，山勢幽邃，景物與山前不侔。本朝賜今額。寺前五十步正險絶處，石上有迹如車轍狀，記云：『昔五百羅漢居此，聞惠思和尚將至，乃相謂曰：山主即至，我輩當避之。遂徙他所，今轍跡尚存。』記云：『乃鬼運糧以供厨饌。』又西有水源，自巖下出，莫知其所，自號靈源。宋宗炳有菴，在靈源之上，今芭蕉菴是也，尚存基址。寺有二石佛迹，各長尺八，闊六寸，足底有二隋求并印，皆如篆文，云自西來。衡陽令張鈞題高臺詩云：『萬仞孤高處，煙雲縹緲間。靈源聲不斷，轍跡蘚斕斑。山鳥應無畏，溪雲常自閑。凭欄長縱目，回首厭塵寰。』」

〔二〕林杪：林梢。廓門注：「杪，末也。」

〔三〕風威猶折綿：極言寒風凛冽，柔如棉絮亦凍硬可折。黄庭堅柳閎展如子瞻甥也云云作詩贈之之三：「霜威能折綿，風力欲冰酒。」此化用其語。

〔四〕君堇金閨彦：謂君誠然爲朝廷傑出才士。　堇：誠。廓門注：「『堇』當作『僅』。」未知所據。　金閨彥：見前和陳奉御游梁山注〔一一〕。

〔五〕清淨緣：即學佛之緣。唐釋澄觀華嚴經疏卷一二：「內由心變，則染淨萬差；外假佛緣，于何不淨？」

〔六〕「和雲掃車轍」二句：車轍與靈源皆高臺勝跡，見注〔一〕。靈源，雙關心靈之源泉。石頭希遷禪師參同契：「靈源明皎潔，枝派暗流注。」

〔七〕魯僧：魯鈍之僧，自謙語。　鷹顧：如鷹回首視幼雛。

〔八〕白鷗春水前：黃庭堅呈外舅孫莘老二首之一：「五湖春水白鷗前。」已見前注。

〔九〕山澤儒：漢書司馬相如傳：「相如以爲列仙之儒居山澤間，形容甚臞。」顏師古注：「儒，柔也，術士之稱也。凡有道術皆爲儒。今流俗書本作『傳』字，非也，後人所改耳。」

〔一〇〕地行仙：楞嚴經卷八謂有「不依正覺，修三摩地，別修妄念，存想固形，游於山林人不及處」之十仙種，地行仙爲其中之一：「阿難，彼諸衆生，堅固服餌，而不休息，食道圓成，名地行仙。」

〔一一〕諸峰：與下句「千葉」相對。底本作「諧峰」，不辭，乃涉形近而誤，今改。

〔一二〕千葉開青蓮：謂群山如千葉青蓮，本集好用此喻，如卷一十二月十六日發雙林登塔頭曉至寶峰寺見重重繪出庵主讀善財偏參五十三頌作此兼簡堂頭：「峰如青蓮花，千葉曉方吐。」卷四提舉范公開軒面鍾山名曰寸碧索詩：「湖山煙翠層，千葉青蓮拆。」卷一〇晚坐藏勝橋望石門：「好山千葉青蓮曉。」

〔三〕依約聞啼猿：杜甫奉先劉少府新畫山水障歌：「悄然坐我天姥下，耳邊已似聞清猿。」宋鄒浩王景亮攜晁無咎清美堂記來求詩爲賦此一篇：「蕙帳依約聞清猿。」

次韻見贈〔一〕

已甘老死長松下，賞音乃有如公者。謬當大匠許才能〔二〕，名器從來豈容假〔三〕。但欣一笑説江鄉〔四〕，意氣平生要傾瀉。先生之詩自豪放，寒陋心知鄙東野〔五〕。此篇粹然有精思，百鍛良金方出冶〔六〕。汗顏縮手置袖間〔七〕，對公誰敢言騷雅。自憐華髮住江村，地偏心遠過從寡〔八〕。茆簷捫虱鳥聲寂㊀〔九〕，故絮懸鶉成藞（磊）苴㊁〔一〇〕。右耳已從前月聾〔一一〕，更欲忘言到瘖啞〔一二〕。多生垢習磨未盡〔一三〕，公詩又欲臨窗寫。何當看公醉岸幘〔一四〕，約束萬象閑揮洒〔一五〕。眼寒獨立梁宋郊〔一六〕，一尾追風睇犇馬〔一七〕。讀罷新詩發長歎，春色驚回阿縹若〔一八〕。浪禿宣毫和不成〔一九〕，自笑才慳真注瓦〔二〇〕。

【校記】

㊀寂：寬文本旁注曰：「一作『樂』。」廓門注：「『寂』一本作『樂』。」

㊁ 藞：原作「磊」，誤，寬文本旁注曰：「一作『藞』。」廓門注：「『磊』一本作『藞』。」今據改，參見注〔一〇〕。

【注釋】

〔一〕作年未詳。所次韻者亦不可考。

〔二〕謬當大匠許才能：自謙語。老子第七十四章：「夫代大匠斲者，希有不傷其手矣。」

〔三〕名器從來豈容假：謂不當將「大匠」之名器假借與我，亦自謙語。左傳成公二年：「唯器與名不可以假人。」杜預注：「器，車服；名，爵號。」

〔四〕説江鄉：猶言品第高下。蘇軾眉州遠景樓記：「而大家顯人，以門族相上，推次甲乙，皆有定品，謂之江鄉。」

〔五〕寒陋心知鄙東野：謂鄙視孟郊詩之寒陋。中唐詩人孟郊，字東野。蘇軾讀孟郊詩二首之一：「要當鬬僧清，未足當韓豪。人生如朝露，日夜火銷膏。何苦將兩耳，聽此寒蟲號。」參見本集卷六雪霽謁景醇時方[illegible]堤捍水修湖山堂復和前韻注〔六〕。

〔六〕百鍛良金方出冶：喻詩句之精心錘鍊。文選卷五一王褒四子講德論：「精練藏於鑛朴。」李善注：「精練，金也。金百練不秏，故曰精練也。」本集卷六彥周見和復答：「譬如出鑛金，萬鍛受鎚擊。」即此意。

〔七〕汗顔縮手置袖間：謂己不善爲詩，在詩人巧匠前自當汗顔。韓愈祭柳子厚文：「不善爲斲，血指汗顔。巧匠旁觀，縮手袖間。」

〔八〕地偏心遠過從寡：陶淵明飲酒二十首之五：「結廬在人境，而無車馬喧。問君何能爾，心遠地自偏。」歸園田居六首之二：「野外罕人事，窮巷寡輪鞅。」此化用其語意。

〔九〕捫虱：捉虱子。晉書王猛傳：「桓温入關，猛被褐而詣之。一面談當世之事，捫虱而言，旁若無人。」此借其語寫窮酸無聊之狀。

〔一〇〕故絮：破舊粗綿。漢史游急就篇二：「絳緹絓紬絲絮綿。」顔師古注：「抽引精繭出緒者曰絲，漬繭擘之，精者爲綿，粗者爲絮。今則謂新者爲綿，故者爲絮。」　懸鶉：荀子大略：「子夏貧，衣若懸鶉。」　藞苴：唐宋俗語，猶邋遢，不整潔。朱子語類卷一一一：「潙山作書戒僧家整齊，有一川僧最藞苴，讀此書云：『似都是説我。』」

〔一一〕右耳已從前月聾：杜甫耳聾：「眼復幾時暗，耳從前月聾。」此借用其語。

〔一二〕更欲忘言到瘖啞：蘇軾南溪之南竹林中新構一茅堂予以其所處最爲深邃故名之曰避世堂：「隱几頹如病，忘言兀似瘖。」

〔一三〕多生垢習：指宿世好作詩文之積習，此乃煩惱之習性。本集屢言之，見前注。

〔一四〕岸幘：推頭巾，露前額，形容簡率不拘。晉書謝奕傳：「與桓温善，温辟爲安西司馬，猶推布衣好。在温坐，岸幘笑詠，無異常日。」

〔一五〕約束萬象閑揮洒：本集卷一龍安送宗上人游東吴：「約束萬象如驅奴。」本集多此類描寫，見前注。

〔一六〕梁宋郊：指宋東京開封府（汴梁）、南京應天府（宋城）一帶。九家集注杜詩卷一贈李白：「亦有梁宋游，方期拾瑶草。」趙次公注：「梁謂汴州，今之東京；宋謂宋州，今之南京。」宋州即今河南商丘。

〔一七〕一尾追風：形容駿馬飛奔如風。蘇軾次韻參寥師寄秦太虚三絶句時秦君舉進士不得之二：「一尾追風抹萬蹄。」此借用其語。參見本集卷二次韻余慶長春夢注〔九〕。

〔一八〕阿練若：梵語，或作阿蘭若，意譯爲寂静處，或云無諍地，指寺院。王荆公詩注卷四〇題八功德水：「欲尋阿練若，曳屐出東岡。」李壁注：「法華經第五卷：『假名阿練若，好出我等過。』」

〔一九〕宣毫：宣城毛筆。黄庭堅謝送宣城筆：「宣城變樣蹲雞距，諸葛名家捋鼠鬚。」

〔二〇〕才慳真注瓦：謂己缺少詩才，如投賭注只有廉價之瓦器。莊子達生：「以瓦注者巧，以鈎注者憚，以黄金注者殙。」成玄英疏：「注，射也。用瓦器賤物而戲賭射者，既心無矜惜，故巧而中也。」此取其慳吝匱乏之喻意。

次韻曾機宜題石橋〔一〕

公才受斧斤，鼻端有餘地〔二〕。一官游人間，窮達置度外〔三〕。著屐登名山〔四〕，眺覽吞眼界。倒傾蛟龍室〔五〕，聊爲翰墨戲。摶取華藏海〔六〕，几間日相對〔七〕。石橋亦何有〔八〕？萬峰作階陛。平生冠世境，勝踐得君輩。壞壁題新詩〔九〕，一洗俗眼眥〔一〇〕。我本箇中人〔一一〕，久負未歸債。我自負名山，名山豈余棄。

【注釋】

〔一〕宣和五年作於長沙。曾機宜：曾訏，字嘉言，孝序之子，時爲湖南宣撫使司書寫機宜文字。參見本集卷五次韻曾嘉言試茶注〔一〕。石橋：即南嶽雲居峰下之石橋。見前次韻游南嶽題石橋注〔一〕。

〔二〕「公才受斧斤」二句：稱贊曾訏之才綽綽有餘。莊子徐無鬼：「郢人堊慢其鼻端，若蠅翼，使匠石斲之。匠石運斤成風，聽而斲之，盡堊而鼻不傷，郢人立不失容。」蘇軾贈眼醫王生彥若：「鼻端有餘地，肝膽分楚蜀。」此借用其語。

〔三〕窮達置度外：蘇軾聞子由爲郡僚所捃恐當去官：「雖然敢自必，用舍置度外。」此化用其語。

〔四〕著屐登名山：南史謝靈運傳：「尋山陟嶺，必造幽峻，巖嶂數十重，莫不備盡登躡。常著木屐，上山則去其前齒，下山去其後齒。」

〔五〕倒傾蛟龍室：喻盡情抒寫瑰麗詩篇。東坡詩集注卷六有美堂暴雨：「倒傾蛟室瀉瓊瑰。」注：「蛟人從水中出，向人家寄住，積日賣綃。臨去，索器泣而出珠滿盤，以予主人。」施注蘇詩、蘇詩補注「蛟」均作「鮫」。此誤以「蛟」爲「蛟龍」。

〔六〕華藏海：即華藏莊嚴世界海，猶華藏世界，毗盧遮那佛之世界，以蓮花裝飾，深廣似海，故稱。詳見華嚴經卷八華藏世界品。

〔七〕几間日相對：蘇軾文登蓬萊閣下石壁千丈爲海浪所戰云云作詩遺垂慈堂老人：「置之盆盎中，日與山海對。」此化用其意。

〔八〕石橋亦何有：杜甫相從歌：「浣花草堂亦何有？」蘇軾次韻李公擇梅花：「故山亦何有？」此仿其句法。

〔九〕壞壁題新詩：蘇軾和子由澠池懷舊：「壞壁無由見舊題。」此化用其語。

〔一〇〕眥：眼眶，亦作「眦」。

〔一一〕箇中人：即此中人，經歷其境者。錯按：惠洪嘗數次游住南嶽，故云。

和游南臺〔一〕

老思垂一足〔二〕，飯想成沙囊（纕）㊀〔三〕。頓斧磐石上〔四〕，分燈續螺江〔五〕。坐令遺蹟地，咄嗟成寶坊〔六〕。永懷青松下，睡快欣明窗〔七〕。曾侯有逸韻，詩律挾風霜〔八〕。重來拜白塔〔九〕，前身疑姓龐〔一〇〕。山僧作巴音〔一一〕，聳肩頎而長〔一二〕。顧施筆供養〔一三〕，普熏知見香〔一四〕。吾觀三公子〔一五〕，凜然萬夫望〔一六〕。何當吐佳句，刻石照沅湘〔一七〕。

【校記】

㊀囊：原作「纕」，誤，今改。參見注〔三〕。

【注釋】

〔一〕宣和五年作於長沙。此詩有「曾侯有逸韻」之句，當爲和曾孝序而作。南臺：指衡山南臺寺。詳見南嶽總勝集卷中，已見前注。鍇按：南臺爲唐石頭希遷禪師修行處，希遷嗣法青原行思。

〔二〕老思垂一足：景德傳燈録卷五吉州青原山行思禪師：「遷舉前話了，却云：『發時蒙和尚許鉳斧子，便請取。』師垂一足，遷禮拜，尋辭往南嶽。」

〔三〕飯想成沙囊：宗鏡録卷七三：「律中四食章古師義門手鈔云：思食者，如饑饉之歲，小兒從母求食，啼而不止。母遂懸砂囊誑云：『此是飯。』兒七日諦視其囊，將爲是食。其母七日後解下視之，其兒見是砂，絶望，因此命終。」此言希遷想象行思垂足爲鉳斧子，亦小兒想象砂囊爲飯之類。底本「囊」作「纕」，誤。本集卷一七僧問烏喙義：「我見飯囊今是沙。」底本作「囊」，可證。蓋纕爲佩帶或馬腹帶，與砂囊無關。鍇按：本集好用此喻，再如卷八棗柏大士生辰因讀易豫卦有感作此：「人間解囊沙，開視兒眼前。」卷二〇潙山空印禪師易本際庵爲甘露滅以書招予歸隱復賦歸去來詞：「知沙囊之非飯，情斷意訖復何疑。」兩處底本「囊」皆誤作「纕」，今已併改。

〔四〕頓斧磐石上：謂希遷結庵南臺。景德傳燈録卷五吉州青原山行思禪師：「師令希遷持書與南嶽讓和尚曰：『汝達書了速迴，吾有箇鉏斧子，與汝住山。』」卷一四石頭希遷大師：「師於唐天寶初，薦之衡山南寺。寺之東有石狀如臺，乃結庵其上。時號石頭和尚。」南嶽總勝集卷中：「又至唐天寶初，有六祖之徒希遷禪師游南寺，見有石狀如臺，乃菴居其地，故寺號南臺。」　頓斧：當作鈍斧，即鉏斧，此代指希遷。

〔五〕分燈續螺江：謂希遷爲行思法嗣，傳其禪燈。　螺江：即螺川，代指吉州。方輿勝覽卷二〇江南西路吉州事要：「郡名廬陵、安成、螺川。」行思住吉州青原山，故稱。廓門注：「螺江：一統志福州府：『在府城西北三十里。搜神記：閩人謝端得一大螺如斗，畜之家。每歸，盤餐必具，因密伺，乃一姝，麗甚。問之，曰：我天漢中白水素女，天帝遣我爲君具食，今去，留殼與君。端用以居糧，其米常滿。江以此名。』」鍇按：此詩螺江指吉州，非在福州，廓門誤注。

〔六〕咄嗟：指呼吸之間，猶言疾速。　寶坊：寺院之美稱。

〔七〕睡快：用希遷語。景德傳燈録卷三〇石頭和尚草庵歌：「飯了從容圖睡快。」

〔八〕詩律挾風霜：黄庭堅再答景叔：「令我詩句挾風霜。」此借用其語。

〔九〕白塔：希遷之塔。南嶽總勝集卷中：「唐天寶初，有六祖之徒希遷禪師游南寺，見有石狀如臺，乃菴居其地，故寺號南臺。唐御史劉軻所撰碑並存焉。遷既歿後，遂塔于山之蹠，謚曰無際、見相，二碑尚存。」

〔一〇〕前身疑姓龐：謂曾孝序篤信佛教，疑其前身爲龐蘊居士。鍇按：本集卷二一重修僧堂記述孝序之言曰：「吾祖楚公識雪竇顯公於行間，擢置人天之上，遂爲雲門中興。吾親受大和尚圓照印可。」楚公即曾會，續傳燈録卷五列爲雲門宗雪竇重顯禪師法嗣。孝序實爲圓照宗本禪師法嗣，然諸燈録失載。本集卷二三僧寶傳序謂孝序「得法之淵源，實出於圓照本禪師，而不可誣也」，亦可證。

〔一一〕巴音：泛指巴蜀地區之口音。本集卷三珪粹中與超然游舊超然數言其俊雅除夕見於西興喜而贈之：「蜀客快劇談，風味出譏誚。衆中聞巴音，必往就一笑。」卷八巴川衲子求詩：「巴音衲子夜椎門，要識汾陽五世孫。」卷一二蜀道人明禪過余甚勤久而出東山高弟兩勤送行語句戲作此塞其見即之意：「衆中聞語識巴音，京洛沅湘久訪尋。」均以巴音與蜀僧、川僧對應。廓門注：「巴，謂下里巴歌也。」其注殊誤。

〔一二〕頎而長：詩齊風猗嗟：「猗嗟昌兮，頎而長兮。」毛傳：「頎，長貌。」蘇軾服胡麻賦：「我夢羽人，頎而長兮。」

〔一三〕筆供養：以筆墨文字供養三寶。宋陳淵默堂集卷二二書了齋筆供養發願文：「右筆供養發願文，乃了翁謫官合浦過長沙時爲興化平禪師作也。」了翁即陳瓘，字瑩中，惠洪好友，其謫官合浦過長沙，時在崇寧二年。本集卷三有陳瑩中由左司諫謫廉相見於興化同渡湘江宿道林寺夜論華嚴宗。此言「筆供養」，當借用陳瓘之語。

〔一四〕普熏知見香：黄庭堅賈天錫惠寶薰乞詩予以兵衛森畫戟燕寢凝清香十字作詩報之其十：「當念真富貴，自薰知見香。」又次韻答叔原會寂照房呈稚川：「坐有稻田衲，頗薰知見香。」又題杜槃澗叟冥鴻亭：「少陵杜鴻漸，頗薰知見香。」此借用其語。見前次韻游南嶽注〔一五〕。

〔一五〕三公子：當指曾訏，孝序第三子，時爲湖南宣撫使司書寫機宜文字。見前注。

〔一六〕萬夫望：指聲望卓著。易繫辭下：「君子知微知彰，知柔知剛，萬夫之望。」

〔一七〕沅湘：泛指湖南地區。廓門注：「楚辭曰：『濟沅湘以南征兮。』按一統志長沙府：『湘江至沅州與沅水合，曰沅湘。』」

寶月偶值報慈坐中走筆〔一〕

十年塵土中，厥狀浸成俗〔二〕。坐令眠雲衣，化作征人服。此行欲買舟，尋我舊山谷。

識君御水傍〔三〕，笑齒璨明玉〔四〕。肅靜鶖子儀〔五〕，脩拔孝基目〔六〕。殷勤撫道義，祖道欲傾覆〔七〕。賴子今妙年，真風跬可續〔八〕。聞之厚自愧，所趣在幽獨。君言如不欺，是亦含生福〔九〕。須臾讀君詩，氣韻麗可掬。心胸何玲瓏，多能吾所伏。春流日夜急，歸心難管束。良會故已述，妙談何日復。吳山嘉有餘〔一〇〕，爲君置茅屋。頭白早歸來〔一一〕，暮雲無使矚〔一二〕。

【注釋】

〔一〕約崇寧元年（一一〇二）春作於杭州。　寶月：寺名，在杭州。淳祐臨安志卷八山川：「寶月山，舊有寶月寺，回頭和尚造。」報慈：僧名，法系不可考。

〔二〕浸成俗：本謂漸成習俗，此指漸成習慣。唐杜佑通典卷一四六樂六四方樂：「至開元元年十二月敕：『臘月乞寒，外蕃所出，漸浸成俗，因循以久。自今以後，無問蕃漢，即宜禁斷。』」

〔三〕御水：宮禁中之河水，此代指京城。後漢書宦者傳曹節傳：「盜取御水以作魚釣，車馬服玩，擬於天家。」李賢注：「水入宮苑爲御水。」

〔四〕笑齒璨明玉：東坡詩集注卷二五和子由記園中草木十一首之十：「汝從何方來，笑齒粲如玉。」趙次公注：「郭璞游仙詩：『靈妃顧我笑，粲然啓玉齒。』」此借用其語。　錯按：「璨」當作「粲」。

〔五〕肅静：形容僧人威儀嚴肅安静。宋釋守遂潙山警策注：「威儀肅静，行止可觀，内德既充，方爲法器。」　鶖子：鶖鷺子之略稱，即舍利弗，爲佛十大弟子之一，號智慧第一。唐釋慧琳一切經音義卷二三：「舍利弗：具云奢唎補怛羅。言奢唎者，此云鶖鷺鳥也；補怛羅者，此云子也。此尊者母眼黑白分明，轉動流似鶖鷺眼，故時共號爲奢唎也。其尊者依母得名，故云鶖鷺子。」

〔六〕孝基目：指有知人之識鑒。隋書高構傳：「高構，字孝基，北海人也。……河東薛道衡才高當世，每稱構有清鑒。……所舉杜如晦、房玄齡後皆自致公輔，論者稱構有知人之鑒。」

〔七〕祖道欲傾覆：謂禪宗下衰，祖師禪法將爲當世叢林所顛覆。本集多有此歎，不勝枚舉。

〔八〕真風：指禪宗本有之宗旨或風氣。景德傳燈録卷一九漳州保福院從展禪師：「郡守崇建精舍，大闡真風，便請和尚舉揚宗教。」圓悟佛果禪師語録卷三：「開作家爐鞴，奮佛祖鉗鎚，演見性之真風，紹圓明之宗範。」　跬：半步，舉足之間。司馬法：「一舉足曰跬，跬三尺。兩舉足曰步，步六尺。」此用爲接武、接踵之意。

〔九〕含生：一切有生命者，猶言衆生。仁王般若波羅蜜經卷上菩薩教化品：「人中師子爲衆説，大衆歡喜散金華。百億萬土六大動，含生之類受妙報。」

〔一〇〕吴山：方輿勝覽卷一臨安府：「吴山，在錢塘縣南六里，上有伍子胥廟，命曰胥山。」又杭州古屬吴，或泛指杭州一帶之山。

〔一二〕頭白早歸來：杜甫不見：「匡山讀書處，頭白好歸來。」蘇軾書李公擇白石山房：「若見謫仙煩寄語，匡山頭白早歸來。」又送表弟程六知楚州：「功成頭白早歸來，共籍梨花作寒食。」此借用其語。

〔一三〕暮雲無使矚：謂勿辜負友人期待。南朝梁江淹雜體詩擬休上人：「日暮碧雲合，佳人殊未來。」此化用其意。

和忠子〔一〕

牛車注經宗兩角〔二〕，那問虛舟移夜壑〔三〕。竹間掃除聞擊聲㊀〔四〕，戲作伽陁歌獨脚〔五〕。心波不興類古井〔六〕，情緣脱盡如遺籜〔七〕。高笑癡兒倚富貴，危如乳燕方巢幕〔八〕。已辨山藤待湖月〔九〕，不把芒鞵穿聚落。安知沙門自有體，全象紛然衆盲摸〔一〇〕。要之行藏不屬人，手自安然隨展握〔一一〕。

【校記】

㊀擊：石倉本作「磬」，誤。

【注釋】

〔一〕約政和六年作於筠州上高縣。忠子：法名本忠，字無外，惠洪弟子。參見本集卷四謝忠子出山注〔一〕。　鍇按：本集卷四追和帛道猷一首序曰：「政和六年正月十日，余已定居九峰，而超然輩皆在。」又卷二三墮齋偈序，爲本忠而作，序末落款爲「政和六年正月日」，可知墮齋偈序作於九峰，而此詩亦當作於是時。

〔二〕牛車注經宗兩角：宋高僧傳卷四唐新羅國黄龍寺元曉傳：「曉受斯經（金剛三昧經），正在本生湘州也。謂使人曰：『此經以本始二覺爲宗，爲我備角乘，將案几，在兩角之間置其筆硯。』始終於牛車造疏，成五卷。」林間録卷上：「金剛三昧經，乃二覺圓通，示菩薩行也。初，元曉造疏，悟其以本始二覺爲宗。故坐牛車，置几案於兩角之間，據以草文。圓覺經以皆證圓覺無時無性爲宗，故經首叙文不標時處。及考其翻譯之代，史復不書。曉公設事表法，圓覺冥合佛意，其自覺心靈之影像乎？」

〔三〕那問虚舟移夜壑：謂不在乎萬物變化，歲月流逝。意本莊子大宗師：「夫藏舟於壑，藏山於澤，謂之固矣。然而夜半有力者負之而走，昧者不知也。」已見前注。

〔四〕竹間掃除聞擊聲：景德傳燈録卷一一鄧州香嚴智閑禪師：「一日因山中芟除草木，以瓦礫擊竹，作聲，俄失笑間，廓然惺悟。遽歸，沐浴焚香，遥禮溈山，贊云：『和尚大悲，恩逾父母，當時若爲我説，却何有今日事也。』」

〔五〕戲作伽陁歌獨脚：景德傳燈録卷二九香嚴襲燈大師智閑頌一十九首之獨脚頌：「子啐母啄，子覺無殼。子母俱亡，應緣不錯。同道唱和，妙云獨脚。」　伽陁：佛經中讚頌詞，即偈頌。參見本集卷三和靈源寄瑩中注〔六〕。

〔六〕心波不興類古井：謂心情平静，百慮消除。蘇軾出都來陳所乘船上有題小詩八首不知何人有感於余心聊爲和之之八：「年來煩惱盡，古井無由波。」參見本集卷三南豐曾垂綬天性好學余至臨川欲見以還匡山作此寄之注〔六〕。

〔七〕遺籜：竹筍脱殼。

〔八〕危如乳燕方巢幕：左傳襄公二十九年：「夫子之在此也，猶燕之巢於幕上。」杜預注：「言至危。」文選卷四三丘遲與陳伯之書：「而將軍魚游於沸鼎之中，燕巢於飛幕之上，不亦惑乎！」

〔九〕山藤：登山之手杖。藤，指藤杖。待湖月：宋高僧傳卷一五唐會稽雲門寺靈澈傳載其詩：「山邊水邊待月明，暫向人間借路行。如今還向山邊去，唯有湖水無行路。」此化用其意。參見本集卷二四待月堂序。

〔一〇〕全象紛然衆盲摸：大般涅槃經卷三二師子吼菩薩品：「善男子，譬如有王告一大臣，汝牽一象以示盲者。爾時大臣受王敕已，多集衆盲，以象示之。時彼衆盲各以手觸。大臣即還而白王言：『臣已示竟。』爾時大王即唤衆盲各各問言：『汝見象耶？』衆盲各言：『我已得見。』王言：『象爲何類？』其觸牙者即言象形如蘆菔根，其觸耳者言象如箕，其觸頭者言象如石，其觸鼻者言象如杵，其觸脚者言象如木臼，其觸脊者言象如牀，其觸腹者言象如甕，其觸尾者言象如繩。善男子，如彼衆盲不説象體，亦非不説。若是衆相悉非象者，離是之外更無別象。」

〔一二〕手自安然隨展握：唐釋玄覺禪宗永嘉集奢摩他頌：「手不執如意，亦不自作拳，不可爲無手，以手安然故，不同於兔角。」

和堪維那移居〔一〕

世路驚風波〔二〕，山林知歲寒。君看爭奪中〔三〕，忽覺深渺漫。歸來湘西寺，兀坐依蒲團。摩挲折脚鐺，規以穩處安〔四〕。湘山亦多態，扶杖時游觀。偶逢林下人，班草一笑懽〔五〕。霜風水痕落，歲月難遮攔。但覺頷髭白〔六〕，不復(知)知歲殘㊀。堪公故園舊〔七〕，義膽見急難。相逢開肺懷，傾倒無餘殫〔八〕。所居隔聚落，日喜成嫛嫛〔九〕。作詩誇我賢〔一〇〕，寧知如玉冠〔一一〕。遂分湘山翠，茅簷相對看。往事都莫理，有求真禍端。飯罷口挂壁〔一二〕，□□發長歎㊁。暮寒因有雪，爐暖且檀欒〔一三〕。

【校記】

㊀復：原作「知」，誤，今據武林本改。

㊁□□：二字闕，天寧本作「時往」。

【注釋】

〔一〕宣和四年冬作於長沙。　堪維那：堪禪師，法名未詳，道號破塵。維那爲寺院中職務，管理總務之知事僧，位次上座。本集卷二〇破塵庵銘序曰：「道人堪師庵於水西南臺之下，名曰破塵。」卷二五題晦堂墨蹟：「堪師之能畜此帖，嗜好大是不凡。宣和四年自印福絶湖來，出以示其侄，因流涕書之。」卷二七跋瑩中帖：「予觀堪公所蓄答仰山真慧禪師，簡重而謹嚴，如其爲人。」堪師、堪公均指堪維那。綜考之，堪維那宣和四年冬自印福寺移居水西南臺寺，與惠洪爲鄰。

〔二〕世路驚風波：宋祁景文集卷九僑居二首之一：「世路風波惡，天涯日月遒。」蘇軾李行中醉眠亭三首之一：「從教世路風波惡，賀監偏工水底眠。」

〔三〕君看爭奪中：蘇軾雪齋：「紛紛世人爭奪中。」又百步洪二首之一：「紛紛爭奪醉夢裹。」

〔四〕「摩挲折脚鐺」二句：黄庭堅贈清隱持正禪師：「異時折脚鐺安穩，更種平湖十頃蓮。」此化用其意。折脚鐺，或作「折足鐺」，以之爲炊具，言其生活貧寒簡樸。參見本集卷三游南嶽福嚴寺注〔三七〕。

〔五〕班草：鋪草坐地。已見前注。

〔六〕頷髭白：白居易東南行一百韻寄通州元九侍御：「相逢應不識，滿頷白髭鬚。」黄庭堅戲答俞清老道人寒夜三首之三：「何爲紅塵裏，頷鬚欲雪白。」

〔七〕堪公故園舊：據此可知堪維那爲筠州人。杜甫西枝村尋置草堂地夜宿贊公土室二首之二：「大師京國舊。」此仿其句法。

〔八〕「相逢開肺懷」二句：謂敞開胸懷，盡情交談，無所保留。殫：竭盡。

〔九〕嫛嫛：往來貌。廣雅卷六：「憧憧、嫛嫛、拌拌、徉徉、營營，往來也。」

〔一〇〕作詩誇我賢：蘇軾東坡八首之八：「可憐馬生癡，至今誇我賢。」此借用其語。

〔一一〕寧知如玉冠：自謙語。漢書陳平傳：「絳灌等或讒平曰：『平雖美丈夫，如冠玉耳，其中未必有也。』」顔師古注引孟康曰：「飾冠以玉，光好外見，中非所有也。」

〔一二〕口挂壁：喻口舌擱置不用，即閉口不言。禪門習用語，如雲門匡真禪師廣録卷上：「問：『學人不問，師還答也無？』師云：『將汝口挂壁上不得？』」黄庭堅題虔州東禪圓照師新作御書閣：「道人飽參口挂壁，頗喜作詩如己公。」

〔一三〕檀欒：秀美貌，多形容竹，此形容煙。藝文類聚卷六五漢枚乘梁王兔園賦：「修竹檀欒，夾池水，旋兔園，並馳道。」文選卷五左思吴都賦：「檀欒嬋娟，玉潤碧鮮。」吕向注：「檀欒、嬋娟，皆美貌。」黄庭堅游愚溪：「筍茁不避道，檀欒摇春煙。」此處似從爐煙聯想「摇春煙」。

送元老住清修〔一〕

湘水有廬山〔二〕，蜀僧有吴韻〔三〕。無塵而俱清，雪月夜相映。書癡喜借人〔四〕，香癖出天性〔五〕。垂涕撥黃獨，糞火曾發哂〔六〕。三年我東隣，冢（家）顛開小徑㈠〔七〕。一飯必招呼，嘲之終不愠〔八〕。明朝趣去我，歲逼青陽近〔九〕。子已飽叢林〔一〇〕，件件無遺恨〔一一〕。贈子湘源春，山窮春不盡〔一二〕。

【校記】

㈠冢：原作「家」，誤，今改。參見注〔七〕。

【注釋】

〔一〕宣和四年冬作於長沙。本集卷二六題清修院壁：「昔余庵於湘西，與希一爲鄰，相歡如价、密。宣和四年冬，希一遷於茲山。」卷二四待月堂序又記與鹿苑希一禪師游之事。可知元老即希一禪師，法名元，字希一（「元」有「第一」之義），蜀僧，法系未詳。住長沙鹿苑寺，與惠洪爲鄰，宣和四年冬遷益陽清修寺。

〔二〕湘水有廬山：方輿勝覽卷二三潭州：「小廬山，在益陽，似九江廬山，故曰小廬山。上有清修寺。」明一統志卷六三長沙府：「小廬山，在益陽縣南六十里。舊名清修山。」

〔三〕蜀僧有吴韻：蓋蜀僧多以蕎苴孤硬、不修邊幅聞名叢林，而元老則如吴人温潤雅致，故特有此語。

〔四〕書癡喜借人：唐李匡乂資暇集卷下：「借借（上子亦反，下子夜反）書籍，俗曰：『借一癡，借二癡，索三癡，還四癡。』又案王府新書：杜元凱遺其子書曰：『書勿借人。古人云：古諺，借書一嗤，還書二嗤。』（嗤，笑也。）後人更生其詞至三四，因訛爲癡。」

〔五〕香癖：謂聞香之癖好。山谷詩集注卷五賈天錫惠寶薰乞詩予以兵衛森畫戟燕寢凝清香十字作詩報之之五：「天資喜文事，如我有香癖。」任淵注：「晉杜預有左傳癖。」陳氏香譜卷三「韓魏公濃梅香（又名返魂梅）」引黃太史（庭堅）跋云：「余與洪上座（惠洪）同宿潭之碧湘門外舟中，衡嶽花光仲仁寄墨梅二枝，叩船而至，聚觀於燈下，余曰：『只欠香耳。』洪笑發谷董囊，取一炷焚之，如嫩寒清曉行孤山籬落間。怪而問其所得，云自東坡得於韓忠獻家。知余有香癖而不相授，豈小鞭其後之意乎？」

〔六〕「垂涕撥黃獨」二句：東坡詩集注卷一一次韻毛滂法曹感雨：「他年記此味，芋火對懶殘。」趙次公注：「唐李泌與明瓚禪師游，明瓚，釋徒謂之懶殘者。泌嘗於衡嶽寺讀書，察懶殘所爲，曰非凡人也。……中夜潛往謁焉，懶殘命坐，發火取芋以啗之，曰：『慎勿多言，領取十年宰相。』泌拜而退。懶殘，性懶而食殘，故以爲號。」懶殘撥牛糞火出芋啖之之事，見唐袁郊甘澤謠。參見本集卷六次韻游衡嶽注〔一〇〕。　黃獨：別名土芋。山谷集外集卷九雜書：「本草芋魁注：『黃獨，肉白皮黃，巴漢人蒸食之，江東謂之土芋。』余求之江西，江西謂之土卵，蒸煮食之，類芋魁。」

〔七〕冢顛：猶言山頂。爾雅釋山：「山頂，冢。」郭璞注：「山顛。」參見本卷題嶽麓深固軒注

〔二〕。「冢」底本作「家」，形近而誤。本集卷二二忠孝松記：「有異木産吾冢巔。」禪林僧寶傳卷六澧州洛浦安禪師傳：「至夾山，庵于冢巔。」皆可證。

〔八〕嘲之終不愠：本集卷一次韻寄吴家兄弟：「戲語嘲之終不愠。」此用己詩之句。

〔九〕歲逼青陽近：孟浩然歲暮歸南山：「白髮催年老，青陽逼歲除。」此化用其語。青陽：春天。爾雅釋天：「春爲青陽。」郭璞注：「氣清而温陽。」

〔一〇〕飽叢林：飽參諸方宗師禪法。景德傳燈録卷二六廬山歸宗義柔禪師：「曰：『恁麽即南能別有深深旨，不是心心人不知？』師曰：『事須飽叢林。』」明覺禪師瀑泉集卷四：「僧云：『或鼓聲前，或鼓聲後。』師云：『飽叢林。』」

〔一一〕件件無遺恨：杜甫敬贈鄭諫議十韻：「毫髮無遺恨。」此借用其語。

〔一二〕山窮春不盡：本集卷二同慶長游草堂：「日斜興未闌，山窮春不盡。」此亦用己詩之句。

【附録】

清厲鶚云：竹雪欠清聲，缾笙有餘韻。西齋擁爐坐，燈火耿幽暎。微緒獨繭繅，長謠適真性。朱門貂襜褕，夜游付一哂。生平號迂疏（厲歸真自號錦溪迂疏子），窘步遠捷徑。寒林聽脱葉，濩落固不愠。何妨戒香熏，詩格與僧近。聊以文字禪，解此塵土恨。折齅黄梅花，是名意無盡。（樊榭山房集卷一無盡意齋寒夜用覺範送元老住清修韻）

和杜司録嶽麓祈雪分韻得嶽字〔一〕

歲晚湘水濱，黄塵似河朔〔二〕。江流涸欲盡，缾罌汲餘濁。鬧聞雙旌出〔三〕，千騎爍山嶽〔四〕。雪雲卷山去，天宇獻遼邈〔五〕。嬌鴉集風枝，凍鶴時俛啄〔六〕。譚兵杜牧之〔七〕，賦詩果横槊〔八〕。山雖非故人，識面亦已數〔九〕。文章固餘事〔一〇〕，正爾全三樂〔一一〕。太丘令國器〔一二〕，讜議久揚榷〔一三〕。長吉有美材〔一四〕，嶄然見頭角〔一五〕。君看分韻詩，天（夭）力那容學㊀。嗟余老山林，輩流殊齷齪〔一六〕。寧料寒窘中，見此三卓犖㊁〔一七〕。和詩無傑句〔一八〕，鈍澀費磨琢。窮略似孟郊〔一九〕，巧（必）劣追韓偓㊂〔二〇〕。

【校記】

㊀ 天：原作「夭」，今從廓門本、武林本。

㊁ 犖：廓門本闕。

㊂ 巧：原作「必」，寬文本旁注：「一作『巧』。」廓門本注：「必，一本作『巧』。」「巧」字義勝，今從之。

【注釋】

〔一〕宣和三年冬作於長沙。　杜司録，名不可考，生平未詳。　嶽麓：元和郡縣志卷三〇江南道五潭州長沙縣：「嶽麓山，在縣西南，隔湘水六里，蓋衡山之足也，故以麓爲名。」方輿勝覽卷二三潭州：「麓山，盛弘之荆州記：長沙西岸有麓山。蓋衡山之足，又名靈麓峰，乃嶽山七十二峰之數。自湘西古渡登岸，夾徑喬松，泉澗盤繞，諸峰疊秀，下瞰湘江。嶽麓寺、道林寺、嶽麓書院皆在此焉。」　此詩稱「譚兵杜牧之」，又稱「太丘令國器」、「長吉有美材」。杜牧之即唐詩人杜牧；太丘即東漢陳寔，嘗爲太丘長；長吉即唐詩人李賀。宋吴聿觀林詩話曰：「贈人詩多用同姓事，如東坡贈鄭户曹云：『公業（鄭太）有田常乏食，廣文（鄭虔）好客竟無氈。』……又半山（王安石）與劉發詩云：『何妨過我論奇字（劉棻），亦復令公見異書（王充）。』則又用彼我兩姓事。」故知杜牧之、太丘、長吉分別代指杜司録與陳姓、李姓官員。詩又稱「見此三卓犖」，杜、陳、李加上悳洪，共四人，故以「嶽麓祈雪」四字分韻作詩。此詩所言「太丘令國器」，當指善化縣令陳思忠，本集卷一二有題善化陳令蘭室，當即此人；又卷六次韻思忠奉議民瞻知丞唱酬佳句稱「仲弓曾爲太丘令」，用典與此詩相同，則知思忠亦爲縣令。又「奉議」爲奉議郎之簡稱，題善化陳令蘭堂稱其爲「議郎」，官階亦相同，可知陳令與思忠爲同一人。此言「長吉有美材」，與本集卷二二舫齋記稱「宣城李德孚有美才，善屬文」品評相同，該記又稱德孚「明年復來長沙」。又卷八有和李令祈雪分韻得麓字，可知李令與李德孚當爲同一人，時爲長沙縣令。蓋潭州州治長沙、善化二縣，故陳、李二縣令同至嶽麓山祈雪。德孚名李侗，詳見本集卷二二舫齋記注〔二〕。

〔二〕黄塵似河朔：極言大旱，致湘江水濱如河北曠野，黄塵翻滚。文選卷四二曹植與楊德祖書：「孔璋鷹揚於河朔。」李善注：「孔璋，廣陵人，在冀州袁紹記室，故曰河朔。」李周翰注：「朔，北也。」

〔三〕鬧聞：紛紛傳聞。　雙旌：此指潭州知州儀仗。唐儲光羲同張侍御宴北樓：「今之太守古諸侯，出入雙旌垂七旒。」

〔四〕千騎爍山嶽：蘇軾江城子密州出獵：「錦帽貂裘，千騎卷平岡。爲報傾城隨太守，親射虎，看孫郎。」此化用其意。可知「千騎」亦指太守，即知州。　爍：謂旌旗閃爍。

〔五〕天宇獻邃邈：山谷内集詩注卷二〇贈惠洪：「眼横湘水暮，雲獻楚天高。」任淵注：「王介甫詩：『暮林摇落獻南山。』下句頗采其意，言亂雲脱壞，星露天宇之高明。」此化用其意。邈：廣韻讀爲莫角切，入聲，覺韻。與「朔」「濁」「嶽」等同韻。

〔六〕凍鶴時俛啄：漢書東方朔傳：「尻益高者，鶴俛啄也。」顔師古注：「俛即俯字也。俯，低也。啄，鳥觜也。」此借用其語。

〔七〕譚兵杜牧之：此以杜牧代指杜司録。新唐書杜牧傳贊曰：「牧論天下兵曰：上策莫如自治。賢矣哉！」杜牧樊川文集卷首裴延翰序曰：「其文有罪言者，原十六衛者，戰守二論者，與時宰論用兵、論江賊二書者。」又曰：「尚古兵柄本出儒術，不專任武力者，則注孫子而爲其序。」

〔八〕賦詩果橫槊：謂其能文能武。元稹唐故工部員外郎杜君墓係銘：「建安之後，天下文士遭罹兵戰，曹氏父子鞍馬間爲文，往往橫槊賦詩，故其抑揚怨哀悲離之作，尤極於古。」

〔九〕識面亦已數：猶言已多次識面。　數：屢次，多次。讀曰朔，覺韻。

〔一〇〕文章固餘事：杜甫貽華陽柳少府：「文章一小技，於道未爲尊。」韓愈和席八十二韻：「多情懷酒伴，餘事作詩人。」此合而用之。

〔一一〕正爾全三樂：列子天瑞：「孔子游於太山，見榮啓期行乎郕之野，鹿裘帶索，鼓琴而歌。孔子問曰：『先生所以樂，何也？』對曰：『吾樂甚多。天生萬物，唯人爲貴，而吾得爲人，是一樂也。男女之別，男尊女卑，故以男爲貴，吾既得爲男矣，是二樂也。人生有不見日月、不免襁褓者，吾既已行年九十矣，是三樂也。貧者，士之常也。死者，士之終也。處常得終，當何憂哉？』孔子曰：『善乎！能自寬者也。』」蘇軾乞常州居住表：「得天下之英才，已全三樂；躋斯民於仁壽，不棄一夫。」此借用其語。

〔一二〕太丘令：後漢書陳寔傳略曰：「陳寔，字仲弓，潁川許人也。……司空黄瓊辟選理劇，補聞喜長。旬月，以朞喪去官。復再遷太丘長。修德清淨，百姓以安，鄰縣人户歸附者，寔輒訓導譬解，發遣各令還本司官行部。」李賢注：「太丘縣，屬沛國故城，在今亳州永城縣西北也。」此以代指善化縣令陳思忠。　國器：謂其才可爲國家之用。新唐書房玄齡傳：「吏部侍郎高孝基名知人，謂裴矩曰：『僕觀人多矣，未有如此郎者，當爲國器，但恨不見其聳壑昂霄云。』」

〔一三〕讜議：猶讜論，正直之議論。揚榷：舉其大概。榷，通「搉」。莊子徐无鬼：「頡滑有實，古今不代，而不可以虧，則可不謂有大揚搉乎？」郭象注：「搉略而揚顯之也。」林希逸莊子口義：「揚搉，提掇發揚而論之也。」漢書叙傳下：「揚搉古今，監世盈虚。」顔師古注：「揚，舉也；搉，引也。揚搉者，舉而引之，陳其趣也。」

〔一四〕長吉：唐詩人李賀，字長吉。此以代指長沙縣令李德孚。

〔一五〕嶄然見頭角：頭角突出，喻青少年之過人氣概或才華。嶄然：高出突出貌。韓愈柳子厚墓誌銘：「雖少年已自成人，能取進士第，嶄然見頭角。」此借用其語。

〔一六〕齷齪：局促貌，拘於小節。文選卷二張衡西京賦：「獨儉嗇以齷齪。」李善注：「漢書注：齷齪，小節也。」文選卷五左思吴都賦：「齷齪而算，固亦曲士之所歎也。」注：「齷齪，好苛局小之貌。」孟郊登科後：「昔日齷齪不足誇，今朝放蕩思無涯。」

〔一七〕三卓犖：指杜司録、陳思忠、李德孚三人。廓門本「犖」字闕，注曰：「當作『犖』。」卓犖，超絶也。」

〔一八〕和詩無傑句：蘇軾太虚以黄樓賦見寄作詩爲謝：「我詩無傑句。」此借用其句。

〔一九〕窮略似孟郊：自謙窮愁苦吟大略似孟郊。宋魏泰臨漢隱居詩話：「孟郊詩蹇澀窮僻，琢削不暇，真苦吟而成，觀其句法格力可見矣。」

〔二〇〕巧劣追韓偓：自謙己詩之工巧僅可追上韓偓。劣，僅，稍。韓偓，唐京兆萬年人，字致堯（或作致光），小字冬郎，自號玉山樵人。龍紀元年進士，昭宗時進兵部侍郎、翰林承旨。爲朱全忠所惡，貶濮州司馬。入閩依王審知以卒。新唐書有傳。有香奩集傳世。瀛奎律髓卷七載韓偓幽窗詩，方回評曰：「致光筆端甚高，唐之將亡，與吴融詩律皆不全似晚唐，善用事，極忠憤。惟香奩之作，詞工格卑，豈非世事已不可救，姑留連荒亡以紓其憂乎？」又同書卷一〇韓偓殘春旅舍詩評曰：「致光詩無句不工，唐季之冠也。」蓋宋人多以韓偓香奩集雖詞句工巧，而格力卑弱，故惠洪以追韓偓以示自謙。底本「巧」作「必」，句義不通。

贈鄒處士〔一〕

長沙人物秀而雅，爭如絶致名天下〔二〕。率更之書更古今，鍾王筆蹟遭凌跨〔三〕。藏真草聖夢英篆〔四〕，齊己詩篇洞清（青）畫㊀〔五〕。易生寶覺未暇數〔六〕，邇來鄒敦最聲價〔七〕。巨公要人邈已徧〔八〕，戲畫寂音老尊者〔九〕。繩牀壞衲氣深穩〔一〇〕，霜須瘴面情閑暇㊁。平生剛褊語忤世，定知見此遭譏駡。京（涼）都貴人如玉叢㊂〔一一〕，富貴熏天光照夜〔一二〕。凌烟風姿劍拄頤〔一三〕，妙手當煩爲圖寫。

【校記】

㈠清：原作「青」，誤，今改。參見注〔五〕。

㈡須：廓門本作「鬚」。

㈢京：原作「涼」，誤，今據武林本改。參見注〔一一〕。

【注釋】

〔一〕宣和年間作於長沙。　鄒處士：時稱鄒敦，名不可考，長沙人，善畫，生平未詳。

〔二〕絶致：此特指極致之書畫藝術。唐孫過庭書譜：「如樂毅論、黄庭經、東方朔畫讚、太史箴、蘭亭集序、告誓文，斯並代俗所傳真行絶致者也。」

〔三〕「率更之書更古今」二句：謂歐陽詢之書法足可超越鍾繇、王羲之。唐張懷瓘書斷卷中：「皇朝歐陽詢，長沙汨羅人。官至銀青光禄大夫、率更令。八體盡能，筆力勁險，篆體尤精。高麗愛其書，遣使請焉。神堯歎曰：『不意詢之書名，遠播夷狄。彼觀其跡，固謂其形魁梧耶？』飛白冠絶，峻於古人，有龍蛇戰鬭之象，雲霧輕濃之勢，風旋電激，掀舉若神。真行之書，雖於大令，亦別成一體。森森焉若武庫矛戟，風神嚴於智永，潤色寡於虞世南。其草書迭蕩流通，視之二王，可爲動色，然驚奇跳駿，不避危險，傷於清雅之致。自羊、薄以後，略無勍敵。唯永公特以訓兵精練，議欲旗鼓相當，歐以猛鋭長驅，永乃閉壁固守。以貞觀十五年卒，年八十五。飛白、隸、行、草入妙，大小篆、章草入能。」新唐書歐陽詢傳略曰：「歐陽詢，字信本，潭州臨湘人。……高祖微時，數與游，既即位，累擢給事中。詢初仿王羲之書，後險勁過之，因自名其體，尺牘所傳，人以爲法。……嘗行，見索靖所書碑，觀之，去數步復返，及疲，乃布坐，至宿其傍，三日乃得去。其所嗜類此。」　鍾王：書法家鍾繇、王羲之。蘇軾書黄子思詩集後：「予嘗論書，以謂鍾、王之跡，蕭散簡遠，妙在筆畫之外。」

〔四〕藏真草聖：宣和書譜卷一九草書七：「釋懷素，字藏真，俗姓錢，長沙人。徙家京兆。玄奘三藏之門人也。初勵律法，晚精意於翰墨，追仿不輟，秃筆成冢。一夕，觀夏雲隨風，頓悟筆意。自謂得草書三昧，斯亦見其用志不分，乃凝於神也。當時名流如李白、戴叔倫、竇臮、錢起之徒，舉皆有詩美之，狀其勢，以謂若驚蛇走虺，驟雨狂風，人不以爲過論。又評者謂張長史爲顛，懷素爲狂，以狂繼顛，孰爲不可。及其晚年益進，則復評其與張芝逐鹿，兹亦有加無已。故其譽之者亦若是耶！考其平日得酒發興，要欲字字飛動，圓轉之妙，宛若有神，是可尚者。」　夢英篆：宋朱長文墨池編卷三：「宋釋夢英，衡州人，效十八體書，尤工玉箸。嘗至大梁，太宗召之，簾前易紫服，去，游中南山。當世名士如郭恕先、陳希夷、宋翰林白、賈大參黄中之儔，皆以詩稱述之。師號宣義。」趙希弁郡齋讀書後志卷一著録英公字源一卷曰：「右皇朝釋夢英撰。夢英通篆籀之學，書偏旁五百三十九字。」明陶宗儀書史會要補遺：「釋夢英，號卧雲叟，南嶽人，與郭忠恕同時，習篆皆宗李陽冰。有所書偏旁字源及集十八體書，刻石於長安文廟。」鍇按：衡州屬古長沙國，故釋夢英亦可謂長沙人。

〔五〕齊己詩篇：宋高僧傳卷三〇梁江陵府龍興寺齊己傳略曰：「釋齊己，姓胡，益陽人也。秉節高亮，氣貌劣陋，幼而捐俗於大溈山寺，聰敏逸倫，納圓品法，習學律儀，而性耽吟詠，氣調清淡。……己頸有瘤贅，時號詩囊，棲約自安，破衲擁身，枲麻纏膝，愛樂山水，懶謁王侯，至有『未曾將一句，容易謁諸侯』句爲狎。華山隱士鄭谷詩相酬唱。卒，有白蓮集行於世，自號衡嶽沙門焉。」宣和書譜卷一一行書五：「釋齊己，姓胡，潭州益陽人，少爲浮圖氏，學戒律之外，頗好吟詠，亦留心書翰，傳布四方，人以其詩併傳，逮今多有存者。嘗住江陵之龍興寺，與鄭谷酬唱，積以成編，號白蓮集行於世。筆跡灑落，得行字法，望之，知其非尋常釋子所書也。頸有瘤，人號詩囊也。然操行自高，未始妄謁侯門，以冀知遇，人頗稱之。以是無今昔遠近，人知齊己名，是亦墨名而儒行者耶？故世之所傳，多詩什藁草。」洞清畫：宋郭若虚圖畫見聞志卷三：「武洞清，長沙人，工畫佛道人物，特爲精妙。有雜功德、十一曜、二十八宿、十二真人等像傳於世。」宣和畫譜卷四道釋四：「武洞清，長沙人也。工畫人物，最長於天神道釋等像。布置落墨，廣狹大小，横斜曲直，莫不合度。而坐作進退，向背俛仰，皆有思致。尤得人物名分尊嚴之體。獲譽於一時，至有市鄽人以刊石著洞清姓名而求售者。然其它畫則未聞，傳於世者亦少，獨十一曜具在，今御府所藏二十有一。」底本作「洞青」，涉音近而誤，今改。

〔六〕易生：指易元吉。圖畫見聞志卷四：「易元吉，字慶之，長沙人。靈機深敏，畫製優長，花鳥蜂蟬，動臻精奧。始以花果專門，及見趙昌之蹟，乃歎服焉。後志欲以古人所未到者馳其名，遂寫獐猿。嘗遊荆湖間，入萬守山百餘里，以覘猿狖獐鹿之屬，逮諸林石景物，一一心傳足記，得天性野逸之姿。寓宿山家，動經累月，其欣愛勤篤如此。又嘗於長沙所居舍後，疏鑿池沼，間以亂石叢花，疏篁折葦，其間多蓄諸水禽，每穴窗伺其動靜遊息之態，以資畫筆之妙。治平甲辰歲，景靈宫建孝嚴殿，乃召元吉，畫迎釐齊殿御扆，其中扇畫太湖石，仍寫都下有名鵓鴿及雜中名花，其兩側扇畫孔雀。又於神遊殿之小屏畫牙獐，皆極其思。元吉始蒙其召也，欣然聞命，謂所親曰：『吾平生至藝，於是有所顯發矣。』未幾，果敕令就開先殿之西廡，張素畫百猿圖，命近要中貴人領其事，仍先給粉墨之資二百千。畫猿纔十餘枚，感時疾而卒。元吉平日作畫，格實不羣，意有疏密，雖不全拘師法，而能伏義古人，是乃超忽時流，周旋善譽也。向使元吉卒就百猿，當有遇於人主，然而遽喪其命矣夫。有獐猿、孔雀、四時花鳥寫生、蔬果等傳於世。」宋米芾畫史：「易元吉，徐熙後一人而已。善畫草木葉心翎毛，如唐徐，後無人繼。世但以獐猿稱，可歎。或云：畫孝嚴殿壁畫，院人妬其能，只令畫獐猿，竟爲人鴆。」寶覺：宋畫僧。山谷集卷二七題惠崇九鹿圖：「惠崇與寶覺同出於長沙，而覺妙於生物之情態，優於崇，至崇得意於荒寒平遠，亦翰墨之秀也。」畫史：「艾宣、張涇、寶覺大師翎毛蘆雁不俗。寶覺畫一鶴，王安上純甫見，以謂薛稷筆，取去。」

〔七〕鄒敦：當爲鄒處士之綽號。敦，謂敦厚。最聲價：謂最有名聲。本集卷三贈石頭志庵主：「陝西道人最聲價。」

〔八〕巨公要人邈已徧：謂已遍爲巨公要人畫過肖像。邈，同「貌」，描摹，描繪，特指描繪相貌。筠州洞山悟本禪師語録：「師臨行又問雲巖：『和尚百年後，忽有人問：「還邈得師真否？」如何祇對？』」碧巖録卷四第三十七則盤山三界無法：「師臨遷化，謂衆云：『還有人邈得吾真麽？』衆皆寫真呈師，師皆叱之。普化出云：『某甲邈得。』」以上二則公案景德傳燈録「邈」均作「貌」。本集卷一七送先上人親潛庵：「先禪江西來，邈得渠儂真。」

〔九〕寂音老尊者：惠洪自稱。

〔一〇〕繩牀：僧人坐具，亦稱胡床。唐釋義淨南海寄歸内法傳卷一食坐小牀：「西方僧衆將食之時，必須人人淨洗手足，各各别踞小牀，高可七寸，方纔一尺，藤繩織内，脚圓且輕。卑幼之流，小拈隨事，雙足蹋地，前置盤盂。」　壞衲：即僧衣，袈裟，以非正色將衣染壞，故稱。　氣深穩：杜甫韋諷録事宅觀曹將軍畫馬圖：「顧視清高氣深穩。」此借用其語。

〔一一〕京都貴人：宋韓維又賦京師初食車螯：「京都貴人粱肉厭。」宋劉摯送僧常蔭：「京都貴人多，駢門耀金朱。」蘇軾鰒魚行：「中都貴人珍此味。」底本「京」作「涼」，乃涉形近而誤，今從武林本。　鍇按：「涼都」指涼州，非貴人叢聚之地，與詩意不合。

〔一二〕富貴熏天：杜甫遣興五首之一：「北里富薰天。」此借用其語。

〔一三〕凌烟風姿：唐劉肅大唐新語卷一一褒錫：「貞觀十七年，太宗圖畫太原倡義及秦府功臣趙公長孫無忌、河間王孝恭、蔡公杜如晦、鄭公魏徵、梁公房玄齡、中公高士廉、鄂公尉遲敬德、鄖公張亮、陳公侯君集、盧公程知節、永興公虞世南、渝公劉政會、莒公唐儉、英公李勣、胡公秦叔寶等二十四人於凌煙閣，太宗親爲之贊，褚遂良題閣，閻立本畫。及侯君集謀反伏誅，太宗與之訣，流涕謂之曰：『吾爲卿不復上凌煙閣矣。』」　劍拄頤：戰國策齊策六，「田單將攻狄，齊嬰兒謡曰：「大冠若箕，修劍拄頤。攻狄不能，下壘枯丘。」此借其語狀畫上功臣之貌。參見本集卷一題李愬畫像注〔八〕。

鄭南壽攜詩見過次韻謝之〔一〕

碔砆世既以爲玉〔二〕，芝蘭那知不爲蕕〔三〕。人間萬事醉不理，攜被來爲林壑游。雪花成山過驚浪，五展暮天開橘洲〔四〕。篙師絶叫風掠耳〔五〕，蕭蕭兩鬢空颼飀㊀〔六〕。松聲盤空上煙翠，顧盼佳處每遲留〔七〕。袖中出詩愕坐客，滂蹄乃爾容吞舟〔八〕。東坡句法補造化〔九〕，山谷筆力江倒流〔一〇〕。兩翁聯翩（連聯）竟仙去㊁〔一一〕，暮年見子忘百憂〔一二〕。念當明日江南路〔一三〕，幕阜倚天佳氣浮〔一四〕。故人問我今何似？爲道摧頽如慧球〔一五〕。

【校記】

㊀ 颸：武林本作「飀」。

㊁ 聯翩：原作「連聯」，今從武林本。

【注釋】

〔一〕宣和年間作於長沙。　鄭南壽：生平未詳。

〔二〕碔砆世既以爲玉：戰國策魏策一：「白骨疑象，武夫類玉，此皆似之而非者也。」宋鮑彪注：「武夫，石似玉。」元吴師道補正：「武夫即碔砆。」已見前注。

〔三〕芝蘭那知不爲蕕：左傳僖公四年：「一薰一蕕，十年尚猶有臭。」杜預注：「蕕，臭草。」文選卷五四劉孝標辯命論：「而薰蕕不同器，梟鸞不接翼。」李善注：「家語：『顔回曰：聞薰蕕不同器而藏，堯桀不共國而化，以其類異也。』孫盛晉陽秋：『王夷甫論曰：夫芝蘭之不與茨棘俱植，鸞鳳之不與梟鴻同棲，天理固然，易在曉晤。』」此反其意而用之，謂世人不分好惡，混淆黑白。

〔四〕五展：未詳其義，「五」字或誤。　橘洲：在長沙西湘江中。水經注湘水：「湘水又北逕南津城西，西對橘洲。」已見前注。

〔五〕篙師絶叫風掠耳：蘇軾百步洪二首之一：「水師絶叫鳧雁起。」又曰：「四山眩轉風掠耳。」此化用其語。

〔六〕颼飀：風聲。蘇軾雪後至臨平與柳子玉同至僧舍見陳尉烈：「强邀詩老出，疏髯散颼飀。」

此借用其意。

〔七〕顧陟佳處每遲留：蘇軾水調歌頭：「故鄉歸去千里，佳處輒遲留。」此化用其語意。

〔八〕涔蹄乃爾容吞舟：牛蹄跡中之積水豈能容吞舟之魚。淮南子氾論：「夫牛蹏之涔，不能生鱣鮪。」高誘注：「涔，雨水也。滿牛蹏迹中，言其小也。」漢書賈誼傳載其弔屈原賦曰：「彼尋常之汙瀆兮，豈容吞舟之魚。」

〔九〕東坡句法補造化：黄庭堅子瞻詩句妙一世乃云效庭堅體次韻道之：「句法提一律，堅城受我降。」李賀高軒過：「筆補造化天無功。」

〔一〇〕山谷筆力江倒流：杜甫醉歌行：「詞源倒流三峽水。」黄庭堅子瞻去歲春侍立邇英子由秋冬間相繼入侍作詩各述所懷予亦次韻四首之二：「胸蟠萬卷夜光寒，筆倒三江硯滴乾。」此借用以稱山谷。

〔一一〕兩翁聯翩竟仙去：謂蘇、黄相繼去世。本集卷一四悼山谷五首之一：「蘇黄一時頓有，風流千載追還。竟作聯翩仙去，要將休歇人間。」錯按：蘇軾卒於建中靖國元年七月二十八日，黄庭堅卒於崇寧四年九月三十日。

〔一二〕暮年見子忘百憂：歐陽修懷嵩樓晚飲示徐無黨無逸：「不見忽三年，見之忘百憂。」

〔一三〕江南路：本集江南多指江南西路洪州，猶江西。

〔一四〕幕阜：即黄龍山。方輿勝覽卷一九江西路隆興府：「幕阜山，在分寧西百四十里。」黄魯直詩：『山行十日雨沾衣，幕阜峰前對落暉。』」同書卷二八湖北路鄂州：「幕阜山，在通城東南五十里，周五百里，跨三縣。吴太史慈拒劉表於此，置營幕，故名。」

〔一五〕慧球：廓門注：「僧寶傳羅漢琛禪師傳曰：『又事玄沙，遂臻其奥，與慧球者齊名，號二大士。』羅漢琛嗣法於玄沙。按：福州安國院慧球寂照嗣法於玄沙，謂此者歟？又梁高僧傳曰：『釋慧球本姓馬氏，扶風郡人，春秋七十有四。』又謂此歟？」錯按：高僧傳卷八釋慧球傳：「釋慧球，本姓馬氏，扶風郡人，世爲冠族。年十六出家，住荆州竹林寺，事道馨爲師。稟承戒訓，履行清潔。後入湘州麓山寺，專業禪道。頃之，與同學慧度俱適京師，諮訪經典。後又之彭城，從僧淵受成實論。至年三十二方還荆土，專當法匠，講集相繼，學侣成群，荆楚之間，終古稱最。使西夏義僧得與京邑抗衡者，球之力也。天鑒三年卒，春秋七十有四。遺命露骸松下，弟子不忍行也。中興元年，敕爲荆土僧主，訓勗嶽麓山下南臺寺，注疏佛教經典，與此湘州麓山寺釋慧球行跡相近，故以此自況。」惠洪住湘西福州安國院慧球寂照禪師事具景德傳燈録卷二一，與惠洪行跡無涉。

次韻漕使陳公題萊公祠堂〔一〕

萊公少年日，逸氣生雲泉〔二〕。定策清東宫，天子爲矍然〔三〕。奇豪不世出，獲一以當千〔四〕。親征功第一，尚記破虜年〔五〕。想見和易姿，垂柳春風前。我公嗣前列，剛特才亦全〔六〕。方持使者節，眉宇秀而淵。高樓獨自登，愛公能補天〔七〕。高情弔陳迹，妙語吐新篇。如風行水上，涣然成漪漣〔八〕。乃心在王室，何時朝日邊〔九〕。正坐霖雨手〔一〇〕，豐年自留連。何必羡遺像，公自當濟川〔一一〕。

【注釋】

〔一〕作年未詳。　漕使：轉運使之别稱。　陳公：惠洪同時代之漕使陳公有陳舉。本集卷二九夾山第十五代本禪師塔銘序曰：「師既老矣，而湖北運使陳公舉必欲以夾山致師。」疑即比人。宋王明清揮麈後録卷八：「黄太史魯直本傳及文集序云：太史罷守當塗，奉玉隆之祠，寓居江夏，嘗作荆南承天寺塔記。湖北轉運判官陳舉承風旨，採摘其間數語，以爲幸災謗國，遂除名編隸宜州。時崇寧三年正月也。」洪邁容齋四筆卷八承天塔記：「黄魯直初謫戎、涪，既得歸，而湖北轉運判官陳舉以時相趙清憲（挺之）與之有小怨，訐其所作荆南承天塔記以爲幸災，遂除名羈管宜州。竟卒於彼。」其後陳舉或遷任湖北轉運使。　萊公：即寇準（九六一～一〇二三），字平仲，華州下邽人。太平興國四年進士。景德元年，契丹入侵，準拜同平章事，力排衆議，促使真宗親征，與契丹訂澶淵之盟。後爲王欽若所讒，罷相。天禧初復相，封萊國公。又爲丁謂排擠，貶死雷州。仁宗時追贈中書令，謚忠愍。世稱寇萊公。宋史有傳。鍇按：宋劉敞公是集卷四九萊公祠堂碑辭：「上元年，相國萊公以讒死南方，有詔歸葬雒陽。道出江陵，江陵之人德公之相天下，又哀其死，相率迎柩公安，哭以過喪。大家賻奠，小家斬竹，揭錢幣獻之。已獻，因投諸路旁，竹皆更生，葱菁成林。邦人神之，號曰相公竹云。遂私作祠堂，以爲公歸，水旱疾疫，於是請命，罔不響答。後二十餘歲，南郡太守乃告縣，更作公廟，以遂百姓之思。」此祠堂在江陵府公安縣，屬荆湖北路，爲湖北轉運使管轄範圍内，故「漕使陳公」或當爲陳舉。

〔二〕「萊公少年日」二句：宋史寇準傳：「準少英邁，通春秋三傳。年十九，舉進士。太宗取人，多臨軒顧問，年少者往往罷去。或教準增年，答曰：『準方進取，可欺君邪？』後中第，授大理評事，知歸州巴東、大名府成安縣。每期會賦役，未嘗輒出符移，唯具鄉里姓名揭縣門，百姓莫敢後期。」

〔三〕「定策清東宫」二句：宋史寇準傳：「時太宗在位久，馮拯等上疏乞立儲貳，帝怒，斥之嶺南，中外無敢言者。準初自青州召還，入見，帝足創甚，自褰衣以示準，且曰：『卿來何緩耶？』準對曰：『臣非召不得至京師。』帝曰：『朕諸子孰可以付神器者？』準曰：『陛下爲天下擇君，謀及婦人、中官，不可也；謀及近臣，不可也；唯陛下擇所以副天下望者。』帝俯首久之，屏左右曰：『襄王可乎？』準曰：『知子莫若父，聖慮既以爲可，願即決定。』帝遂以襄王爲開封尹，改封壽王，於是立爲皇太子。廟見還，京師之人擁道喜躍，曰：『少年天子也。』帝聞之不懌，召準謂曰：『人心遽屬太子，欲置我何地？』準再拜賀曰：『此社稷之福也。』帝入語后嬪，宫中皆前賀。復出，延準飲，極醉而罷。」

〔四〕獲一以當千：文選卷四一李少卿答蘇武書：「疲兵再戰，一以當千。」蘇軾東坡八首之八：「衆笑終不悔，施一當獲千。」此借用其語。

〔五〕「親征功第一」二句：宋史寇準傳：「是時，契丹内寇，縱游騎掠深、祁間，小不利輒引去，徜徉無鬭意。準曰：『是狃我也。請練師命將，簡驍鋭據要害以備之。』是冬，契丹果大入。急書一夕凡五至，準不發，飲笑自如。明日，同列以聞，帝大駭，以問準。準曰：『陛下欲了此，不過五日爾。』因請帝幸澶州。同列懼，欲退，準止之，令候駕起。帝難之，欲還内，準曰：『陛下入則臣不得見，大事去矣，請毋還而行。』帝乃議親征，召群臣問方略。既而契丹圍瀛州，直犯貝、魏，中外震駭。參知政事王欽若，江南人也，請幸金陵。陳堯叟，蜀人也，請幸成都。帝問準，準心知二人謀，乃陽若不知，曰：『誰爲陛下畫此策者，罪可誅也。今陛下神武，將臣協和，若大駕親征，賊自當遁去。不然，出奇以撓其謀，堅守以老其師，勞佚之勢，我得勝算矣。奈何棄廟社欲幸楚、蜀遠地，所在人心崩潰，賊乘勢深入，天下可復保邪？』遂請帝幸澶州。及至南城，契丹兵方盛，衆請駐蹕以覘軍勢。準固請曰：『陛下不過河，則人心益危，敵氣未懾，非所以取威決勝也。且王超領勁兵屯中山以扼其亢，李繼隆、石保吉分大陣以扼其左右肘，四方征鎮赴援者日至，何疑而不進？』衆議畢懼，準力爭之，不決。出遇高瓊於屏間，謂曰：『太尉受國恩，今日有以報乎？』對曰：『瓊武人，願效死。』準復入對，瓊隨立庭下，準厲聲曰：『陛下不以臣言爲然，盍試問瓊等？』瓊即仰奏曰：『寇準言是。』準曰：『機不可失，宜趣駕。』瓊即麾衛士進輦，帝遂渡河，御北城門樓，遠近望見御蓋，踴躍歡呼，聲聞數十里。契丹相視驚愕，不能成列。帝盡以軍事委準，準承制專決，號令明肅，士卒喜悦。敵數千騎乘勝薄城下，詔士卒迎擊，斬獲太半，乃引去。上還行宫，留準居城上，徐使人視準何爲。準方與楊億飲博，歌謔歡呼。帝喜曰：『準如此，吾復何憂？』相持十餘日，其統軍撻覽出督戰。時威虎軍頭張瓌守牀子弩，弩撼機發，矢中撻覽額，撻覽死，乃密奉書請盟。準不從，而使者來請益堅，帝將許之。準欲邀使稱臣，且獻幽州地。帝厭兵，欲羈縻不絶而已。有譖準幸兵以自取重者，準不得已，許之。帝遣曹利用如軍中議歲幣，曰：『百萬以下皆可許也。』準召利用至幄，語曰：『雖有敕，汝所許毋過三十萬，過三十萬，吾斬汝矣。』利用至軍，果以三十萬成約而還。河北罷兵，準之力也。」

〔六〕「我公嗣前列」二句：謂漕使陳公繼承寇準剛直多才之秉性，此恭維語。宋史寇準傳：「端曰：『準性剛自任，臣等不欲數爭，慮傷國體。』」又曰：「帝久欲相準，患其剛直難獨任。」

〔七〕補天：淮南子覽冥：「於是女媧鍊五色石以補蒼天，斷鼇足以立四極。」喻挽救世運。

〔八〕「如風行水上」二句：易涣卦：「象曰：風行水上，涣。」蘇洵仲兄字文甫説首發揮其意以論文：「故曰『風行水上涣』，此亦天下之至文也。」參見本集卷二讀慶長詩軸注〔二〕、南昌重會汪彦章注〔三〕。

〔九〕日邊：猶言日下，代指朝廷。世説新語夙慧：「晉明帝數歲，坐元帝膝上，有人從長安來，元帝問洛下消息，潸然流涕。明帝問：『何以致泣？』具以東渡意告之，因問明帝：『汝意謂長安何如日遠？』答曰：『日遠。不聞人從日邊來，居然可知。』元帝異之。明日，集群臣宴會，告以此意。更重問之，乃答曰：『日近。』元帝失色，曰：『爾何故異昨日之言邪？』答曰：『舉目見日，不見長安。』」

〔一〇〕霖雨手：山谷外集詩注卷一二月丁卯喜雨吴體爲北門留守文潞公作：「三十餘年霖雨手。」史容注：「書説命：『若歲大旱，用汝作霖雨。』」

〔一一〕濟川：書説命：「若濟巨川，用汝作舟楫。」

次韻經蔡道夫書堂〔一〕

書堂山崦西，微路經桑柘。婉婉緑陰中，傴僂牽羸馬〔二〕。須臾將平川，時過幽谿瀉。源深人家稀，落日耕釣罷。過墻傍脩竹，深處開茅舍。池塘遠軒窗，秀露風清夜。盃盤燈火裹，笑語茆簷下。白酒瀉新槽（糟）㊀，醇釅如壓蔗〔三〕。酒酣面發赤，箕坐談王霸〔四〕。排斥出忌諱，怪語令人怕。野僧舊不懽，癡坐相嘲罵。但作鶴腦側〔五〕，思歡殆無暇。夜闌乞新詩，自愧非作者。張燈掃西壁，把筆强驅駕。萬景每騷縱〔六〕，此夕偶相借。遂令諸子懽㊁，一一如圖畫。

【校記】

㊀ 槽：原作「糟」，誤，今改。參見注〔三〕。

㊁ 子：寬文本、廓門本作「公」。

【注釋】

〔一〕作年未詳。蔡道夫：生平不可考。

〔二〕傴僂：脊梁彎曲之病，此指年老駝背。淮南子精神：「子求行年五十有四，而病傴僂。」歐陽修醉翁亭記：「傴僂提攜，往來而不絕者，滁人游也。」

〔三〕「白酒瀉新槽」二句：廓門注：「『糟』當作『槽』，即酒槽。」其説甚是。東坡詩集注卷二三定惠院寓居月夜偶出：「溜溜小槽如壓蔗。」趙次公注：「李賀詩：『小槽酒滴真珠紅。』」此用其語意。鍇按：岑參太白東溪張老舍即事寄舍弟姪等：「酒甕開新槽。」李賀江樓曲：「新槽酒聲若無力。」皆可證底本「糟」當作「槽」，今據改。

〔四〕箕坐：箕踞而坐，狂放傲慢之貌。東坡詩集注卷一五送李公恕赴闕：「酒酣箕坐語驚衆。」注：「前漢張耳傳：『高祖箕踞罵詈，甚慢之。』顔師古注：『箕踞者，謂曲兩脚，其形如箕。』」

〔五〕鶻腦側：謂如鶻側頭般側耳傾聽。語本蘇軾宿望湖樓再和：「君來試吟詠，定作鶻頭側。」

〔六〕萬景每騷縱：此即本集卷一贈許邦基「欲驅清景入秀句，萬象奔趨不敢後」之意。騷縱：騷動，縱橫，形容奔趨之貌。

吴子薪重慶堂〔一〕

吴氏季子世不乏〔二〕，子孫魁壘特秀發〔三〕。人言才業任世重，更覺文章有家法〔四〕。奉親作意構華堂，想見青紅濕窗闥〔五〕。堂中二老鬬康强，夫婦承顔薦壽觴〔六〕。朅來兒姪俱登第，舉族請名重慶堂。富貴鼎來推不去〔七〕，道德照人閭里光。富公玉食由及養㊀〔八〕，范公諸郎盡卿相〔九〕。親養子榮兼有德，家聲置公范富上。虚簷風月夜未央，艷妝(莊)成輪發清唱㊁〔一〇〕。金鴨香清碧縷飄〔一一〕，燈前玉頰醉紅潮〔一二〕。一尊滿勸何所祝，盛事要看追八蕭〔一三〕。

【校記】

㊀由：武林本作「猶」。

㈡ 妝：原作「莊」，今改。參見注〔一〇〕。

【注釋】

〔一〕作年未詳。吳子薪：生平不可考。

〔二〕吳氏季子：即吳季札，春秋時吳公子，吳王壽夢之季子。季札賢，而壽夢欲立之，季札讓，不可，乃立長子諸樊。季札封於延陵，故號曰延陵季子。事具史記吳太伯世家。

〔三〕魁壘：雄壯，高超特出。漢書鮑宣傳：「朝臣亡有大儒骨鯁，白首耆艾，魁壘之士。」顔師古注引服虔曰：「魁壘，壯貌也。」

〔四〕文章有家法：山谷内集詩注卷四奉答謝公静與榮子邕論狄元規孫少述詩長韻：「小謝有家法，聞此不聽冰。」任淵注：「後漢書儒林傳序曰：『各以家法教授。』」參見本集卷一崇因會王敦素注〔三〕。

〔五〕青紅濕窗闥：指重慶堂初建成，彩色油漆尚未乾。東坡樂府卷上水調歌頭黄州快哉亭贈張偓佺：「知君爲我新作，窗户濕青紅。」此借用其語。

〔六〕承顔：承接顔色，迎合其意，此指孝敬父母。漢書雋不疑傳：「聞暴公子威名舊矣，今乃承顔接辭。」

〔七〕鼎來：方來，正來。漢書匡衡傳：「無説詩，匡鼎來；匡説詩，解人頤。」顔師古注：「服虔曰：『鼎，猶言當也。若言匡且來也。』應劭曰：『鼎，方也。』」

〔八〕富公玉食由及養：謂富弼爲宰相，其母尚在，得以玉食奉養。富弼（一〇〇四～一〇八三）字彦國，河南洛陽人。少爲范仲淹、晏殊所知，殊以爲壻。至和二年（一〇五五）拜同中書門下平章事，與文彦博同任宰相。宋史有傳。據蘇軾富鄭公神道碑稱，富弼「性至孝」，嘉祐六年（一〇六一）「丁秦國太夫人憂」，則其拜相時其母尚康健。玉食：珍美食品。書洪範：「惟辟作福，惟辟作威，惟辟玉食。」由：猶，尚且。

〔九〕范公諸郎盡卿相：范仲淹四子中除長子純祐名位不顯且早卒外，其餘三子皆官至卿相。純仁字堯夫，元祐三年拜尚書右僕射兼中書侍郎。純禮字彝叟，徽宗朝拜禮部尚書，擢尚書右丞。純粹字德儒，元祐中代兄純仁知慶州，除寶文閣待制，召爲户部侍郎。哲宗親政，知延州、熙州。徽宗立，加龍圖閣直學士，知太原、延州、永興軍等。四子宋史皆有傳。

〔一〇〕艶妝成輪：謂如花之紅粧美女團繞環立。妝，同「粧」。本集卷一香城懷吴氏伯仲：「新粧花成輪。」卷二七跋東坡平山堂詞：「東坡登平山堂，懷醉翁，作此詞。張嘉甫謂予曰：『時紅粧成輪，名士堵立，看其落筆。』」底本「妝」作「莊」，誤。廓門注：「『莊』當作『妝』歟？」其説甚是，今據改。

〔一一〕金鴨：金屬製鴨形香爐。唐戴叔倫春怨：「金鴨香消欲斷魂。」

〔一二〕玉頰醉紅潮：恭維堂中二老酒醉紅顔。蘇軾老饕賦：「候紅潮於玉頰。」此化用其語。參見本集卷五治中吴傅朋母夫人王逢原之女也傅朋作堂名養志乞詩爲作此注〔一二〕。」

〔一三〕盛事要看追八蕭：東坡詩集注卷一三次韻劉貢父所和韓康公憶持國二首之一：「盛事終當繼八蕭。」注：「唐蕭氏自瑀及遘，八宰相。次公：『世有衣冠盛事圖。』」此借用其語意。錯按：新唐書蕭瑀傳贊曰：「梁蕭氏興江左，實有功在民，厥終無大惡，以寖微而亡，故餘祉及其後裔。自瑀逮遘，凡八葉宰相，名德相望，與唐盛衰，世家之盛，古未有也。」

題嶽麓深固軒〔一〕

湘西峰頂寺，樓閣藏煙翠。危臺占冢（冢）顛㊀〔二〕，小軒寄幽致。游人常不到，石壁照溪邃。於世復何求，此生眠食耳〔三〕。翛然亦何有，蒲團空曲几。凭高俯城郭，車馬環磨蟻〔四〕。城郭望諸峰，時見孤雲起。

【校記】

㊀冢：原作「家」，誤，今從石倉本作「冢」。

【注釋】

〔一〕約宣和七年作於長沙嶽麓寺。錯按：詩當爲嶽麓寺住持法光禪師而作，參見本集卷一三謝嶽麓光老惠臨濟頂相注〔一〕。

〔二〕家顛：猶言山頂。詩小雅十月之交：「山冢崒崩。」毛傳：「山頂曰冢。」廓門注：「『家顛』，筠溪集作『冢顛』。」參見本卷送元老住清修注〔七〕。

〔三〕此生眠食耳：謂此生惟有睡覺喫飯二事。蘇軾游惠山三首之三：「吾生眠食耳，一飽萬想滅。」此借用其語。廓門注：「又有一説，宗鏡録第五十卷引增壹阿含第三十一卷曰：『世尊告阿那律曰：一切諸法由食而住，在眼以眠爲食，耳以聲爲食，鼻以香爲食，舌以味爲食，身以細滑爲食，意以法爲食，涅槃以無放逸爲食。』」

〔四〕車馬環磨蟻：謂俯瞰城中車馬，如蟻行旋磨之上。山谷内集詩注卷一演雅：「枉過一生蟻旋磨。」任淵注：「晉書天文志周髀家云：『譬之於蟻行磨石之上，磨左旋而蟻右去，磨疾而蟻遲，故不得不隨磨以左迴焉。』」

贈别通慧選姪禪師〔一〕

選本住山人〔二〕，精進激惰懶〔三〕。規模如乃翁，鐵喙石肝膽〔四〕。豈特七閩英〔五〕，蓋亦叢林揀〔六〕。子少長庚曉〔七〕，我老碧雲晚〔八〕。相親出數面〔九〕，别袂聊一挽。是非一言足〔一〇〕，勃窣百事辦〔一一〕。分攜青蘋灣〔一二〕，相對秋滿眼。

【注釋】

〔一〕宣和七年秋作於潭州湘陰縣。通慧選姪禪師：選禪師，字通慧，花藥進英之法子。進英嗣法真淨克文，爲惠洪師兄，故惠洪稱通慧爲姪禪師。參見本集卷一七花藥英禪師生日其子通慧設齋作此。

〔二〕住山人：景德傳燈録卷九福州大安禪師：「師云：『本色住山人，且無刀斧痕。』」同書卷二八池州南泉普願和尚語：「上堂曰：『諸子，老僧十八上解作活計。有解作活計者出來，共爾商量，是住山人始得。』」

〔三〕精進：能持善樂道不自放逸，爲佛教六度之一。成唯識論卷六：「勤謂精進，於善惡品修斷事中勇悍爲性，對治懈怠滿善爲業。」

〔四〕「規模如乃翁」二句：乃翁指花藥進英禪師。本集卷三〇花藥英禪師行狀：「師有爽氣，喜暴所長，以激後學，三十年一節不移，故佛印呼爲『鐵喙』。」卷一七花藥英禪師生日其子通慧設齋作此亦曰：「罵人觜是新羅鐵。」釋曉瑩雲卧記談卷上：「衡州花藥英禪師，江之湖口李氏子也。初於真淨處受記莂，乃往雲居，佛印命首衆僧。一日，佛印握拳問曰：『首座如何？』英曰：『佗日不敢忘和尚。』佛印私以爲喜，有偈遺之曰：『誰人識得吉州英，觜是新羅鐵打成。終不隨佗烏鵲隊，望雲閑叫兩三聲。』蓋美其機辯矣。由是叢林呼爲『英鐵觜』。」

〔五〕七閩：代指福州。方輿勝覽卷一〇福建路福州：「事要郡名：合沙、三山、長樂、福唐、閩中、東治、東甌、七閩。」錯按：周禮夏官司馬職方氏：「掌天下之圖，以掌天下之地。辨其邦國，都鄙，四夷、八蠻、七閩、九貉、五戎、六狄之人民。」賈公彥疏：「叔熊居濮如蠻，後子孫分爲七種，故謂之七閩也。」

〔六〕叢林揀：謂叢林揀選出之精英。錯按：「揀」字扣合其名「選」。

〔七〕長庚曉：此指啓明星，曉見，喻人之少年。蘇軾次韻鄭介夫二首之一：「長庚到曉空陪月。」參見本集卷五謁嵩禪師塔注〔一三〕。

〔八〕碧雲晚：喻人之暮年。語本江淹擬休上人詩「日暮碧雲合」句。

〔九〕相親出數面：陶淵明答龐參軍詩序：「俗諺云：『數面成親舊。』況情過此者乎！」此化用其意。

〔一〇〕是非一言足：蘇軾次韻答孫侔：「千里論交一言足。」此借用其語。

〔一一〕勃窣：猶媻珊，蹣跚，行動遲緩貌。文選卷七司馬相如子虛賦：「媻珊勃窣上金隄。」李善注引韋昭曰：「媻珊勃窣，匍匐上也。」本集好用此詞，如卷二〇懶庵銘：「南州仁公以勃窣爲精進。」卷二四送因覺先序：「佛照者，裙纔及膝，吉貝纏其脛，勃窣趨迎，權不韻甚矣。」

〔一二〕青蘋灣：指湘江畔。本集卷六陪張廓然教授游山分題得山字：「喚舟青蘋灣。」

中秋夕以月色靜中見泉聲幽處聞爲韻分韻得見字〔一〕

夜清成水宿，月出波灧灧。那知是中秋，老眼欲凄眩。此生天地間，飄泊如蓬轉〔二〕。竭來泊湘瀕㊀，此月凡七見〔三〕。冰輪上天衢〔四〕，萬里不知遠。夜深度明河〔五〕，輪側明河淺。西樓欲吹笛，餘聲落哀怨㊁。魂清到月脇〔六〕，寒露紛滿面。林光潑流泉，天大微雲卷。阿崇具紙筆，橘亦磨破硯〔七〕。詩成月華清，幼婦與黄絹〔八〕。

【校記】

㊀ 瀕：石倉本作「濱」。

㊁ 聲：石倉本作「音」。

【注釋】

〔一〕宣和七年八月十五日作於湘陰縣。唐僧皎然杼山集卷九贈包中丞書稱詩僧靈澈詩：「石帆山作，則有『月色靜中見，泉聲深處聞』。」惠洪引此詩「深處」作「幽處」，或別有據。本集卷二二布景堂記：「畫公曰『月色靜中見，泉聲幽處聞』者，譏之也。」畫公即皎然，亦作「幽」。廓門注：「此題句，畫公詩也。杼山集第二卷：『峰色秋天見，松聲靜夜聞。』又見於天廚禁臠，與本集字有不同。」鍇按：此二句實爲靈澈詩，非晝公（皎然）詩，惠洪、廓門皆誤。

〔二〕蓬轉：猶轉蓬，蓬草隨風飄轉，喻身世飄零。

〔三〕「揭來泊湘瀕」二句：惠洪重和元年（即政和八年）冬住長沙谷山，復還居鹿苑寺、水西南臺寺，至宣和七年，共七度於湘江畔見中秋月。瀕，水邊，通「濱」。

〔四〕冰輪：代指圓月。唐朱慶餘十六夜月：「昨夜忽已過，冰輪始覺虧。」天衢：天上大路。黃庭堅戲贈家安國：「吟弄風月思天衢。」

〔五〕明河：天河，銀河。唐宋之問明河篇：「明河可望不可親，願得乘槎一問津。」

〔六〕魂清到月脇：皇甫湜唐故著作佐郎顧況集序：「偏於逸歌長句，駿發踔厲，往往若穿天心，出月脇，意外驚人語，非尋常所能及。」參見本集卷四郭祐之太尉試新龍團索詩：「月脇澄魂誰與共。」

〔七〕「阿崇具紙筆」二句：廓門注：「崇、橘必人名。老杜詩：『呼兒具紙筆。』東坡詩三十一卷：『呼兒具紙筆，醉語輒録之。』簡齋集九卷：『呼兒具紙筆。』東坡詩十一卷：『我生無由食破硯，爾來硯枯磨不出。』」鍇按：阿崇，惠洪弟子。本集卷九愈崇二子求偈歸江南，其中崇子即阿崇。又卷一三有夏日同安示阿崇諸衲子。橘：不可考，亦當爲惠洪弟子。

〔八〕幼婦與黃絹：謂絶妙好辭。世説新語捷悟：「魏武嘗過曹娥碑下，楊修從。碑背上見題作『黃絹幼婦，外孫齏臼』八字。魏武謂修曰：『解不？』答曰：『解。』魏武曰：『卿未可言，待我思之。』行三十里，魏武乃曰：『吾已得。』令修別記所知。修曰：『黄絹，色絲也，於字爲絶；幼婦，少女也，於字爲妙；外孫，女子也，於字爲好；虀臼，受辛也，於字爲辤。所謂絶妙好辭也。』魏武亦記之，與修同，乃歎曰：『我才不及卿，乃覺三十里。』

鄧循道分財贍族湘陰諸老賦詩同作〔一〕

卜式與弟貲，如塞無底竇〔二〕。其愛止弟耳，親舊竟何有。二疏得賜金，盡以散親舊〔三〕。但可施一時，安能繼其後。然於簡編中，耿光白如晝。鄧侯功名姿，潁脱蓋天授〔四〕。分財贍族人，約券規永久〔五〕。君看純孝心，履豨先履瘦〔六〕。紛紛窶人子〔七〕，懸鶉露兩肘〔八〕。雨雪抱兒女，扣門易升斗〔九〕。鄧氏豈無貧，炊烟滿蓬牖。安知寒微中，不復生奇秀。陰功雖無形〔一〇〕，報應捷於口〔一一〕。此風起頽俗，能使薄者厚〔一二〕。作詩附家傳〔一三〕，想見爲拊手〔一四〕。

【注釋】

〔一〕宣和四年夏作於湘陰縣。　鄧循道：鄧沿字循道，湘陰人，其分財贍族事詳見本集卷二二先志碑記。

〔二〕「卜式與弟貲」二句：漢書卜式傳：「卜式，河南人也。以田畜爲事，有少弟。弟壯，式脱身出，獨取畜羊百餘，田宅財物盡與弟。式入山牧，十餘年，羊致千餘頭，買田宅。而弟盡破其産，式輒復分與弟者數矣。」無底竇，猶言無底洞。蘇軾廬山二勝棲賢三峽橋：「長輸不盡溪，欲滿無底竇。」此借用其語。

〔三〕「二疏得賜金」二句：漢書疏廣傳略曰：「疏廣，字仲翁，東海蘭陵人也。少好學，明春秋。……徵爲博士……徙爲太傅。廣兄子受，字公子，亦以賢良舉爲太子家令。……（宣帝）拜受爲少傅。……上疏乞骸骨，上以其年篤老，皆許之，加賜黄金二十斤，皇太子贈以五十斤，公卿大夫、故人邑子設祖道，供張東都門外，送者車數百兩，辭決而去。及道路觀者皆曰：『賢哉二大夫！』或歎息，爲之下泣。廣既歸鄉里，日令家共具設酒食，請族人故舊賓客，與相娱樂。數問其家金餘尚有幾所，趣賣以共具。居歲餘，廣子孫竊謂其昆弟老人廣所愛信者曰：『子孫幾及君時，頗立産業基阯。今日飲食費且盡，宜從丈人所，勸説君買田宅。』老人即以閒暇時爲廣言此計，廣曰：『吾豈老誖不念子孫哉！顧自有舊田廬，令子孫勤力其中，足以共衣食，與凡人齊。今復增益之，以爲贏餘，但教子孫怠惰耳。賢而多財則損其志，愚而多財則益其過，且夫富者，衆之怨也。吾既亡以教化子孫，不欲益其過而生怨。又此金者，聖主所以惠養老臣也。故樂與鄉黨宗族共饗其賜，以盡吾餘日，不亦可乎！』於是族人説服。皆以壽終。」

〔四〕穎脱：鋒芒顯露，猶言脱穎而出。　天授：天生，上天所授。史記淮陰侯列傳：「且陛下所謂天授，非人力也。」

〔五〕「分財贍族人」二句：先志碑記：「宣和四年夏，循道以書抵余曰：『……已於今年元日，與族人爲約券，月給穀一斛。男議婚，錢十千，再婚減其半。女議嫁者，錢三十千，再嫁則減其半。備喪者，錢十千，及葬，更給其半。歲月弗窮，而存没弗常，不敢負標以計數，限斛以爲額，庶其利流百世而不弊。』」

〔六〕「君看純孝心」二句：謂觀其分財贍族之事，可知其純孝心之所在。莊子知北遊：「莊子曰：『夫子之問也，固不及質。正獲之問於監市履豨也，每下愈況。』」郭象注：「豨，大豕也。夫監市之履豕以知其肥瘦者，愈履其難肥之處，愈知豕肥之要。今問道之所在，而每況之於下賤，則明道之不逃於物也，必矣。」

〔七〕窶人子：貧窮人家子弟。漢書霍光傳：「又諸儒生多窶人子，遠客飢寒，喜妄説狂言，不避忌諱，大將軍常讎之。」顔師古注：「窶，貧而無禮。」

〔八〕懸鶉：衣衫襤褸之狀。荀子大略：「子夏貧，衣若懸鶉。」　露兩肘：杜甫述懷：「麻鞋見天子，衣袖露兩肘。」此借用其語。

〔九〕扣門易升斗：蘇軾楊康功有石狀如醉道士爲賦此詩：「樵夫見之笑，抱賣易升斗。」

〔一〇〕陰功：猶言陰德，暗中施德與人。唐杜荀鶴獻新安于尚書：「月留清俸資家少，歲計陰功及物多。」

〔一一〕報應捷於口：書大禹謨：「惠迪吉，從逆凶，如影響。」孔傳：「迪，道也。順道，吉；從逆，凶。吉凶之報，若影之隨形，響之應聲。」

〔一二〕能使薄者厚：後漢書陳寔傳贊：「曾是淵軌，薄夫以淳。」蘇軾用舊韻送魯元翰知洺州：「緬懷故人意，欲使薄夫敦。」此化用其意。

〔一三〕家傳：子孫述其父祖事跡之傳記。後漢書列女傳序：「梁嫕、李姬，各附家傳。」

〔一四〕拊手：拍手，鼓掌。

贈陳靜之〔一〕

仙郎如鸑鷟，風格殊秀整。文章體自然，五色麗雲錦〔二〕。紛紛少年場〔三〕，英氣橫筆陣〔四〕。家聲盛漢魏，未暇數唐晉。元龍特豪偉〔五〕，太丘苦剛正〔六〕。相逢黃卷中，崔嵬山嶽峻〔七〕。君當世其家，已見逸群駿。笑談不自覺，滿坐湖海韻〔八〕。富貴率致身，華裾宜綠鬢。功名偶然耳，何必以身狥㊀〔九〕。未近翠雲裘〔一〇〕，先看班玉筍〔一一〕。

【校記】

㊀ 狥：四庫本作「循」。

【注釋】

〔一〕作年未詳。陳靜之：生平不可考。

〔二〕「仙郎如鶩鸞」四句：喻陳靜之爲鸞鳳，復以鸞鳳之五色喻其文章之自然華麗。本集卷三魯直弟稚川作屋峰頂名雲巢：「慚愧君家小馮君，自是河東真鸑鷟。文章五色體自然，秋水精神出眉目。」

〔三〕少年場：文選卷二八鮑照結客少年場行題下李周翰注：「言少年時結任俠之客，爲游樂之場，終而無成，故有斯作也。」此指少年時游於翰墨之場。

〔四〕英氣横筆陣：黄庭堅奉和文潛贈無咎篇末多見及以既見君子云胡不喜爲韻之五：「當令横筆陣，一戰靜楚氛。」此借其語。

〔五〕元龍特豪偉：三國志魏書陳登傳：「陳登者，字元龍，在廣陵有威名，又犄角吕布有功，加伏波將軍，年三十九卒。後許汜與劉備並在荆州牧劉表坐，表與備共論天下人。汜曰：『陳元龍湖海之士，豪氣不除。』備謂表曰：『許君論是非？』表曰：『欲言非，此君爲善士，不宜虚言；欲言是，元龍名重天下。』備問汜：『君言豪，寧有事邪？』汜曰：『昔遭亂過下邳，見元龍，元龍無客主之意，久不相與語，自上大牀卧，使客卧下牀。』備曰：『君有國士之名，今天下大亂，帝主失所，望君憂國忘家，有救世之意。而君求田問舍，言無可采，是元龍所諱也，何緣當與君語？如小人，欲卧百尺樓上，卧君於地，何但上下牀之間邪？』表大笑，備因言曰：『若元龍文武膽志，當求之於古耳，造次難得比也。』」

〔六〕太丘苦剛正：後漢書陳寔傳：「陳寔，字仲弓，潁川許人也。……再遷除太丘長，修德清靜，百姓以安。……在鄉閭，平心率物，其有爭訟，輒求判正，曉譬曲折，退無怨者，至乃歎曰：『寧爲刑罰所加，不爲陳君所短。』」廓門注：「陳登、陳寔，以同姓比陳靜之言也。」

〔七〕「相逢黃卷中」二句：謂讀其詩文如逢其人，見其氣度超凡出衆，如山嶽高聳挺拔。黄卷：書籍之代稱，此指詩文集。崔嵬：高峻雄偉。本集卷二同慶長游草堂：「余郎妙天下，氣與山嶽峻。」即此意。

〔八〕湖海韻：謂陳靜之亦如陳元龍，爲「湖海之士，豪氣不除」。見前引陳登傳。

〔九〕以身狥：謂捨身求功名。元結次山集卷七與吕相公書：「相公視某，敢以身徇名利者乎？有如某者，以身徇名利，齒於奴隸尚可羞，而况士君子也歟？」狥，同「徇」，通「殉」。

〔一〇〕翠雲裘：代指天子。九家集注杜詩卷二九更題：「羣公蒼玉珮，天子翠雲裘。」注：「宋玉賦云：『主人之女，爲承日之華，上翠雲之裘。』此宋玉詩誕之言，今公直言天子矣。」

〔一一〕班玉筍：喻朝士人物秀美，朝班時如玉筍挺立。孫光憲北夢瑣言卷五沈蔣人物：「沈詢侍郎清粹端美，神仙中人也，制除山北節旄。京城誦曹唐游仙詩云：『玉詔新除沈侍郎，便分茅土領東方。不知今夜游何處，侍從皆騎白鳳凰。』即風姿可知也。蔣凝侍郎亦有人物，每到朝士家，人以爲祥瑞，號水月觀音。前代潘安仁、衛叔寶何以加此。唐末朝士中有人物者，時號玉筍班。」山谷内集詩注卷一七次韻文潛立春日三絶句之二：「不立春風玉筍班。」任淵注：「鄭谷九日寄張超居詩曰：『渾無酒泛金英菊，謾道官居玉筍班。』按北夢瑣言曰：『唐末朝士中有人物者，時號玉筍班。又外郎班清緊不雜，亦號玉筍班者也。』」

弔性上人真〔一〕

漆瞳照人韻拔俗〔二〕，平生直性如劈竹。世情好惡我不知，是是非非一言足〔三〕。昔年訪道辭七閩〔四〕，丹青生此身外身〔五〕。要將留悦倚門意〔六〕，此心亦是酬慈親。慈親未老身先逝，夢境悲歡成一戲。展開覿體露全機〔七〕，偪塞虚空何處避〔八〕。

【注釋】

〔一〕崇寧三年秋作於分寧縣龍安寺。性上人：福州人，龍安寺僧，生平不可考。參見本集卷九次韻誼叟悼性上人、卷一〇悼性上人。真：寫真，畫像。

〔二〕漆瞳照人：謂眼瞳黑如點漆，炯炯有神。蘇軾雲師無著自金陵來且還其畫：「玉骨猶含富貴餘，漆瞳已照人天上。」

〔三〕是是非非：荀子修身：「是是非非謂之知，是非非是謂之愚。」蘇軾劉壯輿長官是是堂：「非非義之屬，是是仁之徒。非非近乎訕，是是近乎諛。」

〔四〕七閩：指福州。見前贈别通慧選姪禪師注〔五〕。

〔五〕身外身：指寫真。能改齋漫録卷八夢中夢身外身：「山谷嘗自贊其真曰：『似僧有髮，似俗無塵。作夢中夢，見身外身。』蓋亦取詩僧淡白寫真詩耳。淡白云：『已覺夢中夢，還同身外身。堪嘆余兼爾，俱爲未了人。』」

〔六〕要將留悦倚門意：謂此寫真或能留以愉悦慈親之念想。倚門：形容盼子歸來之殷切心情。戰國策齊策六：「王孫賈年十五，事閔王。王出走，失王之處。其母曰：『女朝出而晚來，則吾倚門而望；女暮出而不還，則吾倚閭而望。女今事王，王出走，女不知其處，女尚何歸？』」

〔七〕展開覿體露全機：謂此寫真雖爲化身，然足以展露性上人全體法身。雲門匡真禪師廣録卷中：「舉：『應化非真佛，亦非説法者。』師曰：『應化之身説，即是法身説，亦喚作覿體全真，以法身喫法身。』」

〔八〕偪塞虚空何處避：謂此全體法身充滿虚空，無處不在。偪塞，同「逼塞」，擁擠，充塞。景德傳燈録卷二七南嶽慧思禪師偈曰：「頓悟心源開寶藏，隱顯靈通現真相。獨行獨坐常巍巍，百億化身無數量。縱合偪塞滿虚空，看時不見微塵相。」同書卷二六福州支提辯隆禪師：「師上堂曰：『巍巍實相，偪塞虚空，金剛之體，無有破壞。大衆還見不見？若言見也，且實相之體，本非青黄赤白，長短方圓，亦非見聞覺知之法，且作麽生説見底道理？若言不見，又道巍巍實相，偪塞虚空，爲什麽不見？』」

宣和七年重陽前四日余自長沙還鹿門過荆渚謁天寧璋禪師留二宿作此〔一〕

孤城渺湖天，長隄篆湖水〔二〕。柳衙行未窮〔三〕，已過沙頭市〔四〕。連檣來萬艘〔五〕，荻叢出千雉〔六〕。節物近重陽，風日正清美。忽驚樓閣開，寶坊墮平地〔七〕。璋公十年舊，出迎一笑喜。□夜及湘（相）山㊀〔八〕，歲月入歎喟。茲行歸鹿門，已作終焉計〔九〕。不辭信宿留〔一〇〕，愛子多故意〔一一〕。説禪有家法，翻手了千偈〔一二〕。鐵脊敵魔外〔一三〕，宗風永零替〔一四〕。我留固隨緣，思歸亦偶爾。爲君賦新詩，萬象困嘲（朝）戲㊁〔一五〕。去留未用較，吾生真一寄〔一六〕。

【校記】

㊀ □：闕，天寧本作「昨」，無據。　湘：原作「相」，誤，今據四庫本改。參見注〔八〕。

㊁ 嘲：原作「朝」，誤，今改。參見注〔一五〕。

【注釋】

〔一〕宣和七年九月七日作於荆州江陵縣。重陽前四日爲九月五日，留二宿，爲九月七日。自長沙還鹿門之事，參見前贈别若虚注〔七〕。廓門注：「鹿門，襄陽府鹿門寺。荆渚，荆州府也。」

〔二〕長隄篆湖水：謂長隄如篆字盤曲於湖水之上。天寧璋禪師：時住荆州天寧寺，然法系生平不可考。

〔三〕柳衙：五代尉遲偓中朝故事：「天街兩畔槐樹，俗號爲槐衙。曲江池畔多柳，亦號爲柳衙。意謂其成行列如排衙也。」

〔四〕沙頭市：方輿勝覽卷二七湖北路江陵府：「沙頭市，去府十五里，四方之商賈輻輳，舟車駢集。」元稹江陵歆月詩：『闐咽沙頭市，玲瓏竹岸窗。』」

〔五〕連檣來萬艘：杜甫雨三首之三：「連檣荆州船。」蘇軾送江公著知吉州：「連檣一萬艘。」此借用其語。

〔六〕荻叢出千雉：謂荆州城墻矗立於水邊蘆荻叢之上。左傳隱公元年：「都城過百雉，國之害也。」注：「方丈曰堵，三堵曰雉。一雉之牆長三丈，高一丈。」此言千雉，乃誇張之詞。

〔七〕寶坊墮平地：黄庭堅題落星寺四首之一：「星宫游空何時落，著地亦化爲寶坊。」此化用其意。寶坊，寺院之美稱。

〔八〕□夜及湘山：底本作「相山」，然惠洪所經之地無此山。廓門注：「一字闕。『相』當作『湘』

歟？」其説甚是，本集「湘山」甚多，不勝枚舉，今據改。

〔九〕已作終焉計：猶言已作終老之計。杜甫次空靈岸：「可使營吾居，終焉託長嘯。」

〔一〇〕信宿：連續兩夜。參見本集卷三七夕卧病敦素報云道夫已至北山遲遲未入城其意耽酒用其説作詩促之注〔一五〕。

〔一一〕愛子多故意：杜甫贈衛八處士：「感子故意長。」此化用其意。

〔一二〕翻手了千偈：蘇軾金山妙高臺：「機鋒不可觸，千偈如翻水。」

〔一三〕鐵脊：比喻倔强剛直。景德傳燈録卷一五朗州德山宣鑒禪師：「德山老人一條脊梁，骨硬似鐵拗不折。」

〔一四〕零替：陵替，衰敗。

〔一五〕萬象困嘲戲：蘇軾次韻李公擇梅花：「詩人固長貧，日午飢未動。偶然得一飽，萬象困嘲弄。」此借用其語意。嘲：底本作「朝」，涉音近而誤，今據蘇詩改。

〔一六〕吾生真一寄：東坡詩集注卷二鬱孤臺：「吾生如寄耳。」王注引次公曰：「魏文帝樂府云：『人生如寄，多憂何爲？』法苑珠林云：『謝安與支遁書云：人生如寄耳。』」

贈張丞相畫像贈宫使龍圖〔一〕

天下張荆州〔二〕，乳兒識名譽〔三〕。醫國陸宣公〔四〕，護法崔元度〔五〕。平生風雷舌，咳唾作霖雨〔六〕。隔闊餘十年，一旦成萬古〔七〕。羊曇欲作慟，生存華屋處〔八〕。支遁亦傷心，路偶經姚塢〔九〕。賴有克家子〔一〇〕，春色連眉宇。君看談笑時，亦是幹（榦）國具㊀〔一一〕。會看如乃翁，獨立無喜懼〔一二〕。文章有種性，家法致工主〔一三〕。此詩公應聞，想見笑掌拊。

【校記】

㊀幹：底本作「榦」，誤。今改。參見注〔一一〕。

【注釋】

〔一〕宣和七年十月作於峽州宜都縣。　張丞相：即張商英。　宫使龍圖：指商英子張茂，爲直龍圖閣學士。時惠洪過商英故居，瞻其畫像，作詩。宋會要輯稿選舉三三之三六：「（宣和）四年正月二十四日詔：『張商英，先帝簡擢，嘗位宰府，已贈太保，依格外特與遺表恩澤二人，子茂爲直龍圖閣。』」陸游入蜀記：「五日，過白羊市，蓋峽州宜都縣境上。宜都，唐縣也。謁張文忠公天覺墓，殘伐墓木横道，幾不可行。天覺之子直龍圖閣茂已卒，二孫，一有官，病狂易；一白丁也。初作墓江濱，已而不果葬，改葬山間，今墓是也，而舊墓亦不復毁。」

〔二〕天下張荆州：謂商英爲名滿天下之英傑。宋王偁東都事略卷一〇二張商英傳：「商英學浮圖法，自號無盡居士。其進本熙、豐，蔡京强置（元祐）黨籍中。天下既共惡京，而商英與京異論，以故天下翕然推重云。」参見本集卷五予頃還自海外夏均父以襄陽别業見要使居之後六年均父謫祁陽酒官余自長沙往謝之夜語感而作注〔二七〕。

〔三〕乳兒識名譽：蘇軾祭司馬君實文：「退居於洛，四海是儀。化及豚魚，名聞乳兒。」此用其意。本集卷一五無盡居士以峽州天寧見邀作此辭免六首之三：「四夷八蠻想風采，竈婦乳兒知姓名。」

〔四〕醫國陸宣公：此以唐名相陸贄喻商英，以其嘗爲宰相，爲國除患祛弊。宋史張商英傳：「商英爲政持平，謂京雖明紹述，但借以劫制人主，禁錮士大夫爾。於是大革弊事，改當大錢以平泉貨，復轉般倉以罷直達，行鈔法以通商旅，蠲横斂以寬民力。勸徽宗節華侈，息土木，抑僥倖，帝頗嚴憚之。」醫國，語本國語晉語八：「上醫醫國，其次疾人，固醫官也。」陸宣公，即陸贄，字敬輿，蘇州嘉興人。德宗召爲翰林學士，官至中書侍郎同中書門下平章事。後爲裴延齡所讒，貶忠州别駕。卒謚曰宣。新唐書陸贄傳：「始，贄入翰林，年尚少，以材幸，天子常以輩行呼而不名。在奉天，朝夕進見，然小心精潔，未嘗有過，由是帝親倚，至解衣衣之，同類莫敢望。雖外有宰相主大議，而贄常居中參裁可否，時號『内相』。……故奉天所下制書，雖武人悍卒，無不感動流涕。後李抱真入朝，爲帝言：『陛下在奉天山南時，赦令至山東，士卒聞者皆感泣思奮，臣是時知賊不足平。』議者謂興元戡亂功，雖爪牙宣力，蓋贄有助焉。」

〔五〕護法崔元度：此喻商英護佛法如古人。大正新修大藏經第五十二卷收録商英所撰護法論，明宋濂重刻護法論題辭記端文禪師語曰：「吾宗有護法論，凡一萬二千三百四十五言，宋觀文殿大學士、丞相張商英所撰。其弘宗扶教之意，至矣盡矣。」廓門注：「當作蔡元度。宋史曰：『蔡卞字元度，與京同年登科，調江陰主簿。王安石妻以女，因從之學。』括異志曰：『蔡元度木叉後身。』」其注不確。鍇按：崔元度，史無其人。蔡元度，爲商英同時人，年稍少於商英，惠洪不當以之爲喻。此當作許元度，即東晉名士許詢，蓋因其有護法之舉。詢字玄度，宋避「玄」諱爲「元」。如宋釋宗曉編四明尊者教行録卷七錢易撰淨光大師行業碑：「謂師之前身，如許元度事。」高僧傳卷四支道林傳：「晚出山陰講維摩經，遁爲法師，許詢爲都講。遁通一義，衆人咸謂詢無以厝難。詢設一難，亦謂遁不能復通。如此至竟，兩家不竭。」太平御覽卷六五八引建康實録曰：「晉許詢捨永興、山陰二宅爲寺，家財珍異，悉皆是給。既成，啓奏孝宗，詔曰：『山陰舊爲祇洹寺，永興居爲崇化寺。』造四層塔，物産既罄，猶欠露槃相輪。一朝風雨，相輪等自備。時所訪問，乃是剡縣飛來。」景德傳燈録卷一二相國裴休注：「先是越州沙門曇彦，身長五尺，眉垂數寸，與檀越許詢字玄度同造塼木大塔二所。彦有神異，天降相輪，能駐日倍工，復從地引其塼至塔頂。塔未就，詢亡，彦師壽長可百二十餘歲，猶待得詢後身爲岳陽王來撫越州，蓋願力也。彦預告門人曰：『許玄度來也。』弟子咸謂師老耄，言無準的，許玄度死已三十餘載，何云更來也？時岳陽王早承誌公密示，纔到州便入寺尋訪。彦師出門佇望，遥見乃召曰：『許玄度，來何暮，昔日浮圖今如故。』王曰：『弟子姓蕭名詧，師何以許玄度呼之？』彦曰：『未達宿命，焉得知之？』遂握手，命入室席地。彦以三昧力加被王，忽悟前身造塔之事，宛若今日。由是二塔益資壯麗。時龍興寺大殿墮壞，衆請彦師重修，彦曰：『非貧道緣力也，却後三百年，有緋衣功德主，來興此殿，大作佛事。』寺衆刻石記之。及期，裴太守赴任，興隆三寶，傾施俸錢，修成大殿，方曉彦師懸記無忒。」

〔六〕「平生風雷舌」二句：喻其無論醫國或護法，皆議論不凡，震撼人心，有甘霖之效。鍇按：「霖雨」二字雙關。宋史張商英傳：「大觀四年，（蔡）京再逐。起知杭州，過闕，賜對，奏曰：『神宗修建法度，務以去大害，興大利。今誠一一舉行，則盡紹述之美。法若有弊，不可不變，但不失其意，足矣。』留爲資政殿學士，中太一宫使。頃之，除中書侍郎，遂拜尚書右僕射。京久盜國柄，中外怨疾，見商英能立同異，更稱爲賢，徽宗因人望相之。時久旱，彗星中天，是夕，彗不見，明日雨。徽宗喜，大書『商霖』二字賜之。」曾敏行獨醒雜志卷二：「唐子西内前行，爲張天覺作也。天覺自中書侍郎除右僕射，蔡京以少保致仕，四海歡呼，善類增氣。時彗星見而遽没，旱甚而雨，人皆以爲天覺拜相感召所致。上大喜，書『商霖』二字以賜之，且謂之曰：『高宗得傅説，以爲用汝作霖雨。今朕相卿，非是之謂耶？』故子西之詩具言之。」

〔七〕「隔闊餘十年」二句：自政和元年惠洪謫海南，至宣和三年商英卒，二人分別十餘年而未能再謀面，故有此語。　一旦成萬古：死之婉辭。語本新唐書薛收傳「豈期一朝成千古也」，見前寄題雙泉注〔五〕。

〔八〕「羊曇欲作慟」二句：晉書謝安傳：「羊曇者，太山人，知名士也。爲安所愛重。安薨後，輟樂彌年，行不由西州路。嘗因石頭大醉，扶路唱樂，不覺至州門，左右白曰：『此西州門。』曇悲感不已，以馬策叩扉，誦曹子建詩曰：『生存華屋處，零落歸山丘。』慟哭而去。」

〔九〕「支遁亦傷心」二句：高僧傳卷四支道林傳：「遁先經餘姚塢山中住，至於名辰，猶還塢中。或問其意，答云：『謝安在昔數來，見輒移旬日。今觸情舉目，莫不興想。』後病甚，移還塢中。」鍇按：以上四句以謝安喻商英，羊曇、支遁喻己。

〔一〇〕克家子：能承父祖事業之子。語本易蒙：「九二，包蒙，吉。納婦吉，子克家。」

〔一一〕幹國具：猶言幹國器，治國之才。本集卷五予頃還自海外夏均父以襄陽别業見要使居之後六年均父謫祁陽酒官余自長沙往謝之夜語感而作：「要是幹國具。」卷六次韻游方廣：「自是幹國具。」均作「幹」字，底本作「榦」，乃涉形近而誤，今改。

〔一二〕獨立無喜懼：王安石謝公墩：「公色無喜懼，儻知禍福根。」此用其語。

〔一三〕工主：「工」字疑誤。廓門注：「『工主』，疑是『王』字歟？」俟考。

初到鹿門上莊見燈禪師遂同宿愛其體物欲託迹以避世戲作此詩〔一〕

上莊俯漢江〔二〕，古木雜桑柘。槐衙陰廣陌〔三〕，麥浪漲平野。連雲對囷廩〔四〕，用谷量牛馬〔五〕。我來二月破〔六〕，解鞍緑陰下。縱望烟霏中，領略見楯瓦〔七〕。耆年骨柴崖〔八〕，迎客意傾寫〔九〕。干戈爭奪餘〔一〇〕，身在相驚詫。山空啼杜鵑，龕燈自清夜。斂眉問儋州〔一一〕，亟口談江夏〔一二〕。以余遊二公，老大知識寡。暮歸逢醉人，往往遭捶罵。鹿門有餘地，賢矧如君者〔一三〕。爲連修竹林，規以構茅舍。伏春舊所能〔一四〕，犁鉏當學把。想（相）見水過膝㊀，蓑笠（苙）清入畫㊁〔一五〕。

【校記】

㊀ 想：底本作「相」，誤，今改。參見注〔一五〕。

㊁ 笠：原作「苙」，誤，今改。參見注〔一五〕。

【注釋】

〔一〕靖康二年（是年五月改元建炎）三月初作於襄州鹿門寺。明一統志卷六〇襄陽府：「鹿門寺，在府城東南三十里，舊名萬壽，西晉時建。」燈禪師：釋法燈（一〇七五～一一二七），字傳照，成都華陽人，俗姓王氏。嗣法芙蓉道楷，五燈會元卷一四列曹洞宗青原下十二世。事具本集卷二九鹿門燈禪師塔銘。

〔二〕漢江：一稱漢水。書禹貢：「嶓冢導漾，東流爲漢。」元豐九域志卷一京西南路襄州襄陽縣：「有峴山、鹿門山、望楚山、萬山、漢江、襄河。」

〔三〕槐衙：中朝故事：「天街兩畔槐樹，俗號爲槐衙。意謂其成行列如排衙也。」已見前注。廓門注：「東坡詩：『周章危立近三槐。』注：『周禮：面三槐，三公位焉。』古今事類全書引語林曰：『近代通謂府廷爲公衙，古之公朝也。字本作牙，訛爲衙。詩曰：祈父，予王爪牙。故軍前大旗爲牙旗。』」其注未明槐衙出處。

〔四〕連雲對囷廩：謂麥田連天，如對倉廩。王安石陂麥：「陂麥連雲慘淡黃。」蘇軾雪後書北臺壁二首之二：「宿麥連雲有幾家。」

〔五〕用谷量牛馬：史記貨殖列傳：「烏氏倮畜牧，及衆，斥賣，求奇繒物，間獻遺戎王。戎王什倍其償，與之畜，畜至用谷量馬牛。」裴駰集解引韋昭曰：「滿谷則具不復數。」漢書貨殖傳：「戎王什倍其償，予畜，畜至用谷量牛馬。」顔師古注：「言其數饒，不可計算，故以山谷多少言之。」

〔六〕二月破：謂二月已過。破，殘。杜甫絕句漫興九首之四：「二月已破三月來。」此用其語。

〔七〕領略：約略，隱約。其義參見本集卷一仁老以墨梅遠景見寄作此謝之二首注〔一二〕。楯瓦：此指寺院之欄楯屋瓦。

〔八〕骨柴崖：骨瘦如柴之意。莊子達生：「無入而藏，無出而陽，柴立其中央。」柴立，本謂如槁木之獨立，後以形容人之清瘦。柴崖，此詞他集未見，乃惠洪自創，如本集卷一三上元夜病起欲寫法華安樂行品無力呼阿慈爲録作此：「臘高鶴骨柴崖露。」

〔九〕傾寫：同「傾瀉」。參見本集卷六送彦周注〔六〕。

〔一〇〕干戈爭奪餘：據建炎以來繫年要録卷六建炎元年六月：「自金再圍城，京西、湖北諸州悉爲賊侵犯。」金兵再圍城（汴京），在靖康元年十一月，京西、湖北諸州之亂在其後，即靖康二年初。襄州屬京西南路，李孝忠嘗犯之。鹿門燈禪師塔銘：「靖康二年春，金人復寇，兩宫圍閉。驚悸不言，謝遣學徒，杜門面壁而已。門弟子明顯白曰：『朝廷軍旅之事，何預林下人，而師獨憂念之深乎？』師熟視，徐曰：『河潤九里，漸洳者三百步；木仆千仞，蹂踐者一寸草。豈有中原失守而林下之人得寧逸耶？』」

〔一一〕儋州：此代指蘇軾。紹聖四年，蘇軾責授瓊州別駕，移昌化軍安置。宋之昌化軍，即唐之儋州，故稱。

〔一二〕江夏：指黄庭堅。東坡詩集注卷一〇用和人求筆跡韻寄莘老：「江夏無雙應未去。」王注引宋援曰：「黄香能文章，京師號曰：『天下無雙，江夏黄童。』此以言魯直也。魯直，莘老壻。」

參見本集卷三黄魯直南遷艤舟碧湘門外半月未游湘西作此招之注〔二〕。

〔一三〕矧：況且，何況。

〔一四〕伏春：猶負春，指春米之事。伏，通「負」。宋釋善卿編祖庭事苑卷四：「負春。六祖初謁五祖於黄梅，法乳相投，遂負石於腰，以供簸春之務。」

〔一五〕「想見水過膝」二句：謂想象自己戴蓑笠在水田間勞作之情景，如一幅清新田園畫。鍇按：本集甚多此類想象自己或他人入畫之句，如卷六宿湘陰村野大雪寄湖山居士：「想見老居士，擁衲清入畫。」湘西飛來湖：「我與湘峰色，俱堪入畫圖。」底本「想」作「相」，涉形近而誤。底本「笠」作「苙」，苙，藥草名，即白芷，亦涉形近而誤。

游白馬寺逢安心上人〔一〕

纖蓋山前曾卓錫，晉安王初造禪室。水火定成人未知，部曲不前馬辟易。牀邊卧虎如睡犬，王雖及門不敢入。冰雪親瞻道德容，再拜平生願心息。兩泉俱出雌雄龍，玉㲉靈龜蛇五色。聰禪笑傲賢王喜，魚龜乃能就掌食〔二〕。高風乾没五百年〔三〕，依舊雲山如夙昔。雨中來遊春已老，忽見江南少年客。坐中偶生鄉井心，想見禪山倚天碧。清境幽閒欣可名，偶然得句因題壁。

【注釋】

〔一〕靖康元年三月作於襄州。白馬寺：方輿勝覽卷三二京西路襄陽府：「白馬山，在襄陽城東南十里，以白馬泉名。每年三月三日，刺史禊飲於此。」寺當以山爲名。安心上人：生平法系不可考。

〔二〕「繖蓋山前曾卓錫」十二句：此叙白馬寺高僧法聰故事。續高僧傳卷一六後梁南雍州襄陽景空寺釋法聰傳：「釋法聰，姓梅，南陽新野人。八歲出家。……年二十五，東游嵩岳，西涉武當，所在通道，惟居宴默。因至襄陽傘蓋山白馬泉，築室方丈，以爲栖心之宅。入谷兩所置蘭若舍，今巡山者，尚識故基焉。初，梁晉安王來部襄雍，承風來問，將至禪室，馬騎將從，無故却退。王慚而返，夜感惡夢。後更再往，馬退如故。王乃潔齋，躬盡虔敬，方得進見。初至寺側，但覩一谷猛火洞燃，良久佇望，忽變爲水，經停傾仰，水滅堂現。以事相詢，乃知爾時入水火定也。堂内所坐繩牀，兩邊各有一虎，王不敢進。聰乃以手按頭著地，閉其兩目，召王令前，方得展禮。因告境内多弊虎災，請求救援。聰即入定，須臾有十七大虎來至，便與受三歸戒，敕勿犯暴百姓。又命弟子以布繫諸虎頸，滿七日已，當來於此。王至期日設齋，衆集，諸虎亦至，便與食解布，遂爾無害。其日將王臨白馬泉，内有白黿，就聰手中取食。謂王曰：『此是雄龍。』又臨靈泉，有五色鯉亦就手食，云：『此雌龍。』王與羣吏嗟賞其事，大施而旋。」法苑珠林卷八二引法聰傳，「傘蓋山」作「繖蓋山」。繖，爲「傘」本字。卓錫：

植立錫杖，代指僧人居止。　晉安王：即梁簡文帝蕭綱，梁武帝天監五年封晉安王。事具梁書簡文帝本紀。　辟易：驚退。史記項羽本紀：「項王瞋目叱之，赤泉侯人馬俱驚，辟易數里。」　蛇五色：廓門注：「『蛇』，傳作『鯉』。」

〔三〕乾沒：猶言陸沉，喻埋沒而無人知。已見前注。

雪夜與僧擁鑪僧曰聞唐劉叉（義）賦雪車冰柱詩爲退之所賞願聞其詩予曰忘矣僧請續之口占以授㈠〔一〕

雪車比毛車，弱水誰欲度〔二〕。飄然凌空去，中疑載青女〔三〕。□風爲通衢㈡，走轂不容馭。大勝短轅犢，更煩長柄麈〔四〕。□□廣寒宮㈢〔五〕，構基非下土。天公亦薄相〔六〕，鏤冰以爲柱。傍□□銀牀㈣，誰與揮玉斧〔七〕。仙妃倚之笑，疑是漆室女〔八〕。

【校記】

㈠叉：原作「義」，誤，今從四庫本、武林本。參見注〔一〕。

㈡□：闕，天寧本作「朔」，乃妄補。

㊂□□：二字闕，天寧本作「直達」，乃妄補。

㊃□□：二字闕，天寧本作「皆是」，乃妄補。

【注釋】

〔一〕作年未詳。新唐書韓愈傳附劉叉傳：「劉叉者，亦一節士。少放肆爲俠行，因酒殺人亡命。會赦，出，更折節讀書，能爲歌詩。然恃故時所負，不能俯仰貴人，常穿屐破衣。聞愈接天下士，步歸之，作冰柱、雪車二詩，出盧仝、孟郊右。樊宗師見，爲獨拜。能面道人短長，其服義則又彌縫若親屬然。後以爭語不能下賓客，因持愈金數斤去，曰：『此諛墓中人得耳，不若與劉君爲壽。』愈不能止，歸齊、魯，不知所終。」其冰柱、雪車詩見全唐詩卷三九五，文繁不録。　劉叉：底本作「劉義」，蓋因「叉」「乂」形近，「乂」爲「義」之俗字，故輾轉而誤。蘇軾雪後書北臺壁二首之二：「空吟冰柱憶劉叉。」王安石讀眉山集次韻雪詩五首之五：「直須詩膽付劉叉。」皆作「叉」。四庫本作「叉」，甚是。

〔二〕「雪車比毛車」二句：博物志卷二：「漢武帝時，弱水西國有人乘毛車以渡弱水來獻香者。」

〔三〕青女：霜雪之神。淮南子天文：「至秋三月，地氣不藏，乃收其殺，百蟲蟄伏，靜居閉户。青女乃出，以降雪霜。」

〔四〕「大勝短轅犢」二句：晉書王導傳：「初，曹氏性妬，導甚憚之，乃密營別館以處衆妾。曹氏知，將往焉。導恐妾被辱，遽令命駕，猶恐遲之，以所執麈尾柄驅牛而進。司徒蔡謨聞之，戲導曰：『朝廷欲加公九錫。』導弗之覺，但謙退而已。謨曰：『不聞餘物，惟有短轅犢車，長柄麈尾。』導大怒，謂人曰：『吾往與羣賢共游洛中，何曾聞有蔡充兒也。』」

〔五〕廣寒宫：月中仙宫。宋曾慥編類説卷五引漢郭憲洞冥記曰：「冬至後，月養魄於廣寒宫。」

〔六〕薄相：戲弄，戲耍。今吴方言作「白相」。蘇軾泛潁：「此豈水薄相，與我相娱嬉。」次韻黄魯直赤目：「天公戲人亦薄相，略遺幻翳生明珠。」贈虔州慈雲寺鑒老：「偏界難藏真薄相，一絲不挂且逢場。」

〔七〕揮玉斧：王安石題扇：「玉斧修成寶月團，月邊仍有女乘鸞。」玉斧修月，事出酉陽雜俎卷一，參見本集卷二蒲元亨畫四時扇圖注〔一五〕。此借用揮玉斧以指鏤冰柱。

〔八〕漆室女：劉向列女傳卷二：「漆室女者，魯漆室邑之女也，過時未適人。當穆公時，君老太子幼，女倚柱而嘯，旁人聞之，莫不爲之慘者。其鄰人婦從之游，謂曰：『何嘯之悲也。子欲嫁耶？吾爲子求偶。』漆室女曰：『嗟乎！始吾以子爲有知，今無識也。吾豈爲不嫁不樂而悲哉？吾憂魯君老太子幼。』」

卷八

古詩

送賢上人往太平兼簡卓首座〔一〕

我昔游潛山〔二〕，空翠插晴煙。至今清夜夢，猶能歷層顛。天柱如玉立〔三〕，貴氣朝山川。下有童師廬，雜遝皆奇賢〔四〕。卓途龍山子〔五〕，靖深波間蓮。近聞亦分座，道眼照人天〔六〕。道人使吴來〔七〕，衣裓餘芳鮮〔八〕。願求奇嶮句，庶使大法傳。一拳無背觸，何處見靈源〔九〕。

【注釋】

〔一〕大觀三年作於江寧府。賢上人：生平法系未詳。本集卷九有賢上人覓偈，或爲此僧。太平：舒州太平寺。清一統志卷七六安慶府：「太平寺，在潛山縣北太平山，晉咸和中創。」　卓首座：長靈守卓禪師（一〇六五～一一二三），俗姓莊氏，泉州人。靈源惟清禪師住太平寺，守卓往依焉，得悟，爲其法嗣。惟清遷住黄龍，隨侍十載。復造太平，佛鑑慧懃禪師請居第一座。初主舒州甘露，次遷廬州資福，後遷東京天寧。五燈會元卷一八列臨濟宗黄龍派南嶽下十四世。事具釋介諶編長靈守卓禪師語録附行狀。

〔二〕我昔游潛山：元符二年秋，惠洪游東吴，途經潛山，並訪太平寺。太平寰宇記卷一二五淮南道三舒州：「潛山，在縣西北二十里，其山有三峰，一天柱山，一潛山，一皖山。三山峰巒相去隔越，天柱即司玄洞府，九天司命真君所主。」方輿勝覽卷四九安慶府：「潛山，一名潛嶽，在懷寧西北二十里，魏左慈居此，有煉丹房。皖山，在懷寧西十里，皖伯始封之地，漢地理志：與潛山、天柱峰相連。三峰鼎峙，疊嶂重巒，拒雲槩日，登陟無由。」

〔三〕天柱：方輿勝覽卷四九安慶府：「天柱峰，在皖山，高三千七百丈，周二百五十里。山東有瀑布。漢武帝嘗登此山，即司玄洞府，九天司命真君所主也。獨孤及詩：『早歲慕五嶽，嘗爲塵機礙。孰知天柱峰，今與郡齋對。漢皇南游日，望秩此昭配。法駕到谷口，禮容振荒外。燔柴百神趨，執玉萬方會。如今封禪壇，唯見雲雨晦。』」參見本集卷四重會大方禪師注〔五〕。

〔四〕「下有童師廬」二句：謂天柱峰下有太平寺，靈源惟清開法於此，衆賢僧匯聚。本集卷二六題靈源門榜：「靈源初不願出世，堤岸甚牢。張無盡奉使江西，屢致之不可。久之，翻然改曰：『禪林下衰，弘法者多假我偷安，不急撑拄之，其崩頽，跬可須也。』於是開法於淮上之太平。予時東游，登其門，叢林之整齊，宗風之大振，疑百丈無恙時不減也。」廓門注：「童師廬，未詳。」鍇按：「童師廬」，謂僧人住所，此指太平寺。僧人無髮，如兒童之頭，曰「童首」或「童頭」，因稱禪師爲「童師」。本集卷一贈蔡儒效：「方衣童首住江村。」卷二送覺海大師還廬陵省親：「童頭想懷橘。」　雜遝：漢書劉向傳：「及至周文開基西郊，雜遝衆賢，罔不肅和。」顔師古注：「雜遝，聚積之貌。」

〔五〕卓途龍山子：謂守卓爲靈源惟清之法嗣。廓門注：「卓，即守卓也。『途』字不詳，疑寫誤歟？龍山，在安慶府潛山縣東北一百二十里。卓，以靈源子言也。」介諶撰長靈卓和尚行狀曰：「時靈源清禪師住龍舒太平，道鳴四方，因往依焉。始至，聞夜參，適中其病，遂猛省曰：『此真吾師也。』投誠入室。靈源爲開大爐鞴，鍛以差别機智，師皆酧酢無爽。且戒其緘默，無自衒，師領厥旨，陸沉衆中，不渝節，不苟狎。人罔知者，皆以爲倔强。靈源遷住黄龍，師隨侍十載。一日，辭去，靈源送以偈，其字略曰：『居無二志，動必全心。遂越化城，以登寶所。』而卷舌冥懷，不事談耀，故其所到，人或罕知。」　鍇按：「途」字疑爲「徒」之音誤。守卓爲南嶽下十四世，惠洪爲南嶽下十三世，爲守卓師叔，故以「徒」呼之。惠洪在太平時亦當與守卓交游。龍山，此代指惟清，因其嘗住洪州分寧縣黄龍山，故稱。非謂潛山縣東北之龍山，廓門注殊誤。

〔六〕「近聞亦分座」二句：長靈卓和尚行狀：「既而復造太平，佛鑑懃禪師請居第一座。師以懃爲知己，不固辭，衆皆疑駭。及聞説示，罔不欽服。」鍇按：惟清遷黄龍山，時在元符三年祖心禪師化後。守卓隨侍十載，辭去，復至太平寺，爲第一座。由元符三年下推十載，爲大觀三年。「第一座」即「首座」。

〔七〕道人使吴來：指賢上人前來江寧府，其地爲三國吴都建業。大觀三年，惠洪正居此地。

〔八〕衣裓：佛教徒挂於肩頭之長形布袋，此指僧衣。已見前注。

〔九〕「一拳無背觸」二句：謂須領悟祖心禪師「觸背關」之奧妙，方可契合靈源禪法。冷齋夜話卷七觸背關：「寶覺禪師老，庵於龍峰之北，魯直丁家艱，相從甚久，館於庵之旁兩年。寶覺見學者，必舉手示曰：『唤作拳是觸，不唤拳是背。』莫有契之者。叢林謂之觸背關。」鍇按：寶覺即黄龍祖心，傳法靈源惟清，再傳長靈守卓，其「觸背關」爲黄龍派傳統禪法之一。

送一上人〔一〕

子從大梁來〔二〕，會我秦淮道〔三〕。十年三度别〔四〕，此别吾甘老。學道如牧羊，敗羣者則鞭〔五〕。一切但仍舊〔六〕，自然常現前〔七〕。子初不衣綿，而今便故絮〔八〕。山舟日夜逃〔九〕，美貌豈長住。時至不相待，勿恃骨肉間。要當自努力，譬如人上山〔一〇〕。

【注釋】

〔一〕大觀二年作於江寧府。　一上人：僧一，全名失考，字萬回，惠洪法弟。參見本集卷一五送一萬回。雲卧紀談卷上：「真淨和尚住寶峰日，洪、明、一、祖同在侍寮。祖請暫假，真淨不許。及上巳日，呼俱侍行，爲寶蓮莊主具飯。真淨題偈於壁曰：『元符二年三月三，春餅撮餤桐飯兼。真淨來看通道者，洪明一祖相隨參。』祖匿笑，謂同列曰：『元來老和尚以我名廁於偈，故不給假也。』洪乃覺範，祖即超然。」真淨克文偈中「洪、明、一、祖」指四位弟子，「一」即此「一上人」。參見本集卷一上巳日有懷昔從雲庵老人此日山行注〔一〕。

〔二〕大梁：指汴京開封府。

〔三〕秦淮：代指江寧府。方輿勝覽卷一四江東路建康府：「秦淮，在（上元）縣南三里。始皇時，望氣者言：金陵有天子氣。使朱衣鑿山爲瀆，以斷地脈，改金陵爲秣陵。晉陽秋：秦開，故曰秦淮。或云：淮水發源屈曲，不類人工。」

〔四〕十年三度別：元符二年，僧一隨惠洪辭真淨離洪州，送一萬回曰「當年隨我出西州」可證，是爲一別。崇寧五年，惠洪嘗爲僧一題真淨手帖，見本集卷二五題雲庵手帖三首之一，是爲二別。此處江寧府之別，是爲三別。元符二年下推十年，爲大觀二年。

〔五〕「學道如牧羊」二句：莊子達生：「善養生者，若牧羊然，視其後者而鞭之。」此借其喻而言學道。晁補之上呂相公書：「天下固不可以皆賢且能，而忠與良者，又世之所望而難得也。則如牧羊然，姑視其後者而鞭之可矣，至其所必去，則必其敗羣者也。」謝逸溪堂集卷三送惠洪上人：「真淨養兒如養羊，敗群者去羊不傷。」

〔六〕一切但仍舊：惠洪雲巖寶鏡三昧：「趙州曰：『一切但仍舊，方合古轍。』」林間録卷上：「趙州曰：『一切但仍舊。』從上諸聖，無不從仍舊中得。」禪林僧寶傳卷四金陵清涼益禪師傳：「但著衣喫飯，行住坐卧，晨參暮請，一切仍舊，便爲無事人也。」本集卷一四病中寄山中故舊八首之五：「一切但仍舊，自然常現前。」

〔七〕自然常現前：唐李通玄新華嚴經論卷三四：「神通道力，自然顯著，一切自在，皆自然現前。」楞嚴經合論卷末惠洪尊頂法論後叙：「祖師是佛弟子，若窮得佛語、祖師語，自然現前。」

〔八〕便：安適。　故絮：破舊粗綿。參見本集卷七次韻見贈注〔九〕。

〔九〕山舟日夜逃：喻去者不可挽留。莊子大宗師：「夫藏舟於壑，藏山於澤，謂之固矣。然而夜半有力者負之而走，昧者不知也。」已見前注。

〔一〇〕「要當自努力」二句：禪門勸學之習語。如明覺禪師語録卷一住蘇州洞庭翠峰禪寺語：「爾諸禪德，覬善參詳，如人上山，各自努力。」建中靖國續燈録卷二一衢州璩源山善政禪院普印禪師：「不見道，如人上山，各自努力；如人飲水，冷暖自知。」嘉泰普燈録卷一廬山開先善暹禪師：「開先説得天華亂墜，於汝諸人分上著一點不得。何故？如人上山，各自努力。」

游龍王贈雲老〔一〕

正中妙叶百怨門〔二〕，寶鏡孤風天下聞〔三〕。淄（緇）州道價直乾坤㊀〔四〕，毛骨真是延公孫〔五〕。楊廣山頭草木熏，公獨深密護靈根〔六〕。衲子雷動雲崩奔〔七〕。暗中明露涇渭分〔八〕，醉李有叟笑臉温〔九〕，膽大三世一口吞〔一〇〕，枯木能花爲誰春〔一一〕？春光化爲吴山雲〔一二〕，即今住山典刑存，木蛇且無刀斧痕〔一三〕。我游山隈野水濆，松間見之鬢爲掀，留我更宿聽啼猿。人間行役膏火煎〔一四〕，公特見戲非誠言。穨綱已墜引三寒，乃欲奔走鞭短轅〔一五〕。要當努力續烈燄，大興洞上追曹源〔一六〕。

【校記】

㊀ 淄：原作「緇」，誤，今改。參見注〔四〕。

【注釋】

〔一〕宣和五年十一月作於湘潭縣。參見本集卷九龍山亦名隱山余宣和五年十一月中澣日過焉有淛道人鴻公乞偈爲作注〔一〕。　龍王：指隱山龍王寺。明一統志卷六三長沙府：「隱山，在湘潭縣西南一百一十里，山頂有龍湫，山下有池，世傳龍神所居，故一名龍王山。」雲老：本集卷二八請道林雲老住龍王諸山：「恭惟某人，枯木嫡子，芙蓉長孫。」宋程俱北山集卷三二宋故焦山長老普證大師塔銘：「嗣法弟子法雲等十有五人。」可知雲老爲枯木法成禪師大弟子法雲。屬曹洞宗青原下十三世。續傳燈録卷一七香山淨因法成禪師法嗣有南嶽龍王雲禪師，即此僧。其事詳見本集卷二一重修龍王寺記。鍇按：本詩七言句句押平韻，爲柏梁體。

〔二〕正中妙叶：曹洞宗禪法之一，相傳爲洞山良价禪師所傳授。雲巖寶鏡三昧：「正中妙挾，敲唱雙舉。通宗通塗，挾帶挾路。」智證傳：「洞山悟本禪師所立：正中妙挾，挾路通宗，通塗挾帶。傳曰：如言妙挾，則曰正中；如言挾路，則曰通宗；如言挾帶，則曰通塗。蓋本一挾帶，而加妙字耳。然挾帶之語，必有根本，大乘所緣緣義曰：言是帶己相者，帶與己相各有二義。言帶有二義者：一者挾帶，即能緣心親，挾境體而緣；二者變帶，即能緣心變，起相分而緣也。曹山見杜順法身頌，曰：『我意不欲與麼道。』乃自作之曰：『渠本不是我，我本不是渠。渠無我即死，我無渠即餘。渠如我是佛，我如渠即驢。不食空王俸，何假雁傳書。我説横身倡，君看背上毛。乍如謡白雪，猶恐是巴歌。』予觀曹山之語，皆妙挾也。語不挾帶，則如能緣之心，不挾境體，則是渠無我，我無渠，血脈斷緣，世流布想耳，非宗旨也。」「叶」寶鏡三昧本作「挾」，鍇按：「叶」義爲協和，與挾帶之「挾」本不同，因其音同，故惠洪混用之。本集均作「叶」，如本卷餞枯木成老赴南華之命：「正中妙叶如何會。」卷一五次韻誼叟：「正中妙叶無人會。」送覺上人之洞山二首之一：「正中妙叶諱當頭。」卷二五題韶州雙峰蓮華叔姪語録：「正中妙叶，洞山旨趣也。」卷二八請杲老住天寧：「洞山之正中妙叶，走圓轉之盤珠。」

〔三〕寶鏡孤風：指雲巖寶鏡三昧。禪林僧寶傳卷一撫州曹山本寂禪師傳：「至高安，謁悟本禪師价公，依止十餘年。价以爲類己，堪任大法，於是名冠叢林。將辭去，价曰：『三更當來，授汝曲折。』時矮師叔者知之，蒲伏繩牀下，价不知也。中夜授章先雲巖所付寶鏡三昧、五位顯訣、三種滲漏畢，再拜趨出。矮師叔引頸呼曰：『洞山禪入我手矣。』价大驚曰：『盜法倒屙無及矣。』後皆如所言。」

〔四〕淄州道價直乾坤：謂芙蓉道楷禪師道行之聲望譽滿天下。本集卷二三定照禪師序：「開封大尹李孝壽表公談以禪學卓冠叢林，宜有以褒顯之。即賜紫方袍，號定照禪師。左璫持詔至法雲，楷謝恩已，乃爲表辭。……上閱之，以付李孝壽，躬往諭朝廷旌善之意，而楷執拗不回。開封府尹具以其事聞，上大怒，收楷送大理寺。吏知楷忠誠，而適批逆鱗，有憐之之意。問：『長老枯悴，有病乎？』楷曰：『無之。』吏曰：『有疾則免刑配。』楷曰：『平時有疾，今實無，豈敢藉疾僥倖聖朝，欲脱罪譴耶？』吏歎息久之，竟就刑。縫掖其衣，編管緇州。都城道俗，觀者如市，皆爲之流涕。而楷神和氣平，安步而去，如平日。至緇州，僦屋以居，而四方衲子爭奔隨之，接武于道。嗟乎！禪師粹然一出，支洞山已頽之綱，道顯著于時矣。」淄州：元豐九域志卷首京東東路：「上，淄州淄川郡，軍事，治淄川縣。」州以淄水名。底本作

「緇」，「緇」意爲黑色，通「淄」，然淄州爲專名，不得與「緇」通用，今改。

〔五〕毛骨真是延公孫：定照禪師序：「洞山悟本禪師機鋒豎亞而出，年代寖遠，惜其無傳。元豐中，有大長老道楷者，赫然有聲于京洛間，問其師承，乃投子青華嚴嫡嗣。青公爲大陽真子，蓋洞山七世玄孫也。」錯按：延公，指大陽警延禪師（九四三～一〇二七）。禪林僧寶傳卷一三大陽延禪師傳略曰：「禪師名警玄，祥符中避國諱，易爲警延。江夏張氏子也，其先蓋金陵人。……初謁鼎州梁山觀禪師，問：『如何是無相道場？』觀指壁間觀音像，曰：『此是吳處士畫。』延擬進語，觀急索曰：『遮箇是有相，如何是無相底？』於是延悟旨於言下。……觀稱以爲洞上之宗可倚，延亦自負。……觀歿，辭塔出山，至大陽，謁堅禪師。堅欣然讓法席使主之，退處偏室，延乃受之，咸平庚子歲也。……贊曰：延嗣梁山觀，觀嗣同安志，志嗣先同安丕，丕嗣雲居膺，膺於洞山之門，爲高弟也。」道楷嗣投子義青，而青嗣大陽警延，故稱其爲「延公孫」，「洞山七世玄孫」。

〔六〕「楊廣山頭草木熏」二句：謂道楷繼承警延、義青禪法，護持曹洞宗一脈。禪林僧寶傳卷一七浮山遠禪師傳：「天禧中，游襄、漢、隋、郢，至大陽，機語與明安延公相契。延嘆曰：『吾老矣，洞上一宗，遂竟無人耶？』以平生所著直裰皮履示之。遠曰：『當爲持此衣履，求人付之，如何？』延許之曰：『他日果得人，出吾偈爲證。』偈曰：『楊廣山前草，憑君待價焞。異苗翻茂處，深密固靈根。』其尾云：『得法者，潛衆十年，方可闡揚。』遠拜受辭去。」同卷投子青禪師傳：「至浮山，時圓鑒遠禪師退席，居會聖岩。遠夢得俊鷹畜之，既覺，而青適至。遠以爲吉徵，加意延禮之，留止三年。……圓鑒以大陽皮履布直裰付之曰：『代吾續洞上之風。吾住世非久，善自護持，無留此間。』青遂辭出山。」故「楊廣山前草」爲曹洞宗血脈之象徵。

〔七〕衲子雷動雲崩奔：即定照禪師序所言「四方衲子爭奔隨之，接武于道」。廓門注：「老杜詩：『千巖自崩奔。』」此借用其語。

〔八〕培中玥露涇渭分：景德傳燈録卷三〇南嶽石頭和尚參同契：「本末須歸宗，尊卑用其語。當明中有暗，勿以暗相遇。當暗中有明，勿以明相覩。明暗各相對，比如前後步。」智證傳：「首楞嚴曰：『諦觀法法何狀。』則知但自燈明，法自無暗；明暗俱空，無作無取；明若有作，不應容暗；暗若可取，不應受明。今觀夜室之暗，何自而來？忽有燈燄，暗何所往？石頭曰『當明中有暗』者，以明無作故；『當暗中有明』者，以暗無取故。」錯按：曹洞宗禪法出石頭希遷一系，受其參同契影響頗深。

〔九〕醉李有叟：指法成禪師（一〇七一～一一二八），號枯木，嗣法芙蓉道楷，五燈會元卷一四列曹洞宗青原下十二世。先後住持汝州香山、左街淨因、潭州大溈密印、道林廣慧、韶州南華寶林、鎮江焦山普濟，所住皆天下名刹。敕謚普證大師。宋故焦山長老普證大師塔銘：「師名法成，秀州嘉興縣人，姓潘氏。」　醉李：古地名，此代指嘉興。左傳定公十四年：「五月，於越敗吴于檇李。」杜預注：「檇李，吴郡嘉興縣南醉李城。」公羊傳定公十四年作「醉李」。

〔一〇〕膽大三世一口吞：景德傳燈録卷二七諸方雜舉徵拈代别語：「有老宿令人傳語思大禪師：『何不下山教化衆生，目視雲漢作麽？』思大曰：『三世諸佛被我一口吞盡，更有甚衆生可教化？』」此借其語贊法成。

〔一一〕枯木能花爲誰春：喻指法成繼道楷之風，振興曹洞宗。宋故焦山長老普證大師塔銘：「如彼枯木，千尺無枝，開敷妙華，鬱密離奇。」枯木生華語本三國志魏書劉廙傳：「起煙於寒灰之上，生華於已枯之木。」禪門習用此語，如景德傳燈録卷一三汝州風穴延沼禪師：「問：『正當恁麽時如何？』師曰：『盲龜值木雖優穩，枯木生華物外春。』」同書卷二三歸宗寺弘章禪師：「問：『枯木生華時如何？』師曰：『把一朵來。』」

〔一二〕吴山雲：代指法雲禪師。請道林雲老住龍王諸山曰：「應緣東吴，知名南楚。」吴山雲喻其「應緣東吴」之事。鍇按：「枯木」與「雲」皆雙關人名號。

〔一三〕木蛇且無刀斧痕：林間録卷下：「獨雪峰、歸宗、西院皆握木蛇。故雪峰寄西院偈云：『本色住山人，且無刀斧痕。』」已見前注。

〔一四〕人間行役膏火煎：莊子人間世：「山木自寇也，膏火自煎也。」阮籍詠懷詩：「膏火自煎熬，多財爲患害。」黄庭堅書玄真子漁父贈俞秀老：「金華俞秀老，物外人也，嘗作唱道歌十章，極言萬事如浮雲，世間膏火煎熬可厭，語意高勝。」

〔一五〕鞭短轅：鞭策短轅牛車，喻急切奔走之貌。借用晉書王導傳「惟有短轅犢車，長柄麈尾」之語。已見前注。

〔一六〕洞上：指曹洞宗。曹源：喻指六祖慧能，六祖在韶州曹谿寶林寺創南宗頓悟一門，故云。金陵清涼院文益禪師語録：「師一日上堂。僧問：『如何是曹源一滴水？』師云：『是曹源一滴水。』」

三月二十八日棗柏大士生辰二首〔一〕

大千微塵偈〔二〕，章句妙難求。公爲疏通之，如海決江流。堂堂鬚垂膺，漆點横清秋〔三〕。十虚圓當念，三世集毛頭〔四〕。平生説禪口，想見光迸浮。世間眼久滅，法寶空海洲。年年春欲暮，禪室清香留。迷途指南車〔五〕，戴恩負山丘。願從清涼山〔六〕，威光作依投。行當方山見〔七〕，跬步披衣裘〔八〕。

思慮不及處，但曰刹那際。不曰刹那際，寧當有三世〔九〕？於此刹那中，尚不容擬議〔一〇〕。安得有死生，一切諸怖畏〔一一〕。苦樂欣厭情，及分心境異。是名顛倒想〔一二〕，不名隨順智〔一三〕。如人游夢中，所歷經千歲。及其夢覺已，不過食頃耳〔一四〕。稽首願悲幢，發此不傳祕。願分無盡燈〔一五〕，酬此四弘誓〔一六〕。

【注釋】

〔一〕作年未詳。　棗柏大士：唐李通玄之尊稱。　生辰：本集特指死亡之日，即忌日。宋高僧傳卷二二大宋魏府卯齋院法圓傳附李通玄傳：「唐開元中太原東北有李通玄者，言是唐之帝胄，不知何王院之子孫。……該博古今，洞精儒釋，發於辭氣，若鏗巨鐘。而傾心華藏，未始輟懷。每覽諸家疏義繁衍，學者窮年無功進取。開元七年春，齎新華嚴經，曳筇自定襄而至并部盂縣之西南同穎鄉大賢村高山奴家，止於偏房中造論，演暢華嚴，不出户庭，幾於三載。高與鄰里怪而不測。每日食棗十顆，柏葉餅一枚，餘無所須。其後移於南谷馬家古佛堂側，立小土屋，閑處宴息焉。高氏供棗餅亦至。……所造論四十卷，總括八十卷經之文義。次決疑論四卷，綰十會果因之玄要，列五十三位之法門。一日，鄉人聚，飲酒之次，玄來謂之曰：『汝等好住，吾今去矣。』鄉人驚怪，謂爲他適，乃曰：『吾終矣。』……即開元十八年暮春二十八日也，報齡九十六。」李通玄卒於開元十八年暮春二十八日，故每年三月二十八日爲其忌日，即生辰。

〔二〕大千微塵偈：代指華嚴經。隋釋吉藏淨名玄論卷二立名不同門：「華嚴凡有三本：大本有三千大千世界微塵偈，一四天下微塵品。中本有四十九萬八千八百偈，一千二百品。此二本並在龍宫，龍樹不誦出也，唯誦下本十萬偈三十六品。此土唯有三萬六千偈，三十四品。」

〔三〕漆點横清秋：謂眸子烏黑如點漆，目光清澈，即「漆瞳含秋」之意。參見本集卷六長沙邸舍中承敏覺二上人作記年刻舟之誚以詩贈注〔二〕。

〔四〕「十虚圓當念」二句：謂十方虚空本爲圓滿，而一毛頭上可集三世，此乃華嚴經周遍含容之義理。

〔五〕迷途指南車：喻李通玄華嚴經合論等書指迷解惑之功用。晉崔豹古今注卷上輿服：「大駕指南車，起黄帝與蚩尤戰於涿鹿之野。蚩尤作大霧，兵士皆迷，於是作指南車以示四方，遂擒蚩尤，而即帝位。故後常建焉。舊説周公所作也。周公治致太平，越裳氏重譯來貢白雉一，黑雉二，象牙一。使者迷其歸路，周公錫以文錦二疋，軿車五乘，皆爲司南之制，使越裳氏載之，以南緣扶南、林邑海際，期年而至其國。」

〔六〕清涼山：即五臺山。華嚴經卷四五諸菩薩住處品：「東北方有處，名清涼山。從昔已來，諸菩薩衆於中止住。現有菩薩名文殊師利，與其眷屬、諸菩薩衆一萬人俱，常在其中而演説法。」唐釋澄觀華嚴經疏卷四七：「清涼山，即代州雁門郡五臺山也。於中現有清涼寺，以歲積堅冰，夏仍飛雪，曾無炎暑，故曰清涼。五峰聳出，頂無林木，有如壘土之臺，故曰五臺。」

〔七〕方山：即神福山，李通玄隱居安葬處。宋高僧傳本傳曰：「耆少追感，結輿迎于大山之北，甃石爲城，而葬之神福山逝多林蘭若，方山是也。」明一統志卷一九太原府：「神福山，在壽陽縣，亦名方山，頂方一里。唐李通玄隱此，著華嚴論。」

〔八〕跬步：半步，舉足之間。此用作接武、接踵，即本集卷七寶月偶值報慈坐中走筆「真風跬可續」之意。

〔九〕「思慮不及處」四句：華嚴經疏卷四五：「一入刹那際三昧者，即窮法真源。謂時之極促，名曰刹那。窮彼刹那，時相都寂。無際之際，名刹那際。」李通玄華嚴經合論卷三：「第八説華嚴經時，於刹那際通攝三世及十世，同圓融教者。如經説云：『入刹那際三昧，降神受生，八相成道，入涅槃，總不移時。』」

〔一〇〕擬議：揣度議論。景德傳燈録卷二〇筠州黄檗山慧禪師：「第一座曰：『一刹那間還有擬議否？』師於言下頓省，禮謝，退於茶堂，悲喜交盈。」

〔一一〕一切諸怖畏：大般涅槃經卷五如來性品：「又解脱者即是救護，能救一切諸怖畏者，如是解脱者即是如來。」同書卷二七師子吼菩薩品：「又涅槃者，名爲歸依。何以故？能過一切諸怖畏故。」

〔一二〕顛倒想：華嚴經疏卷一九：「故淨名推身，以欲貪爲本，欲貪以虚妄分别爲本，虚妄分别以顛倒想爲本，顛倒想以無住爲本。」

〔一三〕隨順智：華嚴經卷二八十迴向品：「願一切衆生得隨順智，住無上覺。」

〔一四〕「如人游夢中」四句：攝大乘論釋卷六入所知相分：「處夢謂經年，寤乃須臾頃。故時雖無量，攝在一刹那。」華嚴經疏卷二：「如夢中所見廣大，未移枕上；歷時久遠，未經斯須。故論云：『處夢謂經年，覺乃須臾頃。故時雖無量，攝在一刹那。』」　食頃：一飯之頃。史記孟嘗君列傳：「出如食頃，秦追果至關，已後孟嘗君出，乃還。」此借用其語，猶言「須臾頃」。

〔一五〕無盡燈：李通玄決疑論卷三之上十行位：「『我唯知此菩薩無盡燈解脱門』已下：明推德於前，更令昇進，以法眼、智眼、慧眼常照現前，令不迷心境。即情識種子總亡，唯智慧現前，名爲無盡燈法門。又以一燈然百千燈，冥者皆明，明終不盡，故云無盡燈也。」

〔一六〕四弘誓：亦稱四弘誓願。釋澄觀華嚴經隨疏演義鈔卷三五：「從『信煩惱即菩提』下，別顯四弘：初即煩惱無邊誓願斷；二由『稱本性而發心故』下，即佛道無上誓願成；三『慨衆生迷此』下，衆生無邊誓願度；四『悼昔不知』下，法門無盡誓願學。此明四弘。」

送常上人歸黄龍省侍昭默老〔一〕

心花發明照十方〔二〕，死生窟宅無隱藏〔三〕。此老唾笑生馨香，法中骨髓僧中王〔四〕。平生一子傳餘芳〔五〕，譬如少林有神光〔六〕。只今孤憤昭默堂，天魔外道走且僵〔七〕。夢寐想見猶清涼，況子徑歸侍其傍。明日扁舟浮渺茫，我不得俱空歎傷。但餘一句煩寄將，幕（暮）阜山前爲舉揚㈠〔八〕：　仰山久不見臨濟，瘦損法身三尺長〔九〕。

【校記】

㈠幕：原作「暮」，誤，今據四庫本、廓門本改。

【注釋】

〔一〕約大觀三年作於江寧府。　常上人：法名生平未詳，當爲惟清禪師弟子。　昭默老：即惟清，自號靈源叟，繼晦堂祖心住持黃龍山，退居昭默堂。參見本集卷二三昭默禪師序。

〔二〕心花發明照十方：圓覺經：「心花發明，照十方刹。」

〔三〕死生窟宅：隋釋智顗金光明經文句卷三釋懺悔品：「三界籠樊，生死窟宅，應須懺悔，滅除業障。」唐李通玄新華嚴經論卷三七：「菩薩以大悲故，住一切衆生生死宅中，度脱衆生，成就普賢之行，具足無量功德。」

〔四〕法中骨髓：謂佛法中之精髓。景德傳燈録卷三第二十八祖菩提達摩：「乃命門人曰：『時將至矣，汝等蓋各言所得乎？』時門人道副對曰：『如我所見，不執文字，不離文字，而爲道用。』師曰：『汝得吾皮。』尼總持曰：『我今所解，如慶喜見阿閦佛國，一見更不再見。』師曰：『汝得吾肉。』道育曰：『四大本空，五陰非有，而我見處，無一法可得。』師曰：『汝得吾骨。』最後慧可禮拜後依位而立，師曰：『汝得吾髓。』」　僧中王：謂僧中之領袖。林間録卷上：「贊寧作大宋高僧傳，用十科爲品流，以義學冠之已可笑，又列巖頭豁禪師爲苦行，智覺壽禪師爲興福。雲門大師，僧中王也，與之同時，竟不載。何也？」本集卷一八第十五祖真贊：「稽首真慈，爲僧中王。如萬星月，見者清涼。」

〔五〕平生一子傳餘芳：據續傳燈録卷二三目録，惟清有法嗣十八人，此言「一子傳餘芳」，未知所指，豈長靈守卓乎？參見本卷送賢上人往太平兼簡卓首座注〔一〕。

〔六〕少林有神光：少林指菩提達摩，神光即慧可，得菩提達摩之禪髓。景德傳燈録卷三第二十八祖菩提達磨：「時有僧神光者，曠達之士也，久居伊洛，博覽群書，善談玄理。每歎曰：『孔老之教，禮術風規；莊易之書，未盡妙理。近聞達磨大士住止少林，至人不遥，當造玄境。』乃往彼晨夕參承。師常端坐面牆，莫聞誨勵。光自惟曰：『昔人求道，敲骨取髓，刺血濟飢，布髮掩泥，投崖飼虎。古尚若此，我又何人？』其年十二月九日夜，天大雨雪，光堅立不動，遲明積雪過膝。師憫而問曰：『汝久立雪中，當求何事？』光悲淚曰：『惟願和尚慈悲，開甘露門，廣度群品。』師曰：『諸佛無上妙道，曠劫精勤，難行能行，非忍而忍，豈以小德小智、輕心慢心，欲冀真乘，徒勞勤苦。』光聞師誨勵，潛取利刀自斷左臂，置于師前。師知是法器，乃曰：『諸佛最初求道，爲法忘形。汝今斷臂吾前，求亦可在。』師遂因與易名曰慧可。」

〔七〕天魔外道走且僵：蘇軾潮州韓文公廟碑：「汗流籍湜走且僵。」此用其語。

〔八〕幕阜山：即黄龍山。方輿勝覽卷二八湖北路鄂州：「幕阜山，在通城東南五十里，周五百里，跨三縣。吴太史慈拒劉表於此，置營幕，故名。」又曰：「黄龍山，即幕阜之東頂，有湫池，中有黄魚能致雨，有瀑泉。」

〔九〕「仰山久不見臨濟」二句：喻己久不見惟清師兄，如唐仰山禪師久不見臨濟師兄，致使身形消瘦。蓋惠洪嗣法真淨克文，惟清嗣法寶覺祖心，而同爲黄龍慧南之法孫，正如仰山慧寂嗣法潙山靈祐，臨濟義玄嗣法黄檗希運，而同爲百丈懷海之法孫。

運禪人求偈〔一〕

石室如仄磬，春雲如翠被。翛然無事僧，來此時枕臂〔二〕。無求即無憂，有身還有累〔三〕。永懷彭尊宿〔四〕，一席曾遁世。天子不得臣，公卿不敢致〔五〕。高風不可攀，百世猶興起。運禪佳少年，杖錫成戾止〔六〕。偶從城郭來，衣裓滿空翠。覓歸如子規〔七〕，掉頭須去耳〔八〕。山林與聚落，蜜無中邊味〔九〕。子心有分別，動息若差異。録以贈其行，不語開笑齒。

【注釋】

〔一〕建中靖國元年春作於新昌縣洞山。運禪人：生平法系不可考。

〔二〕「石室如仄磬」四句：本集卷二〇宜獨巖銘：「余性喜笑傲，不了人之愛憎，比坐譁衆，人所鄙棄。飯餘，曳杖山行，窮則反。會意植杖，莞然一笑，響應山谷。谷之西崦，幽奇可愛，有巖西向，洞如側磬，中有石碪，僅容坐卧，而附巖左右，偏生脩竹，余每至此，終日忘歸。」「側」通「仄」，側磬即仄磬，故其所叙與此四句相似，當作於同時。　無事僧：惠洪自稱。語本宋高僧傳卷一一唐南陽丹霞山天然傳，亦見景德傳燈録卷一四鄧州丹霞天然禪師。

〔三〕有身還有累：老子十三章：「吾所以有大患者，爲吾有身。及吾無身，吾有何患。」

〔四〕彭尊宿：廓門注：「覺範以俗姓彭言也。」鍇按：此句言「永懷」，下文又有「高風不可攀，百世猶興起」之句，「彭尊宿」應非自稱。續高僧傳卷二五隋東都寶楊道場釋法安傳謂釋法安姓彭，宋高僧傳卷七宋東京天清寺傳章傳謂釋傳章姓彭，然其事跡均與「一席曾遁世。天子不得臣，公卿不敢致」無涉。今考祖堂集卷一二同安和尚：「嗣九峰，在洪州建昌。師號常察，福州長溪縣人也，姓彭。依年具戒，便離閩越，而參見九峰，密契玄關，而棲鳳嶺。」景德傳燈録卷一七有洪州鳳棲山同安院常察禪師，即此僧。同書卷二九載同安察禪師十玄談。惠洪與常察同屬禪宗，同在洪州，同姓彭，故其尊仰之彭尊宿當爲常察禪師。

〔五〕「天子不得臣」二句：莊子讓王：「天子不得臣，諸侯不得友。」此化用其語意。

〔六〕杖錫成戾止：謂持錫杖而隨處止息。詩小雅采菽：「優哉游哉，亦是戾矣。」毛傳：「戾，至也。」鄭箋：「戾，止也。」詩周頌振鷺：「我客戾止，亦有斯容。」詩魯頌泮水：「魯侯戾止，言觀其旂。」

〔七〕覓歸如子規：子規啼聲如唤「不如歸去」，故云。梅堯臣禽言四首子規：「不如歸去，春山云暮。萬木兮參雲，蜀天兮何處？人言有翼可高飛，安用空啼向高樹。」東坡詩集注卷一七攜妓樂游張山人園：「杜鵑催歸聲更速。」程縯注：「杜詩曰：『昔日蜀天子，化作杜鵑似老鳥。』或言一名子規，非也。今春夏之間，月夜有鳥聲，若云『不如歸去』者，此爲子規，蓋與杜鵑自别耳。」山谷外集詩注卷一二寄晁元忠十首之十：「吾獨無間然，子規勸歸去。」史容注：「子規鳴若云『不如歸去』。」

〔八〕掉頭須去耳：杜甫送孔巢父謝病歸游江東兼呈李白：「巢父掉頭不肯住，東將入海隨煙霧。」

〔九〕蜜無中邊味：四十二章經：「佛言：『人爲道，猶若食蜜，中邊皆甜。吾經亦爾，其義皆快，行者得道矣。』」宋真宗皇帝注：「佛言我所説經，由如蜜味，若人食之，中外盡甜，更無二味。慕道之士若悟經深旨，身心快樂，當證道矣。」此借以喻山林與城鎮本無區别。

餞枯木成老赴南華之命〔一〕

正中妙叶如何會〔二〕，羅仙隱身露衣帶〔三〕。芙蓉克家桐城孫〔四〕，海上閒名聞至尊〔五〕。天書夜到道林宮〔六〕，大鐘横撞山玪瓏㊀〔七〕。山容光澤鳥聲樂〔八〕，一番佳氣生巖叢。曹溪寶林甲天下〔九〕，樓觀翔空盤萬瓦。夢中先已逢祖師，異世曾同香火社〔一〇〕。人言骨清辟瘴霧，隘詞一律撩人怒〔一一〕。大陽直裰果有靈〔一二〕，所至自有天龍護〔一三〕。寄語山頭錫杖泉〔一四〕，久枯遽湧寧非天。老師不作奇特想〔一五〕，已脱聖凡情量纏〔一六〕。

【校記】

㊀ 玪：武林本作「玲」。

【注釋】

〔一〕宣和元年作於長沙。　枯木成老：即枯木法成禪師，嗣法芙蓉道楷。見前游龍王贈雲老注〔九〕。　赴南華之命：法成本住道林寺，詔書命其移住韶州南華寺。故此詩餞其行。程俱宋故焦山長老普證大師塔銘：「大觀元年，始從汝州之請，傳法香山。政和二年，詔以師住持左街淨因禪院。時楷去未幾，德範在人，而師之名稱，固已高遠，士夫緇素，望風信仰。由淨因住潭州大溈密印、道林廣慧、韶州之南華寶林、鎮江焦山普濟，所住皆天下名剎。」　南華：方輿勝覽卷三五廣東路韶州：「南華寺：梁天監元年，有天竺國僧智藥自西土來，泛舶至漢土，尋流上至韶州曹溪水口，聞其香，掬嘗其味，曰：『此水上流有勝地。』

尋之，遂開山，立石寶林，乃云：『此去一百七十年，當有無上法寶在此演法。』今六祖南華寺也。」

〔二〕正中妙叶：曹洞宗禪法，已見前注。

〔三〕羅仙隱身露衣帶：此以唐玄宗學羅公遠隱身事喻「正中妙叶」之旨，蓋己身與衣帶之關係，猶如能緣之心與所挾境體之關係。酉陽雜俎卷二：「玄宗學隱形於羅公遠，或衣帶、或巾脚不能隱。上詰之，公遠極言曰：『陛下未能脱屣天下，而以道爲戲。若盡臣術，必懷璽入人家，將困於魚服也。』」唐語林卷五補遺：「羅公遠多秘異之術，最善隱形。明皇樂隱形之術，就公遠勤求而學。公遠雖傳，不盡其妙。上每與公遠同爲之，則隱没，人莫能測。若自爲之，則或遺衣帶，或露頭巾脚，宫人每知上之所在也。」

〔四〕芙蓉克家桐城孫：謂法成爲道楷之法子，義青之法孫。克家：即克家子，能承父祖事業之子。語本易蒙：「九二，包蒙，吉。納婦吉，子克家。」此借指承法之嗣。桐城：代指投子義青禪師（一〇三二～一〇八三），俗姓李，青社人。試經得度，精於華嚴經，人稱青華嚴。後嗣法於大陽警玄禪師，住舒州投子山勝因院，付法於芙蓉道楷。五燈會元卷一四列曹洞宗青原下十世。方輿勝覽卷四九淮西路安慶府：「事要：郡名龍舒、皖城、桐城、同安。」明一統志卷一四安慶府：「投子山，在桐城縣東北三里。」

〔五〕海上：疑當作「湘上」，蓋法成時在湖南，與海無關。本集「湘上」之例甚多，不勝枚舉。

閒名：虚閑不實之名。景德傳燈録卷一五筠州洞山良价禪師：「師將圓寂，謂衆曰：『吾有閑名在世，誰爲吾除得？』衆皆無對。時沙彌出曰：『請和尚法號。』師曰：『吾閑名已謝。』」鍇按：枯木法成屬曹洞宗，故借其祖師洞山良价之事喻之。　至尊：此指徽宗皇帝。

〔六〕道林宫：即湘西道林寺，時寺均改名爲宫，故稱。佛祖統紀卷四六：「宣和元年正月，詔曰：『自先王之澤竭，而胡教始行於中國。雖其言不同，要其歸與道爲一教。雖不可廢，而猶爲中國禮義害，故不可不革。其以佛爲大覺金仙，服天尊服，菩薩爲大士，僧爲德士，尼爲女德士，服巾冠，執木笏。寺爲宫，院爲觀，住持爲知宫觀事。禁毋得留銅鈸塔像。』」宋史徽宗本紀四宣和元年春正月：「乙卯，詔：佛改號大覺金仙，餘爲仙人、大士，僧爲德士，易服飾，稱姓氏，寺爲宫，院爲觀。改女冠爲女道，尼爲女德。」

〔七〕玲瓏：象聲詞，形容金石撞擊聲。本集屢用此詞，如本卷寄南昌黄次山：「玲瓏撞鐘山答應。」卷一〇晚秋溪行：「玲瓏山響一聲樵。」

〔八〕山容光澤鳥聲樂：蘇軾聞辯才法師復歸上天竺以詩戲問：「忽聞道人歸，鳥語山容開。」此化用其意。

〔九〕曹溪寶林：即南華寺之古稱。寶林傳：「唐儀鳳中，居人曹叔良施地，六祖大師居之。地有雙峰、大溪，因曹侯之姓曰曹溪。」六祖大師法寶壇經頓漸品：「時祖師居曹溪寶林，神秀大師在荆南玉泉寺。于時兩宗盛化，人皆稱南能北秀，故有南北二宗頓漸之分。」據宋高僧傳卷八唐韶州今南華寺慧能傳，太平興國三年，太宗敕重建慧能塔，改寶林寺爲南華寺。

〔一〇〕香火社：舊唐書白居易傳：「會昌中，請罷太子少傅，以刑部尚書致仕，與香山僧如滿結香火社，每肩輿往來，白衣鳩杖，自稱香山居士。」又白氏長慶集卷一七與果上人歿時題此訣別兼簡二林僧社：「本結菩提香火社，爲嫌煩惱電泡身。不須惆悵從師去，先請西方作主人。」

〔一一〕「人言骨清辟瘴霧」二句：謂衆口一律皆言法成禪師骨骼清瘦可辟瘴霧之害，此説令人憤怒。蓋惠洪嘗流配海南，終身受瘴癘之苦，故極感慨。禪林僧寶傳卷二四東林照覺總禪師傳：「山門遺化，多邊徼瘴霧處，有死於其所者，總必泣，設位祭奠，盡禮薦拔，以故人人感動。」可知住持嶺南寺院，類同流放，實非幸事。法成遺化瘴霧處，或爲宣和元年朝廷崇道抑佛所致。惠洪不便斥徽宗，故遷怒於「隘詞一律」。

〔一二〕大陽直裰：代指曹洞宗之衣鉢。據禪林僧寶傳卷一七浮山遠禪師傳，大陽警玄以平生所著皮履直裰交示浮山法遠，請其尋求傳人。又據同卷投子青禪師傳，法遠以大陽皮履布直裰付與義青，且曰：「代吾續洞上之風。」參見前游龍王贈雲老注〔六〕。

〔一三〕天龍護：翻譯名義集卷二八部：「一天、二龍、三夜叉、四乾闥婆、五阿修羅、六迦樓羅、七緊那羅、八摩睺羅伽。」因八部中以天、龍居首，故曰天龍八部。天龍爲護法神。寶星陀羅尼經卷九護正法品：「時彼一切諸佛世尊，一切大衆人非人等，咸共同聲，讚彼天龍護法神等：『善哉善哉！汝等如是，善所應作。』」

〔一四〕錫杖泉：即韶州卓錫泉。蘇軾卓錫泉銘：「六祖初住曹溪，卓錫泉涌，清涼滑甘，贍足大衆，逮今數百年矣。或時小竭，則衆汲於山下。今長老辯公住山四歲，泉日涌溢，聞知嗟異。」方輿勝覽卷三五廣東路韶州：「卓錫泉，在大庾嶺。圖經云：六祖大鑒禪師自黄梅傳衣鉢，之曹溪，五百大衆相逐至大庾嶺，取五祖所傳衣鉢回。大衆久立，告渴者半。祖師手拈錫杖，點石眼，寒泉遂涌，清冷甘美，大衆驚駭。」

〔一五〕奇特想：華嚴經卷五三離世間品：「菩薩摩訶薩有十種奇特想。何等爲十？所謂於一切善根生自善根想，於一切善根生菩提種子想，於一切衆生生菩提器想，於一切願生自願想，於一切法生出離想，於一切行生自行想，於一切法生佛法想，於一切語言法生語言道想，於一切佛生慈父想，於一切如來生無二想。是爲十。若諸菩薩安住此法，則得無上善巧想。」大慧普覺禪師語録卷二〇示真如道人：「今時學道人，不問僧俗，皆有二種大病：一種多學言句，於言句中作奇特想。一種不能見月亡指，於言句悟入，而聞説佛法禪道，不在言句上，便盡撥棄，一向閉眉合眼，做死模樣。」

〔一六〕已脱聖凡情量纏：景德傳燈録卷三第二十八祖菩提達磨：「師知懇到，即説偈曰：『亦不覩惡而生嫌，亦不觀善而勤措。亦不捨智而近愚，亦不拋迷而就悟。達大道兮過量，通佛心兮出度。不與凡聖同躔，超然名之曰祖。』」

【集評】

清金堡云：覺範洪公有詩餞枯木成老赴南華之命，所云「聞名至尊」、「天書夜到」，蓋敕差也。新志繼席宗匠不列名。查舊志第十六代住持爲普證成，第十七代即曉山昺。昺嗣佛鑑，而成嗣芙蓉。較其朝代，正相當耳。若載籍極博，則南華主法，强半足徵。此地無書，爲之太息。（徧行堂集卷一九曹溪新舊通志辨證）

送禮禪歸臨川〔一〕

已披出世衣，影莫落塵俗。何山無叢林，棲息一枝足〔二〕。奈何清淨心，甘受熱惱毒〔三〕。譬如伏櫪馬，心不忘馳逐〔四〕。又如火鐵丸，氣燄不可觸〔五〕。禮禪客湘山，山翠在眉目。蓋嘗視此輩，高笑一捧腹。今亦欲還鄉，當戒前車覆〔六〕。吾聞真實心，不受罪與福。精進緣不懈，此語君勿恧〔七〕。

【注釋】

〔一〕作年未詳。　禮禪：生平法系不可考。

〔二〕棲息一枝足：莊子逍遥遊：「鷦鷯巢於深林，不過一枝；偃鼠飲河，不過滿腹。」此用其意。

〔三〕熱惱：焦灼苦惱，指貪、嗔、癡等諸惑。華嚴經卷七八入法界品：「善男子！如白栴檀，若以塗身，悉能除滅一切熱惱，令其身心普得清涼。菩薩摩訶薩菩提心香亦復如是，能除一切虚妄、分別、貪、恚、癡等諸惑熱惱，令其具足智慧清涼。」

〔四〕「譬如伏櫪馬」二句：喻人雖出家，而不忘塵俗追名逐利之事。曹操短歌行：「老驥伏櫪，志在千里。烈士暮年，壯心不已。」此借其語而反其意。

〔五〕「又如火鐵丸」二句：喻諸惑熱惱。華嚴經卷五一如來出現品：「汝等當知，一切諸行，衆苦熾然，如熱鐵丸。」

〔六〕當戒前車覆：韓詩外傳卷五：「或曰：『前車覆而後車不誡，是以後車覆也。』故夏之所以亡者，而殷爲之；殷之所以亡者，而周爲之。故殷可以鑒於夏，而周可以鑒於殷。詩曰：『殷鑒不遠，在夏后之世。』」漢書賈誼傳：「鄙諺曰：『不習爲吏，視已成事。』又曰：『前車覆，後車誡。』夫三代之所以長久者，其已事可知也。」

〔七〕恧：慚愧。

送顓街坊〔一〕

水西南臺小精廬，名雖是律禪者居〔二〕。粥魚茶板如指呼〔三〕，履聲童首鳧雁趨〔四〕。

分身香積太闊迂〔五〕，食時至則當持盂。養師反哺如烏雛〔六〕，荷衆司更如雁奴〔七〕。逢人若問明白老〔八〕，爲言病起加清癯。

【注釋】

〔一〕宣和三年夏作於長沙南臺寺。　顓街坊：惠洪鄰居，生平不可考。

〔二〕「水西南臺小精廬」二句：本集卷二八化供三首其一：「當寺依湘上，瀕楚水，基於隋朝，盛於唐季。有道俊禪師者，雲門之高弟，聚徒於其間，語句播於叢林，號爲水西南臺。皇祐間廢爲律，然古格尚存。薦經儉歲，住持者棄去，山林厄於斤斧，屋宇化爲草棘，至以田丁膺門。今年春，州郡易以禪者領之，於是明白老自鹿苑移居此。」

〔三〕粥魚：僧寺於粥飯時敲擊之木魚，已見前注。　茶板：喫茶時敲擊之木板。古尊宿語録卷三四舒州龍門佛眼禪師語録：「一日，聞茶版聲，又聞浴鼓聲，問僧云：『赴那處即是？』」

〔四〕童首：猶言禿頭，光頭無髮。　韓愈進學解：「頭童齒豁，竟死何裨。」　鳧雁趨：謂其相次而行，如鳧雁飛行之有序列。古有「雁序」「雁行」之語，即指此。　鍇按：以上二句即本集卷二一信州天寧寺記所言「粥魚茶板，霜顱螺頂，鳧趨而集，寂無人聲餘履聲」之意。

〔五〕分身香積：維摩詰經卷下香積佛品：「於是維摩詰不起于座，居衆會前，化作菩薩，相好光明，威德殊勝，蔽於衆會。……於是香積如來以衆香鉢盛滿香飯，與化菩薩。……時化菩薩既受鉢飯，與彼九百萬菩薩俱，承佛威神，及維摩詰力，於彼世界，忽然不現，須臾之間，至維摩詰舍。時維摩詰即化作九百萬師子之座，嚴好如前，諸菩薩皆坐其上。於是化菩薩以滿鉢香飯與維摩詰，飯香普熏毗耶離城，及三千大千世界。時毗耶離婆羅門、居士等，聞是香氣，身意快然，歎未曾有！」

〔六〕養師反哺如烏雛：晉成公綏烏賦：「雛既壯而能飛兮，乃銜食而反哺。」烏雛長成，銜食餵養其母，喻法子乞食養其師以報恩。如本集卷一五送圓監寺持鉢之邵陽：「叢林職似鷩羣雁，共給青如反哺烏。」參見卷三送瑫上人奔母喪注〔一〇〕。

〔七〕荷衆司更如雁奴：宋陸佃埤雅卷六雁：「雁夜泊洲渚，令雁奴圍而警察，飛則銜蘆而翔，以避矰繳，有遠害之義。」此以雁奴喻寺院之監寺，即送圓監寺持鉢之邵陽所謂「叢林職似鷩羣雁」。　司更：打更。

〔八〕明白老：惠洪自稱。

寄南昌黃次山〔一〕

次山心地平如鏡，照海照毛無少贖。劉公訶之昏霧蒙〔二〕，張公磨之復清瑩〔三〕。張劉皆是善知識，大黃甘草各醫病〔四〕。鷩起荷山大字遂〔五〕，玲瓏撞鐘山答應〔六〕。

夜燈午梵賽心願〔七〕，望歸引領如鶴頸〔八〕。一朝骨相（祖）在面前㊁〔九〕，笑不成聲兩目瞪。小兒化去聊折災，婦翁告殂適其命。但得夫妻各身健，回觀閣中夜鳴磬。欲知成佛妙法門，不與人爭是捷徑〔一〇〕。

【校記】

㊀ 玪：武林本作「玲」。

㊁ 相：原作「祖」，誤，今改。參見注〔九〕。

【注釋】

〔一〕建炎二年作於建昌縣。南昌：此指洪州。黄次山：名彦平，洪州豐城人。嘉靖豐乘卷八人物列傳：「黄彦平，字季岑，號次山。登宣和進士。時方申元祐學禁，疑爲山谷族屬，寘第四。授信陽軍教授，移池州士曹。坐與李綱善，謫監虢州銅場。建炎二年擢尚書吏部員外郎，撫諭京東西路。使還，丐外，出知筠州。丁母憂，服除，爲吏部郎中。時朝廷正罷劉光世兵柄，命吕祉代之。次山言：『光世固當罷，祉亦非御衆之才。』不報。次山有盛名，以數論事，娼嫉者衆。補外，提點湖南刑獄。任宫祠九年，知邵州，以疾卒，年五十八。終朝散大夫。」四庫全書據永樂大典所存編其詩、賦、雜文共四卷爲三餘集。正德瑞州府志卷五秩官志宋知州：「黄次山，朝奉郎，建炎二年任。」此詩有「驚起荷山大字遂」之句，荷山在筠州，故當作於建炎二年黃彦平知筠州時。

〔二〕劉公：劉安世（一〇四八～一一二五），字器之，號元城，魏人。元祐中以司馬光薦，擢右正言，遷起居舍人兼右司諫，召爲寶文閣待制。在職累歲，正色立朝，扶持公道，人目之曰「殿上虎」。章惇、蔡京用事，屢貶遠惡之地。後卜居宋都，宣和六年復待制。宋史有傳。蘇軾有詩題曰：「器之好譚禪，不喜游山。山中筍出，戲語器之，可同參玉版長老。」宋馬永卿編元城語録卷上：「先生（劉安世）嘗問僕：『參禪乎？』僕對以：『亦嘗有此事，但未能深得爾。』先生曰：『所謂禪一字，於六經中亦有此理，但不謂之禪爾。至於佛乃窺見此理而易其名。及達摩西來，此話大行，不知吾友於世所謂話頭者，亦略聞之乎？』僕對曰：『見相識中愛理會柏樹子。』又問：『吾友如何解？』僕無以對。先生曰：『據此事不容言，然以某所見，則夫子不答是也。且西來意不必問，而話亦不必答。然向上老和尚好玩弄人，故以不答答之。所謂柏樹子者，乃繫驢橛也。後人不知，只守了樹後，尋祖師西來意，可一笑也。』又曰：『佛法到梁，敝矣，人皆認著色相，至於武帝爲人主，不知治民，至亂天下，豈佛意也！蓋佛法只認著色相，則佛法有可滅之理。達摩西來，其説不認色相。若渠不來，佛法之滅久矣。又上根聰悟，多喜其説，故其説流通。某之南遷，雖平日於吾儒及老先生（老子）得力，然亦不可謂於此事不得力。世間事有大於生死者乎？而此事獨一味理會生死，有箇見處，則於貴賤禍福輕矣。且正如人擔得百斤，則於五六十斤極輕。

此事老先生極通曉，但口不言耳。蓋此事極繫利害，若常論，則人以謂平生只由佛法，所謂五經者，不能使人曉生死説矣。蓋爲儒者，不可只談佛法，蓋爲孔子地也。又不根之人以謂寂寞枯槁乃是佛法，至於三綱五常，不是佛法，不肯用意。又有下者，復泥於報應因果之説，不修人事，政教錯亂，生靈塗炭，其禍蓋有不可勝言者。故某平生未曾與人言者，亦本於老先生之戒也。』」

〔三〕張公：即張商英，字天覺，號無盡居士，深於佛學。已見前注。宋葉夢得避暑録話卷上：「張丞相天覺喜談禪，自言得其至。初爲江西運判，至撫州見兜率從悦，與其意合，遂授法。悦，黄龍老南之子，初非其高弟，而江西老宿爲南所深許道行一時者數十人，天覺皆歷詆之。其後天覺浸顯，諸老宿略已盡，後來庸流傳南學者，乃復奔走，推天覺稱相公禪，天覺亦當之不辭，近世遂有爲長老開堂承嗣天覺者。」鍇按：兜率從悦乃真淨克文法嗣，黄龍慧南法孫，葉氏所言不確。又劉安世、張商英皆好談禪，名重天下，宣和間尚在世，黄次山學佛當曾受其指點。廓門注謂「劉張，未知何人，不可考」，殆未深究。

〔四〕大黄：草藥名。多年生，草本。根莖入藥，味苦，性寒，能攻積導滯，瀉火解毒，於藥中别稱「將軍」。見政和證類本草卷一〇。甘草：藥草名。根莖入藥，味甘，性平和，能和百藥，於藥中别稱「國老」。見政和證類本草卷六。鍇按：大黄、甘草分别喻劉、張禪法，可治次山之禪病。羅湖野録卷下載真淨高弟廬山慧日文雅禪師所作禪本草一篇，有句曰：「故佛祖以此藥療一切衆生病，號大醫王，若世明燈，破諸執暗。」惠洪此喻或本其師兄文雅禪本草。

〔五〕荷山：元豐九域志卷六江南西路筠州：「荷山，中多紅蓮。」明一統志卷五七瑞州府：「荷山，在府城南二十五里，山中有池，多紅蓮，故名。」豫章記：仙人王子喬駕白象來游此，象化爲石。今山巔有丁王二仙壇，下有棲霞觀。」廓門注：「大字，太守寫誤歟？大字遂未詳。」疑有誤字，俟考。

〔六〕玲瓏：象聲詞，已見前注。

〔七〕賽心願：祈佛還願。賽，酬神。景德傳燈録卷二一福州閩山令含禪師：「上堂曰：『還恩恩滿，賽願願圓。』」

〔八〕望歸引領如鶴頸：劉禹錫望賦：「鶴頸長引，烏頭未改。」蘇轍送王鞏之徐州：「相望鶴頸引，欲往龜頭縮。」此用其語意。

〔九〕骨相：骨骼相貌，與人之性格命運相關。鍇按：本集好用「骨相」一詞，如卷一送英老兼簡鈍夫：「骨相正似陳睦州。」卷一二陳大夫見和春日三首用韻酬之之三：「骨相吾驚是要津。」卷一三八月二十三日蔡元中生辰：「骨相終當爲國器。」不勝枚舉。底本作「骨祖」，不辭，涉形近而誤，今改。

〔一〇〕不與人爭是捷徑：修行道地經卷二分別相品：「所有多少，不與人爭。」

寄題紫府普照寺滿上人桃花軒〔一〕

武陵源深並溪入，無數桃花鬧春色〔二〕。水面紅雲欲崩壞，波間爛錦光相射。昔人誤行偶見之〔三〕，歸來醉眼眩紅碧〔四〕。秦時雞犬不聞聲〔五〕，但覺曉窗煙霧白。那知紫府亦仙源，此華萬樹燒晴川㊀。少年苾芻誰教汝〔六〕，照花作意開幽軒㊁。靈雲説悟被花笑〔七〕，南泉欺客花不言〔八〕。何如睡足無一事，倚欄紅雨春風顛〔九〕。愁來想見故山路，未歸先作山中篇。

【校注】

㊀川：石倉本作「原」。

㊁軒：天寧本作「仙」，誤。

【注釋】

〔一〕作年未詳。紫府：指筠州上高縣紫府口。正德瑞州府志卷一山川志：「易樂水，自乾陀嶺發源，經永平，達紫府口。」康熙上高縣志卷一山川：「益樂水，在縣西南之百二十里乾陀嶺發源，東北流經永平後塘，至紫府口入蜀江。」四庫本江西通志卷八山川二瑞州府：「易樂水，在上高縣西南一百二十里，源出乾陀嶺，經永平，至紫府口入江。」同書卷一五四藝文載唐韋莊袁州作有「山色東南連紫府，水聲西北屬洪州」一聯，「紫府」對「洪州」當爲地名對地名。又光緒江西通志卷五七山川略川二：「益欒水（一作易欒水），在上高縣西南一百二十里，亦名石曹坑水。源出袁州宜春縣洪武寨下，至石曹橋入縣界。又會乾陀嶺水，經蓮橋爲義江，又會田心小溪諸水，至紫府口入錦江。」由此可見，紫府即袁州宜春縣東南、筠州上高縣西南之紫府口。

普照寺：疑即普照院。正德瑞州府志卷一一寺觀志：「普照院，（上高）縣西六十里。」康熙上高縣志卷二寺觀：「普照院，在縣六十里許之井頭，唐時間開山，宋治平間賜額，今廢。」

滿上人：續傳燈録卷二二目録真淨克文法嗣有光孝慧滿禪師，列於谷山希祖禪師之後，爲惠洪師兄弟，疑即此僧。

〔二〕「武陵源深並溪人」二句：陶淵明桃花源記：「晉太元中，武陵人捕魚爲業，緣溪行，忘路之遠近，忽逢桃花林，夾岸數百步，中無雜樹，芳草鮮美，落英繽紛。」

〔三〕昔人誤行偶見之：桃花源記：「漁人甚異之，復前行，欲窮其林。林盡水源，便得一山，山有小口，髣髴若有光，便捨船從口入。初極狹，纔通人，復行數十步，豁然開朗，土地平曠，屋舍儼然，有良田、美池、桑竹之屬。」文繁不録。

〔四〕醉眼眩紅碧：形容醉眼昏花。蘇軾金山寺與柳子玉飲大醉卧寶覺禪榻夜分方醒書其壁：「我醉都不知，但覺紅緑眩。」

〔五〕秦時雞犬不聞聲：桃花源記：「阡陌交通，雞犬相聞，其中往來種作，男女衣著，悉如外人，黃髮垂髫，並怡然自樂。見漁人，乃大驚，問所從來，具答之。便要還家，設酒殺雞作食。村中聞有此人，咸來問訊。自云先世避秦時亂，率妻子邑人來此絶境，不復出焉，遂與外人間隔。問今是何世，乃不知有漢，無論魏晉。」

〔六〕少年苾芻：指滿上人。苾芻，比丘之異譯。翻譯名義集卷一釋氏衆名苾芻：「古師云：『含五義：一體性柔軟，喻出家人能折伏身語麁獷故。二引蔓旁布，喻出家人傳法度人，連延不絶故。三馨香遠聞，喻出家人戒德芬馥，爲衆所聞。四能療疼痛，喻出家人能斷煩惱毒害故。五不背日光，喻出家人常向佛日故。』」

〔七〕靈雲説悟被花笑：景德傳燈録卷一一福州靈雲志勤禪師：「本州長溪人也。初在溈山，因桃華悟道，有偈曰：『三十年來尋劍客，幾逢落葉幾抽枝。自從一見桃花後，直至如今更不疑。』祐師覽偈，詰其所悟，與之符契。祐曰：『從緣悟達，永無退失，善自護持。』乃返閩川。」

〔八〕南泉欺客花不言：景德傳燈録卷八池州南泉普願禪師：「陸亘大夫向師道：『肇法師甚奇怪，道萬物同根，是非一體。』師指庭前牡丹華云：『大夫，時人見此一株華，如夢相似。』陸罔測。」

〔九〕紅雨：代指桃花。李賀將進酒：「桃花亂落如紅雨。」

宋迪作八境絶妙人謂之無聲句演上人戲余曰道人能作有聲畫乎因爲之各賦一首〔一〕

平沙落雁

湖容秋色磨青銅〔二〕，夕陽沙白光濛濛。翩翻欲下更嘔軋〔三〕，十十五五依蘆叢㊀。西興未歸愁欲老〔四〕，日暮無雲天似掃。一聲風笛忽驚飛㊁，羲之書空作行草〔五〕。

遠浦歸帆

東風忽作羊角轉〔六〕，坐看波面纖羅卷。日脚明邊白鳥（島）橫㊂〔七〕，江勢吞空客帆遠〔八〕。倚欄心緒風絲亂，蒼茫初見疑鳧雁。漸覺危檣隱映來㊃，此時增損憑詩眼〔九〕。

山市晴嵐㊄

宿雨初收山氣重，炊煙日影林光動。鬣市漸休人已稀㊅〔一〇〕，市橋官柳金絲弄㊆。隔谿誰家花滿畦〔一一〕，滑唇黄鳥春風啼〔一二〕。酒旗漠漠望可見㊇，知在柘岡村路西〔一三〕。

江天暮雪

潑墨雲濃歸鳥滅〔一四〕，魂清忽作江天雪。一川秀發浩零亂㊈，萬樹無聲寒妥帖㊉〔一五〕。孤舟卧聽打窗扉，起看宵晴月正暉。忽驚盡卷青山去，更覺重攜春色歸。

洞庭秋月

橘香浦浦青黄出〔一六〕，維舟日暮柴荆側〔一七〕。湧波好月如佳人㊀，矜誇似弄嬋娟色〔一八〕。夜深河漢正無雲，風高掠水白紛紛。五更何處吹畫角，披衣起看低金盆〔一九〕。

瀟湘夜雨〔二〇〕

嶽麓軒窗方在目〔二一〕，雲生忽收圖畫軸㊁。軟風爲作白頭波㊂〔二二〕，倒帆斷岸漁村宿。燈火荻叢營夜炊，波心應作出魚兒㊃〔二三〕。絶憐清境平生事，篷（蓬）漏孤吟曉不知㊄〔二四〕。

煙寺晚鐘

十年車馬黄塵路，歲晚客心紛萬緒。猛省一聲何處鐘〔二五〕，寺在煙村最深處。隔谿脩竹露人家㈥，扁舟欲喚無人渡。紫藤瘦倚背西風㈦，歸僧自入煙蘿去〔二六〕。

漁村落照

碧葦蕭蕭風淅瀝㈧〔二七〕，村巷沙光潑殘日㈨。隔籬炊黍香浮浮㈩〔二八〕，對門登網銀戢戢⑪〔二九〕。刺舟漸近桃花店⑫〔三〇〕，破鼻香來覺醇釅⑬〔三一〕。舉籃就儂博一醉⑭，卧看江山紅緑眩⑮〔三二〕。

【校記】

㈠ 十十：天寧本作「一十」。

㈡ 風：聲畫集卷三作「漁」。

㈢ 脚：聲畫集作「角」，誤。

烏横：原作「烏横」，聲畫集作「烏飛」，今從石倉本。參見注〔七〕。

④覺危：聲畫集作「見桅」。

⑤晴：聲畫集作「清」，誤。

⑥漸：聲畫集作「纔」。稀：聲畫集作「希」。

⑦市：聲畫集作「野」。官柳：聲畫集作「柳色」。

⑧漠漠：聲畫集作「依約」。

⑨發：聲畫集作「色」。

⑩帖：聲畫集作「貼」。

⑪湧：聲畫集作「勇」，誤。

⑫圖畫：聲畫集作「畫圖」。

⑬軟：聲畫集作「逆」。

⑭出：石倉本作「捕」，誤。

⑮篷：原作「蓬」，今據聲畫集、石倉本、武林本改。

⑯隔谿脩竹露人家：聲畫集作「亂溪水急風更清」。

⑰紫藤瘦倚背：聲畫集作「倚筇無語立」。

⑱碧：聲畫集作「蘆」。淅：原作「浙」，誤。今據四庫本、石倉本、武林本、聲畫集改。

⑲沙：聲畫集作「秋」。

⑳隔籬：聲畫集作「屋頭」。

㉑對門：聲畫集作「門前」。　戢戢：聲畫集作「刀戢」。

㉒刺舟漸近桃花店：聲畫集作「鉤籃滿盛柳條串」。

㉓破鼻香來覺：聲畫集作「隔岸人家酒」。

㉔舉籃就儂：聲畫集作「移舟盡傾」。

㉕江山：聲畫集作「山川」。

【注釋】

〔一〕元符二年秋作於舒州灊山縣。　演上人：即五祖法演禪師（？～一一〇四），綿州巴西人，俗姓鄧氏。白雲守端法嗣，時住舒州太平寺，後移東山（五祖山）。五燈會元卷一九列臨濟宗楊歧派南嶽下十三世。事具補禪林僧寶傳，有法演禪師語録傳世。本集卷一八杏殼觀音菩薩贊序：「龍舒演上人持鴨脚殼中銀杏木所刻觀音像，莊嚴妙麗，如無邊春，隨好光明，塵塵具足，稽首爲之贊。」龍舒即舒州。此八景詩當爲惠洪游方太平寺時爲法演所作，與杏殼觀音菩薩贊作於同時。　宋迪：圖畫見聞誌卷三：「宋道字公達，雒陽人。宋迪字復古。二難皆以進士擢第，今竝處名曹，悉善畫山水寒林，情致嫻雅，體像雍容，今時以爲秘重矣。」宣和畫譜卷一二：「文臣宋迪字復古，洛陽人，道之弟。以進士擢第，爲郎。性嗜畫，好作山水，或因覽物得意，或因寫物創意，而運思高妙，如騷人墨客登高臨賦。當時推重，往往不名，以字顯，故謂之宋復古。又多喜畫松，而枯槎老枿，或高或偃，或孤或雙，以至於千株萬株森森然，殊可駭也。聲譽大過於兄道。」八境：即「八景」。沈括夢溪筆談卷一七書畫：「度支員外郎宋迪工畫，尤善爲平遠山水。其得意者，有平沙落雁、遠浦歸帆、山市晴嵐、江天暮雪、洞庭秋月、瀟湘夜雨、煙寺晚鐘、漁村落照，謂之八景，好事者多傳之。」方輿勝覽卷二三湖南路潭州：「瀟湘八景：湘山野録：本朝宋迪度支工畫，有平沙雁落、遠浦帆歸、山市晴嵐、江天暮雪、洞庭秋月、瀟湘夜雨、煙寺晚鐘、漁村落照，謂之八景云。」錯按：所引湘山野録誤，當爲夢溪筆談。明一統志卷六三長沙府：「八景臺，在府城西，宋嘉祐中築。宋迪因作八景圖，僧惠洪賦詩，更名『八境』，陳傅良復其舊，并建二亭於旁。」無聲句：謂畫，猶言無聲詩。黄庭堅次韻子瞻子由題憩寂圖二首之一：「李侯有句不肯吐，淡墨寫出無聲詩。」詩僧善權王性之得李伯時所作歸去來圖并自書淵明詞刻石於琢玉坊爲賦長句：「龍眠解説無聲句，時向煙雲一傾吐。」陳與義心老久許爲作畫未果以詩督之：「秋入無聲句，山連欲雨寒。」王庭珪題羅疇老家明妃辭漢圖：「龍眠會作無聲句，寫得當時一段愁。」有聲畫：謂詩，首見於本集。參見本集卷一同超然無塵飯柏林寺分題得柏字注〔一六〕。錯按：此八首詩編排順序與夢溪筆談所載全同，聲畫集卷三收此八首詩順序則爲瀟湘夜雨、洞庭秋月、平沙落雁、遠浦歸帆、山市清（晴）嵐、江天暮雪、煙寺晚鐘、漁村落照，與本集有異。

〔二〕湖容秋色磨青銅：蘇軾海市：「斜陽萬里孤鳥没，但見碧海磨青銅。」此借用其語。青銅，謂鏡，喻平静之水面。

〔三〕嘔軋：象聲詞，此狀雁鳴聲。廓門注：「按字書：凡物聲交戛皆曰軋。杜牧登九峰樓詩：『歸櫂何時聞軋鴉。』」鍇按：嘔軋，猶嘔啞，狀行車、摇櫓、推門等木物摩擦之聲，或管絃、鳥鳴等聒噪嘈雜之聲。王安石純甫出僧惠崇畫要予作詩：「欹眠嘔軋如鳴（一作『聞』）櫓。」即以櫓聲喻鳧雁聲。

〔四〕西興：即錢塘江西興渡。方輿勝覽卷六浙東路紹興府：「西興渡，在蕭山縣西十二里，本名西陵，吴越武肅王以非吉語，改西興。」

〔五〕羲之書空作行草：廓門注：「以有書雁字言也。」鍇按：此以行草書喻雁飛時所列之雁字，復坐實爲王羲之所作之行草。

〔六〕羊角：旋轉而上之風。莊子逍遥遊：「有鳥焉，其名爲鵬，背若泰山，翼若垂天之雲，摶扶摇羊角而上者九萬里。」釋文：「司馬（彪）云：『風曲上行如羊角。』」

〔七〕日脚明邊白鳥横：杜甫雨四首之一：「白鳥去邊明。」此化用其意。鳥，底本作「島」，誤。鍇按：冷齋夜話卷五東坡屬對：「又登望海亭，柱間有擘窠大字曰：『貪看白鳥横秋浦，不覺青林没晚潮。』」陶弼東湖：「沙中白鳥横。」林逋招思齊上人：「白鳥横斜入遠空。」均可參證。

〔八〕江勢吞空客帆遠：蘇軾書王定國所藏煙江疊嶂圖：「漁舟一葉江吞天。」此化用其意。

〔九〕增損憑詩眼：蘇軾僧清順新作垂雲亭：「天功爭向背，詩眼巧增損。」此用其語意。

〔一〇〕蠶市：此泛指蠶桑季節之集市。東坡詩集注卷一四和子由蠶市趙次公注引蘇轍蠶市詩序曰：「眉之二月望日，鬻蠶器於市，因作樂縱觀，謂之蠶市。」然宋時湘贛江浙似亦有蠶市，非僅蜀之俗。已見前注。

〔一一〕隔谿誰家花滿畦：杜甫江畔獨步尋花七絶句之六：「黄四娘家花滿蹊。」此借用其語。

〔一二〕滑唇：圓滑婉轉之唇舌，指鳥語。

〔一三〕柘岡村路西：能改齋漫録卷九烏石岡柘岡鹽步門：「烏石岡距臨川三十里，荆公外家吴氏居其間。……吴氏所居又有柘岡，柘岡故多辛夷。荆公詩云：『柘岡西路花如雪，回首春風最可憐。』又寄正之詩云：『試問春風何處好，辛夷如雪柘岡西。』又贈黄吉父詩云：『柘岡西路白雲深，想子東歸得重尋。亦見舊時紅躑躅，爲言春至每傷心。』又送吴彦玠詩云：『柘岡定有辛夷發，亦見東風使我知。』」此借用其詩語。然安石詩中之「柘岡」，爲臨川地名，而臨川與瀟湘迥不相屬，故惠洪此處柘岡，乃泛指種植桑柘之山岡，以與前文「蠶市」呼應，非臨川吴氏所居之柘岡。張孝祥于湖集卷一二野牧圖：「忽憶淮南路，春風滿柘岡。」亦屬泛指，非指臨川地名。

〔一四〕潑墨雲濃：宋彭汝礪鄱陽集卷一暴雨：「雲如驚瀾如潑墨。」宋郭祥正青山集卷一七積潦：

「雨脚懸麻直，雲頭潑墨濃。」

〔一五〕「一川秀發浩零亂」二句：苕溪漁隱叢話後集卷二三：「苕溪漁隱曰：魯直雪詩：『試尋高處望雙闕，佳氣葱葱寒妥貼。』洪覺範雪詩：『一川秀色浩淩亂，萬樹無聲寒妥貼。』二詩當以覺範爲優，句意俱工。」廓門注：「『帖』當作『怗』，或作『貼』。妥貼，安妥服貼。」錯按：妥帖，意爲服帖，穩當，合適，義同「妥怗」「妥貼」。底本不誤。文選卷一七陸機文賦：「或妥帖而易施，或岨峿而不安。」李善注：「妥帖，易施貌。公羊傳曰：『帖，服也。』廣雅曰：『帖，靜也。』王逸楚辭序曰：『義多乖異，事不妥帖。』」

〔一六〕橘香浦浦：廓門注：「長沙府有橘洲。」

〔一七〕維舟：繫船。詩小雅采菽：「汎汎楊舟，紼纚維之。」杜甫纜船苦風戲題四韻奉簡鄭十三判官：「維舟日日孤。」

〔一八〕「湧波好月如佳人」二句：蘇軾宿望湖樓再和：「新月如佳人，出海初弄色。娟娟到湖上，瀲灩摇空碧。」此化用其意。

〔一九〕披衣起看低金盆：杜甫贈蜀僧閭丘師兄：「夜闌接軟語，落月如金盆。」蘇軾用王鞏韻送其姪震知蔡州：「相逢開月閣，畫簷低金盆。」

〔二〇〕瀟湘：廓門注：「瀟湘，長沙府湘江是也。」

〔二一〕嶽麓：即嶽麓山，在潭州善化縣湘江西岸。

〔二二〕白頭波：唐劉言史夜泊潤州江口：「秋風欲起白頭波。」唐鄭谷淮上漁者：「白頭波上白頭翁。」

〔二三〕出魚兒：廓門注：「筠溪集『出』作『捕』。」鍇按：杜甫水檻遣興二首之一：「細雨魚兒出。」此借用其語以寫夜雨。「捕」字誤。

〔二四〕篷：船篷。底本作「蓬」，涉形近而誤。

〔二五〕猛省一聲何處鐘：杜甫游龍門奉先寺：「欲覺聞晨鐘，令人發深省。」此化用其意。王維過香積寺：「深山何處鐘。」此借用其語。

〔二六〕歸僧自入煙蘿去：冷齋夜話卷六東坡和惠詮詩：「東吳僧惠詮佯狂垢污，而詩句清婉。嘗書湖上一山寺壁曰：『落日寒蟬鳴，獨歸林下寺。柴扉夜未掩，片月隨行屨。唯聞犬吠聲，又入青蘿去。』」此化用其意。

〔二七〕淅瀝：廓門注：「秋聲賦：『異哉！初淅瀝以蕭颯。』此借用。」

〔二八〕隔籬炊黍香浮浮：蘇軾和蔡準郎中見邀游西湖三首之三：「船頭斫鮮細縷縷，船尾炊玉香浮浮。」此借用其語。　浮浮：詩大雅生民：「釋之叟叟，烝之浮浮。」毛傳：「浮浮，氣也。」

〔二九〕銀：謂魚，其狀如銀刀，故稱。杜甫觀打魚歌：「魴魚鱍鱍色勝銀。」東坡詩集注卷七西湖秋涸東池魚窘甚因會客呼網師遷之西池爲一笑之樂夜歸被酒不能寢戲作放魚：「縱横爭看銀刀出。」趙次公注：「銀刀，白魚之狀。杜詩：『出網銀刀亂。』」戢戢：衆多聚集貌。杜甫又觀打魚：「小魚脱網不可紀，半死半生猶戢戢。」

〔三〇〕刺舟：撐船。淮南子原道：「短綣不絝，以便涉游；短袂攘卷，以便刺舟。因之也。」

〔三一〕破鼻香來覺醇釀：酉陽雜俎卷二：「史論在齊州時，出獵，至一縣界，憩蘭若中，覺桃香異常。訪其僧，僧不及隱，言近有人施二桃，因從經案下取出獻論，大如飯椀。時飢，盡食之，核大如雞卵。論因詰其所自。僧笑：『向實謬言之。此桃去此十餘里，道路危險，貧道偶行脚見之，覺異，因掇數枚。』論曰：『願去騎從，與和尚偕往。』僧不得已，導論北去荒榛中，經五里許，抵一水。僧曰：『恐中丞不能渡此。』論志決往，乃依僧解衣，戴之而浮，登岸，又經西北，涉二小水，上山越澗數里，至一處，布泉怪石，非人境也。有桃數百株，榦掃地，高二三尺，其香破鼻。論與僧各食一蔕，腹果然矣。論解衣，將盡力苞之。僧曰：『此或靈境，不可多取。貧道嘗聽長老説：昔日有人亦嘗至此，懷五六枚，迷不得出。』論亦疑僧非常，取兩箇而返。僧切戒論不得言。論至州，使招僧，僧已逝矣。」

〔三二〕紅緑眩：形容醉眼昏花。已見前注。

【集評】

宋釋居簡云：少時誦寂音尊者瀟湘八景詩，詩雖未必盡八景佳處，然可想而知其似也。忽展橫幅於飛來濃翠間，詠少陵所謂「湖南清絶地」，便覺精爽飛越。（北磵集卷七題瀟湘八景）

清釋行元云：覺範題宋迪平沙落雁圖云：「湖容秋色磨青銅，夕陽沙白光濛濛。翩翻欲下更嘔軋，一十五五依蘆叢。西興未歸愁欲老，日暮無雲天似掃。一聲風笛忽驚飛，羲之書空作行草。」誠所謂「有聲畫」，可與宋迪「無聲句」比隆者也。今觀此扇中畫雁，或飛或宿，出没於長蘆淺渚間，生意真機，勃勃欲動，畫乎詩乎，有聲無聲，吾不得而名之矣。商飆披拂，正當斯時，汝宜默誦大悲神咒以呵護之，不然，恐逐隊成羣潑天飛過去也。（百癡禪師語録卷二六題扇中蘆雁）

日本義堂周信云：夫大海之西，距日本數萬里，有國曰唐，其州郡勝槩，以八稱者夥。謂八詠者，越之東陽也；八境者，楚之南康也；八景云者，蜀之萬川也，楚桃源也，瀟湘也。而悉託文人以顯。故東陽顯于隱侯之詠，南康顯于玉局之題，萬川顯于趙公之詩，桃源顯于祝氏之書，獨瀟湘則歌詠圖畫者極多。若僧史寂音、畫工宋度支，是最顯于世者也。（五山文學全集第二卷空華集卷一三大慈八景詩歌集叙）

日本景徐周麟云：誰驅八景畫中收，最愛洞庭湖上秋。身未南游心到此，月清夜放惠洪舟。（五山文學全集第四卷翰林葫蘆集卷三八景圖）

又云：八景聞名覺範詩，畫師三昧墨淋漓。悄然坐我瀟湘下，白日青天夜雨時。（同上翰林葫蘆集卷四瀟湘夜雨）

又云：山店撈扉船覆蓬，漫天吹雪暮江風。盡驅明白八篇景，卷入玄沙三幅中。（同上江天暮雪）

日本横川景三云：一景爲稀況八之，垂鬚佛後又言詩。畫圖初覺瀟湘好，秋月斜懸夜雨時。（五山文學新集第一卷補庵京華前集瀟湘八景圖）

日本惟肖得巖云：若瀟湘八景之圖，按湘山野録云，出于宋復古氏。然坡集唯稱復古瀟湘晚景而已，不件繫其八，可怪也。及寂音石門集，八篇具焉，稱之無聲句，妙絶可想見矣。其首平沙落雁也。（五山文學新集第二卷惟肖得巖集東海璚華集三平沙落雁圖叙）

日本希世靈彦云：問道瀟湘天下奇，我知八景不同時。如今併入畫圖裏，便是江南覺範詩。（五山文學新集第二卷村庵稿上卷題瀟湘八景圖詩）

日本東沼周曮云：南州昔有佛垂鬚，胸次能堆萬斛珠。吐作瀟湘暮天雪，至今梅竹白模糊。（五山文學新集第三卷東沼周曮集流水集三江天暮雪）

日本彦隆周興云：瀟湘八景者，濫觴於宋復古之繪，浸爛於垂鬚佛之詩。（五山文學新集第四卷半陶文集三半陶已酉藁題便面）

又云：寺曰寶明，今主盟玉岩翁，命工形瀟湘八境於繪事，張之素壁，以備寓寺者之卧游也。因請余曰：夫八境之詩，長篇短篇，出於垂鬚佛之手，自爾擬而作者，如蚿之有餘，我豈可捧心而效耶？子爲我一一繫題辭於其上，庶幾夔而足焉。（同上半陶文集三半陶庚戌藁瀟湘八景并漁樵對問圖）

【附録】

清鄭燮浪淘沙和洪覺範瀟湘八景：

風雨夜江寒，篷背聲喧。漁人穩臥客人歎。明日不知晴也未，紅蓼花殘。晨起望沙灘，一片波瀾。亂流飛瀑洞庭寬。何處雨晴還是舊？只有君山。（瀟湘夜雨）

雨淨又風恬，山翠新添。薰烝上接蔚藍天。惹得王孫芳草色，醞釀春田。朝景尚拖烟，日午澄鮮。小橋山店倍增妍。近到略無些色相，遠望依然。（山市晴嵐）

山迴暮雲遮，風緊寒鴉。漁舟箇箇泊江沙。江上酒旗飄不定，旗外煙霞。爛醉作生涯，醉夢清佳。船頭雞犬自成家。夜火秋星渾一片，隱躍蘆花。（漁村夕照）

日落萬山巔，一片雲烟。望中樓閣有無邊。惟有鐘聲攔不住，飛滿江天。秋水落秋泉，晝夜潺湲。梵王鐘好不多傳。除却晨昏三兩擊，悄悄無言。（烟寺晚鐘）

遠水淨無波，蘆荻花多。暮帆千疊傍山坡。望裏欲行還不動，紅日西矬。名利竟如何，歲月蹉跎。幾番風浪幾晴和。愁水愁風愁不盡，總是南柯。（遠浦歸帆）

秋水漾平沙，天末澄霞。雁行槭定又喧嘩。怕見洲邊燈火焰，怕近蘆花。是處網羅賒，何苦天涯。勸伊早早北還家。江上風光留不得，請問飛鴉。（平沙落雁）

誰買洞庭秋，黃鶴樓頭。槐花半老桂花稠。纔送斜陽西嶺去，月上嵰鈎。漭漭大荒流，烟淨雲收。萬條銀綫接天浮。不用畫船沽酒去，我自神游。（洞庭秋月）

雪意滿瀟湘，天淡雲黃。梅花凍折老松僵。惟有酒家偏得意，帘旆飄揚。不待揭簾香，引動漁郎。蓑衣燎濕暖鍋旁。踏碎瓊瑤歸路遠，醉指銀塘。（江天暮雪。板橋集板橋詞鈔浪淘沙和洪覺範瀟湘八景）

汪履道家觀雪雁圖〔一〕

水落陰湖洲渚生〔二〕，風折敗荷枯葦莖〔三〕。白沙鑿鑿墨雲重〔四〕，熟視滿空翻玉英〔五〕。湖邊兩雁誰教汝？穩卧自多高世情。惠崇逸想巧圖畫〔六〕，定應愛汝夢漏清。

【注釋】

〔一〕元符三年作於常州。汪履道：名迪，常州人。已見前注。雪雁圖：僧惠崇所作，參見注〔六〕。

〔二〕水落陰湖洲渚生：唐李郢秦處士移家富春發樟亭懷寄：「潮落空江洲渚生。」此用其語意。又冷齋夜話卷四稱王安石「相看不忍發，慘澹暮潮平。欲別更攜手，月明洲渚生」一詩「得於天趣」，此亦借用其語。廓門注：「陰湖，長沙府湘陰縣湖也。」乃望文生義。蓋此「陰湖」泛指雪前天陰之湖，非特指地名，且湘陰縣湖亦無簡稱「陰湖」之理。

〔三〕風折敗荷枯葦莖：蘇軾次韻孔毅父久旱已而甚雨三首之二：「折葦枯荷恣漂溺。」黄庭堅題鄭防畫夾五首之四：「折葦枯荷共晚紅。」又衛南：「折葦枯荷繞壞城。」

〔四〕鑿鑿：詩唐風揚之水：「揚之水，白石鑿鑿。」毛傳：「鑿鑿，鮮明貌。」

〔五〕翻玉英：廓門注：「『英』當作『霙』。」東坡詩二卷曰：『落筆先飛霙。』注：『雪花謂之霙，見韓詩外傳。』正字通：『霙，雨雪雜下貌。』又韓詩外傳：『雪華曰霙，通作英。』」錯按：蘇軾和陶飲酒二十首之七：「頃者大雪年，海波翻玉英。」惠洪語本此。英：花片。玉英喻雪，不誤，無須作「霙」。

〔六〕惠崇：王荆公詩注卷一純甫出僧惠崇畫要予作詩題下李壁注：「惠崇，建陽人，工鵝雁鷺鷥，尤工小景。善爲寒汀煙渚瀟灑虚曠之象，人所難到也。」其詩曰：「畫史紛紛何足數，惠崇晚出吾最許。旱雲六月漲林莽，移我翛然墮洲渚。黄蘆低摧雪翳土，鳧雁静立將儔侣。往時所歷今在眼，沙平水澹西江浦。暮氣沉舟暗魚罟，欹眠嘔軋如鳴（一作『聞』）櫓。」逸想：超越現實之想像。参見卷四大圓庵主以九祖畫像遺作此謝之注〔六〕。

頴（穎）皐楚山堂秋景兩圖絶妙二首㊀〔一〕

一鷗低飛落平湖，一鷗驚顧行炯如〔二〕。紅衣脱盡蓮蓬緑〔三〕，翠蓋凋殘荷柄枯〔四〕。

更有數蓬癯已老，無人折之欲傾倒。陌上殘紅空自好㈡，爲誰點綴湖邊草。溪邊兩鴨自夫婦，生而能言似相語。婦先浮波喜轉顧，夫欲隨之竟先去。水際青（清）蘋各占叢㈢〔五〕，風撼荷花已退紅〔六〕。不見清香雲錦段〔七〕，空餘霜葉伴枯蓬。

【校記】

㈠ 潁：原作「穎」，今據武林本、聲畫集卷三改。

㈡ 陌：聲畫集作「水」。

㈢ 青：原作「清」，今從聲畫集。參見注〔五〕。

【注釋】

〔一〕宣和六年作於長沙。潁皋：閻孝忠，字資欽，號潁皋居士。已見前注。據宋會要輯稿食貨三二之一五，孝忠於宣和六年提舉荆湖南路鹽香茶礬事。此詩作於孝忠任職湖南時。楚山堂：孝忠府第，本集卷一三有宿資欽楚山堂詩。

〔二〕炯如：鮮明貌，形容白鳥羽毛。杜甫瀼西寒望：「鷗行炯自如。」

〔三〕紅衣：喻荷花。北周庾信庾子山集卷三入彭城館：「槐庭垂綠穗，蓮浦落紅衣。」清倪璠注：「以楚辭『集芙蓉爲衣』，故蓮曰紅衣。」

〔四〕翠蓋：喻荷葉。黄庭堅又答斌老病愈遣悶二首之一：「紅粧倚翠蓋，不點禪心淨。」

〔五〕青蘋：生於淺水之草本植物。文選卷一三宋玉風賦：「夫風生於地，起於青蘋之末。」李善注：「爾雅曰：『苹，其大者曰蘋。』郭璞曰：『水萍也。』」底本「青」作「清」，乃涉音近而誤。參見本集卷六寄邵子中學句注〔五〕。

〔六〕風撼荷花已退紅：蘇軾宿餘杭法喜寺後緑野亭望吴興諸山懷孫莘老學士：「荷背風翻白，蓮腮雨退紅。」此化用其意。

〔七〕雲錦段：蘇軾和文與可洋州園池三十首横湖：「卷却天機雲錦段。」此借用其語。

和李令祈雪分韻得麓字〔一〕

何處輈輈叫雲木〔二〕，植杖松間逢白足〔三〕。一牛鳴地兩禪叢〔四〕，窗户青紅照林麓〔五〕。江寒雲怒相摹胡㊀〔六〕，雪意欲作先停蓄。連空推下翻玉英〔七〕，想見軒渠笑捧腹〔八〕。

【校記】

㊀摹：武林本作「模」。

【注釋】

〔一〕宣和三年冬作於長沙。李令：李侗字德孚，宣城人，時爲長沙縣令。詳見本集卷二二舫齋記注〔二〕。

〔二〕軥輈：同「鉤輈」，鷓鴣叫聲。韓愈杏花：「鷓鴣鉤輈猿叫歇，杳杳深谷攢青楓。」唐李羣玉九子坡聞鷓鴣：「正穿詰曲崎嶇路，更聽鉤輈格磔聲。」歐陽修歸田録卷下：「處士林逋居於杭州西湖之孤山。逋工筆畫，善爲詩，如『草泥行郭索，雲木叫鉤輈』，頗爲士大夫所稱。」

〔三〕白足：指僧人。東坡詩集注卷一六過新息留示鄉人任師中：「寄食方將依白足。」趙次公注：「白足，言僧也。劉禹錫云：『白足赤髭之侶。』」錯按：高僧傳卷一〇釋曇始傳：「始足白於面，雖跣涉泥水，未嘗沾涅。天下咸稱『白足和上』。」

〔四〕一牛鳴地：謂其距離長度爲牛鳴聲所達處。大唐西域記卷二：「拘盧舍者，謂大牛鳴聲所極聞，稱拘盧舍。分一拘盧舍爲五百弓，分一弓爲四肘，分一肘爲二十四指。」翻譯名義集卷三數量篇：「拘盧舍，此云『五百弓』，亦云『一牛吼地』，謂大牛鳴聲所極聞。或云『一鼓聲』。俱舍云『二里』，雜寶藏云『五里』。」王荆公詩注卷二九答張奉議：「五馬渡江開國處，一牛鳴地作庵人。」李壁注：「王維詩：『回看雙鳳闕，相去一牛鳴。』佛書：『尼車河側去人間五里，一牛鳴地。』」　禪叢：禪院。

〔五〕窗户青紅：指窗户彩色油漆。蘇軾水調歌頭黄州快哉亭贈張偓佺：「知君爲我新作，窗户濕青紅。」此借用其語。

〔六〕摹胡：同「模糊」，不分明，不清楚。本集卷一三夜歸示卓道人：「天水摹胡颸風作。」

〔七〕翻玉英：喻雪花飛舞。見前汪履道家觀雪雁圖注〔五〕。廓門注：「『英』當作『霙』。」東坡詩六卷雪夜獨宿柏山庵詩曰：『晚雨纖纖變玉霙，小庵高卧有餘清。』」

〔八〕軒渠：笑貌。已見前注。

和李班叔戲彩堂〔一〕

李侯何以悦其親，戲著彩衣覓梨棗〔二〕。閑騎竹馬畫堂前〔三〕，慈顔一笑自忘老。毛義捧檄難忘客〔四〕，茅（茆）容殺雞終得道㊀〔五〕。愛公純孝配古人，甚欲卜鄰安井竈〔六〕。

【校記】

㊀茅：原作「茆」，今從武林本。

【注釋】

〔一〕作年未詳。　李班叔：生平不可考。

〔二〕戲著彩衣：藝文類聚卷二〇引列女傳曰：「老萊子孝養二親，行年七十，嬰兒自娱，著五色采衣。嘗取漿上堂，跌仆，因卧地爲小兒啼。或弄烏鳥於親側。」　覓梨棗：東坡詩集注卷一一迨作淮口遇風詩戲用其韻：「何如陶家兒，遶舍覓梨棗。」注：「陶潛責子詩：『通子垂九齡，但覓梨與栗。』」此借用其語寫兒童天真之貌。

〔三〕騎竹馬：謂兒童游戲。李白長干行：「郎騎竹馬來，繞床弄青梅。」

〔四〕毛義捧檄難忘客：後漢書劉趙淳于劉周趙列傳序曰：「中興，廬江毛義少節，家貧，以孝行稱。南陽人張奉慕其名，往候之。坐定而府檄適至，以義守令，義奉檄而入，喜動顏色。奉者，志尚士也，心賤之，自恨來，固辭而去。及義母死，去官行服。數辟公府，爲縣令，進退必以禮。後舉賢良，公車徵，遂不至。張奉歎曰：『賢者固不可測。往日之喜，乃爲親屈也。斯蓋所謂「家貧親老，不擇官而仕」者也。』」

〔五〕茅容殺雞終得道：後漢書郭太傳：「茅容字季偉，陳留人也。年四十餘，耕於野，時與等輩避雨樹下，衆皆夷踞相對，容獨危坐愈恭。林宗行見之而奇其異，遂與共言，因請寓宿。旦日，容殺雞爲饌，林宗謂爲己設，既而以供其母，自以草蔬與客同飯。林宗起拜之曰：『卿賢乎哉！』因勸令學，卒以成德。」

〔六〕甚欲卜鄰安井竈：謂甚願選擇其爲鄰居。左傳昭公三年：「且諺曰：『非宅是卜，唯鄰是卜。』二三子先卜鄰矣。」杜預注：「卜良鄰。」漢書孫寶傳：「御史大夫張忠辟寶爲屬，欲令授子經，更爲除舍，設儲偫。寶自劾去，忠固還之，心内不平。後署寶主簿，寶徙入舍，祭竈，請比鄰。」蘇軾初到杭州寄子由二絕之二：「吾方祭竈請比鄰。」

送隆上人歸長沙〔一〕

湘中樂哉山水國〔二〕，道人歸去正秋色。拭目重看雲蓋雲〔三〕，搓手新嘗橘洲橘〔四〕。湘西幽居多故人〔五〕，松下相逢應倚策。開軒萬頃鴨頭青〔六〕，睡起一聲風月笛（箔）㊀〔七〕。

【校記】

㊀笛：原作「箔」，誤，今改。武林本作「白」，亦誤。參見注〔七〕。

【注釋】

〔一〕崇寧三年秋作於分寧縣龍安山。隆上人：字默翁，湘人，生平法系不可考。錯按：本集卷二六題自詩與隆上人：「余少狂，爲綺美不忘情之語。年大來，輒自鄙笑，因不復作。自長沙歸，舍龍安山中，無可作做，學坐睡法，飽飯靠椅，口角流涎，自喜，以謂得其妙。旁舍有道人隆公，雅好予昔所病者。時時過予，終日而未嘗倦。問予：『昔所作尚能尋繹乎？』予引紙爲録此數篇以遺之。……隆字默翁，湘中清勝者也。」

〔二〕山水國：王安石登越州城樓：「越山長青水長白，越人長家山水國。」此借用其語。

〔三〕雲蓋：明一統志卷六三長沙府：「雲蓋山，在善化縣西六十里，峰巒秀麗，望之如蓋，一名靈蓋山。山有虎溪、蛇井。」

〔四〕橘洲：方輿勝覽卷二三湖南路潭州：「橘洲，類要：在長沙西南四十里湘江中，泗洲曰橘洲，曰直洲，曰誓洲，曰白小洲。江中水泛，惟此不没，上多美橘，故名。晉永興中生此洲。諺曰：『昭潭無底橘洲浮。』」參見本集卷五次韻陳倅二首注〔一一〕。本集卷一三送隆上人：「想見故鄉霜菊後，屋頭千樹橘纍垂。」亦以橘言其故鄉。

〔五〕湘西幽居：廓門注：「湘西，謂長沙。」錯按：此特指湘江西岸善化縣嶽麓山諸禪寺，如道林寺之類。

〔六〕鴨頭青：代指碧緑之湘江。東坡詩集注卷三與王郎昆仲及兒子邁遶城觀荷花登峴山亭晚入飛英寺分韻得月明星稀四首之三：「苕水如漢水，鱗鱗鴨頭青。」程縯注：「李白詩：『遥看漢水鴨頭緑，恰似蒲萄初醱醅。』」

〔七〕一聲風月笛：黄庭堅子瞻詩句妙一世乃云效庭堅體蓋退之戲效孟郊樊宗師之比以文滑稽耳恐後生不解故次韻道之：「赤壁風月笛，玉堂雲霧窗。」此借用其語。底本「笛」作「箔」，涉形近而誤。蓋「箔」乃簾、蠶席或薄片，不得言「一聲」。彦周詩話引司空圖詩曰：「一川風月笛聲中。」亦可證「箔」當爲「笛」。

六月十五日夜大雨夢瑩中〔一〕

希夷先生海門住〔二〕，久不見之想眉宇。夢中相見荔枝村，覺來一枕芭蕉雨。行藏顧影應自笑，世事吞聲不容數〔三〕。欲從若士爲遠游㊀，莫作雲中隱身去〔四〕。

【校記】

㊀欲從：原作「從欲」，今據廓門本改。

【注釋】

〔一〕崇寧二年六月十五日作於嶺南。瑩中：陳瓘字瑩中，已見前注。此詩言「欲從若士爲遠游」，當指赴廉州合浦見陳瓘事。「芭蕉雨」爲嶺南景象，然時尚在途中，未至合浦。謝逸溪堂集卷三送惠洪上人：「六月赤脚登大庾，黄茆瘴裏餐檳榔。」雲卧紀談卷上載靖康元年惠洪詣刑部陳詞曰：「先因崇寧初，諫官陳瓘論列蔡京事忤旨，編管廉州。慧洪爲見陳瓘當官盡節，投竄嶺海，一身萬里，恐致疏虞，調護前去。往來海上，前後四年。」本集卷五予頃還自海外夏均父以襄陽別業見要使居之後六年均父謫祁陽酒官余自長沙往謝之夜語感而作：「天下張荆州，四海陳合浦。當時寂寞濱，皆獲陪杖屨。」亦可證惠洪嘗至合浦「寂寞濱」看望陳瓘。張荆州，指張商英，其謫居峽州時，惠洪嘗前往追陪。寂音自序未載至峽州見張商英、至廉州見陳瓘事，乃因朱崖竄謫，釁肇於斯，故諱而不書。

〔二〕希夷先生：陳摶字圖南，太宗賜號希夷先生。此代指陳瓘，蓋以同姓而類比之。參見本集卷三陳瑩中自合浦遷郴州時余同粹中寓百丈粹中請迓之以病不果粹中獨行作此送之注

〔二〕。海門：華嚴經卷六二入法界品：「南方有國，名曰海門；彼有比丘，名爲海雲。」陳瓘於華嚴經深有所得，自號華嚴居士，且居合浦，臨海，故以海門稱之。

〔三〕吞聲：廓門注：「杜詩：『乃知貧賤別更苦，吞聲躑躅涕泣零。』」

〔四〕「欲從若士爲遠游」二句：東坡詩集注卷一八和子由題孔平仲草庵次韻：「盧子不須從若士。」趙次公注：「淮南子：盧敖游乎北海，遇若士。敖謂觀六合之外，若士舉臂而聳身，遂入雲中。敖歎曰：『吾比夫子，猶黄鵠之與壤蟲，不亦悲哉？』」晉葛洪神仙傳卷一若士傳：「若士者，古之神仙也，莫知其姓名。」此以若士比陳瓘。

予作海棠詩曰一株柳外墻頭見勝却千叢著雨時寓居百丈春晴上南原縱望萬株浩如海追前詩之失言相隨苾芻請記其事〔一〕

□□積雨分陰晦〔一〕，林光山色生精彩。閑上南原看野棠，一川零亂紅如海〔二〕。柳外一株何足道，戲語謗花今日悔〔三〕。道人請我重賦詩，倉卒煩詞爲删改。

【校記】

〔一〕□□：二字闕，天寧本作「春晴」，乃妄補。

【注釋】

〔一〕崇寧五年春作於洪州奉新縣。予作海棠詩：本集卷一六海棠：「一枝柳外墻頭見，勝卻千叢著雨時。」「株」作「枝」。苾芻：比丘之異譯。已見前注。百丈：即百丈山，又名大雄山，懷海禪師道場。已見前注。

〔二〕一川零亂紅如海：張耒漫成七首之七：「一川零亂柳花風。」

〔三〕謗花：蘇軾西江月再用前韻戲曹子方坐客云瑞香爲紫丁香遂以此曲辯證之：「點筆袖沾醉墨，謗花面有慙紅。」

山寺早秋〔一〕

千本蒼杉俱合抱〔二〕，夕陰相映寒蟬噪。殘僧獨歸清入晝（畫）㊀〔三〕，秋色滿庭濃可掃〔四〕。霜鐘初歇月未生，但覺篝燈一點明。堦除環珮走流水，樓閣誦經童子聲〔五〕。

【校記】

㊀畫：原作「晝」，誤，今據廓門本、石倉本、武林本改。

【注釋】

〔一〕作年未詳。

〔二〕千本：猶千株。　合抱：老子六十四章：「合抱之木，生於毫末。」

〔三〕清入畫：謂清景可入圖畫。本集卷六宿湘陰村野大雪寄湖山居士：「想見老居士，擁衲清入畫。」卷七初到鹿門上莊見燈禪師遂同宿愛其體物欲託跡以避世戲作此詩：「想見水過膝，蓑笠清入畫。」卷一〇自張平道入瑶谿：「愛客精神清入畫。」卷一六寄題勝因環翠亭二首之一：「四注小亭清入畫。」底本「畫」作「晝」，誤。

〔四〕秋色滿庭濃可掃：宋文同丹淵集卷一〇夏秀才江居五題鬬碧亭：「晴陽破宿霧，秀色濃可掃。」此化用其語。

〔五〕「堦除環珮走流水」二句：廓門注：「以流水聲比童子誦經聲言也。」鍇按：此似以環珮聲喻堦除流水聲，蓋誦經聲在樓閣中，非在堦除前也。蘇軾虎跑泉：「卧聽空階環玦響。」此化用其意。

送僧歸雲巖〔一〕

和氣津津出眉宇〔二〕，平生快活隨緣住。憶昨思山林下來，如今却向城中去。燕子初飛簾幕風，海棠睡重清明雨。重唱龍山諸佛機〔三〕，紅塵動處雲成縷〔四〕。

【注釋】

〔一〕作年未詳。　雲巖：謂分寧縣雲巖禪院。李之儀姑溪居士前集卷三六重修雲巖壽寧禪院記：「雲巖壽寧禪院在分寧縣中，據鳳皇山，修水流其前，背山臨流，真一方歸向之地，而大善知識行道之區也。」據輿地紀勝卷二六江南西路隆興府，雲巖院在分寧縣東二百步，故稱「歸雲巖」爲「却向城中去」。廓門注：「雲巖處處多有，此謂長沙雲巖歟？」失考。

〔二〕和氣津津出眉宇：新唐書李林甫傳：「林甫在中，軒驁無少讓，喜津津出眉宇間。」此借用其語。

〔三〕重唱龍山諸佛機：山谷内集詩注卷一六自巴陵略平江臨湘入通城無日不雨至黄龍奉謁清禪師繼而晚晴邂逅禪客戴道純款語作長句呈道純：「靈源大士人天眼，雙塔老師諸佛機。」任淵注：「惟清禪師自號靈源叟，即雙塔之法嗣，已具贈鄭交詩注。初，晦堂祖心禪師得法於黄龍山惠南，南死，塔於山中。其後心亦葬南公塔東，號雙塔。事具洪覺範僧寶傳。山谷常參問晦堂，爲之塔銘。……其於靈源，待以師友。常與徐師川書曰：『平生所見士大夫人品未有出此公之右者。』傳燈録：靈樹如敏禪師書一帖云：『人天眼目，堂中上座。』蓋謂雲門文偃和尚也。佛偈曰：『若人生百歲，不善諸佛機，未若生一日，而得決了之。』」龍山：指黄龍山。廓門注：「龍山，謂長沙府龍山歟？」失考。鍇按：重修雲巖壽寧禪院記：「又於其後作靈源方丈，自黄龍惟清禪師居之。故來學者至，無挂搭之次。」此即「龍山諸佛機」之謂也。

〔四〕紅塵動處雲成縷：此謂雲巖禪院雖在城市，却能於紅塵中生出方外之雲，無愧雲巖之稱。

至撫州崇仁縣寄彭思禹奉議兄四首〔一〕

去年歲飢民減口，晨無炊煙閒甑缶。面餘菜色短氣中〔二〕，經營有錢易升斗。抱孫買鋤今歲豐，黄雲穲稏村村同〔三〕。東林鼓聲是誰致〔四〕？聰明慈惠隴西公〔五〕。吏姦今古同一律，邇來間見復層出〔六〕。一邑雀息行鏡中〔七〕，公則生明無別術〔八〕。放衙下簾調索紘〔九〕，來禽青李浴清泉〔一〇〕。吾儕呈押日課辦，亦作岸巾（中）相對眠㊀〔一一〕。

牧羊（我年）政如牧民術㊁，敗羣者去羊蕃息〔一二〕。向來盜竊如有盟，飛躡垣墻度窗隙。下車夜户民不閉〔一三〕，終夕四隣無犬吠。一懽醉倒不須歸，以塼支頭路傍睡〔一四〕。爭歌來爲民父母〔一五〕，百里民心始安堵〔一六〕。外臺選才第薦之，何必知賢奪而去。當持馬足卧車轍，報汝百年終有别〔一七〕。蹄涔不著横海鯨〔一八〕，簿書那容萬人傑〔一九〕。

【校記】

㊀巾：原作「中」，誤，今據寬文本、四庫本、廓門本、武林本、天寧本改。參見注〔一一〕。

㈡牧羊：原作「我年」，誤，今從廓門本。參見注〔一二〕。

【注釋】

〔一〕政和四年七月作於撫州崇仁縣。　彭思禹奉議兄：彭以功，字思禹，惠洪宗兄。時以奉議郎知崇仁縣。弘治撫州府志卷九公署志三縣治崇仁縣知縣：「彭以功，（政和）四年。」本集卷二三連瑞圖序：「崇仁爲撫屬邑，山川清華，民俗茂美。然封連南康、廬陵，熏烝之習，珥筆之風，或波及之。以故訟繁，號稱劇邑。自昔及今，政有能聲者，才可倒指而數。比歲仍飢，令佐非正官，苟簡歲月，以氣相勝而去者，數矣。今年春，奉議彭公思禹、通佐仇公彥和聯翩下車。思禹風力敏强，鑿姦鏟猾，撥煩摧劇，吏民驚縮，以爲神，號霹靂手。」參見本集卷二仇彥和佐邑崇仁有白蓮雙葩並幹芝草叢生於縣齋之旁作堂名曰瑞應且求詩敬爲賦之注〔四〕。

〔二〕面餘菜色：禮記王制：「雖有凶旱水溢，民無菜色。」注：「菜色，食菜之色。民無食菜之飢色。」　短氣：謂因體質虚弱而呼吸短促，難以接續。漢王充論衡氣壽篇：「若夫無所遭遇，虚居困劣，短氣而死，此稟之薄，用之竭也。」

〔三〕黄雲：喻稻田。　穲稏：同「罷亞」，稻多貌。歐陽修送梅秀才歸宣城：「罷亞霜前稻，鈎輈竹上鳴。」東坡詩集注卷二登玲瓏山：「翠浪舞翻紅罷亞。」厚注：「杜牧詩：『罷亞百頃稻，西風吹半紅。』罷亞，稻多貌。」同書卷一〇寄吴德仁兼簡陳季常：「門前罷亞十頃田。」程繽注：「杜牧郡齋獨酌詩：『罷亞百頃稻，西風吹半黃。』」

〔四〕東林鼓聲：謂東林寺秋社之鼓，以慶豐收。明一統志卷五四撫州府：「東林寺，在崇仁縣北，宋樂史讀書之所。」雍正江西通志卷一一二寺觀志二撫州府：「東林寺，在崇仁縣朝天門内。宋建，額曰『虎溪』。侍郎樂史讀書之所。嘉祐八年重建，紹興中革律爲禪，未幾復。」

〔五〕聰明慈惠：東坡詩集注卷二〇任師中挽詞：「聰明慈愛小馮君。」厚注：「前漢：馮野王與弟立相代爲上郡太守。吏民歌之曰：『大馮君，小馮君，兄弟繼踵相因循，聰明賢智惠吏民。政如魯衛德化均，周公康叔猶二君。』」 隴西公：指彭以功。彭氏郡望隴西，故稱。參見氏族大全卷一〇、萬姓統譜卷五四。

〔六〕間見復層出：先後一再出現。韓愈貞曜先生墓誌銘：「及其爲詩，劌目鉥心，刃迎縷解，鉤章棘句，掐擢胃腎，神施鬼設，間見層出。」此借用其語。

〔七〕雀息：屏息，鴉雀無聲。此謂姦吏恐懼不敢言，即連瑞圖序所言「吏民驚縮」。 行鏡中：以明鏡喻其治理政事明察秋毫。

〔八〕公則生明：荀子不苟：「公生明，偏生闇。」

〔九〕放衙：屬吏早晚參謁主司聽候差遣謂之衙參，退衙謂之放衙。參見本集卷三臨川陪太守許公井山祈雨書黄華姑祠注〔六〕。

〔一〇〕來禽青李：唐張彦遠法書要録卷一〇載王羲之帖：「青李、來禽、櫻桃、日給藤子，皆囊盛爲佳，函封多不生。」　來禽：即沙果，亦稱花紅、林檎。藝文類聚卷八七引晉郭義恭廣志：「林檎似赤柰，亦名黑檎。一名來禽，言味甘熟則來禽也。」　青李：李之一種。

〔一一〕岸巾：猶岸幘。推頭巾，露前額，形容衣著簡率不拘。唐劉肅大唐新語卷二極諫：「中宗愈怒，不及整衣履，岸巾出側門。」黄庭堅書贈俞清老：「清老淹留京師，不偶，將復岸巾風月於江湖之上。」底本「巾」作「中」，乃涉形近而誤。

〔一二〕「牧羊政如牧民術」二句：史記平準書：「初，（卜）式不願爲郎。上曰：『吾有羊上林中，欲令子牧之。』式乃拜爲郎，布衣屩而牧羊。歲餘，羊肥息。上過，見其羊，善之。式曰：『非獨羊也，治民亦猶是也。以時起居，惡者輒斥去，毋令敗羣。』上以式爲奇，拜爲緱氏令試之，緱氏便之。」亦見漢書卜式傳。參見本卷送一上人注〔五〕。底本「牧羊」作「我年」，不辭，當涉形近而誤，今改。

〔一三〕下車夜户民不閉：後漢書馬嚴傳：「嚴下車明賞罰，發姦慝，郡界清靜。」資治通鑑卷一三三宋紀十五：「（沈攸之）吏事精明，人不敢欺，境内盜賊屏息，夜户不閉。」　下車：指官員到任之初。

〔一四〕「一懽醉倒不須歸」二句：蘇軾次韻孔毅父久旱已而甚雨三首之二：「誰能伴我田間飲，醉倒惟有支頭磚。」此化用其意。

〔一五〕民父母：指縣令，即所謂父母官。詩大雅泂酌：「豈弟君子，民之父母。」詩小雅南山有臺：

「樂只君子，民之父母。」

〔一六〕安堵：同「按堵」，相安，安居。東觀漢記卷一八廉范傳：「民歌之曰：『廉叔度，來何暮？不禁火，民安堵。昔無襦，今五袴。』」

〔一七〕「外臺選才第薦之」四句：此用東漢侯霸事讚譽彭以功。後漢書侯霸傳：「更始元年，遣使徵霸。百姓老弱，相攜號哭，遮使者車，或當道而臥，皆曰：『願乞侯君復留朞年。』」李賢注引東觀記曰：「遣謁者侯盛、荆州刺史費遂，齎璽書徵霸。」　外臺：刺史，州郡長官，督察州縣。後漢書謝夷吾傳：「尋功簡能，爲外臺之表。」夷吾嘗爲荆州刺史，故稱外臺。

〔一八〕蹄涔不著横海鯨：淮南子氾論：「夫牛蹏之涔，不能生鱣鮪。」高誘注：「涔，雨水也。滿牛蹏迹中，言其小也。」已見前注。

〔一九〕萬人傑：漢班固白虎通義卷下聖人：「禮別名記曰：五人曰茂，十人曰選，百人曰俊，千人曰英，倍英曰賢，萬人曰傑，萬傑曰聖。」已見前注。

余還自海外至崇仁見思禹以四詩先焉既别又有太原之行已而幸歸石門復次前韻寄之以致山中之信云〔一〕

北去憂如會澠口，危甚相如跪瓦缶〔二〕。南歸喜勝脱鴻門，那卹范增撞玉斗〔三〕。鈎谿野寺隣新豐〔四〕，亦與叢林魚鼓同。懸知他日君念我，定作少陵尋贊公〔五〕。脱梏（桔）寧知縛禪律㊀〔六〕，但欲閉門長不出。死禍平生九蹈之〔七〕，痛恨防身苦無術。此言了如意在絃〔八〕，此心炯如月臨泉〔九〕。山中樂可驕稚世〔一〇〕，一榻暑風清晝眠。

平生心懷濟時術，百未一施空歎息〔一一〕。庭閒晝永僧至門，心回酒醒月窺隙。東方先生語開閉〔一二〕，投骨心知致羣吠〔一三〕。千金珠在九重淵，儻能得之必龍睡〔一四〕。飄零乳兒失慈母〔一五〕，來歸家山在阿堵〔一六〕。瘴痾烝洗百念空〔一七〕，但有詩情磨未去〔一八〕。虚名實禍車覆轍〔一九〕，道鄉端與人間別〔二〇〕。膝穿木榻五十年，君看此翁亦雄傑〔二一〕。

【校記】

㊀ 梏：原作「桔」，誤，今從廓門本、石倉本。

【注釋】

〔一〕政和五年夏作於新昌縣石門寺。據詩題所言，證以寂音自序，惠洪於政和四年四月從海南還新昌，六月至崇仁訪彭以功（思禹），八月北上太原證獄，政和五年初遇赦自太原回筠州。此組詩乃次韻前至撫州崇仁縣寄彭思禹奉議兄四首。

〔二〕「北去憂如會澠口」二句：喻北赴太原證獄，其勢甚危，如戰國時秦、趙澠池之會。史記廉頗藺相如列傳：「遂與秦王會澠池。秦王飲酒酣，曰：『寡人竊聞趙王好音，請奏瑟。』趙王鼓瑟。秦御史前書曰：『某年月日，秦王與趙王會飲，令趙王鼓瑟。』藺相如前曰：『趙王竊聞秦王善爲秦聲，請奉盆缻秦王，以相娛樂。』秦王怒，不許，於是相如前進缻，因跪請秦王。秦王不肯擊缻，相如曰：『五步之內，相如請得以頸血濺大王矣！』左右欲刃相如，相如張目叱之，左右皆靡。於是秦王不懌，爲一擊缻。相如顧召趙御史書曰：『某年月日，秦王爲趙王擊缻。』」

〔三〕「南歸喜勝脱鴻門」二句：喻遇赦南歸筠州，其事甚幸，如劉邦脱身項羽所設鴻門宴。漢書高帝紀：「沛公旦日從百餘騎，見羽鴻門。謝曰：『臣與將軍戮力攻秦，將軍戰河北，臣戰河南，不自意先入關，能破秦，與將軍復相見。今者有小人言，令將軍與臣有隙。』羽曰：『此沛公左司馬曹毋傷言之，不然，籍何以至此？』羽因留沛公飲。范增數目羽擊沛公，羽不應。范增起出，謂項莊曰：『君王爲人不忍，汝入，以劍舞，因擊沛公，殺之。不者，汝屬且爲所虜。』莊入爲壽，壽畢，曰：『軍中無以爲樂，請以劍舞。』因拔劍舞，項伯亦起舞，常以身翼蔽沛公。樊噲聞事急，直入，怒甚。羽壯之，賜以酒。噲因譙讓羽。有頃，沛公起如廁，招樊噲出，置車官屬，獨騎，與樊噲、靳彊、滕公、紀成步，從間道走軍，使張良留謝羽。羽問：『沛公安在？』曰：『聞將軍有意督過之，脱身去，間至軍，故使臣獻璧。』羽受之，又獻玉斗范增。

增怒，撞其斗，起曰：『吾屬今爲沛公虜矣。』」史記項羽本紀載此事尤詳，文繁不録。

〔四〕筠谿野寺：指石門寺，寺在筠谿旁，故稱。新豐：即洞山。宋余襄筠州洞山普利禪院傳法記：「筠之望山曰新豐洞，有佛刹曰普利禪院，唐咸通中悟本大師始翦荊而居之。」已見前注。石門寺與新豐洞均在新昌縣，故曰「隣」。

〔五〕少陵尋贊公：杜甫有大雲寺贊公房四首、宿贊公房、西枝邨尋置草堂地夜宿贊公土室二首、寄贊上人、別贊上人諸詩。

〔六〕脱梏：脱去桎梏。黄庭堅黄龍心禪師塔銘：「脱梏以往，婆娑林丘。龍蛇混居，雷藏電收。」張耒年年歌：「病去身輕如脱梏。」梏：底本作「桔」，涉形近而誤。縛禪律：謂爲禪法戒律所束縛。山谷内集詩注卷七次韻答王眘中：「有身猶縛律。」任淵注：「傳燈録誌公歌曰：『律師持律自縛。』老杜詩：『身猶縛禪寂。』」

〔七〕死禍平生九蹈之：據寂音自序、僧寶正續傳卷二明白洪禪師傳，此前惠洪嘗先後入金陵制獄，下開封府獄，流配海南，證獄太原，九死一生。

〔八〕此言了如意在絃：晉書陶潛傳：「性不解音，而畜素琴一張，絃徽不具。每朋酒之會，則撫而和之曰：『但識琴中趣，何勞絃上聲。』」山谷内集詩注卷一六贈高子勉四首之四：「拾遺句中有眼，彭澤意在無絃。」任淵注：「謂老杜之詩眼在句中，如彭澤之琴意在絃外。」此化用其意。本集卷一九郴州乾明進和尚舍利贊：「天全之妙，非麤不傳。如春在花，如意在絃。」

〔九〕此心炯如月臨泉：杜甫偪仄行：「此心炯炯君應識。」蘇軾圓通禪院先君舊游也四月二十日晚至宿焉明日先君忌日也：「梵音堂下月臨泉。」此合用其語。

〔一〇〕驕稚世：猶言驕狂傲世。莊子列禦寇：「人有見宋王者，錫車十乘，以其十乘，驕穉莊子。」　稚：同「穉」，驕傲，傲視。參見本集卷六寄彭景醇奉議注〔四〕。

〔一一〕「平生心懷濟時術」二句：黄庭堅送范德孺知慶州：「平生端有活國計，百不一試霾九京。」此仿其句法句意。

〔一二〕東方先生：指東方朔，漢書有傳。　語開閉：豈謂漢書本傳載其答舍人隱語耶？俟考。

〔一三〕投骨心知致羣吠：謂世人爭名奪利如羣狗爭一骨。戰國策秦策三：「天下之士合從相聚於趙，而欲攻秦。秦相應侯曰：『王勿憂也，請令廢之。秦於天下之士，非有怨也，相聚而攻秦者，以己欲富貴耳。王見大王之狗，卧者卧，起者起，行者行，止者止，毋相與鬬者。投之一骨，輕起相牙者，何則？有爭意也。』於是使唐睢載音樂，予之五千金，居武安，高會，相與飲，謂：『邯鄲人誰來取者？』於是其謀者固未可得予也，其可得予者，與之昆弟矣。『公與秦計功者，不問金之所之，金盡者功多矣。今令人復載五千金隨公。』唐睢行，行至武安，散不能三千金，天下之士大相與鬬矣。」寒山詩集：「我見百十狗，箇箇毛鬡鬡。卧者樂自卧，行者樂自行。投之一塊骨，相與啀喍爭。良由爲骨少，狗多分不平。」鍇按：漢書東方朔傳載其答舍人問隱語曰：「伊優亞者，辭未定也；狋吽牙者，兩犬爭也。」然未言「投骨」。

〔一四〕「千金珠在九重淵」二句：莊子列禦寇：「夫千金之珠，必在九重之淵，而驪龍頷下。子能得珠者，必遭其睡也。使驪龍而寤，子尚奚微之有哉？」

〔一五〕飄零乳兒失慈母：寂音自序：「年十四，父母併月而歿，乃依三峰靘禪師爲童子。」

〔一六〕來歸家山在阿堵：指自海南歸筠州新昌縣故鄉事。寂音自序：「以政和元年十月二十六日配海外。以二年二月二十五日到瓊州，五月七日到崖州。三年五月二十五日蒙恩釋放，十一月十七日北渡海。以明年四月到筠，館於荷塘寺。十月又證獄并門。五年夏於新昌之度門。」　阿堵：猶這箇，此代指眼睛。語本世説新語巧藝：「顧長康畫人，或數年不點目睛。人問其故，顧曰：『四體妍蚩，本無關於妙處，傳神寫照，正在阿堵中。』」

〔一七〕瘴痾烝洗：謂海南瘴氣熏蒸而染沉痾。烝：同「蒸」。

〔一八〕但有詩情磨未去：卷二次韻君武中秋月下：「世間垢習揩磨盡，但餘猿鶴哀吟聲。」卷七次韻見贈：「多生垢習磨未盡，公詩又欲臨窗寫。」卷二六題言上人所蓄詩：「予幻夢人間，游戲筆硯，登高臨遠，時時爲未忘情之語，旋踵羞悔汗下。又自覺曰：『譬如候蟲時鳥，自鳴自已，誰復收録。』」皆此意。

〔一九〕虚名實禍：南史齊本紀第五：「初，梁武帝欲以南海郡爲巴陵國邑而遷帝焉，以問范雲，雲俛首未對。沈約曰：『今古殊事，魏武所云：不可慕虚名而受實禍。』梁武頷之。」　車覆轍：韓詩外傳卷五：「或曰：『前車覆而後車不誡，是以後車覆也。』故夏之所以亡者，而殷爲之；殷所以亡者，而周爲之。故殷可以鑒於夏，而周可以鑒於殷。」已見前注。

〔二〇〕道鄉端與人間別：謂當入住道鄉，正可遠離人間。道鄉，修道之地，仙境。

〔二一〕「膝穿木榻五十年」二句：三國志魏書管寧傳裴松之注引高士傳曰：「管寧自越海及歸，常坐一木榻，積五十餘年，未嘗箕股，其榻上當膝處皆穿。」此翁，指管寧。已見前注。

信上人自東林來請海印禪師過余湘上以贈之〔一〕

五湖東歸風轉柂〔二〕，柔櫓聲中飛鳥過。開篷（蓬）不信是廬山㊀〔三〕，忽驚落瀑從空墮〔四〕。道人箇中三十秋〔五〕，那知今始載歸舟。白藕池邊月初吐〔六〕，應對隣房説舊游。

【校記】

㊀篷：原作「蓬」，誤，今據武林本改。參見注〔三〕。

【注釋】

〔一〕宣和五年初秋作於長沙。信上人：生平法系未詳。東林：即廬山東林寺。海印禪師：雲蓋奭禪師，號海印。據本集卷二八請雲蓋奭老茶榜所言「芙蓉嫡孫，枯木真子」，夾禪師當爲芙蓉道楷法孫，枯木法成法嗣，屬曹洞宗青原下十三世。僧傳、燈録失載。鍇按：宣和四年，海印夾禪師應曾孝序之請住雲蓋，而此時信上人前往雲蓋，請其改住廬山東林寺。信上人途經長沙水西南臺寺，惠洪爲作此詩。參見本集卷一三送海印夾老住東林、卷二九代東林謝知府啓。

〔二〕五湖：廓門注：「五湖者，按南康府有五湖，九江府有六湖，又蘇州府有五湖，未知何是也。」鍇按：下文有「開篷不信是廬山」句，當指南康軍五湖。王安石送黄吉父將赴南康官歸金谿三首之二：「邂逅五湖乘興往，相邀錦繡谷中春。」錦繡谷即在廬山。　柂：舵，亦作「柁」。廓門注：「按字書：『柂』俗作『柁』字，正船木也，設於船尾。」

〔三〕篷：船篷。底本作「蓬」，涉形近而誤。

〔四〕落瀑：廬山記卷二叙山南：「山南山北有瀑布者，無慮十餘處。故貫休題廬山云：『小瀑便高三百尺，短松多是一千年。』唯此水（指開先寺旁水）著於前世，唐徐凝詩云：『今古常如白練飛，一條界破青山色。』李白云：『飛流直下三千尺，疑是銀河落半天。』即此水也。香爐峰與雙劍峰相連屬，在瀑水之傍。」

〔五〕道人：指海印夾禪師。

〔六〕白藕池：即白蓮池，在東林寺。廬山記卷一叙山北：「（東林寺）神運殿之後，有白蓮池。昔謝靈運恃才傲物，少所推重，一見遠公，肅然心服。乃即寺翻涅槃經，因鑿池爲臺，植白蓮池中，名其臺曰翻經臺。今白蓮亭即其故地。」

忠子移居〔一〕

忠子壁觀未(永)皇暇㊀〔二〕，移居自提雙不借〔三〕。借車祭竈非我事〔四〕，可聽夜舂響西舍。人言渠儂大類我〔五〕，試手作詩便聲價。我詞勿學郊島寒〔六〕，謫仙筆端能造化〔七〕。

【校記】

㊀ 未：原作「永」，誤，今改。參見注〔二〕。

【注釋】

〔一〕作年未詳。　忠子：惠洪弟子本忠，字無外，撫州金谿人。參見本集卷四謝忠子出山注〔一〕。

〔二〕壁觀：禪宗初祖菩提達摩所倡之禪法。續高僧傳卷一六齊鄴下南天竺僧菩提達摩傳載其理入之法曰：「藉教悟宗，深信含生同一真性，客塵障故，令捨僞歸真，凝住壁觀，無自無他，凡聖等一，堅住不移，不隨他教，與道冥符，寂然無爲，名理入也。」景德傳燈録卷三第二十八祖菩提達磨：「寓止于嵩山少林寺，面壁而坐，終日默然，人莫之測，謂之壁觀婆羅門。」

未皇暇：未有閑暇。皇，通「遑」。漢書律曆志上：「戰國擾攘，秦兼天下，未皇暇也。」廬山記卷首李常廬山記序：「將討論删次之，未皇暇也。」本集卷二二先志碑記：「欲贍給其貧者，未遇皇暇，汝其承吾之志。」卷二五題修僧史：「昔魯直嘗憎之，欲整齊，未遑暇，竟以謫死。」底本「未」作「永」，乃涉形近而誤，今改。

〔三〕雙不借：指一雙麻鞋。漢史游急就篇卷二：「裳韋不借爲牧人。」顔師古注：「不借者，小屩也。以麻爲之，其賤易得，人各自有，不須假借，因爲名也。」參見本集卷六雪霽謁景醇時方埿堤捍水修湖山堂復和前韻注〔三〕。

〔四〕借車：窮人移居搬家須借車。孟郊借車詩：「借車載家具，家具少於車。」　祭竈：移至新居須祭竈神。漢書孫寶傳：「御史大夫張忠辟寶爲屬，欲令授子經，更爲除舍，設儲偫。寶自劾去，忠固還之，心内不平。後署寶主簿，寶徙入舍，祭竈，請比鄰。」蘇軾初到杭州寄子由二絶之二：「吾方祭竈請比鄰。」

〔五〕渠儂：他。

〔六〕郊島寒：唐詩人孟郊、賈島，作詩好苦吟，寫寒窘生活，故稱。蘇軾祭柳子玉文：「元輕白俗，郊寒島瘦。」

〔七〕謫仙：指李白。

楞伽端介然見訪余以病未及謝先此寄之〔一〕

楞伽劇談喜高笑〔二〕，一鉢安巢在雲杪〔三〕。我游廬山二十年〔四〕，聞名常多識面少。道林過我古南臺〔五〕，路逢泥軟手提鞋㊀〔六〕。臺輿瓦合今果爾〔七〕，更呼隣僧相與來。

【校記】

㊀ 鞋：原闕，廓門本作「壘」，天寧本作「帶」，均誤，今據文意補。參見注〔六〕。

【注釋】

〔一〕約宣和三年夏作於長沙。　楞伽：即楞伽院，在廬山。廬山記卷三叙山南：「由萬壽復出，南行三里，至楞伽院，舊名下白石。其山號櫓斷源。楞伽院有李氏山房。李名常，字公擇，少時兄弟讀書山中。既去，寺僧虛其室不居，因藏書室中，幾萬卷。蘇子瞻軾作山房藏書記，今刻石留壁間。」輿地紀勝卷二五南康軍：「楞伽院，在城北二十五里。院有李尚書藏書閣，閣上有蘇東坡枯木。鐘閣上有李夫人墨竹。」　端介然：廬山楞伽院僧，法名守端，字介然，生平法系不可考。雲卧紀談卷下：「南海僧守端，字介然，爲人高簡，持律甚嚴，於書史無不博究，商榷古今，動有典據。叢林目爲端故事。亦喜工詩，務以雅實。其題石盆庵曰：『庵額初頒挂樹頭，樹摧庵朽幾經修。石盆不減數升水，野菜時添一筯油。童子面承天子問，老師心與祖師儔。我來蹭蹬思高躅，萬壑雲横楚甸秋。』嘗栖養於佛手巖。洪諫議是時監太平觀，施以米，有疏曰：『太平散吏洪芻，謹月捨俸米入佛手巖，供介然禪師。惟佛手巖不二之臺，真廬山間第一之境。自因公之既往，何作者之無聞。恭惟禪師杖錫來儀，解包戾止。影不出山久矣，脇不至席有焉。居士聞風而悦之，俗子望崖而退耳。室有生塵之甑，爨無欲請之人。初無半菽之糧，孰置五斗之飯。芻今者食供日中之一，月輪斗米之三。厥數雖減於淵明，但索猶賢於方朔。定有諸天之辦供，豈無野鹿之銜花。折脚鐺中，拾枯松而煑瀑布；掉頭吟處，破明月而抹清風。丈室雖受於一牀，繞腹豈須於三篋。蓋自是臺無餽也，孰謂繼粟之徒歟？旋予授子之粲兮，請嗣緇衣之好耳。』巖在廬山之北，李氏有國日，行因師居焉。」宋釋契嵩鐔津文集卷二二附序詩贊題載南海楞伽山守端弔明教嵩禪師詩一百韻引曰：「余連與藤東西交徼，最爲密邇。禪師遷寂在於熙寧五年之夏，余纔八歲，其實忝師里中之晚生。」契嵩为藤州人，守端爲連州人，皆屬廣南路，即古南海郡。守端熙寧五年（一〇七二）八歲，則當生於治平二年（一〇六五），年長惠洪六歲。參見本集卷一六介然館道林偶入聚落宿天寧兩昔雨中思山遂渡湘飯于南臺口占兩絶戲之介然住廬山二十年尚能詳説山中之勝。

〔一一〕劇談：猶暢談。漢書揚雄傳：「口吃不能劇談。」已見前注。　高笑：高聲大笑。

〔一二〕一鉢安巢在雲杪：謂其託鉢安居於廬山頂佛手巖。山谷外集詩注卷九玉京軒：「野僧雲卧對開軒，一鉢安巢若飛鳥。」史容注：「傳燈録有道吾和尚一鉢歌。」此借用其語。　雲杪：猶言雲霄。蘇軾水龍吟：「嚼徵含宫，泛商流羽，一聲雲杪。」鍇按：廬山記卷一叙山北：「由擲筆峰一里，至佛手巖。以石爲屋，可容百衆，旁有流泉，因石爲渠。巖上巨石偃若指掌，故名佛手。由佛手巖三里，至天池院，一名羅漢池。池在山頂，大旱不爲之竭。」

〔四〕我游廬山二十年：惠洪自元祐元年（一〇八六）游廬山北山，至政和五年（一一一五）與夏倪游山，前後三十年。若以紹聖元年（一〇九四）依真淨克文於廬山歸宗寺始計，則前後二十二年。

〔五〕道林過我古南臺：道林寺與南臺寺均位於長沙湘江西岸嶽麓山。本集卷二四四絶堂分題詩序：「廓然與諸公登清富堂，汲峰頂之泉，試壑源茶。下鹿苑寺，散坐於青林之下。久之，並岸而北，遂經槲林塢，至南臺，莫夜矣。呼燈小酌，劇談賦詩，詩成而情不盡，飲少而歡有餘。是夕，風高月黑，萬樹秋聲，廓然長揖，飄然而歸道林。余使人秉炬追送之。」略可見道林寺至南臺寺之路徑。

〔六〕路逢泥軟手提鞋：此借高僧慧休之事譬守端南臺之行。續高僧傳卷一五唐相州慈潤寺釋慧休傳：「見著麻鞋經今三十餘年，雖有斷壞，綴而蹈涉，暫有泥雨，徒跣而行。有問其故，答云：『泥軟易履，不損信施耳。』」唐釋神清北山録卷四宗師議：「昔慧休者一鞋三十年，遇泥則跣，曰：『泥軟易蹈，吾不欲損信施故也。』」鍇按：僧人所著麻鞋，亦信衆布施之物，故慧休遇泥雨則跣足而行，以手提鞋，不欲其損毁。廓門本「鞋」作「罍」，無據，與上下文意不合，且罍爲盛酒水之器，僧人無攜罍之理。天寧本作「帶」，「帶」字爲去聲，此處當爲平聲字，與「臺」「來」押韻。合其用事押韻而論之，此闕字當作「鞋」。本集卷一十二月十六日發雙林登塔頭曉至寶峰寺見重重繪出庵主讀善財徧參五十三頌作此兼簡堂頭：「泥軟脱芒屨。」卷六雪霽謁景醇時方埿堤捍水修湖山堂復和前韻：「我踏雪泥至，自攜雙不借。」皆可參證。

〔七〕臺輿瓦合今果爾：稱守端今日果然能去其卓異圭角，而與低賤之人相合。臺輿：猶輿臺，泛指等級低微之人，此自謙語。左傳昭公七年：「天有十日，人有十等，下所以事上，上所以共神也。故王臣公，公臣大夫，大夫臣士，士臣皂，皂臣輿，輿臣隸，隸臣僚，僚臣僕，僕臣臺。」瓦合：毁屈其方正，與衆人相合。禮記儒行：「舉賢而容衆，毁方而瓦合，其寬裕有如此者。」鄭玄注：「去己之大圭角，下與衆人小合也，必瓦合者，亦君子爲道不遠人。」孔穎達疏：「瓦合，謂瓦器破而相合也，言儒者身雖方正，毁屈己之方正，下同凡衆，如破去圭角，與瓦器相合也。」

次韻雲居寺〔一〕

行盡崇岡與峻嶺，今朝又入緣雲徑〔一〕。世塵已覺蜕埃輕〔二〕，道心遂作燖雞淨〔三〕。小軒容膝俯千里，磨錢作鏡江山映〔四〕。平生林壑竟成癖，南來獨覺兹游勝。

【校記】

㈠ 緣：寬文本、廓門本、武林本作「緑」。

【注釋】

〔一〕作年未詳。　雲居寺：江西通志卷一一三寺觀三：「雲居寺：在建昌縣歐山。世傳太常博士顔雲捨宅爲寺。唐中和間賜額龍昌。宋改賜真如，仁宗賜飛白書，晏殊爲之記。」

〔二〕蜕埃：蟬蜕於塵埃，喻潔身高蹈。史記屈原賈生列傳：「自疏濯淖汙泥之中，蟬蜕於濁穢，以浮游塵埃之外。」

〔三〕燖雞淨：已宰殺之雞，以熱水去毛淨垢，稱爲燖雞。喻煩惱已洗淨。參見本集卷一隆上人歸省覲留龍山爲予寫起信論作此謝之注〔一九〕。

〔四〕磨錢作鏡江山映：磨青銅錢作鏡，鏡面模糊而照映江山，自有水墨意韻。山谷集外集卷九題公卷花光横卷：「高明深遠，然後見山見水，此蓋關仝、荆浩能事。花光懶筆，磨錢作鏡所見耳。」此借用其語。

無學點茶乞詩〔一〕

政和官焙來何處〔二〕，雪後晴窗欣共煮。銀餅瑟瑟過風雨〔三〕，漸覺羊腸挽聲度〔四〕。

盞深扣之看浮乳〔五〕，點茶三昧須饒汝〔六〕。鷓鴣斑（班）中吸春露㈠〔七〕，□□□□□□□㈡。

【校記】

㈠ 斑：原作「班」，今改。參見注〔七〕。

㈡ □□□□□□□：七字闕，天寧本作「如未沾著則拗趣」，乃妄補，今不從。

【注釋】

〔一〕建炎元年十二月作於淮南西路蘄州黄梅縣東山。　無學：號禪鑑大師，舒州人，生平法系未詳。本集卷二一五慈觀閣記：「余與雙峰祖印禪師仲宣來游，遂登是閣。晚望淮山，萬疊自獻，雪盡蒼然。……龍舒禪鑑大師無學犯衆而言曰：『閣成而老師適至，似非苟然，願爲記之。』余曰：『唯。』建炎元年十二月記。」此詩有「雪後晴窗欣共煮」句，與五慈觀閣記之「雪盡蒼然」句相合，當作於同時。

〔二〕政和官焙：指政和年間建溪北苑焙製之貢茶。山谷内集詩注卷八博士王揚休碾密雲龍同事十三人飲之戲作：「注湯官焙香出籠。」任淵注：「官焙即建谿北焙。」參見本集卷四郭祐之太尉試新龍團索詩注〔一二〕。

〔三〕銀餅：煮茶之器。　瑟瑟過風雨：喻煮茶時水響之聲。

〔四〕漸覺羊腸挽聲度：以挽車羊腸道盤曲之形，喻銀缾煎茶沸湯盤繞之聲，此乃視覺通於聽覺之通感。山谷内集詩注卷二以小龍團及半挺贈無咎并詩用前韻爲戲：「曲几團蒲聽煮湯，煎成車聲繞羊腸。」任淵注：「文選魏武苦寒行曰：『羊腸阪詰曲，車輪爲之摧。』注引吕氏春秋九山曰：『太行、羊腸，其山盤紆如羊腸，在太原晉陽北。』樂天詩：『夢尋來路繞羊腸。』王立之詩話曰：『東坡見山谷此句云：黄九恁地，怎得不窮？故晁無咎復和云：車聲出鼎繞九盤，如此佳句誰能識？』」

〔五〕浮乳：烹茶時所起乳白泡沫。李德裕故人寄茶：「碧流霞脚碎，香泛乳花輕。」梅堯臣得雷太簡自製蒙頂茶：「湯嫩乳花浮，香新舌甘永。」

〔六〕點茶三昧：指點茶之訣竅。蘇軾送南屏謙師引曰：「南屏謙師妙於茶事，自云：『得之於心，應之於手，非可以言傳學到者。』」其詩曰：「道人曉出南屏山，來試點茶三昧手。」吴幵優古堂詩話：「錢塘南屏謙師妙於茶事，東坡贈之詩云：『道人曉出南屏山，來試點茶三昧手。』劉貢父亦贈詩云：『瀉湯舊得茶三昧，覓句還窺詩一斑。』」

〔七〕鷓鴣斑：茶盞名。因有鷓鴣斑點之花紋，故稱。陶穀清異録卷上：「閩中造盞，花紋鷓鴣斑，點試茶家珍之。」廓門注：「『鷓鴣班』謂香。」不確。參見本集卷一〇與客啜茶戲成注〔五〕。　斑：底本作「班」，涉形近而誤。　春露：春日之露芽，茶之名品，代指茶。黄庭堅山谷詞阮郎歸效福唐獨木橋體作茶詞：「一杯春露莫留殘，與郎扶玉山。」已見前注。

巴川衲子求詩〔一〕

水西南臺底氣象〔二〕，緑疏青瑣湘江上〔三〕。門人俯檻看諸方，笑聲散落千巖響。巴音衲子夜椎門〔四〕，要識汾陽五世孫〔五〕。問渠何所見而去〔六〕，峰高難宿孤飛雲。

【注釋】

〔一〕約宣和三年作於長沙水西南臺寺。　巴川衲子：或指蜀僧明禪師，本集卷一二有蜀道人明禪過余甚勤久而出東山高弟兩勤送行語句戲作此塞其見即之意一詩，中有「衆中聞語識巴音」，疑「蜀道人明禪」即此詩之「巴音衲子」。廓門注：「『巴川』謂蜀。」其説甚是。鍇按：五燈會元卷一九太平懃禪師法嗣有隆興府泐潭擇明禪師，疑即蜀道人明禪。

〔二〕水西南臺：廓門注：「南臺謂衡州。」殊誤。鍇按：此南臺寺在長沙湘江西岸，非南嶽衡山南臺寺，故冠「水西」二字以别之。本集卷二八化供三首其一曰：「當寺依湘上，瀕楚水，基於隋朝，盛於唐季。有道俊禪師者，雲門之高弟，聚徒於其間，語句播於叢林，號爲水西南臺。皇祐間廢爲律，然古格尚存。」

〔三〕緑疏青瑣：鏤刻綺文、塗漆青緑之窗户。後漢書梁冀傳：「窗牖皆有綺疏青瑣，圖以雲氣仙靈。」李賢注：「牖，小窗也。綺疏謂鏤爲綺文。青瑣謂刻爲瑣文，而以青飾之也。」史記禮書：「疏房牀第几席，所以養體也。」司馬貞索隱：「疏謂窗也。」鍇按：本集多以「緑疏青瑣」形容禪寺建築之窗户，如卷二一潭州大潙山中興記：「又特建閣于寢室之前，緑疏青瑣，下臨風雨，奉安神宗皇帝所賜御書。」重修龍王寺記：「使緑疏青瑣，以棲千柱；飛甍畫棟，以粲萬瓦；層樓傑閣，以蕩摩雲煙；虚堂廣殿，以吞吐風月。」卷二二遠游堂記：「晴嵐夕暉，浮動乎緑疏青瑣之上。」寶峰院記：「禪齋雲堂，緑疏青瑣；大殿層閣，塗金間碧。」

〔四〕巴音：巴地口音，即四川話。古以巴蜀連稱。冷齋夜話卷一〇羊肉大美性暖：「毗陵承天珍禪師，蜀人也，巴音夷面。」參見本集卷三珪粹中與超然游舊超然數言其俊雅除夕見於西興喜而贈之注〔三〕。　椎門：捶門。

〔五〕汾陽五世孫：惠洪自稱，蓋自汾陽善昭禪師傳至惠洪，共五世。廓門注：「汾陽，即汾州也。按宗派，汾陽善昭、石霜圓、黄龍南、真淨文、覺範洪，即五世也。」

〔六〕問渠何所見而去：世説新語簡傲：「鍾士季精有才理，先不識嵇康。鍾要于時賢儁之士俱往尋康，康方大樹下鍛，向子期爲佐鼓排。康揚槌不輟，傍若無人，移時不交一言。鍾起去，康曰：『何所聞而來？何所見而去？』鍾曰：『聞所聞而來，見所見而去。』」此借用嵇康語。鍇按：陳善捫虱新話上集卷二鍾會王徽之會禪：「昔嵇康與向秀共鍛於大樹下，鍾會往造焉。康不爲禮而鍛不輟，良久，會去。康曰：『何所聞而來？何所見而去？』又王徽之聞吴中士大夫家有竹，欲往觀之，便出，坐輿造竹下，諷笑良久。主人灑掃請坐，徽之不顧，將出，主人乃閉門。徽之便以此賞之，盡歡而去。此兩人者，便是會禪矣。」蘇軾聞辯才法師復歸上天竺以詩戲問：「寄聲問道人，借禪以爲詼：『何所聞而去？何所見而回？』」即用嵇康、鍾會事。

十月桃〔一〕

雪中桃花夜來折，兒稚犯寒爭欲摘〔二〕。老仙呵手撚吟筆〔三〕，指以謂余還歎息。已作怱怱十月開，人間安得千年枝〔四〕。

【注釋】

〔一〕作年未詳。　十月桃：桃樹之一種。果圓色青，味甘酸，肉黏著於核。廣群芳譜卷二五花譜四桃花一：「十月桃，十月果熟，故名。花紅色。」

〔二〕犯寒：冒著寒冷。唐鮑溶冬夜答客：「幸君霜露裏，車馬犯寒過。」

〔三〕老仙：老道士，未知指何人。

〔四〕人間安得千年枝：謂仙桃千年一開花結實，非人間所有，不似十月桃之短暫。漢武内傳：「（王）母曰：『此桃三千歲一生實耳，中夏地薄，種之不生，如何？』」

李端叔誕辰〔一〕

未見犯寒梅，已有催春雨。催春春未歸，却有曇花飛〔二〕。飛香塞世間，何人知鼻處〔三〕。遥知與世且同波〔四〕，隨分盤飧付兒女〔五〕。

【注釋】

〔一〕大觀三年春作於江寧府。李端叔：李之儀字端叔，自號姑溪居士。事具曾棗莊李之儀年譜。參見本集卷三聞端叔有失子悲而莊復遭火焚作此寄之注〔一〕。

〔二〕曇花：優鉢曇花之簡稱，開花短時即謝。此非實寫，乃舉以喻佛理。

〔三〕「飛香塞世間」二句：楞嚴經卷三：「阿難，汝又嗅此爐中栴檀。此香若復然於一銖，室羅筏城四十里内同時聞氣，於意云何？此香爲復生栴檀木，生於汝鼻，爲生於空？阿難，若復此香生於汝鼻，稱鼻所生，當從鼻出。鼻非栴檀，云何鼻中有栴檀氣？稱汝聞香，當於鼻入，鼻中出香，説聞非義。若生於空，空性常恒，香應常在，何藉爐中爇此枯木？若生於木，則此香質因爇成煙。若鼻得聞，合蒙煙氣。其煙騰空，未及遥遠，四十里内云何已聞？是故當知香臭與聞，俱無處所；即嗅與香，二處虚妄，本非因緣，非自然性。」此化用其意。

〔四〕與世且同波：莊子天道：「静而與陰同德，動而與陽同波。」成玄英疏：「妙本虚凝，將至陰均其寂泊；應迹同世，與太陽合其波流。」又莊子刻意亦曰：「靜而與陰同德，動而與陽同波。」疏：「凝神靜慮，與大陰同其盛德；應感而動，與陽氣同其波瀾。動靜順時，無心者也。」

〔五〕盤飧：盤盛食物。左傳僖公二十三年：「乃饋盤飧，寘璧焉。」杜甫客至：「盤飧市遠無兼味，樽酒家貧只舊醅。」

雨後得無象新詩次韻〔一〕

雨餘步林幽，松風初到面。寒蟬相磨鳴，小立無人見。但愛東南山，色作旋螺轉〔二〕。入門庭院度飛螢，梵放哀聲滿深殿〔三〕。

【注釋】

〔一〕建中靖國元年夏作於筠州新昌縣洞山。無象：即僧法如，字無象，衢州江山人，俗姓徐氏。雲蓋守智禪師法嗣，後住湖州道場山。參見本集卷三遇如無象於石霜如與睿廓然相好故贈之注〔一〕。

〔二〕旋螺：猶言螺髻，形容山形旋轉之貌。

〔三〕梵放：梵唄放聲。梵放一詞不見於佛經，爲杜甫所創。九家集注杜詩卷二大雲寺贊公房四首之一：「梵放時出寺，鐘殘仍殷牀。」趙次公注：「僕愛此最爲匠句，蓋佛事至梵音必唱而誦之，其聲高放，故寺外可聞也。」本集卷二一潭州開福轉輪藏靈驗記：「寶坊精舍，樓觀追逐，煙雲蔽虧，梵放酬酢。」卷三〇花藥英禪師行狀：「於是擊鐘梵放，誓於佛前。」

用韻寄誼叟〔一〕

識君童牙中〔二〕，豈止論半面〔三〕。雖同萬頃山，經年不相見。平生草頭露〔四〕，蚌月跳珠轉㊀〔五〕。永懷終夜不成眠，但見突兀游霄殿〔六〕。

【校記】

㊀蚌：天寧本作「蜂」，誤。參見注〔五〕。

【注釋】

〔一〕建中靖國元年夏作於筠州新昌縣洞山。此詩與前詩用韻全同，當爲步韻之作，作於同時而稍後。　誼叟：宜禪師，字誼叟，號出塵庵，筠州新昌人，嘗住逍遥山，嗣法靈源惟清禪師，屬臨濟宗黃龍派南嶽下十四世。僧傳、燈録失載。本集卷二六題誼叟僧寶傳後：「予初成此書於谷山，時出塵庵師宜公誼叟在焉。」卷二七跋山谷所遺靈源書：「高安道人誼叟久從之（靈源）游。」卷二八請逍遥宜老茶榜：「惟靈源洞明此旨，坐昭默獨提正宗。雅聞宜公禪師，久親此老法席。」惠洪與之唱酬甚多，如卷九次韻誼叟悼性上人、卷一二逍遥游山歸見示唱和詩軸口占和之、送誼叟歸北山、卷一五次韻誼叟等。

〔二〕識君童牙中：謂年幼即相識。後漢書崔駰傳：「甘羅童牙而報趙。」李賢注：「童牙，謂幼小也。」已見前注。

〔三〕論半面：謂祇有半面之交。後漢書應奉傳李賢注引謝承書曰：「奉年二十時，嘗詣彭城相袁賀，賀時出行，閉門，造車匠於内開扇出半面視奉，奉即委去。後數十年於路見車匠，識而呼之。」

〔四〕平生草頭露：喻人生短暫，如露易乾。九家集注杜詩卷二送孔巢父謝病歸游江東兼呈李白：「富貴何如草頭露。」注：「古詩：『薤上露，何易晞。』詩：『湛湛露斯，在彼豐草。』」蘇軾陌上花三首之三：「生前富貴草頭露，身後風流陌上花。」此借用其語。

〔五〕蚌月：古以蚌孕珠與月之盈虧有關，故稱。文選卷八揚雄羽獵賦：「方椎夜光之流離，剖明月之珠胎。」李善注：「明月珠，蚌子珠，爲蚌所懷，故曰胎。」宋庠送廣州劉掾：「蚌月射樓吟思苦。」　跳珠：東坡詩集注卷一七與莫同年雨中飲湖上：「還來一醉西湖雨，不見跳珠十五年。」趙次公注：「先生往爲杭倅日，有詩云：『黑雲翻墨未遮山，白雨跳珠亂入船。』故今詩云爾。」　廓門注：「愚謂此言月光者歟？」錯按：此似言月光照草頭露，如跳珠之轉，乃就露珠之狀踵事增華。天寧本「蚌」作「蜂」，無據，涉形近而誤。

〔六〕突兀：高聳貌。　霄殿：凌霄殿或靈霄殿之簡稱，指仙境。

任价玉館東園十題〔一〕

涵月亭

亭外物清曠，人間多熱惱。夜晴登此亭，水月相媚皓。多君心鏡空，光明寫懷抱。憑誰持此意，舉似寒山老〔二〕。

覽秀亭

尚記登臨時，風日初盎盎〔三〕。忽驚無邊春㊀，登我眉睫上〔四〕。情歡鳥聲樂㊁，意適游絲放。我非連眉郎〔五〕，搜詩聊植杖。

四可亭

四注開野亭〔六〕，面面可人意。我來俯危欄，蹇傲成縱倚〔七〕。應接迷向背〔八〕，轉顧風掠耳〔九〕。隣寺一聲鐘，墟落孤煙起〔一〇〕。

第一軒

名園富家致，此軒冠羣目。檻次狀元紅〔一一〕，窗横尊者竹〔一二〕。坐客定無雙〔一三〕，試茶谷簾緑〔一四〕。願聞聖諦義〔一五〕，飛辯横麈玉〔一六〕。

如春軒

檻前摇緑玉〔一七〕，杯面吹紅鱗〔一八〕。主人飽談笑，和風熏坐賓。但覺天宇迥，塵滓欲清辰。雖非曲水會〔一九〕，自是斜川人〔二〇〕。

寒亭

欲問春消息，蒼茫嫩日斜〔二一〕。茅簷聚喧雀，栗林棲暮鴉。絮袍裹足坐，得句往往佳。忽起步微月，呵手拗梅花〔二二〕。

浩庵

水勝萬斛舟〔二三〕，至剛柔繞指〔二四〕。丈夫養浩然〔二五〕，其略蓋如此。朝登青雲上〔二六〕，正色決大事。暮歸卧此庵，捫虱口如耳〔二七〕。

方便堂

虚空亦何有？領略四時事。君看繁盛時，中有凋零意〔二八〕。然省可自觀，那作明日計。當游無所還〔二九〕，自住三摩地〔三〇〕。

覺庵

念起則爲凡，覺之則爲聖〔三一〕。人言此爲覺，此覺未真正。但了一切空，聖凡皆幻影〔三二〕。宴坐不言中，心波如古井〔三三〕。

鑒止軒〔三四〕

小軒臨止水，一泓湛寒碧。瞭然見眉須〔三五〕，洞徹塵不隔。夫子作止觀〔三六〕，涇渭不相入。跏趺學僧禪〔三七〕，諦視鼻端白〔三八〕。

【校記】

㊀無邊：石倉本作「四野」。

㊁歡：石倉本作「欣」。

【注釋】

〔一〕作年未詳。　任价：生平不可考。

〔二〕舉似：舉與，奉告。　寒山老：即唐詩僧寒山子。寒山詩集：「吾心似秋月，碧潭清皎潔。無物堪比倫，教我如何說。」

〔三〕盎盎：猶盎然，充溢貌。

〔四〕登我眉睫上：謂春色似主動來我眼裏。王安石游土山示蔡天啓：「定林瞰土山，近乃在眉睫。」

〔五〕連眉郎：指唐詩人李賀，故後文有「搜詩」二字。新唐書李賀傳：「爲人纖瘦，通眉，長指爪，能疾書。每旦日出，騎弱馬，從小奚奴，背古錦囊，遇所得，書投囊中。」通眉即連眉。宋賀鑄讀李益詩：「獨有連眉郎，才稱劣相比。」蓋李賀樂府與李益齊名，故謂「才稱劣相比」。廓門注：「梁高僧傳：『曇摩蜜多，此云法秀。』傳曰：『生而連眉，故世號連眉禪師。』此借用。」其注失考。

〔六〕四注：四周環繞。文選卷八司馬相如上林賦：「高廊四注，重坐曲閣。」吕延濟注：「注，猶市也。高廊，行廊也。謂行廊帀於四邊也。」

〔七〕蹇傲：高傲，傲慢。晉書載記石季龍上：「季龍初大悦，及覽其表，辭頗蹇傲，季龍大怒，將斬詵。」

〔八〕應接迷向背：蘇軾虔州八境圖八首之六：「山水照人迷向背，只尋孤塔認西東。」此借用其語。

〔九〕轉顧風掠耳：蘇軾百步洪二首之一：「四山眩轉風掠耳，但見流沫生千渦。」此借用其語。

〔一〇〕墟落孤煙起：王維輞川閒居贈裴秀才迪：「渡頭餘落日，墟里上孤煙。」此化用其語。

〔一一〕狀元紅：牡丹之極品，此謂軒之花爲天下第一。山谷内集詩注卷九謝王舍人翦狀元紅題下任淵注：「狀元紅亦牡丹名。」説郛卷二六引宋周師厚洛陽花木記叙牡丹：「狀元紅，千葉深紅花也。其色最美，迥出衆花之上，故洛人以狀元呼之。」

〔一二〕尊者竹：竹之秀出林表者，此謂軒之竹爲天下第一。輿地紀勝卷二八江南西路袁州：「尊者竹：宜春崇勝院法堂後有新竹出乎其類，初目爲竹狀元，郡相吴儲以爲非雅，邑丞請更名竹尊者。」參見本集卷一〇崇勝寺後竹千餘竿獨一根秀出呼爲竹尊者。

〔一三〕坐客定無雙：此謂軒中來客爲天下第一。後漢書黄香傳：「京師號曰：『天下無雙，江夏黄童。』」

〔一四〕試茶谷簾緑：此謂試茶之水爲天下第一。谷簾，指廬山康王谷瀑布，其狀如簾，故名。廬山記卷三叙山南：「康王谷景德觀，舊名康王觀。入谷中泝澗行五里，至龍泉院。又二十里，有水簾飛泉，被巖而下者二三十派，其高不可計，其廣七十餘尺。陸鴻漸茶經嘗第其水爲天下第一。」

〔一五〕願聞聖諦義：此謂軒中坐客所論皆聖諦第一義。杜甫謁文公上方：「願聞第一義，迴向心地初。」此化用其句。景德傳燈録卷三第二十八祖菩提達磨：「（梁武）帝又問：『如何是聖諦第一義？』師曰：『廓然無聖。』」鍇按：以上五句皆就「第一軒」之義而言之。

〔一六〕飛辯横麈玉：世説新語容止：「王夷甫容貌整麗，妙於談玄，恒捉白玉柄麈尾，與手都無分別。」

〔一七〕緑玉：竹之别稱。白居易履道新居二十韻：「籬菊黄金合，窗筠緑玉稠。」

〔一八〕杯面吹紅鱗：廓門注：「東坡渼陂魚詩：『紅鱗照坐光磨閃。』愚謂此言酒杯繪者歟？」細揣詩意，其説未安，此處「紅鱗」似指杯中酒色如紅魚鱗片閃動。本集卷九閤資欽提舉生辰：

「浮蟻皺紅鱗。」卷一五次韻魯直寄靈源三首之一：「一毹春色紅鱗動。」亦同此用法。

〔一九〕曲水會：王羲之蘭亭集序曰：「永和九年，歲在癸丑，暮春之初，會於會稽山陰之蘭亭，修禊事也。群賢畢至，少長咸集。此地有崇山峻嶺，茂林修竹；又有清流激湍，映帶左右，引以爲流觴曲水，列坐其次。雖無絲竹管絃之盛，一觴一詠，亦足以暢叙幽情。是日也，天朗氣清，惠風和暢，仰觀宇宙之大，俯察品類之盛，所以游目騁懷，足以極視聽之娱，信可樂也。」

〔二〇〕斜川人：陶淵明游斜川詩序：「辛丑正月五日，天氣澄和，風物閑美，與二三鄰曲同游斜川。臨長流，望曾城，魴鯉躍鱗於將夕，水鷗乘和以翻飛。」

〔二一〕嫩日：淺淡柔和之日。與夏之烈日相比，其光尚嫩。

〔二二〕拗梅花：折梅花。拗，同「抝」。李賀酬答二首之二：「試問酒旗歌板地，今朝誰是拗花人。」明陶宗儀輟耕録卷一二拗花：「南方或謂折花曰拗花。」

〔二三〕萬斛舟：容量極大之船。九家集注杜詩卷一一三韻三篇之二：「蕩蕩萬斛船，影若揚白虹。」注：「釋名：『船二百斛曰舠，三百斛曰艇。』趙王石虎造萬斛之舟。今取其大者以比興。」

〔二四〕至剛柔繞指：文選卷二五劉琨重贈盧諶：「何意百鍊剛，化爲繞指柔。」李善注：「應劭漢書注曰：『説者以金取堅剛，百鍊不耗。』」

〔二五〕丈夫養浩然：孟子公孫丑上：「我善養吾浩然之氣。其爲氣也，至大至剛，以直養而無害，則塞於天地之間。」

〔二六〕登青雲上：喻仕宦顯達。史記范雎蔡澤列傳：「須賈頓首言死罪，曰：『賈不意君能自致於青雲之上。』」

〔二七〕捫虱：捉虱子，形容窮酸無聊狀。口如耳：形容言語謹慎。漢劉向説苑政理：「故君子慎言語矣，毋先己而後人，擇言出之，令口如耳。」

〔二八〕「君看繁盛時」二句：冷齋夜話卷一李後主亡國偈載法眼禪師詠牡丹偈曰：「擁毳對芳叢，由來趣不同。髮從今日白，花是去年紅。艷冶隨朝露，馨香逐晚風。何須待零落，然後始知空。」此化用其意。

〔二九〕當游無所還：楞嚴經卷二：「阿難言：『若我心性各有所還，則如來説妙明元心，云何無還？惟垂哀愍，爲我宣説。』佛告阿難：『且汝見我見精明元，此見雖非妙精明心，如第二月，非是月影。汝應諦聽，今當示汝無所還地。……汝見八種見精明性，當欲誰還？何以故？若還於明，則不明時，無復見暗。雖明暗等種種差別，見無差別，諸可還者，自然非汝；不汝還者，非汝而誰？則知汝心本妙明淨，汝自迷悶，喪本受輪，於生死中常被漂溺，是故如來名可憐愍。』」蘇軾子由自南都來陳三日而別：「但餘無所還，永與夫子游。」此化用其句意。參見本集卷一〇余居百丈天覺方注楞嚴以書見邀作此寄之二首注〔一一〕。

〔三〇〕自住三摩地：楞嚴經卷二：「佛告文殊及諸大衆，十方如來及大菩薩，於其自住三摩地中，見與見緣，并所想相，如虛空花，本無所有。」 三摩地：亦譯作三昧，意譯曰正定。謂屏除雜念，心不散亂，專注一境。已見前注。

〔三一〕「念起則爲凡」二句：佛典多有此義。如六祖大師法寶壇經般若品曰：「凡夫即佛，煩惱即菩提。前念迷即凡夫，後念悟即佛。前念著境即煩惱，後念離境即菩提。」

〔三二〕「但了一切空」二句：賢劫經卷三聞持品：「了一切空，是曰一心。」沙彌尼戒經：「了一切空，如幻、化、夢、影、響、野馬、芭蕉。」

〔三三〕心波如古井：謂心情平靜，消除百慮，如古井無波。白居易贈元稹：「無波古井水，有節秋竹竿。」蘇軾出都來陳所乘船上有題小詩八首不知何人有感於余心者聊爲和之之八：「年來煩惱盡，古井無由波。」

〔三四〕鑒止軒：廓門注：「莊子德充符曰：『仲尼曰：人莫鑒於流水，而鑒於止水。唯止能止衆止。』又出淮南子淑真訓。」

〔三五〕瞭然見眉須：莊子天道：「水靜則明燭鬚眉，平中準，大匠取法焉。」

〔三六〕止觀：佛教修行法門之一。梵文奢摩他譯曰「止」，毗鉢舍那譯曰「觀」。隋釋智顗摩訶止觀卷一：「法性寂然名止，寂而常照名觀。」又曰：「無明即明，不復流動，故名爲止；朗然大淨，呼之爲觀。」

〔三七〕跏趺：結跏趺坐之略稱。兩足交叉置於左右股上而坐，爲修禪者之坐法。

〔三八〕諦視鼻端白：楞嚴經卷五：「孫陀羅難陀即從座起，頂禮佛足，而白佛言：『我初出家，從佛入道，雖具戒律，於三摩提，心常散動，未獲無漏。世尊教我及俱絺羅觀鼻端白，我初諦觀，經三七日，見鼻中氣出入如煙，身心內明，圓洞世界，遍成虛淨，猶如瑠璃。煙相漸銷，鼻息成白，心開漏盡，諸出入息，化爲光明，照十方界，得阿羅漢。』」

書華光墨梅〔一〕

一枝已清妍，交枝更媚嫵。見之已愁絶，那復隔煙雨。錢塘千頃春〔二〕，想見西興（津）渡㊀〔三〕。他日到南屏〔四〕，莫忘孤山路〔五〕。

【校記】

㊀興：原作「津」，誤，今改。參見注〔三〕。

【注釋】

〔一〕崇寧三年正月作於長沙。　華光：即僧仲仁，住衡州華光山妙高寺，世稱華光長老。工畫墨梅，有華光梅譜傳世。陳氏香譜卷三「韓魏公濃梅香又名返魂梅」引黄太史（庭堅）跋云：「余與洪上座同宿潭之碧湘門外舟中，衡嶽花光仲仁寄墨梅二枝，叩船而至，聚觀於燈下。余曰：『只欠香耳。』洪笑發谷董囊，取一炷焚之，如嫩寒清曉行孤山籬落間。」洪上座即惠洪，仲仁所寄墨梅二枝，即此詩所言「交枝」；「如嫩寒清曉行孤山籬落間」，即此詩所言「莫忘孤山路」。故此詩當作於崇寧三年正月與庭堅相會於長沙碧湘門外舟中時。參見黄䇇山谷年譜。鍇按：聲畫集卷五收此詩，繫於張敬夫（張栻）名下，乃誤收，當從本集屬惠洪。參見本集卷一華光仁老作墨梅甚妙爲賦此注〔一〕。

〔二〕錢塘千頃春：廓門注：「杭州府，郡名錢塘，陳名。又錢塘縣。千頃山，在昌化縣西北六十里。」鍇按：此「千頃春」乃指錢塘江之春色，非謂杭州昌化縣千頃山。

〔三〕西興渡：方輿勝覽卷六浙東路紹興府：「西興渡，在蕭山縣西十二里，本名西陵，吳越武肅王以非吉語，改西興。」底本原作「西津渡」，誤。鍇按：太平寰宇記卷一一〇江南西道八撫州：「宜黄水在縣東南二百六十三里，源出黄土嶺，沿流合章水，至西津與汝同流。」此詩後四句均言杭州之事，西興爲錢塘江渡口，與上下文對應。而西津在江西撫州，與杭州邈不相接，無關詩意。本集卷四與嘉父兄弟别於臨川復會毗陵有「西津渡口曾相别」句，卷六瑀上人求詩有「快作臨川語」、「想見西津渡」句，編者覺慈或據此臆改。

〔四〕南屏：明一統志卷三八杭州府：「南屏山，在府城西三里。怪石聳秀，中穿一洞，其上石壁如屏。」

〔五〕孤山：明一統志卷三八杭州府：「孤山，在府城外西湖上，獨立一峰，爲湖山勝絶處。」

惠侍者清夢軒〔一〕

小軒面層崖，叢蕉手自種。高風追二朗〔二〕，生涯與師共〔三〕。默坐每觀身〔四〕，爐煙作雲湧。蕭蕭半夜雨，亦足清君夢。

【注釋】

〔一〕宣和二年秋作於長沙水西南臺寺。　惠侍者：名覺惠，大潙山空印元軾禪師弟子。本集卷二二普同塔記：「（普同塔）興修於宣和二年之春，斷手於秋八月。空印恨未有記以紀其歲月，遣侍者覺惠來求文。」此詩當作於覺惠來求文之時。　清夢軒：覺惠坐禪之室，或爲其自號，所謂「隨身叢林之别名」。參見本集卷二〇覺庵銘注〔一〕。

〔二〕二朗：指唐石頭希遷法嗣慧朗、振朗二禪師。景德傳燈録卷一四：「潭州招提慧朗禪師，始興曲江人也，姓歐陽氏。年十三，依鄧林寺模禪師披剃，十七游南嶽，二十於嶽寺受具，往虔州龔公山謁大寂（馬祖道一）。大寂問曰：『汝來何求？』師曰：『求佛知見。』曰：『佛無知見，知見乃魔界。汝從南嶽來，似未見石頭曹谿心要爾，汝應却歸。』師承命迴嶽，造于石頭，問：『如何是佛？』石頭曰：『汝無佛性。』曰：『蠢動含靈又作麽生？』石頭曰：『蠢動含靈却有佛性。』曰：『慧朗爲什麽却無？』石頭曰：『爲汝不肯承當。』師於言下信入。後住梁端招提寺，不出户三十餘年。凡參學者至，皆曰：『去去，汝無佛性。』其接機大約如此（注：時謂大朗禪師）。」同卷：「長沙興國寺振朗禪師，初參石頭，問：『如何是祖師西來意？』石頭曰：『問取露柱。』曰：『振朗不會。』石頭曰：『我更不會。』師俄然省悟。住後有僧來參，師乃召曰：『上坐。』僧應諾。師曰：『孤負去也。』曰：『師何不鑒？』師乃拭目而視之，僧無語（注：時謂小朗禪師）。」

〔三〕生涯與師共：謂覺惠於大潙山從其師空印學禪。

〔四〕默坐每觀身：維摩詰經卷下阿閦佛品：「維摩詰言：『如自觀身實相，觀佛亦然。』」蘇軾送參寥師：「閱世走人間，觀身卧雲嶺。」

次韻性之〔一〕

一笑形骸外，便能攜手行。雲容與山靨〔二〕，今日眼偏明。共坐松下石，仰聽松上聲。
古人亦何遠，安用社中名〔三〕。

【注釋】

〔一〕大觀元年秋作於廬山。　性之：王銍字性之，汝陰人。南渡後嘗居剡中，自稱汝陰老民。嘗撰七朝國史，有雪溪集、補侍兒小名録、默記、四六話、談苑等傳世。參見本集卷一贈王性之注〔一〕。

〔二〕雲容與山曆：擬雲山爲佳人，故稱其容貌與笑曆。

〔三〕安用社中名：謂有廬山古賢之意趣即可，何必挂名於蓮社之中。廓門注：「社中名，謂結蓮社友也。」東林十八高賢傳記晉慧遠、劉遺民、雷次宗等十八人於廬山共結蓮社，參見本集卷一贈蔡儒效注〔二五〕。

筠谿晚望〔一〕

小谿倚春漲，攘我釣月灣。新晴爲不平，約束晚來還。銀梭時撥剌〔二〕，破碎波中山〔三〕。整鈎背落日，一葉軟紅間〔四〕。

【注釋】

〔一〕政和五年暮春作於新昌縣。筠谿：在新昌縣。冷齋夜話卷三詩説煙波縹緲處：「予自并州還故里，館延福寺。寺前有小溪，風物類斜川，予兒童時戲劇處也。嘗春深獨行溪上，作小詩曰：『小溪倚春漲……一葉軟紅間。』」即此詩。

〔二〕銀梭：喻魚。撥剌：象聲詞，此狀跳魚拍水聲。九家集注杜詩卷二七漫成：「沙頭宿鷺聯拳静，船尾跳魚撥剌鳴。」注：「撥剌，躍而有聲也。」宋王楙野客叢書卷一七撥剌乖剌：

「杜子美詩『跳魚撥剌鳴』，不曉者讀爲撥次。案張衡思玄賦曰：『彎威弧之撥剌。』注：『剌，力達反。』太白詩曰：『雙鰓呀呷鬐鬣張，跋剌銀盤欲飛去。』李以『撥』爲『跋』。所謂撥剌者，劃烈震激之聲，箭鳴亦然。」

〔三〕破碎波中山：蘇軾次韻趙景貺春思且懷吴越山水：「西湖忽破碎，鳥落魚動鏡。」此化用其意。

〔四〕一葉軟紅間：謂一葉漁舟浮於落日映紅之波中。軟紅，柔和之紅色，此指紅波。

和杜撫勾古意六首〔一〕

一尾掣電去，萬蹄讓雄長〔二〕。邇來隨磨驢，驅逐付廝養〔三〕。頓塵忽驕嘶〔四〕，逸韻發奇想。公眼如支遁，神駿蒙擊賞〔五〕。

歲月走舟壑〔六〕，不能老喬松〔七〕。何如取塵劫，安置彈指中〔八〕。我老世不要〔九〕，閉關師道蹤〔一〇〕。自欣方得計，人笑伎之窮〔一一〕。

長松援女（丈）蘿㊀，無事登青冥〔一二〕。因緣偶然爾，初非出經營。我受氣類似㊁，掄材置勿聽〔一三〕。翟公亦癡絶，書門議交情〔一四〕。

午夢清斷續，殷鬢飛蚊鳴㊂〔一五〕。微風亦見戲，故掩讀殘經。相見洞天曉，霧重花冥冥〔一六〕。秀句吐奇麗，乃爾未忘情。

秋晚凋紅翠，幽懷到眉峰。玉纖弄彩筆〔一七〕，落紙翩驚鴻〔一八〕。道山歸計好，高情付疏慵。何獨謝夫人，特有林下風〔一九〕。

暮年一杯春，愁邊賴開拓〔二〇〕。醉鄉歸路穩，城郭見隱約〔二一〕。萬事付頹然，破幘風墮落〔二二〕。胸次竟何有，八窗洞空廓〔二三〕。

【校記】

㈠女：原作「丈」，誤，今改。參見注〔一二〕。

㈡受氣類：石倉本作「欣氣數」。

㈢殷：石倉本作「雙」。

【注釋】

〔一〕宣和四年夏作於長沙。杜撫勾：杜綰，字季揚，慶曆宰相杜衍之孫。時任湖南安撫司勾當公事。北宋添差勾當公事官，隸安撫司者，簡稱撫勾。本集卷二〇五老硯銘序曰：「杜季揚奉使湘南，過九江，見廬山而愛之。得拳石於九嶷山之下，類五老峰，有坳，其痕如硯。季揚欣然置几案間，名之曰五老硯。余觀之於南楚門舟中。」宣和四年夏，曾孝序除湖南安撫使知潭州，杜綰當爲其屬官，故曰「奉使湘南」。南楚門在長沙。元陸友仁研北雜志卷下：「杜綰，字季揚，嘗知英州，祁公（杜衍）其祖也。博識多聞，作雲林石譜三篇，流品皆牛奇章（僧孺）以來論石者所未及。」四庫全書總目卷一一五雲林石譜三卷提要曰：「宋杜綰撰。綰字季揚，號雲林居士，山陰人，宰相衍之孫也。」

〔二〕「一尾掣電去」二句：謂一匹駿馬風馳電掣而去，萬馬不得與之爭先，喻超羣絶倫之英才。蘇軾次韻參寥師寄秦太虚三絶句時秦君舉進士不得之二：「一尾追風抹萬蹄。」此化用其語意。

〔三〕「邇來隨磨驢」二句：謂駿馬不得奔馳，只能與拉磨之驢一起餵養，喻英才受屈，不得伸其志。蘇軾伯父送先人下第歸蜀詩云人稀野店休安枕路入靈關穩跨驢安節將去爲誦此句因以爲韻作小詩十四首送之之十四：「應笑謀生拙，團團如磨驢。」此借其語。廝養：猶廝役。戰國策齊策五：「士大夫之所匿，廝養士之所竊，十年之田而不償也。」鮑彪注：「廝，析薪養馬者。」

〔四〕頓塵：駿馬抖落塵土奔逸之狀。黄庭堅題伯時頓塵馬：「忽看高馬頓風塵。」此借用其語。參見本集卷一謁狄梁公廟注〔一二〕。

〔五〕「公眼如支遁」二句：世説新語言語：「支道林嘗養數匹馬，或言道人畜馬不韻，支曰：『貧道重其神駿。』」

〔六〕歲月走舟壑：謂歲月變化流逝。莊子大宗師：「夫藏舟於壑，藏山於澤，謂之固矣。然而夜半有力者負之而走，昧者不知也。」已見前注。

〔七〕不能老喬松：廓門注：「王喬、赤松子，見仙傳。」鍇按：古仙人王子喬、赤松子並稱喬松，以其成仙故長生不老。戰國策秦策三：「君何不以此時歸相印，讓賢者授之，必有伯夷之廉，長爲應侯，世世稱孤，而有喬松之壽。」

〔八〕「何如取塵劫」二句：謂仙人喬松之不老，何如我佛能取塵劫置於一彈指頃。塵劫：極言時間之長遠，蓋佛教稱一世爲一劫，無量無邊劫爲塵劫。楞嚴經卷一：「猶如煮沙，欲成嘉饌，縱經塵劫，終不能得。」彈指，極言時間之短暫。翻譯名義集卷二時分：「俱舍云：壯士一彈指頃，六十五刹那。」

〔九〕我老世不要：蘇軾曹既見和復次其韻：「嗟我與曹君，衰老世不要。」此借用其語。

〔一〇〕閉關師道蹤：禪林僧寶傳卷二韶州雲門大慈雲弘明禪師傳：「初至睦州，聞有老宿飽參，古寺掩門，織蒲屨養母。老宿名道蹤，嗣黃蘗斷際禪師，住高安米山寺，以母老東歸，叢林號陳尊宿。」

〔一一〕人笑伎之窮：東坡詩集注卷二三九日次定國韻：「伎窮老伶優。」趙次公注：「荀子：『鼯鼠五伎而窮。』」山谷内集詩注卷一演雅：「五技鼯鼠笑鳩拙。」任淵注：「荀子曰：『鼯鼠五技而窮。』」此借用以自嘲。

〔一二〕「長松援女蘿」二句：謂女蘿攀援長松而得以高接青天，此託物寓志，喻依附賢才而得以趣向高遠。山谷内集詩注卷一古詩二首上蘇子瞻之二：「青松出澗壑，十里聞風聲。上有百尺絲，下有千歲苓。」任淵注：「淮南子説山訓曰：『千歲之松，下有茯苓，上有兔絲。』注云：『茯苓，千歲松脂也。兔絲，生其上而無根，一名女蘿。』又按頍弁詩：『蔦與女蘿，施于松柏。』注云：『女蘿，兔絲，松蘿也。』正義則曰：『陸璣疏云：今兔絲蔓連草上生，非松蘿。松蘿自蔓松上生。事或當然。』陶隱居注本草兔絲條亦云：『舊言下有茯苓，上有兔絲，今未必爾。』讀山谷此句，當不以詞害意也。」底本「女蘿」作「丈蘿」，涉形近而誤，今改。

〔一三〕「我受氣類似」二句：謂女蘿與長松稟受自然之氣相類似，不必區别其材質高下。黄庭堅古詩二首上蘇子瞻之二：「小大材則殊，氣味固相似。」此化用其意。　掄材：選擇木材，喻選拔人才。周禮地官司徒山虞：「凡邦工入山林而掄材，不禁。」

〔一四〕「翟公亦癡絶」二句：史記汲鄭列傳：「太史公曰：夫以汲、鄭之賢，有勢則賓客十倍，無勢則否，況衆人乎！下邽翟公有言，始翟公爲廷尉，賓客闐門；及廢，門外可設雀羅。翟公復爲廷尉，賓客欲往。翟公乃大署其門曰：『一死一生，乃知交情；一貧一富，乃知交態；一貴一賤，交情乃見。』汲、鄭亦云，悲夫！」

〔一五〕殷鬢飛蚊鳴：謂鬢邊蚊鳴如雷震動。　殷：震動。文選卷八司馬長卿上林賦：「車騎雷起，殷天動地。」李善注：「郭璞曰：『殷，猶震也。』」

〔一六〕霧重花冥冥：杜甫醉歌行：「樹攪離思花冥冥。」此借用其語。

〔一七〕玉纖：謂纖細如玉之手，已見前注。鍇按：此首詩「眉峰」、「玉纖」、「驚鴻」、「謝夫人」諸語，均寫女性，或爲杜撫勾妻而作。

〔一八〕翩驚鴻：喻書法之美，亦雙關人之美。曹植洛神賦：「翩若驚鴻，婉若游龍。」東坡詩集注卷一七次韻趙景貺督兩歐陽詩破陳酒戒：「總角出銀鈎。」程縯注：「索靖作草書狀云：『婉若銀鈎，飄若驚鴻。』」

〔一九〕「何獨謝夫人」二句：東坡詩集注卷二七題王逸少帖：「謝家夫人淡豐容，蕭然自有林下風。」程縯注：「謝家夫人，謝道韞也，爲王凝之妻。有濟尼曰：『王夫人神清散朗，故有林下風氣。』」蘇詩以謝家夫人林下風喻王羲之書法，此化用其意以贊杜夫人。廓門注：「謝夫人，杜撫勾妻歟？未詳。」蓋未知二句所本。

〔二〇〕「暮年一杯春」二句：謂晚年靠酒消愁。山谷內集詩注卷一二附黄知命行次巫山宋懋宗遣騎送折花廚醞：「攻許愁城終不開，青州從事斬關來。」任淵注：「庾信愁賦曰：『攻許愁城終不破，蕩許愁門終不開。』」青州從事，酒之代稱。此化用其意，所謂奪胎换骨。廓門注：「春，謂酒也。後漢書虞詡傳曰：『開拓土宇。』此借用。」鍇按：東坡志林卷五：「退之詩曰：『百年未滿不得死，且可勤買抛青春。』國史補云：『酒有郢之富春，烏程之若下春，滎陽之土窟春，富平之石凍春，劍南之燒春。』杜子美亦云：『聞道雲安麴米春，才傾一盞便醺人。』裴鉶作傳奇，記裴航事，亦有酒名松醪春。乃知唐人名酒多以春，則抛青春亦必酒名也。」

〔二一〕「醉鄉歸路穩」二句：王績醉鄉記謂醉之鄉「無邑居聚落」，此則將醉鄉坐實，以爲既曰「鄉」，則有道路可歸，有城郭可見。參見本集卷七次韻游南嶽注〔三五〕。

〔二二〕「萬事付頽然」二句：世説新語雅量：「太傅於衆坐中間問庾（子嵩），庾時頽然已醉，幘墮几上，以頭就穿取。」

〔二三〕八窗洞空廓：山谷内集詩注卷一贈别李次翁：「映徹萬物，玲瓏八窗。」任淵注：「言心之虚明如此。韻書曰：『玲瓏，明貌。』禮記明堂位疏引孝經援神契曰：『明堂八窗四達。』」

了翁有書與謝無逸云覺範真是比丘〔一〕

墮馬哭懷（淮）王㊀〔二〕，牧羊仗漢節〔三〕。古人守忠義，視死如棄楔（禊）㊁〔四〕。吾是真比丘〔五〕，死生見窟宅〔六〕。一飯不願餘〔七〕，孤坐閲歲月。

【校記】

㊀懷：原作「淮」，誤，今改。參見注〔二〕。

㊁楔：原作「禊」，誤，今改。參見注〔四〕。

【注釋】

〔一〕政和四年三月作於新昌縣。　了翁：陳瓘，字瑩中，自號了翁，已見前注。　謝無逸：

謝逸（一〇六八～一一一二），字無逸，臨川人。所居溪堂，自號溪堂居士，詩入江西宗派，有溪堂集傳世。冷齋夜話卷一〇問歐陽公爲人及文章：「臨川謝逸字無逸，高才，江南勝士也。魯直見其詩，歎曰：『使在館閣，當不減晁、張。』朱世英爲撫州，舉八行，不就，閒居多從衲子游，不喜對書生。」　覺範真是比丘：大莊嚴論經卷三：「汝真是比丘，實是苦行者，號爾爲沙門，汝實稱斯名。」智證傳：「味永嘉之平生，如香象擺壞鎖繮，自在而去，蓋真是比丘也。」陳瓘稱譽惠洪之語，按詩題爲「真是比丘」，按詩句則爲「是真比丘」，二者於佛經皆有據，未知孰是。　鍇按：本集卷二七跋謝無逸詩：「予方以罪謫海外，無逸適過廬山，見吾弟超然（希祖），熟視久之，意折曰：『吾此生復能見覺範乎？』語不成聲，乃背去。後三年，予幸蒙恩北還，而無逸乃棄予而先焉。」因與超然對榻夜語及之，不自覺淚殷枕也。」惠洪以政和元年十月罪謫海外，是時謝逸赴京師，途經廬山，與希祖相見。政和二年謝逸卒。惠洪得知陳瓘與謝逸書，當在與希祖對榻夜語時。本集卷四有三月喜超然至次前韻詩，作於北還新昌時，此詩亦當作於是時。

〔二〕墮馬哭懷王：史記屈原賈生列傳：「拜賈生爲梁懷王大傅。居數年，懷王騎，墮馬而死，無後。賈生自傷爲傅無狀，哭泣歲餘，亦死。」王安石雜詠三首之一：「懷王自墮馬，賈傅至死悲。古人事一職，豈敢苟然爲。」底本「懷」作「淮」，乃涉音近而誤。廓門注：「『淮王』當作『懷王』。」其説甚是，今據改。　鍇按：本集卷二四季子夢訓亦作「懷王」，可參證，見下條注。

〔三〕牧羊仗漢節：漢書蘇武傳：「武既至海上，廩食不至，掘野鼠去中實而食之。杖漢節牧羊，臥起操持，節旄盡落。」仗，執持，通「杖」。廓門注：「『仗』當作『杖』。」蓋未知通假義。錯按：本集卷二四季子夢訓：「公（東坡）於西漢，尤愛賈生、蘇子卿，非直愛其文如盎盎之春，藻飾萬物，與其屹若砥柱，蕩磨驚濤也，愛其知爲臣之大體而已。生爲懷王傅，王墮馬死，生哭泣至死。寧獨不知哭泣不能生王於死中耶？其心以謂職傳而王終，非其道也。子卿使虜，不肯辱命，雖餐氈寢熅，牧羊海上，起止仗漢節。李陵諷使降，則請效死于前。子卿寧獨惡其生耶？其心以謂職稱奉使，敢愛死哉！」以上二句詩即此意。

〔四〕棄楔：猶言棄脱桎梏枷鎖。楔：楔轂，酷刑之一種。資治通鑑卷二〇五唐紀二十一則天順聖皇后中之上：「推劾之吏，皆相矜以虐，泥耳籠頭，枷研楔轂，摺膺籤爪，懸髮熏耳，號曰獄持。」胡三省注：「枷研，以重枷研其頸。楔轂，以鐵圈轂其首而加楔。」底本「楔」作「禊」。錯按：楔，音先結切，入聲，屑韻。與「節」「宅」「月」叶韻。禊，音胡計切，去聲，霽韻，與諸韻不相叶，當涉形近而誤，今改。

〔五〕吾是真比丘：大乘本生心地觀經卷四厭捨品：「佛大慈悲，於一時中在毗舍離城，爲無垢稱説甚深法：『汝無垢稱！汝於來世萬行圓滿，超過三界，證大菩提，汝所修心，即真沙門，亦婆羅門，是真比丘，是真出家。如是之人，此則名爲在家出家。』」錯按：惠洪此時遇赦初歸，已無僧籍，實爲在家出家之居士，故以無垢稱（維摩詰）喻之。

〔六〕死生見窟宅：隋釋智顗金光明經文句卷三釋懺悔品：「三界籠樊，生死窟宅，應須懺悔，滅除業障。」

〔七〕一飯不願餘：東坡詩集注卷九贈袁陟：「游乎無何有，一飯不願餘。」趙次公注：「柳子厚贈江華長老詩云：『一飯不願餘，跏趺便終夕。』」此用其成句。

題延福寺壁〔一〕

在山爲遠志，出山爲小草〔二〕。龍潛蟠則神〔三〕，雞雌伏知道〔四〕。人情難把玩，過眼如電掃〔五〕。留雲峰下寺〔六〕，白髮歸去好。

【注釋】

〔一〕政和五年春作於新昌縣。冷齋夜話卷三詩説煙波縹緲處：「予自并州還故里，館延福寺。」江西通志卷一一一寺觀志一：「延福寺，在新昌縣南門外，宋治平間僧觀建。」

〔二〕「在山爲遠志」二句：世説新語排調：「謝公始有東山之志，後嚴命屢臻，勢不獲已，始就桓公司馬。于時人有餉桓公藥草，中有遠志。公取以問謝：『此藥又名小草，何一物而有二稱？』謝未即答，時郝隆在坐，應聲答曰：『此甚易解，處則爲遠志，出則爲小草。』謝甚有愧色。桓公目謝而笑曰：『郝參軍此過乃不惡，亦極有會。』」

〔三〕龍潛蟠則神：易乾：「初九曰『潛龍勿用』，何謂也？子曰：『龍德而隱者也，不易乎世。』」王弼注：「不爲世俗所移易也。」易繫辭下：「龍蛇之蟄以存身也，精義入神以致用也。」韓康伯注：「精義，物理之微者也。神，寂然不動，感而遂通，故能乘天下之微，會而通其用也。」此化用其意。

〔四〕雞雌伏知道：論語鄉黨：「子曰：『山梁雌雉，時哉時哉！』」何晏集解：「言山梁雌雉得其時，而人不得其時，故歎之。」此化用其意。

〔五〕過眼如電掃：王安石擬寒山拾得二十首之十四：「見之亦何有，欻然如電掃。」此借用其語。

〔六〕留雲峰下寺：當指新昌縣洞山普利禪院，即曹洞宗祖庭，位於留雲峰下。禪林僧寶傳卷六雲居宏覺膺禪師傳：「有僧自豫章來，夜語及洞上法席。於是一鉢南來，造新豐，謁悟本价禪師。价問：『汝名什麽？』對曰：『道膺。』价曰：『何不向上更道？』對曰：『向上即不名道膺。』价喜，以謂類其初見雲巖時祇對，容以爲入室。膺深入留雲峰之後，結庵而居。」新豐即洞山，悟本价禪師即洞山良价禪師。同書卷二三泐潭真淨文禪師傳：「分建塔於泐潭寶蓮峰之下，洞山留雲洞之北。」

棗柏大士生辰因讀易豫卦有感作此〔一〕

人間解囊(纕)沙〔一〕，開視兒眼前〔二〕。鉢飯度永日，一裘支十年〔三〕。月巖與雲壑，佳處輒留連〔四〕。誰云道林黠，猶覓買山錢〔五〕。

【校記】

㈠ 囊：原作「纕」，誤，今改。參見注〔二〕。

【注釋】

〔一〕宣和二年三月二十八日作於長沙水西南臺寺。棗柏大士生辰：即棗柏大士李通玄之忌日，爲每年三月二十八日。參見本卷三月二十八日棗柏大士生辰二首注〔一〕。易豫卦：「坤下震上。豫，利建侯、行師。彖曰：豫，剛應而志行，順以動，豫。豫順以動，故天地如之，而況建侯、行師乎？天地以順動，故日月不過，而四時不忒。聖人以順動，則刑罰清而民服。豫之時義大矣哉！」

〔二〕「人間解囊沙」二句：宗鏡録卷七三：「律中四食章古師義門手鈔云：思食者，如饑饉之歲，小兒從母求食，啼而不止。母遂懸砂囊誑云：『此是飯。』兒七日諦視其囊，將爲是食。其母七日後解下視之，其兒見是砂，絶望，因此命終。」底本「囊」作「纕」，誤。參見本集卷七和游南臺注〔三〕。

〔三〕「鉢飯度永日」二句：謂生活簡樸，衣食儉省。一裘，用東漢嚴光事。東坡詩集注卷二七次韻子由書王晉卿畫山水一首而晉卿和二首之二：「歸田送老一羊裘。」林子仁注：「嚴光披一羊裘，三十年不易。」鍇按：本集卷九閉門：「杯飯終永日，一裘支千秋。」

〔四〕佳處輒留連：蘇軾水調歌頭：「故鄉歸去千里，佳處輒遲留。」此借用其語。

〔五〕「誰云道林黠」二句：世説新語排調：「支道林因人就深公買印山，深公答曰：『未聞巢由買山而隱。』」

次韻周達道運句〔一〕

大澤深壑間，難藏舟與山〔二〕。此身唾霧中〔三〕，安得長朱顏。講公如夙昔，婁永嘗追攀。定作甕中畫，磨衲映青綸〔四〕。

【注釋】

〔一〕宣和四年作於長沙。周達道：名未詳，生平不可考，時任荆湖南路轉運司句當公事，簡稱運句。參見本集卷六次韻周達道運句二首注〔一〕。

〔二〕「大澤深壑間」二句：謂歲月難留。莊子大宗師：「夫藏舟於壑，藏山於澤，謂之固矣。然而夜半有力者負之而走，昧者不知也。」已見前注。

〔三〕此身唾霧中：唾沫噴之如霧，喻微小而不足道。莊子秋水：「子不見夫唾者乎？噴則大者如珠，小者如霧，雜而下者不可勝數也。」蘇軾辯才大師真贊：「欲知明月所在，在汝唾霧之中。」此借用其語。

〔四〕「講公如夙昔」四句：謂己與周達道前身或爲婁師德與永禪師。蘇軾破琴詩引：「舊聞房琯開元中嘗宰盧氏，與道士邢和璞出游，過夏口村，入廢佛寺，坐古松下。和璞使人鑿地，得甕中所藏婁師德與永禪師畫。笑謂琯曰：『頗憶此耶？』琯因悵然悟前身之爲永禪師也。」本集與冷齋夜話、智證傳、楞嚴經合論頗用其事。

次韻游水簾洞〔一〕

清夜讀君詩，思豁神亦傾。豈惟折慢幢〔二〕，要已倒降旌〔三〕。重哦水簾句，纖穠開畫屏。想見落筆時，遶紙走風霆。

【注釋】

〔一〕作年未詳。水簾洞：天下水簾洞之名甚多，此或指衡山水簾洞。南嶽總勝集卷上：「洞真澗，通接朱陵洞府，水勢懸注如簾，亦名水簾洞。」卷中：「洞真澗，瀑布自洞而出，巨石横峻，當石崖之上。有一石沼，圓若鍋釜之狀，可廣丈餘，深不可究。一派飛下，如紋簾，號朱陵洞。三十六洞天之第三洞也。又有石井，下直無底，通徹四門，澗流僅二十里，成此懸注。從初溪至中潭凡九仞，自中潭下入谷十有八仞。有冥蟠壁，面闊四席，濤雪騰飛，雷雨驟下，雖天台、峨嵋不及此勢也。下有投龍潭，國家修齋醮畢，投金龍於此，石罅微開，聞天樂之聲。故藺歇有水簾洞詩，中一聯云『開元投金龍，水底聞天鈞』是也。」

〔二〕折慢幢：挫敗傲慢之心。傲慢之心如幢柱高聳，故稱。六祖大師法寶壇經機緣品：「僧法達，洪州人，七歲出家，常誦法華經。來禮祖師，頭不至地。師訶曰：『禮不投地，何如不禮？汝心中必有一物。蘊習何事耶？』曰：『念法華經已及三千部。』師曰：『汝若念至萬部，得其經意，不以爲勝，則與吾偕行。汝今負此事業，都不知過。聽吾偈曰：禮本折慢幢，頭奚不至地？有我罪即生，亡功福無比。』」

〔三〕倒降旌：倒伏旌旗而投降，喻作詩自甘認輸。蘇軾次韻舒教授寄李公擇：「論文作詩俱不敵，看君談笑收降旌。」黄庭堅次韻文潛立春日三絶句之二：「傳得黄州新句法，老夫端欲把降幡。」此化用其意。

游廬山簡寂觀三首〔一〕

廬山覺未老，儼然舊風姿。樹石亦仙骨，逢春更華滋〔二〕。瓜分煙翠層，千丈垂白霓〔三〕。貪看讓爭席，舍者爾爲誰〔四〕？

蒼石大如屋，古木出虬枝〔五〕。四注陰其下〔六〕，地坐黄冠師〔七〕。山行倦日永，聚話遂忘疲。行看洞中境，都是寂音詩〔八〕。怒龍鬭未已，角尾相攀牽〔九〕。巨石爲解紛，背腹遭虬纏〔一〇〕。千年毒不死，槎牙帶雲煙〔一一〕。樹間宜畫我，乞與人間傳〔一二〕。

【注釋】

〔一〕政和五年春作於廬山。廬山記卷三叙山南：「由先天至太虚簡寂觀二里，宋陸先生之隱居也。先生名修靜，吴興東遷人。元嘉末因市藥京邑，文帝素欽其風，作停霞寶輦，使左僕射徐湛宣旨留之。先生固辭，遂游江漢，後帝有大和之難，人咸異之。大明五年，始置館廬山。泰始三年，明帝復加詔命，仍使刺史王景文敦勸，屢辭不獲，乃至闕，設崇虚館通仙堂以待之，仍會儒釋之士，講道於莊嚴佛寺久之。永徽初，啓求還山，不許。五年三月二日卒。……賜謚簡寂先生，始以故居爲簡寂觀。」方輿勝覽卷一七南康軍：「簡寂觀，在城西三十里。宋陸修靜封丹元真人，明帝召至建康，卒于崇虚館，謚簡寂。此即修靜故居，今名太虚觀，後有二瀑布及白雲樓。」

〔二〕華滋：古詩十九首：「庭中有奇樹，緑葉發華滋。」

〔三〕「瓜分煙翠層」二句：謂簡寂觀前瀑布分開青翠山峰。白霓，喻瀑布。唐徐凝廬山瀑布：「今古長如白練飛，一條界破青山色。」此化用其意。廬山記卷三叙山南：「是觀也，頗存陳、隋至唐已來人題詠。西澗懸瀑落於廡前，韋應物之爲刺史也，游其下，故其詩卒章曰：『曠歲懷茲賞，行春始重尋。聊將橫吹笛，一寫山水音。』其北別有瀑水，下與西澗合。白雲樓坐見此二瀑。」

〔四〕「貪看讓爭席」二句：莊子寓言：「陽子居蹵然變容曰：『敬聞命矣。』其往也，舍者迎將其家，公執席，妻執巾櫛，舍者避席，煬者避竈。（郭象注：尊形自異，故憚而避之也。）其反也，舍者與之爭席矣。（郭象注：去其夸矜故也。）」

〔五〕蒼石大如屋：廬山記卷三敘山南：「觀門外有先生煉丹井。次有連理樹，其幹合抱，其根盤罩於巨石之上。」

〔六〕四注：四周環繞。文選卷八司馬相如上林賦：「高廊四注，亶坐曲閣。」已見前注。

〔七〕黄冠師：謂道士。后山詩注卷一二和鮮于大受崇先觀別曾元忠：「坐有黄冠師，未解逍遥游。」任淵注：「退之送張道士詩云：『臣非黄冠師。』」

〔八〕寂音：惠洪自號。

〔九〕「怒龍鬬未已」二句：此以簡寂觀連理二樹幹擬爲相鬬之怒龍。廓門注：「謂松。」

〔一〇〕「巨石爲解紛」二句：摹狀虬枝與巨石之糾結。參見注〔五〕。

〔一一〕槎牙：樹枝錯落歧出貌。蘇軾柏石圖：「君看此槎牙，豈有可移理。」

〔一二〕「樹間宜畫我」二句：由眼前風景而生進入圖畫之願望。此欲畫家「畫我」之觀念頗見於本集，參見卷四法雲同王敦素看東坡枯木注〔七〕。

送人〔一〕

相送復相別，不異雲間月。無心去復來，有魄圓還缺〔二〕。此別興何如㊀，西風秋月初。暮鴻千里至，能寄八行書〔三〕。

【校記】

㊀何如：古今禪藻集卷八作「如何」。

【注釋】

〔一〕作年未詳。

〔二〕有魄圓還缺：蘇軾月兔茶：「月圓還缺缺還圓，此月一缺圓何年。」此借用其語。

〔三〕八行書：書信紙一頁八行，故稱。後漢書竇章傳：「與馬融、崔瑗同好，更相推薦。」李賢注：「融集與竇伯向書曰：『孟陵奴來，賜書，見手跡，歡喜何量，見於面也。書雖兩紙，紙八行，行七字。』」北齊邢邵齊韋道遜晚春宴：「誰能千里外，獨寄八行書。」此借用其語。

別人〔一〕

尺水未到海〔二〕，茲行多嗚咽。病客未還家，回腸蘊千結〔三〕。水有到海期，病客歸何時？臨岐一揚袂〔四〕，落日寒風悲。

【注釋】

〔一〕作年未詳。

〔二〕尺水：小股水流，淺水。

〔三〕回腸蘊千結：吳越春秋卷四句踐入臣外傳載越王夫人烏鳶歌曰：「腸千結兮服膺，於乎哀兮忘食。」

〔四〕臨岐一揚袂：到岐路之處，分道惜別。唐高適別韋參軍：「丈夫不作兒女別，臨岐涕淚沾衣巾。」

信師相別〔一〕

子昔送我日，出岫雲無心〔二〕。今我捨子行，窮猿瞑投林〔三〕。勿歌行路難〔四〕，勿效兒女泣。處處得逢渠〔五〕，千江共一月〔六〕。

【注釋】

〔一〕作年未詳。　信師：疑指青原惟信禪師，晦堂祖心禪師法嗣，屬臨濟宗黄龍派，南嶽下十三世。惠洪早年嘗見祖心禪師，當與惟信有同參之誼。五燈會元卷一七吉州青原山惟信禪師：「上堂：『老僧三十年前未參禪時，見山是山，見水是水。及至後來，親見知識，有箇入處，見山不是山，見水不是水。而今得箇休歇處，依前見山祇是山，見水祇是水。大衆，這三般見解，是同是别？有人緇素得出，許汝親見老僧。』」

〔二〕出岫雲無心：陶淵明歸去來兮辭：「雲無心以出岫。」

〔三〕窮猿暝投林：世説新語言語：「李弘度常歎不被遇，殷揚州知其家貧，問：『君能屈志百里不？』李答曰：『北門之歎，久已上聞，窮猿奔林，豈暇擇木。』遂授剡縣。」晉書李充傳作「窮猿投林」。蘇軾和陶歸園田居六首之二：「窮猿既投林，疲馬初解鞅。」

〔四〕勿歌行路難：唐駱賓王早發諸暨：「獨掩窮途淚，長歌行路難。」此反其意。鍇按：宋郭茂倩樂府詩集卷七〇雜曲歌辭行路難十九首解題：「行路難，備言世路艱難及離别悲傷之意。」

〔五〕處處得逢渠：景德傳燈録卷一五筠州洞山良价禪師：「又問雲巖：『和尚百年後，忽有人問：還貌得師真不？如何祇對？』雲巖曰：『但向伊道，即遮箇是。』師良久。雲巖曰：『承當遮箇事，大須審細。』師猶涉疑。後因過水覩影，大悟前旨，因有一偈曰：『切忌從他覓，迢迢與我疏。我今獨自往，處處得逢渠。渠今正是我，我今不是渠。應須恁麼會，方得契如如。』」此借用其語。

〔六〕千江共一月：景德傳燈録卷二〇韶州龍光和尚：「問：『賓頭盧一身，爲什麼赴四天供？』師曰：『千江同一月，萬户盡逢春。』師有偈曰：『龍光山頂寶月輪，照耀乾坤爍暗雲。尊者不移元一質，千江影現萬家春。』」

白日有閒吏青原無情民爲韻奉寄李成德十首〔一〕

李侯端自重，不肯下南壁（璧）〔二〕。君看英特氣，自可凌太白〔三〕。小邑試牛刀〔四〕，乃有政和色。

舉筆濡大千，揮斥（斤）隘八極〔五〕。置之卧病軒，翻身觸破壁。起來一調笑〔六〕，庭樹挂斜日。

地生金色光〔七〕，女作師子吼〔八〕。此軒初不然，風日穿窗牖〔九〕。莫作兩頭看〔一〇〕，空花竟何有？

客來清對榻，客去閉深關。聊爲文字飲〔一一〕，酬唱相往還。朝來公事少，白日吏長閒。

少年韻如春，才可供十吏〔一二〕。故人半青雲〔一三〕，隱几肘門寐〔一四〕。行看登玉堂，清坐追陸贄〔一五〕。

竭來民訟少，槐影覆閒庭。看山久成癖，詩眼耐空青〔一六〕。長憐謝安石，箇中著娉婷〔一七〕。

花光浮縣郭，麥浪漲郊原。吏散僧投謁〔一八〕，詩成月上軒。何妨横麈尾，相對兩忘言。

密室調絃索，晴軒較畫圖〔一九〕。撿書凭錦瑟〔二〇〕，背句遣奚奴〔二一〕。一懽同煮茗，此興不能無。

深原曉犁耕，隔谿夜舂簸。竹間伊余行〔二二〕，童稚供日課。入境觀化風，親視民勤惰。

單衣試嫩寒，花下愛清晨。不恨簿書惡，何妨閒岸巾〔二三〕。定應懸睿想〔二四〕，憂樂自同民。

【校記】

㈠壁：原作「璧」，誤，今改。參見注〔一〕。

㈡斥：原作「斤」，誤，今改。參見注〔五〕。

【注釋】

〔一〕崇寧三年初夏作於洪州分寧縣。白日有閒吏青原無惰民：十字乃兩句五言詩，未知所出，或爲李成德詩佚句。此組詩每首依次以此十字爲韻。鍇按：此種以兩句詩各字爲韻之組詩形式，始自宋人，蘇軾、黄庭堅好用之。如蘇詩有伯父送先人下第歸蜀詩云人稀野店休安枕路入靈關穩跨驢安節將去爲誦此句因以爲韻作小詩十四首送之，黄詩有奉和文潛贈无咎篇末多見及以既見君子云胡不喜爲韻，不勝枚舉。本集亦好用此形式，如卷一四余在制勘院晝卧念故山經行處用空山無人水流花開爲韻寄山中道友八首、粹中自郴江瑩中與南歸時余在龍山容泯齋爲誦唐詩入郭隨緣住思山破夏歸之句爲韻十首、卷一七三月二十八日棗柏大士生辰用達本情忘知心體合爲韻作八偈供之時在建康獄中、二十九日明白菴主寂滅之日用欲得現前莫存順逆爲韻作八偈等等。　李成德：名公彦（一〇七九～一一三一）。弘治撫州府志卷二一人物志一鄉賢：「李公彦，字成德，臨川人。爽邁不羣，登元符三年第，授臨江軍司户。改秩，知分寧縣。除敕令所删定官。宣和三年，中詞學兼茂科。累遷宗正卿。素爲朱勝非、吕頤浩所知。及當國，公彦引退，除直龍圖閣、淮浙發運使。入爲中書舍人兼給事中、吏部侍郎。以疾致仕，卒年五十二。平居與謝溪堂（逸）、曾艇齋（季貍）相唱和。有宫詞百餘篇及潛堂詩話、文集。」據郭紹虞宋詩話考，公彦嘗撰漫叟詩話，當即潛堂詩話。所言甚是。惠洪友人龔端（字德莊）撰宋故奉議郎新差知邵武軍邵武縣事管句學事管句勸農公事蔡公墓誌銘曰：「朝奉大夫、行祕書省祕書郎兼補完校正御前文籍李公彦篆額。」可知公彦與龔端、蔡康國相善，宣和六年爲朝奉大夫、行祕書省祕書郎。建炎以來繫年要録卷四二紹興元年二月：「降授朝請大夫、守中書舍人致仕李公彦卒，年五十三。」錯按：據宋制，公彦元符三年登第後，次年授臨江軍司户。三年改官，知分寧縣約始於崇寧三年。此組詩有「小邑試牛刀」、「少年韻如春」等句，當作於公彦知分寧日，時年二十六。此組詩題曰「奉寄」，乃投贈之作，即詩中所言「吏散僧投謁」，當作於未識公彦時。又此組詩有「槐影覆閒庭」、「麥浪漲郊原」等句，其時當在初夏。

〔二〕南壁：南面墻壁。底本作「南璧」，不辭。廓門注：「『璧』當作『壁』字。」其説甚是，今據改。

〔三〕自可凌太白：廓門注：「以同姓謂李太白也。」

〔四〕小邑試牛刀：論語陽貨：「子之武城，聞弦歌之聲。夫子莞爾而笑，曰：『割雞焉用牛刀？』」蘇軾送歐陽主簿赴官韋城四首之一：「讀遍牙籤三萬軸，却來小邑試牛刀。」此借用其語。

〔五〕揮斥隘八極：莊子田子方：「夫至人者，上闚青天，下潛黄泉，揮斥八極，神氣不變。」冷齋夜話卷三東坡美謫仙句語作贊載蘇軾贊李白詩曰：「揮斥八極隘九州。」此化用其語。底本「斥」作「斤」，涉形近而誤，今改。

〔六〕起來一調笑：蘇軾端午游真如遲適遠從子由在酒局：「歸來一調笑，慰此長齟齬。」

〔七〕地生金色光：維摩詰經卷下菩薩行品：「時佛説法於菴羅樹園，其地忽然廣博嚴事，一切衆會皆作金色。阿難白佛言：『世尊！以何因緣，有此瑞應？是處忽然廣博嚴事，一切衆會皆作金色？』佛告阿難：『是維摩詰、文殊師利，與諸大衆恭敬圍繞，發意欲來，故先爲此瑞應。』」

〔八〕女作師子吼：廓門注：「女作師子吼，如維摩經觀衆生品，天女説舍利弗是也。後人須知。」

〔九〕風日穿窗牖：黄庭堅深明閣：「若問深明宗旨，風花時度窗櫺。」此化用其意。

〔一〇〕莫作兩頭看：袁州仰山慧寂禪師語録：「潙山一日指田問師：『這丘田那頭高，這頭低？』師云：『却是這頭高，那頭低。』潙山云：『爾若不信，向中間立看兩頭。』師云：『不必中間立，亦莫住兩頭。』」

〔一一〕文字飲：言文字唱酬而佐宴飲。語本韓愈醉贈張秘書：「長安衆富兒，盤饌羅羶葷。不解文字飲，惟能醉紅裙。」參見本集卷二仇彦和佐邑崇仁有白蓮雙葩並幹芝草叢生於縣齋之旁作堂名曰瑞應且求詩敬爲賦之注〔一九〕。

〔一二〕才可供十吏：漢書游俠傳陳遵傳：「繇是起爲河南太守。既至官，當遣從史西，召善書吏十人於前，治私書謝京師故人。遵馮几，口占書吏，且省官事，書數百封，親疏各有意，河南大驚。」參見本集卷五送季長之上都注〔七〕。

〔一三〕青雲：喻仕途得意。

〔一四〕隱几：倚几案。語本莊子徐無鬼：「南伯子綦隱几而坐，仰天而嘘。」此形容官吏閑適無事。參見本集卷二仇彦和佐邑崇仁有白蓮雙葩並幹芝草叢生於縣齋之旁作堂名曰瑞應且求詩敬爲賦之注〔七〕。

〔一五〕「行看登玉堂」二句：恭維其將追隨陸贄之仕途，年尚少即拜翰林學士。新唐書陸贄傳：「始，贄入翰林，年尚少，以材幸，天子常以輩行呼而不名。在奉天，朝夕進見，小心精潔，未嘗有過，由是帝親倚，至解衣衣之，同類莫敢望。雖外有宰相主大議，而贄常居中參裁可否，時號『内相』。」

〔一六〕詩眼耐空青：謂詩人之眼正宜看青山。本集卷一同彭淵才謁陶淵明祠讀崔鑒碑有「詩眼飽山翠」句，略同此意。　耐，適宜，相稱。　空青，形容山色。廓門注：「老杜不離西閣詩：『石壁斷空青。』注：『田曰：空青字，詩人無敢使，惟太白云：川色倒空青。』」

〔一七〕「長憐謝安石」二句：晉書謝安傳：「安雖放情丘壑，然每游賞，必以妓女從。」　娉婷：姿態美好貌，亦代指美人。唐喬知之緑珠篇：「石家金谷重新聲，明珠十斛買娉婷。」冷齋夜話卷四詩用方言：「東晉韻人勝士最多，皆無出謝安石之右，煙飛空翠之間，乃擕娉婷登臨之。與夫雪夜訪山陰故人，興盡而返，下馬據胡牀，作三弄而去者異矣。」

〔一八〕投謁：投遞名帖求見。唐封演封氏見聞記卷一〇侮謔：「范液有口才，薄命，所向不偶。曾爲詩曰：『舉意三江竭，興心四海枯。南游李邕死，北望守珪殂。』液欲投謁二公，皆會其淪躓，故云。」

〔一九〕較畫圖：謂鑒別圖畫。本集卷一四有李成德畫理髮搔背刺嚏眀耳爲四暢圖乞詩作此四首，可知公彦善畫。

〔二〇〕撿書：檢書，翻檢書籍。　錦瑟：此代指青衣侍女。宋劉攽中山詩話：「李商隱有錦瑟詩，人莫曉其意，或謂是令狐楚家青衣名也。」

〔二一〕背句遺奚奴：李商隱李長吉小傳：「恒從小奚奴，騎距驢，背一古破錦囊，遇有所得，即書投囊中。」　奚奴，指奴僕。周禮天官冢宰序官：「奚三百人。」鄭玄注：「古者從坐男女没入縣官爲奴，其少才知以爲奚。今之侍史官婢。或曰：奚，宦女。」錯按：以上二句用李商隱、李賀事，即所謂「贈人詩用同姓事」，蓋成德姓李，故云。

〔二二〕伊余：自指，我。同「伊予」。曹植責躬詩：「伊余小子，恃寵驕盈。」參見本集卷一大雪晚睡夢李德修插瓊花一枝與語甚久既覺作此詩時在洞山注〔九〕。

〔二三〕岸巾：猶岸幘。推頭巾，露前額，形容衣著簡率不拘。已見前注。

〔二四〕懸睿想：爲皇帝所懸想挂念。已見前注。

雨中聞端叔敦素飲作此寄之〔一〕

但見杯中春潑面〔二〕，不知門外雨翻盆〔三〕。人間萬事一虻蚊〔四〕。正恐卷氈爲鱉飲〔五〕，何妨跨項作猿蹲〔六〕。此生隨處有乾坤。

短李貌和髯似棘〔七〕，王郎耳熱氣如霓〔八〕。不知今日是何時。　醉鄉城郭無關鑰〔九〕，世路風波太嶮巇〔一〇〕。且看相枕爛如泥〔一一〕。

【注釋】

〔一〕大觀二年夏作於江寧府。　端叔：李之儀，字端叔，號姑溪居士。參見本集卷三聞端叔有失子悲而莊復遭火焚作此寄之注〔一〕。　敦素：王樸，字敦素，王安石弟安國之長孫。參見本集卷二贈王敦素兼簡正平注〔一〕。　鍇按：全宋詞載李之儀浣溪沙和人喜雨三首：「龜坼溝塍草壓堤，三農終日望雲霓。一番甘雨報佳時。　聞道醉鄉新占斷，更開詩社互排巇。此時空恨隔雲泥。」「雨暗軒窗晝易昏，强敧纖手浴金盆。却因涼思謝飛蚊。　酒量羨君如鵠舉，寒鄉憐我似鴟蹲。由來同是一乾坤。」「聲名自昔猶時鳥，日月何嘗避覆盆。是非都付鬢邊蚊。　邂逅風雷終有用，低回囊檻要深蹲。酒中聊復比乾坤。」其第一首用韻同於此詩後六句，第二、第三首用韻同於此詩前六句，應爲和惠洪「喜雨」之作。若將此詩分爲前後兩首，考其聲律對仗，正與浣溪沙詞調相同。以李之儀詞證之，故知此詩實爲浣溪沙二首，本集誤爲古體詩，乃編者失考，而全宋詞亦失收。以下端叔見和次韻答之、再和復答、睡起又得和篇、復次韻、晚歸自西崦復得再和二首、次韻和答數首皆爲浣溪沙詞，合此共計十六首，可補全宋詞之闕。

〔二〕春：酒之代稱，雙關春光。已見前注。　潑面：猶言照面。此句謂杯中美酒有如春光照面，使人沉醉。

〔三〕雨翻盆：杜甫白帝：「白帝城中雲出門，白帝城下雨翻盆。」此借用其語。

〔四〕人間萬事一虻蚊：謂人間萬事微不足道。莊子天下：「由天地之道觀惠施之能，其猶一蚊一虻之勞者也。」淮南子俶真：「毀譽之於己，猶蚊虻之一過也。」

〔五〕卷氈爲鱉飲：謂飲酒之狂放怪癖。宋張舜民畫墁録：「蘇舜欽、石延年有名曰鬼飲、了飲、囚飲、鱉飲、鶴飲。鬼飲者，夜不以燒燭。了飲者，飲次挽歌哭泣而飲。囚飲者，露頭圍坐。鱉飲者，以毛席自裹其身，伸頭出飲，畢復縮之。鶴飲者，一杯復登樹，下再飲耳。」夢溪筆談卷九：「石曼卿喜豪飲，與布衣劉潛爲友。嘗通判海州，劉潛來訪之，曼卿迎之於石闥堰，與潛劇飲。中夜酒欲竭，顧船中有醋斗餘，乃傾入酒中并飲之。至明日，酒醋俱盡。每與客痛飲，露髮跣足，著械而飲，謂之囚飲；飲於木杪，謂之巢飲；以藁束之，引首出飲，復就束，謂之鱉飲。其狂縱大率如此。」

〔六〕跨項作猿蹲：謂飲酒之簡率無禮。　跨項：事本史記張丞相列傳附周昌傳：「昌嘗燕時入奏事，高帝方擁戚姬，昌還走，高帝逐得，騎周昌項，問曰：『我何如主也？』昌仰曰：『陛下即桀紂之主也。』於是上笑之，然尤憚周昌。」蘇軾論語義君使臣以禮：「漢高祖以神武取天下，其得人可謂至矣。然慫慢而侮人，洗足箕踞，溺冠跨項，可謂無禮矣。」　猿蹲：如蹲坐之猿猴。語本杜甫東屯月夜：「暫睡想猿蹲。」

〔七〕短李：新唐書李紳傳：「爲人短小精悍，於詩最有名，時號『短李』。」此以同姓借指李之儀。　髯似棘：南史褚彥回傳：「公主謂曰：『君鬚髯如戟，何無丈夫意？』」已見前注。

〔八〕王郎：即王樸。　耳熱氣如霓：漢書楊惲傳：「酒後耳熱，仰天拊缶，而呼烏烏。」李白俠客行：「眼花耳熱後，意氣素霓生。」此化用其意。

〔九〕醉鄉城郭無關鑰：王績醉鄉記謂醉之鄉「無邑居聚落」，此則化用其意，謂醉鄉有城郭，然無關鎖鑰匙，可自由往來。已見前注。

〔一〇〕世路風波太嶮巇：南史任昉傳：「嗚呼，世路嶮巇，一至於此！」此化用其意。　嶮巇，險峻崎嶇貌，喻人事艱險或人心險惡。

〔一一〕爛如泥：大醉，爛醉如泥。後漢書儒林傳下周澤傳：「一歲三百六十日，三百五十九日齋。」李賢注：「漢官儀此下云：『一日不齋醉如泥。』」

端叔見和次韻答之〔一〕

俊詞方覺春照眼〔二〕，秀句忽驚絲出盆〔三〕。睡餘兩鬢尚殷蚊〔四〕。行樂風軒須痛飲〔五〕，窮吟空屋笑愁蹲。筆端浩蕩吐乾坤。

落筆新詩敏風雨〔六〕，撚鬚豪氣劃虹霓。侍兒扶掖醉吟時〔七〕。靖節田園尋窈窕〔八〕，謫仙風味自嶔巇〔九〕。何如春甕揭黃泥〔一〇〕。

【注釋】

〔一〕大觀二年夏作於江寧府。此詩亦爲浣溪沙二首。

〔二〕俊詞方覺春照眼：杜甫酬郭十五判官：「花枝照眼句還成。」此逆用其意，謂詩句如花。

〔三〕秀句忽驚絲出盆：喻其詩句如初抽出盆之繭絲，明亮燦爛。黄庭堅次韻子瞻贈王定國：「王子吐佳句，如繭絲出盆。」參見本集卷一秀上人出示器之詩注〔六〕。

〔四〕睡餘兩鬢尚殷蚊：蘇軾佛日山榮長老方丈五絶之五：「山人睡覺無人見，只有飛蚊繞鬢鳴。」次韻黄魯直見贈古風二首之一：「君看五六月，飛蚊殷迴廊。」殷蚊：謂蚊聲如雷震動。

〔五〕行樂風軒須痛飲：杜甫醉時歌：「忘形到爾汝，痛飲真吾師。」

〔六〕落筆新詩敏風雨：杜甫寄李十二白二十韻：「筆落驚風雨，詩成泣鬼神。」此化用其語贊李之儀，亦以同姓言之。

〔七〕侍兒扶掖：謂酒醉欲倒需人扶。冷齋夜話卷一詩本出處：「太真外傳曰：『上皇登沉香亭，詔太真妃子。妃於時卯醉未醒，命力士從侍兒扶掖而至。妃子醉顔殘妝，鬢亂釵横，不能再拜。』」本集卷二二遠游堂記：「公今去國之遠，而能酬酢風月，安樂泉石，酒後耳熱，侍兒扶掖而歌，則忘其身之爲逆旅，謂之謫，可乎？」

〔八〕靖節：即陶淵明。南朝宋顏延之陶徵士誄：「故詢諸友好，宜謚曰『靖節徵士』。」　田園尋窈窕：陶淵明歸去來兮辭：「既窈窕以尋壑，亦崎嶇而經丘。」此化用其意。

〔九〕謫仙：李白。　嶔巇：險峻貌。文選卷四張衡南都賦：「岝崿嶵嵬，嶔巇屹囓。」李善注：「嶔巇，山相對而危險之貌也。」喻指人格卓異超羣，猶嶔崎。世説新語容止：「周伯仁道：『桓茂倫，嶔崎歷落可笑人。』」此言嶔巇者，趁韻也。

〔一〇〕春甕揭黃泥：謂揭開酒甕之黃泥封口。蘇軾岐亭五首之三：「爲我取黃封，親拆官泥赤。」

再和復答〔一〕

道鄉是宅扶歸路〔二〕，法喜爲妻笑鼓盆〔三〕。蟭螟膽大敢巢蚊〔四〕。　游戲秋毫鋒際立〔五〕，卷藏法界眼中蹲〔六〕。　自然函蓋合乾坤〔七〕。

醉裏兩篇開爛錦，雨前千丈挂彎霓。　楊梅盧（櫨）橘恰嘗時㊀〔八〕。　自笑此生真逆旅〔九〕，人情何處不同巇？禪心且作絮沾泥〔一〇〕。

【校記】

㈠盧：原作「櫨」，誤，今從四庫本、武林本。

【注釋】

〔一〕大觀二年夏作於江寧府。

〔二〕道鄉是宅：謂以道鄉爲家園。廓門注：「道鄉，以道爲鄉之義。」

〔三〕法喜爲妻：維摩詰經卷中佛道品：「法喜以爲妻，慈悲心爲女。」後秦僧肇注：「法喜謂見法生内喜也，世人以妻色爲悦，菩薩以法喜爲悦也。」　鼓盆：莊子至樂：「莊子妻死，惠子弔之。莊子則方箕踞鼓盆而歌。惠子曰：『與人居，長子老身，死不哭亦足矣，又鼓盆而歌，不亦甚乎？』莊子曰：『不然。是其始死也，我獨何能無概然。察其始而本無生；非徒無生也，而本無形；非徒無形也，而本無氣。雜乎芒芴之間，變而有氣，氣變而有形，形變而有生，今又變而之死。是相與爲春秋冬夏四時行也。人且偃然寢於巨室，而我噭噭然隨而哭之，自以爲不通乎命，故止也。』」

〔四〕蟭螟膽大敢巢蚊：蚊甚小，而焦螟可巢於蚊睫，此大小相對之義。列子湯問：「江浦之間，生麽蟲，其名曰焦螟，羣飛而集於蚊睫，弗相觸也。栖宿去來，蚊弗覺也。離朱、子羽，方晝拭眥揚眉而望之，弗見其形；䚦俞、師曠，方夜擿耳俛首而聽之，弗聞其聲。唯黄帝與容成子居空峒之上，同齋三月，心死形廢，徐以神視，塊然見之，若嵩山之阿；徐以氣聽，砰然聞之，若雷霆之聲。」

〔五〕游戲秋毫鋒際立：此乃以小爲大，謂可游戲於秋毫之末。

〔六〕卷藏法界眼中蹲：此乃以大爲小，謂可收藏法界於眼中。

〔七〕自然函蓋合乾坤：宋釋智昭人天眼目卷二雲門宗三句：「師示衆云：『函蓋乾坤，目機銖兩，不涉萬緣，作麽生承當？』衆無對。自代云：『一鏃破三關。』後來德山圓明密禪師遂離其語爲三句，曰『函蓋乾坤句』、『截斷衆流句』、『隨波逐浪句』。」

〔八〕楊梅盧橘恰嘗時：蘇軾食荔支二首之二：「羅浮山下四時春，盧橘楊梅次第新。」鍇按：盧橘，果名。宋人有二説，一爲橘之一種，一爲枇杷之别稱。冷齋夜話卷一盧橘：「東坡詩曰：『客來茶罷空無有，盧橘微黄尚帶酸。』張嘉甫曰：『盧橘何種果類？』答曰：『枇杷是矣。』又問：『何以驗之？』答曰：『事見相如賦。』嘉甫曰：『「盧橘夏熱，黄甘橙榛，枇杷橪柿，亭奈厚朴。」盧橘果枇杷，則賦不應四句重用。應劭注曰：「伊尹書曰：『箕山之東，青鳥之所，有盧橘，常夏熱。』」不據依之，何也？』東坡笑曰：『意不欲耳。』」朱翌猗覺寮雜記卷上：「嶺外以枇杷爲盧橘子，故東坡云：『盧橘楊梅次第新。』又：『南村諸楊北村盧，白花青葉冬不枯。』唐子西亦云：『盧橘，枇杷，一物也。』按上林賦：『盧橘夏熟。』李善引應劭云：『伊尹書曰：箕山之東，有盧橘，夏熟。』晉灼曰：『盧，黑也。』上林賦又别出枇杷，恐非一物。枇杷熟則黄，不應云盧。初學記張勃吴録曰：『建安有橘，冬月於樹上覆蓋之，明年春夏，色變青黑，味絶美。』繼云：『上林賦盧橘夏熟。』又太平御覽載魏王花木志：『蜀土有給客橙，似橘而小，若柚而香，冬夏花實相繼，亦名盧橘。』又載郭璞注上林賦盧橘夏熟：『蜀中有給客橙，即此橘也。』考二事則非枇杷甚明，東坡、子西但見嶺外所呼，故云爾。惠洪冷齋夜話亦辨之，但未詳。」本集盧橘當爲枇杷別稱，如卷一六嘗盧橘稱「核如龍眼」、「的礫如金彈」，即枇杷之顔色形狀，非「色變青黑」之盧橘。可知惠洪取蘇軾、唐庚（子西）之説。底本「盧」作「櫨」，誤，今從四庫本。

〔九〕逆旅：客舍，旅館。

〔一〇〕禪心且作絮沾泥：冷齋夜話卷六東坡稱道潛之詩：「及坡移守東徐，潛往訪之，館於逍遥堂，士大夫爭欲識面。東坡饌客罷，與俱來，而紅妝擁隨之。東坡遣一妓前乞詩，潛援筆而成，曰：『寄語巫山窈窕娘，好將魂夢惱襄王。禪心已作沾泥絮，不逐春風上下狂。』一座大驚，自是名聞海内。」

睡起又得和篇〔一〕

幽夢驚回煙霧帳，清泉起弄雪花盆。風簷斜日一區蚊〔二〕。淮水雨開縈練淨〔三〕，鍾山雲卷露龍蹲〔四〕。癡禪剛道屬乾坤〔五〕。

緑髮筆端能吐鳳〔六〕，雪髯胸次尚盤霓〔七〕。道山歸去定何時〔八〕。身外聲名徒暴曜〔九〕，夢中憂患自臨巇。烏靴長恨涴塵泥〔一〇〕。

【注釋】

〔一〕大觀二年夏作於江寧府。

〔二〕一區：一團。

〔三〕淮水：即秦淮河。劉禹錫金陵五題石頭城：「淮水東邊舊時月，夜深還過女牆來。」　縈練淨：謝朓晚登三山還望京邑：「餘霞散成綺，澄江靜如練。」此化用其語。

〔四〕鍾山雲卷露龍蹲：太平御覽卷一五六引晉吴勃吴録：「劉備曾使諸葛亮至京，因覩秣陵山阜，歎曰：『鍾山龍盤，石城虎踞，此帝王之宅。』」龍蹲，猶龍盤，此趁韻。

〔五〕癡禪：默然靜坐、癡愚無明之禪僧。禪源諸詮集都序卷上之一：「豈比夫空守默之癡禪，但尋文之狂慧者。」　剛道：只説，偏説。

〔六〕緑髮：黑髮少年，代指王樸。本集卷二贈王敦素兼簡正平：「燈前緑髮映玉頰，風流未數崔宗之。」　吐鳳：喻文章之美。西京雜記卷二：「（揚）雄著太玄經，夢吐鳳凰，集玄之上。」

〔七〕雪髯：雪白鬍鬚，代指李之儀。據曾棗莊李之儀年譜，大觀二年之儀六十一歲。　胸次尚盤霓：謂如虹霓般之豪氣尚盤繞胸臆。

〔八〕道山歸去：謂成仙。道山指蓬萊仙山之類。已見前注。

〔九〕暴曜：暴耀，猶顯耀，炫耀。僧寶正續傳卷二明白洪禪師傳：「然工呵古人，而拙於用己，不能全身遠害，峻戒節以自高，數陷無辜之罪，抑其恃才，暴耀太過，而自取之邪？」

〔一〇〕烏靴長恨涴塵泥：黄庭堅六月十七日晝寢：「紅塵席帽烏靴裏，想見滄洲白鳥雙。」此化用其意。

復次韻〔一〕

句健未須纏法律〔二〕，飲豪那暇較瓶盆〔三〕。疾雷破柱一聲蚊〔四〕。　吟狂不覺跨驢穩〔五〕，醉卧都忘對虎蹲〔六〕。箇中別是一乾坤。

八篇俊逸狂時語，五色光芒雨後霓。清吟要不負明時。　嗟我拙詞傷弄巧，愛君難韻解平巇〔七〕。且歌滑路雨成泥。

【注釋】

〔一〕大觀二年夏作於江寧府。

〔二〕法律：本指刑法律令，此借以言句法格律。

〔三〕那暇較瓶盆：無暇計較飲器大小。蘇軾寄題梅宣義園亭：「明年過君西，飲我空瓶盆。」

〔四〕疾雷破柱一聲蚊：視破柱之霹靂不過一聲蚊雷而已。莊子齊物論：「疾雷破山，飄風振海而不能驚。」世説新語雅量：「夏侯太初嘗倚柱作書。時大雨，霹靂破所倚柱，衣服焦然，神色無變，書亦如故。」此化用其意。

〔五〕吟狂不覺跨驢穩：五代何光遠鑒誡録卷八略曰：「（賈）島初赴洛陽日，常輕於先輩，以八百舉子所業，悉不如己。自是往往獨語，傍若無人，或鬧市高吟，或長衢嘯傲。忽一日，於驢上吟得『鳥宿池中樹，僧敲月下門』，初欲著『推』字，或欲著『敲』字，煉之未定，遂於驢上作『推』字手勢，又作『敲』字手勢，不覺行半坊，觀者訝之，島似不見。時韓吏部愈權京尹，意氣清嚴，威振紫陌，經第三對呵唱，島但手勢未已，俄爲官者推下驢，擁至尹前。島方覺悟，顧問欲責之，島具對：『偶吟得一聯，安一字未定，神游不覺，致衝大官，非敢取尤，希垂至覽。』韓立馬良久思之，謂島曰：『作敲字佳矣。』遂與島並語笑，同入府署，共論詩道，數日不厭。」新唐書賈島傳：「當其苦吟，雖逢值公卿貴人，皆不之覺也。一日見京兆尹，跨驢不避，謼詰之，久乃得釋。」此用其事。

〔六〕醉卧都忘對虎蹲：蘇軾書孟德傳後：「有言虎不食醉人，必坐守之，以俟其醒。非俟其醒，俟其懼也。」

〔七〕難韻：即險韻。

晚歸自西崦復得再和二首〔一〕

人歸西崦步翠麓，月出東峰湧玉盆。詩如琥珀妙藏蚊〔二〕。摩頭長詠笑自語，劃席冥搜卧復蹲〔三〕。筆端三昧撼乾坤〔四〕。人寰俯看旋磨蟻㊀〔五〕，忠義平生貫日霓〔六〕。也知用舍各由時〔七〕。醉處山川非設險㊁〔八〕，笑中陷穽却藏巘〔九〕。此時擬議轢中泥〔一〇〕。世事回頭驚破甑〔一一〕，年華脱手墮空盆〔一二〕。機鋒火聚不容蚊〔一三〕。騎鯨未欲乘風去㊂〔一四〕，捫虱閑爲抱膝蹲〔一五〕。掌中訶子是乾坤〔一六〕。斫寨詞鋒盤屈劍㊃〔一七〕，吸川酒膽倒垂霓〔一八〕。脱巾露頂笑狂時〔一九〕。任意清閒飢得食〔二〇〕，闗心名利醉登巘。濁流心念已澄泥〔二一〕。

【校記】

㊀人寰：原闕一字，作「衆□」，武林本、天寧本作「衆人」。今從寬文本、廓門本。參見注〔五〕。

㊁醉：原闕，今補。參見注〔八〕。武林本作「顯」，天寧本作「各」，乃妄補。

㊂騎鯨：二字原闕，今補。武林本作「挂帆」，天寧本作「蠅蠓」，乃妄補。參見注〔一四〕。

㊃ 斫：原闕，今從寬文本、廓門本。武林本作「壓」，天寧本作「營」，乃妄補。

【注釋】

〔一〕大觀二年夏作於江寧府。此二首詩實爲四首浣溪沙，參見前雨中聞端叔敦素飲作此寄之注〔一〕。

〔二〕詩如琥珀妙藏蚊：謂詩語之美如琥珀，詩意之妙如藏蚊。博物志卷四：「神仙傳云：『松柏脂入地千年化爲茯苓，茯苓化琥珀。』琥珀一名江珠。」冷齋夜話卷四琥珀：「韋應物作琥珀詩曰：『曾爲老茯苓，元是寒松液。蚊蚋落其中，千年猶可覿。』舊説松液入地千年所化，今燒之，尚作松氣。嘗見琥珀中有物如蜂，然此物自外國來，地有茯苓處皆無琥珀，不知韋公何以知之。」

〔三〕劃席：席上比劃。冥搜：冥思苦想，搜索詩句。陸龜蒙補沈恭子詩：「異才偶絶境，佳藻窮冥搜。」已見前注。鍇按：本集卷九秋夕示超然：「搜詩時畫席。」即此意。

〔四〕筆端三昧：指筆端所具文字之奥妙。大智度論卷七：「何等爲三昧？善心一處住不動，是名三昧。」凡住心於某藝事者亦稱三昧，如唐國史補卷中：「長沙僧懷素好草書，自言得草聖三昧。」本集以此稱書畫詩文之神妙，如卷一四陳瑩中居合浦余在湘山三首寄之之三：「要看筆端三昧，重談醫國法門。」卷一六謝人惠蘆雁圖：「笑裏筆端三昧力，坐中移我過瀟湘。」卷一九華嚴居士贊：「醫國法門，筆端三昧。」冷齋夜話卷五舒王山谷賦詩：「想見其高韻，氣摩雲霄，獨立萬象之表，筆端三昧，游戲自在。」

〔五〕人寰俯看旋磨蟻：謂俯看人寰，世人無非如蟻在旋磨之上。晉書天文志：「周髀家云：天圓如張蓋，地方如棋局。天旁轉如推磨而左行，日月右行，隨天左轉，故日月實東行，而天牽之以西没。譬之於蟻行磨石之上，磨左旋而蟻右去，磨疾而蟻遲，故不得不隨磨以左迴焉。」黄庭堅演雅：「枉過一生蟻旋磨。」

〔六〕忠義平生貫日霓：史記鄒陽列傳：「昔者荆軻慕燕丹之義，白虹貫日，太子畏之。」裴駰集解引應劭曰：「燕太子丹質於秦，始皇遇之無禮，丹亡去，故厚養荆軻，令西刺秦王。精誠感天，白虹爲之貫日也。」

〔七〕也知用舍各曰時：論語述而：「子謂顔淵曰：『用之則行，舍之則藏，唯我與爾有是夫。』」

〔八〕醉處山川非設險：唐王績王無功文集卷五醉鄉記：「醉之鄉，去中國不知其幾千里也。土曠然無涯，無丘陵阪險。」此化用其意。文苑英華卷七六九李谿設險議：「易稱『王公設險，以守其國』。夫爲國之衛，恃於山川丘陵，郛郭溝池，自古而然也。左氏傳：司馬侯對晉主，以九州之險而不以一姓，恃險爲殆。此欲其夕惕戰慄，而進德也。説者不知，言左氏與大易相反，而曰『非設險』。」此借用其語。底本「醉」字闕，今據補。

〔九〕笑中陷穽却藏巇：謂人心險惡，笑中暗藏害人陷坑。本集卷二七跋邴根矩傳：「今夫平居里巷相慕悦，酒食游戲相徵逐，詡詡强笑語以相取下，握手出肺肝相示，指天日涕泣，言死生不相背負，宜若可信。一旦臨小利害，僅如毛髮比，反眼若不相識，落陷穽不一引手救，反擠之，又下石焉者，皆是也。」

〔一〇〕擬議：揣度議論。見前三月二十八日棗柏大士生辰二首注〔一〇〕。　轢中泥：車輪輾軋之泥，喻反覆解説之言辭。景德傳燈録卷一九韶州雲門文偃禪師：「師嘗有頌曰：『雲門聳峻白雲低，水急游魚不敢棲。入户已知來見解，何煩再舉轢中泥。』」錯按：文選卷二張衡西京賦：「當足見蹍，值輪被轢。」薛綜注：「足所蹈爲蹍，車所加爲轢。」

〔一一〕世事回頭驚破甑：謂世事驚回首，方知如已墮地之破甑，視之無益。後漢書郭太傳：「孟敏字叔達，鉅鹿楊氏人也。客居太原。荷甑墮地，不顧而去。林宗見而問其意。對曰：『甑以破矣，視之何益？』」

〔一二〕年華脱手：謂年華逝去之疾，不暫停息。蘇軾次韻答王鞏：「新詩如彈丸，脱手不暫停。」此借用其語。

〔一三〕機鋒火聚不容蚊：喻禪家機鋒不可擬議思量。玄沙師備禪師廣録卷中：「若向句中作意，則没溺殺學人。若向外馳求，又落魔界。如如向上，没可安排，恰似焰爐不藏蚊蚋。此理本來平坦，何用剗除。」參見禪林僧寶傳卷四福州玄沙備禪師傳。

〔一四〕騎鯨未欲乘風去：底本闕二字，當爲「騎鯨」，以與下句「捫虱」相對。冷齋夜話卷四王荆公東坡詩之妙：「對句法，詩人窮盡其變，不過以事、以意、以出處具備謂之妙。如荆公曰：

『平昔離愁寬帶眼，迄今歸思滿琴心。』又曰：『欲寄歲寒無善畫，賴傳悲壯有能琴。』乃不若東坡微意特奇，如曰：『見説騎鯨游汗漫，亦曾捫虱話辛酸。』又曰：『蠶市風光思故國，馬行燈火記當年。』又曰：『龍驤萬斛不敢過，漁舟一葉縱掀舞。』以鯨爲虱對，以龍驤爲漁舟對，小大氣焰之不等，其意若玩世。謂之秀傑之氣終不可没者，此類是也。」此借用蘇詩語，今據以補「騎鯨」二字。武林本作「挂帆」，天寧本作「蠅蠓」，無據。鍇按：南宋劉克莊用强甫蒙仲韻十首之八：「有時捫虱燈前話，亦或騎鯨海上逢。」亦化用此意。

〔一五〕捫虱：形容放達從容。語本晉書王猛傳：「桓温入關，猛被褐而詣之，一面談當世之事，捫虱而言，旁若無人。」 抱膝：以手抱膝而坐，有所思貌。語本三國志蜀書諸葛亮傳「亮躬耕隴畝，好爲梁父吟」裴松之注引魏略：「每晨夕從容，常抱膝長嘯。」 鍇按：此以「捫虱」、「抱膝」暗示兼濟天下之志。

〔一六〕掌中訶子是乾坤：維摩詰經卷上弟子品：「吾見此釋迦牟尼佛土三千大千世界，如觀掌中菴摩勒果。」楞嚴經卷二：「阿那律見閻浮提，如觀掌中菴摩羅果。」此化用其意。 訶子，即訶梨勒，梵語 harītakī，常緑喬木，果實可入藥。 廓門注：「事物紀原曰：『訶子，本出南海諸番國，胡人謂之訶梨勒。後趙時避石勒名，改曰訶子，故今猶云然也。』」 菴摩勒，又稱菴摩羅、阿摩勒，梵語 āmalala，果名，球形，有棱。釋慧琳一切經音義卷二六：「阿摩勒果，此云無垢。涅槃經作呵梨勒，訛也。」此亦誤將菴摩勒混同訶梨勒。

〔一七〕斫寨詞鋒盤屈劍：此乃以戰喻詩，謂其詞句高明足以令對手折服。斫寨，猶「斫營」，襲擊敵營。禪宗頌古聯珠通集卷二三上方益禪師頌德山公案：「偷營斫寨入中軍，應是機謀已十分。」

〔一八〕吸川酒膽倒垂霓：杜甫飲中八仙歌：「左相日興費萬錢，飲如長鯨吸百川。」漢書燕刺王劉旦傳：「是時天雨，虹下屬宮中飲井水，井水竭。」此合而用之。

〔一九〕脱巾露頂笑狂時：飲中八仙歌：「張旭三杯草聖傳，脱帽露頂王公前。」

〔二〇〕任意清閒飢得食：摩訶止觀卷四：「令汝安隱得入涅槃者，此以欲樂暢情，稱爲涅槃。如飢得食，如貧得寶。」

〔二一〕濁流心念已澄泥：楞嚴經卷五：「大目犍連即從座起，頂禮佛足而白佛言：『十方如來歎我神力，圓明清淨，自在無畏。佛問圓通，我以旋湛心光發宣，如澄濁流，久成清瑩，斯爲第一。』」濁流喻煩惱。

肇上人居京華甚久別余歸閩作此送之〔一〕

毳帽駝裘一尾輕〔二〕，半開便面氣如春〔三〕。醉歸穿市月隨人。此境要非吾輩事，摩頭忽憶海山濱。蕨芽荔肉齒生津〔四〕。

十分春壓能眠柳〔五〕，一再風撩解笑花〔六〕。故山應摘雨前茶〔七〕。　從我覓詩如觸鹿〔八〕，爲君肥字作棲鴉〔九〕。句中有眼莫驚嗟〔一〇〕。

【校記】

㈠ 底本連排爲一詩，今據聲律分排爲浣溪沙詞二首，并各分爲上下闋，原題仍舊。參見注〔一〕。

【注釋】

〔一〕政和元年春作於開封府。　肇上人：生平法系未詳。　鍇按：考此詩聲律對仗，實爲浣溪沙詞二首，編者失考，而全宋詞亦失收。

〔二〕毳帽毤裘：泛指毛製衣帽，僧人所服。　一尾：代指馬。

〔三〕便面：遮面之物，類扇子。　漢書張敞傳：「然敞無威儀，時罷朝會，過走馬章臺街，使御吏驅，自以便面拊馬。」顔師古注：「便面，所以障面，蓋扇之類也。不欲見人，以此自障面則得其便，故曰便面，亦曰屏面。今之沙門所持竹扇，上袤平而下圜，即古之便面也。」

〔四〕齒生津：謂齒間生出唾液，津津有味。　惠洪林間録卷上載己居黄龍山時作禪和子十二時偈曰：「食時辰，齒生津。輸肚皮，虧口唇。」同書卷下又載己作偈曰：「洞庭無蓋，凍殺法身。趙州貪食，牙齒生津。」

〔五〕能眠柳：三輔舊事：「漢武帝苑中有柳狀如人，號曰人柳，一日三眠三起。」李公彦漫叟詩話：「嘗見曲中使柳三眠事，不知所出。後讀玉溪生江之嫣賦云：『豈如河畔牛星，隔歲止聞一過；不比苑中人柳，終朝剩得三眠。』注云：『漢苑中有柳狀如人形，號曰人柳，一日三眠三倒。』」

〔六〕解笑花：廓門注：「解笑花，謂含笑花類。」鍇按：冷齋夜話卷五丁晉和蘇文公詩兩聯：「韓子蒼曰：丁晉公海外詩曰：『草解忘憂憂底事，花能含笑笑何人。』世以爲工。及讀東坡詩曰：『花非識面嘗含笑，鳥不知名時自呼。』便覺才力相去如天淵。」

〔七〕雨前茶：茶以穀雨前採摘最佳。苕溪漁隱叢話後集卷一一：「粗色茶即雨前者。閩中地暖，雨前茶已老而味加重矣。」明許次紓茶疏：「清明穀雨，摘茶之候也。清明太早，立夏太遲，穀雨前後，其時適中。」

〔八〕從我覓詩如觸鹿：戲謂其求詩如前來觸犯之麋鹿。廓門注：「觸鹿，字出史記優孟傳，此借用言也。」鍇按：史記滑稽列傳：「始皇嘗議欲大苑囿，東至函谷關，西至雍陳倉。優旃曰：『善。多縱禽獸於其中，寇從東方來，令麋鹿觸之足矣。』始皇以故輟止。」參見本集卷五送稀上人還石門注〔三〕。

〔九〕肥字作棲鴉：謂墨濃字粗。盧仝示添丁：「忽來案上翻墨汁，塗抹詩書如老鴉。」此借用其語。廓門注：「寫字有肥瘦。東坡詩二十八卷『杜陵評書貴瘦硬』之類也。」

〔一〇〕句中有眼：冷齋夜話卷五句中眼：「造語之工，至於荆公、東坡、山谷，盡古今之變。荆公曰：『江月轉空爲白晝，嶺雲分暝與黄昏。』又曰：『一水護田將緑繞，兩山排闥送青來。』東坡海棠詩曰：『只恐夜深花睡去，高燒銀燭照紅妝。』又曰：『我攜此石歸，袖中有東海。』山谷曰：『此皆謂之句中眼，學者不知此妙語，韻終不勝。』」參見本集卷四蔡老有志好學識面于京師作此示之注〔五〕。

送因覺先〔一〕

南澗茶香笑語新，西洲春漲小舟横。困頓人歸爛熳晴。天迥游絲長百尺，日高飛絮滿重城〔二〕。一番花信近清明〔三〕。

【注釋】

〔一〕作年未詳。因覺先：法名淨因，字覺先，號佛鑑大師。本集卷二六題佛鑑僧寶傳：「宣和改元，夏於湘西之谷山，發其藏畜，得七十餘輩。因倣前史作贊，使學者概其爲書之意。書既成，有佛鑑大師淨因者曰：『噫嘻！此先德之懿也，願首傳以爲畢生之玩。』因以父事佛照，以大父事雲庵，而視余爲季父也。因生廬山之陽，游方飽叢林，參道有知見，恭謹孝友，蓋其天性，而醞藉雅尚，若出自然。與余游餘二十年，久而益敬，故余欣然授之。」卷二四送因覺先序：「覺先，佛照禪師高弟也。」佛照，即法雲杲禪師，真淨克文法嗣，惠洪師兄。故淨因爲惠洪法姪，屬臨濟宗黄龍派南嶽下十四世，燈録失載。鍇按：全宋詞採用周泳先輯石門長短句，收此詩及妙高墨梅一首作浣溪沙，且案曰：「此二首原不署調名，蓋收作詩。」其説甚是。

〔二〕「天迴游絲長百尺」二句：韓愈次同冠峽：「落英千尺墮，游絲百丈飄。」此化用其意。

〔三〕一番花信近清明：宋程大昌演繁露卷一花信風：「三月花開時風，名花信風。初而泛觀，則似謂此風來報花之消息耳。按吕氏春秋曰：『春之得風，風不信，則其花不成。』乃知花信風者，風應花期，其來有信也。」

妙高墨梅〔一〕

日暮江空船自流，誰家院落近滄洲。一枝閒暇出墻頭。數朵幽香和月暗，十分歸意爲春留。風撩片片是閑愁。

【注釋】

〔一〕作年未詳。妙高：即華光仲仁禪師，住衡州華光山妙高寺，故稱。善畫墨梅，名重一時。已見前注。鍇按：全宋詞收此詩作浣溪沙，甚是。